을유세계문학전집 · 139

목련구모권선희문

(하)

목련구모권선희문

目連救母勸善戲文

(하)

정지진 지음 · 이정재 옮김

❀ 을유문화사

옮긴이 이정재

서울대학교 중어중문학과를 졸업하고 동 대학원에서 중국 구비연행에 대한 연구로 박사 학위를 받았다. 현재 서강대학교 중국문화학과 교수로 재직 중이다. 저서로는 『근세 중국 공연문화의 현장을 찾아서』, 『중국 구비연행의 전통과 변화』, 『중국공연예술』(공저), 역서로는 『도화선』, 『모란정』(공역), 『희곡 서유기』, 『근대 중국의 언어와 역사』, 『만유수록 역주 1, 2』(공역), 『구미환유기(재술기) 역주』 등이 있다.

을유세계문학전집 139
목련구모권선희문(하)

발행일 · 2025년 1월 30일 초판 1쇄
지은이 · 정지진 | 옮긴이 · 이정재
펴낸이 · 정무영, 정상준 | 펴낸곳 · (주)을유문화사
창립일 · 1945년 12월 1일 | 주소 · 서울시 마포구 서교동 469-48
전화 · 02-733-8153 | FAX · 02-732-9154 | 홈페이지 · www.eulyoo.co.kr
ISBN 978-89-324-0539-1 04820　978-89-324-0330-4(세트)

차례

목련구모권선희문(하)

목련구모권선희문(상)

신편목련구모권선희문(新編目連救母勸善戲文)

일러두기

1. 이 책은 중국 명대의 극작가 정지진(鄭之珍)이 쓴 장편 희곡 『목련구모권선희문(目連救母勸善戲文)』을 완역한 것이다.
2. 원서의 문단 형식과 등장인물 표시는 현대 독자들에게는 생소한 까닭에 되도록 익숙한 형식으로 바꾸고자 했다.
3. 노래하는 부분, 노래하지 않고 읊는 시와 사(詞), 그리고 노래하지 않는 일반 대사 등을 각각 다른 서체로 나타내었다.
4. 각 척의 시작 부분에는 전공 연기 분야를 뜻하는 각색(角色)과 그 각색이 연기하는 인물을 대응하여 표시하였다. 예를 들어, 남자 주인공을 연기하는 생(生) 각색은 부나복(목련)을 연기하고, 남자 조연을 연기하는 말(末) 각색은 제1척에서는 개장자를 연기하고 제2척에서는 하인 익리(益利)를 연기한다.

중권

제57척

혼담 거절
(議婚辭婚)

소 … 마당쇠
외 … 조 공(曹公)
정 … 매파
생 … 나복

마당쇠

거마車馬들이 오고 가고,

남북으로 길도 많구나.

길 잃고 나서 뒤돌아보지는 말지니,

잘못 들기 전에 잘 생각해야 하네.[1]

소인이 어째서 이런 말을 할까요? 우리 조曹 나리는 지체가 높으시고 부도浮屠를 좋아하십니다. 귀한 따님이 계시는데, 염불하는 집안 중에서 골라 관매官媒[2]를 통해 부상의 아들에게 허혼하였습니다. 그런데 지금 들려오는 소문으로는, 이 아들이 이단에 빠져 모친을 구하겠다는 마음만 있지 아내를 들일 생

---

1 송나라 장세미(張世美)의 시 「사유로(思維路)」와 같다.
2 관청에서 인가한 매파이다.

각은 없다고 합니다. 나리, 나리, 아무래도 생각을 잘못하신 것 같습니다요! 지난날 조금의 차이가 지금은 천 리나 벌어지게 된다고 했으니까요. 아직 말을 마치지도 않았는데, 나리께서 나오시네요.

조 공

【사냥아인似娘兒引】

세월은 베틀의 북처럼 빨라서,

어느새 양쪽 귀밑머리가 푸석해졌네.

딸을 아껴 마음에 두고 품다 보니,

남전藍田에서 옥을 심어,[3]

두 보배를 일구고자,

지금 남교藍橋로 가려고 하네.[4]

(마당쇠가 조 공曹公을 만난다.)

조 공

딸을 길러 문미門楣[5]를 만들면,

우리 가문은 모든 일이 더욱 잘되리라.

사위는 능히 효도를 두터이 할 수 있어서,

이름이 이미 단지丹墀[6]에 올랐다네.

---

3 남전은 섬서(陝西) 지방의 지명으로 좋은 옥이 많이 났다고 한다. 또 한나라의 양백옹(楊伯雍)이 신선에게 얻은 옥을 남전에서 심어 아름다운 아내를 얻었다는 고사가 있다. 남전에서 옥을 심는다는 것은 혼인을 맺음을 비유한다.

4 남교는 남전 남동쪽 남계(藍溪)에 있던 다리로 당나라 배항(裴航)이 운영(雲英)을 만난 선굴(仙窟)이 있었다고 한다. 여기에서는 조 공이 두 사람을 맺어 주고자 하는 뜻을 나타낸다.

5 문 위에 가로 댄 나무라는 뜻으로 집안, 가문을 비유하고 집안을 빛나게 할 딸을 이르는 말로 쓰였다. 당나라 진홍(陳鴻)의 「장한가전(長恨歌傳)」에 나온다.

6 붉은색으로 칠한 궁궐의 바닥을 뜻한다. 또는 관청, 사당의 섬돌을 가리키기도 한다.

임금님의 조서로 표창과 봉상封賞이 내린 날이요,

용안께서 총애하여 부르신 때라네.

남편이 빛나면 처도 존귀해지리니,

참으로 좋은 기약을 저버리지 말아야겠네.

우리 아이는 잘 알고 있겠지?

마당쇠 소인은 모르겠습니다요.

조 공 지금 부 서방의 효심이 천신을 감동케 하여 조정에서 표창을 내리니 축하 또 축하할 일이로다! 너는 화홍花紅과 양주羊酒7를 준비하여 매파를 불러 함께 부씨 댁에 가거라. 표창받은 일을 금방金榜8에 이름이 오른 때만큼 축하하고, 혼사를 알려 얼른 신방에서 화촉을 밝히는 밤을 맞이하게 하거라. 두 가지 희소식이 함께 들리면 일시의 성사盛事가 되리라. 얼른 관매를 불러오너라.

마당쇠 알겠습니다.

(매파를 부른다.)

매파

【자자쌍字字雙】

갑자기 문밖에서 매파 부르는 소리를 듣고,

왔다네.

항아姮娥에 비길 만큼 단정하게 단장하니,

곱다네.

---

7 화홍은 혼인 등 경사에서의 축하 예물을 뜻하고, 양주도 양과 술 같은 예물을 뜻한다.
8 과거 합격자 명단을 밝힌 방문을 말한다.

(마당쇠가 비웃으며 말한다.)

마당쇠　낯가죽에 주름이 가득한데도 항아에 비긴다는 말인가!

매파

　　말하지 마오, 낯가죽에 주름이 두세 줄 있어서,

　　늙었다고.

　　마른 생강이나 땅에 떨어진 대추는 늙었지만,

　　더 좋지.

마당쇠　사람은 늙었지만 마음은 늙지 않았군.

(매파가 웃으면서 말한다.)

매파　나는 사람은 별 볼 일 없지만 마음은 분주하다는 말이구려.

(마당쇠가 사연을 이야기한다. 매파를 데리고 와서 조 공을 만난다.)

조 공

　　【중앙료中央闌】

　　매파는 내 부탁을 들어주게,

　　부씨 댁에 가서 나의 뜻을 전해 주게.

　　조서가 내려 기쁘게도 영화가 더해졌으니,

　　동상東床에서 배를 내놓고 누워 계시라고 전해 주게.[9]

　　(합) 금장金章과 자수紫綬를 받았고,

　　신방의 화촉을 밝히겠네.

9　배를 내놓고 누워 있는 것을 '탄복(坦腹)'이라고 하여 사위를 뜻한다. 진(晉)나라 때 극감 (郗鑑)의 집에서 왕희지(王羲之)를 찾아와 사위를 구할 때 왕희지가 동상에서 배를 드러내 놓 고 누워 있었다는 이야기에서 유래하였다.

거안제미擧案齊眉10하면,

앞으로 만사가 넉넉하리라.

매파

【전강】

방명芳名이 혼인첩에 정해져 있으니,

지금 마땅히 좋은 배필의 점괘일 것이라네.

재주와 용모가 두 사람이 어울리니,

인연이 속되지 않으리라.

(합) 금장과 자수를 받으셨고,

신방의 화촉을 밝히겠네.

거안제미하면,

앞으로 만사가 넉넉하리라.

(마당쇠가 혼잣말로 노래한다.)

마당쇠

【전강】

남전에서 쌍옥을 이루겠다고 함부로 말하지 말지니,

부랑傅郞은 아직 생각이 없다네.

모친을 위하고 처를 생각하지 않으니,

영화를 구하다가 도리어 굴욕을 당하겠네.

조 공 무슨 말을 하느냐?

마당쇠

___

10 '밥상을 눈 위로 받들어 올린다'는 뜻으로, 아내가 남편을 공경함을 나타낸다. 남북조 송나라 범엽(范曄)의 『후한서(後漢書)』「양홍전(梁鴻傳)」에 나온다.

(합) 금장과 자수를 받으셨고,

신방의 화촉을 밝히겠네.

거안제미하면,

앞으로 만사가 넉넉하리라.

조 공

난새와 봉새는 아름다운 한 쌍이러니,

매파

붉은 실로 귀한 발들을 묶은 지 몇 년이라네.[11]

마당쇠

은하수 높이 오작교가 지어지니,

모두

이번에 훌륭한 사위를 맞겠네.

(조 공이 퇴장한다.)

매파 부탁을 받았으니 그 일을 충실하게 해야겠네. 바로 함께 갑시다.

마당쇠 함께 가기는 하겠지만 부랑이 이 혼사에 응하지 않을까 걱정이네.

매파 아, 그 말씀은 심히 잘못되었소. 당신이 길을 다닌 것은 내가 다리를 건넌 일만큼도 안 됩니다. 세상의 풍류 자제들 중에 어느 누가 마누라를 원하지 않겠습니까? 등초燈草를 가래로 모아서 심지를 넣듯이, 마음 놓으세요, 마음 놓아요.[12]

---

11 월하노인이 신령 세계에서 남녀의 발을 묶으면 부부의 인연이 맺어진다고 한다.
12 등초는 등잔 심지나 약재로 쓰는 풀줄기이다. 등초를 모아 등잔에 심지로 넣는 것을 '방심

【방장대傍妝臺】

바쁘게 서둘러서,

좋은 소식을 부씨 댁 신랑에게 전하네.

그는 지체 높은 자사 벼슬에 올랐고,

저 소저는 용모가 무산巫山의 고운 아가씨와도 같네.

가인佳人은 봉황을 타고 비단 장막으로 들어가고,

재자才子는 용을 타고 신방으로 들어가겠네.

기쁜 정이 펼쳐지고,

기쁜 기운이 날아올라,

물고기가 물을 만난 것처럼 백 년 창성하리라.

(나복을 부른다.)

나복 누가 부르는가?

매파 마당쇠와 매파입니다!

(나복을 만난다.)

나복

우리 집 문이 겹겹이 닫혀 있는데,

봄기운이 어인 일로 들어올 수 있었을까?

마당쇠와 매파는 무슨 일로 왔는가?

매파 조 나리께서 절을 올리시며 관인官人께서 자사에 오르신 일을 경하하시고 소저께서 항아처럼 고우신 일을 기뻐하셨습

(放芯)'이라 하고 이는 마음을 놓는다는 뜻의 '방심(放心)'을 나타낸다. 이처럼 앞부분은 비유하는 말이고 뒷부분은 그 비유로 나타내고자 하는 뜻을 이어서 말하는 방식의 표현을 헐후어(歇後語)라고 한다.

니다. 월하노인이 편지를 전하여 백년가약을 내리시고, 빙인冰

人[13]이 장계를 올려 두 집안의 기쁨을 이루도록 청하였습니다.

남자에게 가족이 생기고 여자에게 집이 생길 때가 바로 지금

이고, 하늘과 더불어 길고 땅과 더불어 오래도록 이어질지니,

또 무엇이 더 귀중하겠습니까! 이 일을 우러러 아뢰오니 굽어

받아 주시기를 감히 바라옵니다.

나복 마당쇠, 매파, 후의를 감사히 받드오나 내 말을 들어 보오!

　【팔성감주八聲甘州**】**

　가슴속의 뜻을 말하려 하니,

　눈물 넘쳐흐르는 것을 억누를 수 없네.

　어머님께서 일찍 떠나가시니,

　거적 깔고 흙베개 베고 살면서 밤낮으로 방황한다네.

매파 좋은 배필을 맞이하시기를 청합니다.

나복

　꽃 앞에서 좋은 배필 점괘라니 부질없이 혼자 생각에 잠기고,

　달 아래 까마귀 우니 애가 끊어지려 하네.

　처량하고 슬프다네,

매파 지금이 동상에서 배를 내놓고 누워 계시기 알맞습니다.

나복

　지금 어찌 동상에서 배를 내놓고 누워 있겠는가!

---

13 진(晉)나라 영호책(令狐策)이 얼음 위에 서서 얼음 밑에 있는 사람과 말을 주고받은 꿈을 꾸었는데, 색담(索紞)이 이를 풀이하여 영호책이 중매를 서면 잘 성사될 것이라고 하였다. 이로부터 빙인은 중매쟁이를 비유하게 되었다.

매파

【전강환두前腔換頭】

장인께서,

말씀을 전하여 올리셨으니,

붉은 실로 난새와 봉새를 묶어 둔 지 이미 오래되었다고 합니다.

지금 또 기쁘게도 조정에서 표창을 내렸으니,

문미와 함께 빛나실 것입니다.

난새가 이미 금방에 이름이 올랐으니,

봉새가 이제 신방에 들기를 원합니다.

사양하지 마시기를,

지금이 바로 동상에서 배를 내놓고 누워 있기 좋을 때이러니.

나복

【전강】

답답하고도 근심스럽네,

천만번을 생각해도,

부모님의 은혜는 끝없이 넓고 크시네.

나는 삼베옷 입고 지팡이 짚고 있는데,

감사하게도 관음께서 갈 길을 가르쳐 주시며,

어머님이 지옥에서 고통을 당하고 계시다고 말씀해 주셨네.

나는 하루빨리 서천으로 가서 어머님을 구해 낼 방도를 배워야겠네.

양해를 바란다네,

지금 어찌 감히 동상에서 배를 내놓고 누워 있겠는가!

마당쇠

【전강】

빈말이 아니라,

소저는 정말이지 알맞은 짝이십니다.

아름다운 용모는 말할 것도 없고,

현덕도 비길 사람이 없습니다.

옛말에 이르기를, 부부는 인륜의 근본이요 부부가 있은 연후
에 부자父子가 있게 된다고 했습니다.

비록 모자간의 정의情義가 넓다 하나,

부부간의 은애가 깊다는 것도 알아야 할 것입니다.

속이려는 말씀이 아니라,

지금이야말로 동상에서 배를 내놓고 있기 가장 좋을 때입니다.

나복

【고륜대古輪臺】

깊이 생각할수록,

더욱 슬픔이 커지는구나.

아버님과 조 나리는,

선행을 즐기며 왕래하셨네.

두 분의 마음이 투합하여,

아들과 딸을 혼인시키기로 하셨지.

어쩌랴, 나의 양친께서 연이어 돌아가시고,

반포지효를 다하지 못했는데,

어찌 감히 원앙 장막 안에 함께 있겠는가!

매파

인생의 불효에는 세 가지가 있는데,

세 가지 불효 중에도 후손이 없는 것이 가장 큽니다.

처실妻室을 들이지 않아,

조상의 후사後嗣를 끊는 것이 가장 큰 잘못입니다.

하물며 부도浮屠를 좋아하여,

혼약을 물리고 빈말이 되게 하다니요.

혹시 전생에 단두향斷頭香[14]을 사른 것입니까?

저 조 나리 댁이 당당하고,

저토록 번영하고 있는데도,

오히려 그 복을 누리지 못하시다니!

나복

【전강환두】

슬프다네,

어머님께서 자식 길러 주신 것을 생각하니 서글프네.

열 달 동안 품으시고,

삼 년 동안 젖을 먹이시고,

만 가지로 힘을 들이셨네.

나는 어머님의 은혜를 갚지도 못했는데,

어찌 감히 처자식의 봉양을 받을 수 있다는 말인가?

하물며 서천으로 가서,

---

14 조각으로 부러진 향을 말한다. 이런 향으로 기원하면 다음 생에서 친한 사람과 헤어지는 업보를 받는다고 한다.

어머님을 구해 내어,

위험한 지경을 벗어나시게 하려는데.

행낭을 모두 챙겨 두었으니 오늘 바로 떠나려고 하네. 부탁하

고 부탁하네.

저 백 년의 가약을,

모두 양관삼첩陽關三疊에 맡긴다네. [15]

마당쇠

고금의 얼마나 많은 현량들이,

지극하게 효도를 행하고도,

평탄하고 평탄하여,

치우침이 없었던가.

어찌 황당한 것을 흠모하여,

인륜과 천륜을 망치며,

별의별 짓을 다 하려는가!

부 관인, 혼인에 대한 진심은 무엇입니까?

나복

【미尾】

나는 진심으로 어머님을 구하고자 할 뿐, 다른 생각은 없다네.

매파 인연이 맺어지지 않겠구나!

남교 아래 넘실대는 물을 한참 바라보았지만,

---

15 양관삼첩은 당나라 왕유(王維)의 시 「송원이사안서(送元二使安西)」의 "서쪽으로 양관을
나서면 친구가 없으리라(西出陽關無故人)"는 구절을 모티프로 하여 지어진 악곡으로 송별의
뜻을 담고 있다. 여기에서는 나복이 혼인을 물리치고 서천으로 떠나고자 한다는 뜻을 나타내기
위해 쓴 것이다.

매화가 피든 말든 내버려두어야겠네.[16]

매파

인연이 무슨 일로 성사되지 않았을까,

나복

어머님이 고통스럽고 슬퍼하시기 때문이라네.

마당쇠

밤 깊고 물 차가우니 물고기는 미끼를 물지 않고,

함께

배에는 밝은 달빛만 가득 싣고 돌아가네.[17]

---

16 나복의 혼사를 위해 찾아왔지만 나복이 거절하여 포기했다는 뜻이다. 매화는 나복을 비유한다.
17 마지막 두 구절은 당나라 덕성(德誠)의 「선거우의(船居寓意)」의 일부와 비슷하다.

제58척

나복과 익리의 이별
(主僕分別)

말 … 익리
생 … 나복

익리

【국화신菊花新】

벼슬 사양하는 중에 혼인도 물리치시니,

아, 우리 주인님의 마음은 굳세기도 하시다네.

주인과 하인 사이에는 의리가 있으니,

모름지기 이번 노고를 대신해야겠네.

시묘살이 삼 년을 마치고,

이제 만 리 길을 떠나려 하시네.

옷을 부여잡고 언제 돌아오실지를 여쭈어 보려니,

눈물이 떨어져 가슴을 적시네.

도련님께서 모친을 구하기 위해 서천으로 가고자 하시는데,

삼년상을 마친 뒤에 바로 떠나시려 하고 있었습니다. 관가에

서는 삼년상을 마치면 성지를 받들어 경사로 오라고 재촉하고, 매파는 삼년상을 마치면 길례古禮에 따라 신부를 보내겠다고 했습니다. 도련님은 어쩔 수 없이 기한보다 조금 먼저 서천으로 떠나셔야 하니, 아마도 벼슬과 혼사는 성사되기 어려울 듯합니다. 어제 도련님의 엄명을 받들어 행낭을 모두 싸 두었는데, 저는 도련님께 아뢰어 대신 가겠다고 하려는데 어떻게 될지 모르겠습니다. 나오시라고 해서 아뢰어야겠습니다. 도련님께서는 나오시지요!

(나복이 등장한다.)

나복

　　마음은 천 갈래로 어지럽고,

　　길은 만 리나 머네.

　　모르겠네, 어느 곳에서,

　　어머님을 뵈올 수 있을지를.

　　행낭은 모두 준비되었는가?

익리　익리가 도련님을 나오시라고 한 것은 다른 일이 아니오라, 오늘 서행을 소인이 대신 가도록 허락해 주시기를 바라옵니다.

나복　활불을 참배하는 일을 어찌 자네가 대신하겠는가!

익리　소인이 대신 가는 것이 안 된다면 소인을 데리고 함께 가 주십시오!

나복　우리 집안은 삼 대 동안 스님을 공양하고 보시를 베푸는 일을 그친 적이 없네. 내가 지금 먼 길을 떠나니 집안의 불공을 모두 자네에게 부탁하네. 예전처럼 마음을 다해 내가 조상님의 뜻을 그르치지 않게 해 주는 것이 의리일세. 어찌 함께 갈 필요가 있겠는가!

익리 도련님, 제가 듣기로 가장은 임금과 같고 하인은 신하와 같다고 했습니다. 지금 도련님이 모친을 위해 참선하시는 일은 소임이 막중하고 길이 머니 바로 소인이 가장께 보답할 때요, 신하가 힘을 다할 때입니다. 그러나 대신 가는 것을 허락하지 않으시고 함께 가는 것도 따르지 않으시니 익리가 비록 가장께 보답하고 싶은 마음이 있어도 힘을 쓸 곳이 없습니다. 하지만 일찍이 듣기로, 개는 풀을 적실 줄 알고 말은 고삐를 내려뜨릴 줄 안다고 했는데,[18] 익리는 개도 아니고 말도 아니지만 깊은 은혜를 잘 알고 있고, 제 마음은 쇠나 돌이 아니니 어찌 홀로 가시는 것을 두고 볼 수 있겠습니까! 두 번 세 번 간곡히 말씀드리오니, 익리가 대신 가도록 해 주시든지 익리를 데리고 가서서 노복으로 하여금 신하 같은 도리를 다할 수 있도록 해 주십시오. 허락해 주시기를 간곡히 바라오니, 그렇게 된다면 기쁨과 다행을 이기지 못할 것입니다!

나복

---

18 은혜를 갚는다는 뜻이다. 진(晉)나라 간보(干寶)의 『수신기(搜神記)』권 20에 개가 주인을 구한 이야기가 있다. 삼국 시대 오나라에 이신순(李信純)이라는 사람이 흑룡(黑龍)이라는 개를 키웠는데, 어느 날 외출했다가 만취하여 풀밭에 누워 잠들었을 때 불이 나서 주인이 위험해지자 개가 도랑에 가서 제 몸에 물을 묻혀다가 주인 주변의 풀을 적셔서 불이 번지지 않게 했다고 한다. 또 남조(南朝) 송나라 유경숙(劉敬叔)이 지은 『이원(異苑)』권 3에는 말이 주인을 구한 이야기가 있다. 전진(前秦)의 부견(苻堅)이 전투에서 패하여 달아나다가 동굴에 떨어졌는데, 타고 가던 말이 앞발을 꿇고 고삐를 내려뜨려 부견이 붙잡고 올라와 그곳을 벗어날 수 있었다고 한다.

잡다한 집안일을 돌보아야 하니,

자네가 지금처럼 나 대신 맡아 주게.

도를 배우고 참선하는 일은 마땅히 직접 가서 해야 하니,

바로 헤어져 떠나야지, 늦어지면 안 되네.

【하산호下山虎】

삼관 성제三官聖帝이시여,

신이 아뢰옵니다.

모친을 구하기 위한 수행 때문에,

잠시 영명하신 성제를 떠나 있게 되었나이다.

불쌍하게 여겨 주시기를 앙망하옵고,

보우해 주시기를 앙망하옵니다.

가는 동안 산마루에 오르고,

물길을 건널 때에도,

모두 안녕하고 평탄하게 해 주소서.

이런 말이 있지 않던가요,

집에서 가난한 것은 가난한 것도 아니라고.

(합) 익리는 얼른 행낭을 정돈해 주게,

한쪽에는 어머님을 메고 다른 쪽에 불경을 메고,

서쪽으로 양관陽關을 나서면 친구가 없겠네.

이제 아버님 묘소에 작별을 고해야겠네.

(절을 올린다.)

【전강】

무릇 자식이 되어서는,

마땅히 양친을 효성으로 모셔야 하건만,

소자는 지금 어머님을 구하기 위해,

아버님 묘소를 외로이 내버려두게 되었습니다.

익리,

자네는 나 대신 때마다 살펴보고,

자네는 나 대신 때마다 햇곡식으로 제사를 올려 주게.

가시덤불을 잘라 내고,

소나무 잣나무를 자라게 하여,

마렵봉馬鬣封[19]을 보호하게 해 주게.

이런 말이 있지 않던가,

백 년 동안 무덤을 보존할 수 있다고.

(합) 익리는 얼른 행낭을 정돈해 주오,

한쪽에는 어머님을 메고 다른 쪽에 불경을 메고,

서쪽으로 양관을 나서면 친구가 없겠네.

익리

【전강】

충심을 전하려 하니,

말을 미처 하기도 전인데 눈물부터 흐르네.

도련님의 길러 주신 은혜에 감사하오니,

마땅히 목숨을 바쳐야 할 것입니다.

오늘 떠나가시는 일을,

대신 가는 것을 허락하지 않으시고,

---

19 봉분 모양의 것을 뜻한다. 여기에서는 무덤을 말한다.

함께 가는 것도 들어주지 않으시니,

이 노복의 정과 견마犬馬의 마음을,

이루 다 드러낼 수가 없습니다.

어찌 아니랴,

"천 일 동안 군사를 키운다"는 말이 헛말이 되고 말았음이![20]

(합) 헤어지려니 또다시 견디기 어려워,

눈물이 가득하여 그치지 않고,

간장을 잘라 내고 심장을 찢어 내듯 하네.

나복 익리, 내 절을 받으시게!

【전강】

나 대신 집안을 돌봄에,

정성을 다해 주게.

부처님 앞의 향등香燈을 잘 모셔서,

더욱 조심해 주게.

또 나 대신 보시를 베풀고,

또 나 대신 가난한 이들을 구제해 주게.

부모님께서 구천에서,

아들이 조상님의 선행을 그르치지 않았다고 말씀하게 해 주게.

이런 말도 있지 않은가?

"안 계시는 분 섬기기를 계시는 분 섬기듯"[21] 한다고.

---

20 명나라 소설 『삼국지연의』 제100회에 "천 일 동안 군사를 길러 한때에 군사를 쓴다(養軍天日, 用軍一時)"라는 말이 있다. 평상시 군대를 양성함은 유사시에 대비하기 위함이라는 뜻인데, 여기에서는 열심히 살아왔지만 헤어지게 되어 애석하다는 뜻을 비유하여 나타낸 것이다.

21 『중용(中庸)』 제19장의 "돌아가신 분 섬기기를 살아 계신 분 섬기듯 하고, 안 계시는 분 섬

(합) 헤어지려니 또다시 견디기 어려워,

눈물이 가득하여 그치지 않고,

간장을 잘라 내고 심장을 찢어 내듯 하네.

함께

【미자고천尾鷓鴣天】

만 가지 이별의 근심에 만 리 길이라,

한쪽에 어머님 초상을 메고 다른 쪽에 불경을 메고 가네.

서천에 길이 있어 당도하게 허락해 주시기를,

늙은 종이 주인을 대신해서 갈 수가 없으니.

애가 다 끊어지고,

눈물이 자주 흐르니,

생이별이건 사별이건 모두 마음이 지극히도 아프다네.

양쪽에서 차마 거듭 고개 돌리지 못하니,

한 조각 청산靑山이 구름 속에 갇혔다네.

(퇴장한다.)

기기를 계시는 분 섬기듯 하는 것이 효의 지극함이다(事死如事生, 事亡如事存, 孝之至也)"라는
구절에서 빌려 온 것이다.

제59척

흰 원숭이의 항복

(遣將擒猿)

소 … 백원(白猿)

첩 … 관음

생 … 마수(馬帥)

말 … 온수(溫帥)

축 … 조수(趙帥)

외 … 관수(關帥)

정 … 천사(天師)

백원[22]

흰 원숭이가 벽운와^{碧雲窩}[23]에 사노니,

조삼모사가 나를 어찌하리요?[24]

하늘 위 요지^{瑤池}의 왕모모^{王母母}도,

일찍이 내게 반도^{蟠桃}를 세 번이나 양보했으니.[25]

나는 주^周 목왕^{穆王} 때 군중^{軍中}에 있던 군자였는데 이 몸으로

---

22 이 작품의 백원과 명나라 소설 『서유기』의 손오공은 형상이 닮은 점이 많고 두 작품 사이의 연관 관계도 많은 주목을 받아 왔다.

23 와(窩)는 짐승이나 곤충의 보금자리를 뜻하는데, 의미가 확장되어 사람이 차지한 자리를 뜻하기도 한다.

24 조삼모사는 춘추 전국 시대 송나라의 저공(狙公)이 원숭이들을 기르면서 먹이의 불만을 잠재우기 위한 술수에서 나온 말이다. 여기에서는 백원의 신통력이 뛰어나 속임수를 당한 여느 원숭이들과는 다르다는 뜻을 나타내고 있다.

25 왕모모는 서왕모를 불손하게 부르는 말이다. 서왕모는 3월 3일 생일이 돌아오면 자신의 거처인 요지에 신선들을 초청하여 3천 년에 한 번 열매를 맺는다는 반도로 성대한 연회를 베풀었다고 한다. 서왕모가 백원에게 반도를 세 번 양보했다는 고사는 자세히 알기 어렵다.

변하여 지금까지 천여 년을 살면서 신통력이 커졌다네. 나를
아는 자는 나를 소의 머리에 뱀의 몸을 한 부류로 여기지만,
나를 모르는 자는 나를 이리의 심장에 여우의 머리를 한 종류
로 여기지.[26] 정말이지,

    만법萬法이 귀의하여 산길이 조용한데,

    외마디 긴 휘파람 소리[27]가 해운海雲 아래 깊이 퍼지네.

(퇴장한다.)

관음

【후산월侯山月】

마음에는 일념으로 대자비를 품고,

손에는 푸르고 푸른 버들가지를 들었네.

널리 중생들의 미망을 구제하니,

반드시 신공神功에 의지하여,

법력을 크게 펼쳐야 하리라.

남해의 자비로운 관세음은,

구름 속에서 효자의 마음을 살폈네.

어미를 구하려고 서천으로 향하건만,

도중에 영물靈物들의 침해를 받을까 걱정이네.

부나복은 나의 인도를 받아 서천으로 길을 떠났는데 도중에
요괴들이 많지만 그중에서도 흰 원숭이가 가장 심하다네. 장

---

26 삼황오제 중의 복희씨가 우수사신(牛首蛇身)이었으므로 존귀한 신령을 비유한다. 반면 낭
심호수(狼心狐首)는 요괴를 비유한다.
27 도교에서 수련할 때 길게 내쉬는 숨을 말한다.

천사張天師[28]와 함께 흰 원숭이를 사로잡아 그 녀석에게 길을 트고 나머지 요괴들을 소탕하게 해야겠네. 천사가 올 때가 되었구나!

장천사

【전강】

백 년의 도교道教가 강물에 넘치고,

한 권의 금서金書[29]가 비단에 빛나네.

검을 뽑아 요마들을 굴복시키니,

알아야 하네, 장수는 병부兵符에 따라 행한다고 하였으니,[30]

바람이나 불길처럼 빨라야 함을.

나는 장도령張道齡[31]이라네. 황제의 성지를 입어 상청정일집법천사上清正一執法天師로 봉해져서 요괴들을 거두어들이고 있네.

한 권의 칙서가 일월처럼 밝으니,

칠성검七星劍으로 건곤乾坤을 진무하네.

지금 자비교주께서 부르시니 가 보아야겠네.

(관음을 만난다.)

낭낭께 인사 올립니다! 무슨 분부가 있으신지요?

관음 효자 부나복이 서천으로 가고 있는데 도중에 요괴들이 많

28　후한(後漢) 때 오두미도(五斗米道)의 창시자인 장도릉(張道陵)의 후손들이 받은 봉호이다. 장도릉의 36대손인 장종연(張宗演)이 원나라 때 보한천사(輔漢天師)의 봉호를 받은 이래로 민간에서는 장도릉 및 그 후손, 제자들을 두루 이르기도 하였다.

29　여기에서는 옥황의 칙서를 가리킨다.

30　"병사는 인수(印綬)를 따라 움직이고, 장수는 병부에 따라 행동한다(兵隨印轉, 將逐符行)"라는 말이 있다. 병부는 병력 이동이나 장수 파견 등에 쓰는 신표이다.

31　장도릉과 같다.

습니다. 천사께 부탁하노니 천장天將들을 보내 흰 원숭이를 사로잡아, 그놈으로 하여금 나머지 무리들을 없애고 효자를 호송하여 대업을 이루게 해 주시지요.

【황앵아黄鶯兒】

천지와 신명들은,

모두 효를 행하는 사람을 아낀다네.

부씨네 효자는 진정 아껴 줄 만하니,

한쪽에는 모친을 메고,

다른 쪽에는 불경을 메고,

머나먼 서천 땅으로 달려가고 있다네.

(합) 천병天兵을 보내어 길을 트게 하리니,

먼저 흰 원숭이를 사로잡아야 하네.

장천사

【전강】

백 가지 행실 중에 효도가 근본이니,

훌륭한 이가 근본에 힘쓰고 있음이 기쁩니다.

불경을 메고 모친을 모시고 기꺼이 수고로움을 감당하니,

십만 리 길에,

백천 가지 고생이 있으리니,

자비님께서 이 사람의 고생을 생각해 주심에 감사합니다.

(합) 천병을 보내어 길을 트게 하리니,

먼저 흰 원숭이를 사로잡아야 하네.

관음

천지를 두루 비추어,

이 사람이 어둠 속에 가지 않게 해 주리라.

(퇴장한다.)

장천사 명을 받았으니 바로 향을 살라서 옥황께 상주해야겠네!

(향안을 놓는다.)

【전강】

향을 올려 향로에서 타오르니,

하늘에서 진실된 마음을 드러내 주시기를 바라오니,

부나복이 마음을 다해 효를 행하여,

그 모친을 구하기 위해,

자신의 몸을 돌보지 않는데,

도중에 요괴들이 침해할까 두렵습니다.

(합) 천병을 보내어 길을 트게 하리니,

먼저 흰 원숭이를 사로잡아야 하네.

(부적을 그려 태운다. 술법을 부린다. 징과 북 소리가 뒤섞인
다. 법척法尺[32]을 휘두른다.)

【도잠道賺】

정을천사正乙天師 장도령,

장도령이,

영관靈官 마 장군馬將軍,

마 장군을 소환하네.

---

32 계척(戒尺)이라고도 한다. 매달 보름과 말일에 수행승들을 모아 놓고 계율을 들려주는 설
계(說戒)를 할 때 쓰는 도구인데 두 조각의 장방형 나무로 되어 있다.

장천사가 법단法壇 앞에 서 있는데,

알아야 하네, 부적대로 행해야 함을,

부적대로 행함을.

성화星火처럼 빠르게 하고 멈추지 말지어다.

(생生이 수염을 달고 눈이 셋 달린 마 원수로 분하여 사창蛇槍을 들고 등장하여 춤을 춘 뒤에 동쪽 첫 번째 자리에 멈추어 선다.)

집법執法 조 장군趙將軍을 소환한다!

(앞처럼 동작을 한다. 축丑이 검은 얼굴의 조 원수로 분하여 쇠채찍과 쇠사슬을 들고 춤을 추며 등장하여 서쪽 첫 번째 자리에 멈추어 선다.)

주령主令 온 장군溫將軍을 소환한다!

(앞처럼 동작을 한다. 말末이 남색 얼굴의 온 원수로 분하여 몽둥이를 들고 춤을 추며 등장하여 동쪽 두 번째 자리에 멈추어 선다.)

의용義勇 관 장군關將軍을 소환한다!

(앞처럼 동작을 한다. 외外가 붉은 얼굴의 관 원수로 분하여 언월도를 들고 춤을 추며 등장하여 서쪽 두 번째 자리에 멈추어 선다.)

【전강】

마, 조, 온, 관 천장들이 이미 강림했네,[33]

---

33 네 신장(神將)은 도교의 호법원수(護法元帥)이다. 명나라 때 편찬된 도교 서적인 『도법회원(道法會元)』 권 36 「청휘마조온관사원수대법(淸徽馬趙溫關四元帥大法)」에서는 각각 마령요

이미 강림했네.

내가 말하는 사연을 잘 들어주시오,

내가 말하는 사연을.

효자 부나복이,

서천으로 가서 부처님을 뵙고 모친을 구하고자 하는데,

길이 기구하고 험난하니,

신명들은 길을 터서 그의 서천행을 도와주시오,

그의 서천행을 도와주시오!

네 장군은 내 분부를 들어,

마음을 합해 흰 원숭이를 붙잡으시오.

(법척을 휘둘러 바람을 일으키니 징과 북 소리가 뒤섞인다. 네 장군이 춤을 추며 간다. 소(小)가 흰 원숭이로 분하여 등장하여 네 장군과 차례대로 싸운다. 흰 원숭이가 퇴장한다. 네 장군이 각자 자신의 본래 자리에 멈추어 선다.)

흰 원숭이가 야모천夜毛天[34]으로 도망갔구나! 하늘 그물을 그려 만들어서 네 장군을 보내 사로잡아야겠다.

(부적을 그려 태운 뒤에 술법을 부린다. 네 장군이 춤을 추며 간다. 흰 원숭이가 다시 장군들 사이에 뛰어들어 재주를 넘다가 도망간다. 흰 원숭이가 다시 퇴장한다. 네 장군이 각자 원위치에 선다.)

(馬靈耀, 화광대제[華光大帝]), 조공명(趙公明, 재신[財神]), 온경(溫瓊, 온 원수[溫元帥]), 관우(關羽, 관성제군[關聖帝君]) 등으로 설명하고 있다. 모두 요마를 붙잡는 신장이다.
34 야마천(夜摩天)을 말한다. 욕계육천(欲界六天) 중 제3천의 이름이다.

흰 원숭이가 지하로 도망갔구나! 땅 그물을 그려 만들어서 네 장군을 보내 사로잡게 해야겠다.

(부적을 그려 태운 뒤에 술법을 부린다. 네 장군이 춤을 추며 가서 흰 원숭이를 사로잡는다.)

기쁘게도 네 장군이 벌써 흰 원숭이를 사로잡았으니, 관음 낭낭께서는 왕림하여 처분해 주소서.

관음

【후산월】

성현과 범인凡人의 품성은 처음에는 비슷하지만,

습관에 따라 차이가 크게 벌어진다네.

오늘 흰 원숭이를 잡았으니,

반드시 그를 개과천선시켜,

마음을 기울여 명을 듣도록 하리라.

장천사 낭낭께 인사 올립니다! 네 장군이 흰 원숭이를 사로잡 아 법단 앞에 꿇려 놓았으니 낭낭께서 처분해 주소서.

관음 백원아, 너는 요괴이니 정도正道에 귀의하여 나의 명을 듣 는 것이 좋겠다. 내 말을 따르겠느냐?

백원 일일이 명을 따르겠나이다.

관음 그렇다면 내가 네게 금테 한 개를 주겠으니 머리에 쓰고 벗지 말거라!

(장천사가 금테를 받아 씌워 준다.)

장천사 낭낭께서 친히 금테를 내려 주시니 천사가 네게 씌워 주마. 만약 나의 도심道心에 따르지 않는다면 하늘이 벼락을 내려 너를 부수어 가루로 만들어 버릴 것이다!

백원　일일이 명을 따르겠나이다.

（재주를 넘어 달아나 퇴장한다.）

장천사　흰 원숭이가 다시 달아났구나! 벼락을 쳐서 너를 부수어 가루로 만들어 버리겠다!

관음　백원은 방종한 마음을 없애지 못하여 달아난 것이다. 그러나 그놈의 법력으로 나머지 요괴들을 거두어들일 수 있으니, 내가 주문을 외워 금테를 조일 것이다. 백원이 한 걸음 달아날 때마다 한 번씩 조일 것이고, 한 번 조일 때마다 소리를 지를 것이다. 소리를 지르며 바로 돌아올 것이다.

（흰 원숭이가 등장하여 법단 앞에 꿇어앉아 말한다.）

백원　백원은 다시는 명을 어기지 않겠나이다!

장천사　과연 돌아왔구나!

관음　그렇다면 나의 명을 듣거라!

백원　낭낭께 바라오니 금테를 좀 풀어 주십시오!

（관음이 금테를 약간 풀어 준다.）

관음

　【중앙료中央料】

　　백원은 나의 분부를 듣거라,

　　효성 깊은 부나복이,

　　모친을 메고 불경도 메고,

　　서천으로 가서 활불을 뵈려고 한다.

　　（합）산천이 험준하고,

요괴들이 침해하리니,

너를 보내 그를 호송하여,

요괴를 물리치고 길을 터놓거라.

백원

【전강】

소신은 전날의 잘못을 뉘우치오며,

너그럽게 용서를 내려 주심을 받드옵니다.

관음 마음으로 복종하느냐?

백원

칠종칠금七縱七擒의 때에,

어찌 마음으로 복종하지 않겠나이까!

(합) 산천이 험준하고,

요괴들이 침해하리니,

나를 보내 그를 호송하여,

요괴를 물리치고 길을 터 가도록 하시네.

감히 여쭙건대 이번 서천행에 어떤 험한 길들이 있는지요?

관음 흑송림黑松林에 가면 호표관虎豹關이 있고, 한빙지寒冰池에
는 교룡굴蛟龍窟이 있고, 화염산火焰山에는 적사정赤蛇精이 있고,
난사하爛沙河에는 사화상沙和尙이 있다. 너는 앞서 가면서 수목
樹木들을 없애거라. 도중에 큰 어려움을 만나면 내가 직접 가
겠다.

백원 알겠나이다!

관음 천사는 예를 갖추어 천장들이 하늘로 돌아가도록 전송해

주시오.

장천사　알겠나이다!

백원

자비관음의 명을 삼가 받들어 장도에 오르네,

관음

도중의 요괴들을 모두 다 없애거라.

장천사

어린 봉황이 대업을 이루시도록 도와서,

함께

보살의 땅에 만고의 명예를 드러내리라.

(보살과 백원이 퇴장한다.)

장천사

【도잠】

이제 네 분 천장을 전송해야겠네.

정을진인正乙眞人 장도령,

장도령이,

전송하네, 영관 마 장군,

마 장군을.

일이 이루어졌으니 감히 잡아 두지 못하고,

지전紙錢을 불살라 절을 올리며 하늘로 전송하네.

(전송한다. 마 원수가 퇴장한다.)

정을진인 장도령,

장도령이,

전송하네, 집법 조 장군,

조 장군을.

일이 이루어졌으니 감히 잡아 두지 못하고,

지전을 불살라 절을 올리며 하늘로 전송하네.

(전송한다. 조 원수가 퇴장한다.)

정을진인 장도령,

장도령이,

전송하네, 주령 온 장군,

온 장군을.

일이 이루어졌으니 감히 잡아 두지 못하고,

지전을 불살라 절을 올리며 하늘로 전송하네.

(전송한다. 온 원수가 퇴장한다.)

정을진인 장도령,

장도령이,

전송하네, 의용 관 장군,

관 장군을.

일이 이루어졌으니 감히 잡아 두지 못하고,

지전을 불살라 절을 올리며 하늘로 전송하네.

(전송한다. 관 원수가 퇴장한다.)

흰 원숭이도 떠나고 천장들도 돌아갔구나. 효자의 대업이 이로써 이루어지리라!

(시를 읊는다.)

무소는 달을 구경하다가 뿔에 무늬가 생기고,

코끼리는 우렛소리를 듣다가 꽃무늬가 어금니에 새겨지네.[35]

(퇴장한다.)

---

[35] 송나라 석법훈(釋法薰)의 게송(偈頌) 「송고(頌古)」 10수 중 마지막 수의 일부와 같다. 참선의 법문을 할 때 자주 인용된다.

제60척

길을 트는 흰 원숭이
(白猿開路)

소 … 백원

백원 나는 관음 낭낭의 엄명을 받들어 효자를 위해 길을 트
는 일을 맡아 먼저 수목들을 베어야 하니 지금 가 보아야겠습
니다.

【정궁正宮·단정호端正好】

벽운와를 방금 떠났는데,

벌써 홍진紅塵의 길을 가네.

가슴속 담력을 활짝 펼치고,

정수리의 터럭을 바짝 세우네.

소리 한번 질러 하늘의 별들을 놀래어 우수수 떨어지게 하고,

발을 한 걸음 내디며 지축을 흔든다네.

【곤수구滾繡球】

산이 높아도 두렵지 않고,

물살이 거세어도 두렵지 않으니,

어찌 들판의 요괴들을 걱정하랴!

나의 이 오룡강연烏龍鋼椽36에 의지하여,

일만 리 산하를 쓸어버리리.

내 자랑이 아니라,

내가 훌륭하다는 것이 아니라,

아홉 겹 하늘 위의,

요지 왕모가,

일찍이 내게 반도를 양보했다네.

오늘 길을 트기 위해 가는데,

또 어찌 물 멀고 산 먼 것을 걱정하랴!

낭낭의 뜻을 받들어,

나는 흑송림의 범과 표범을 없애 버리고,

한빙지의 용과 이무기를 요참腰斬해 버리겠다.

【도도령叨叨令】

나는 삼백 리 화염산의 불길을 꺼 버리고,

삼백 리 난사하의 구덩이를 메워 버리겠다.

먼저 이 수목들을 잘라 내어,

먼 곳까지 큰길을 터놓겠다.

저 불경 메고 모친 메고 가는 사람들로 하여금,

저 짐을 지고 가는 아들로 하여금 가로로 지고 갈 수 있게 해

주겠다.

---

36 머리 부분을 강철로 씌운 곤봉이다. 손오공이 쓰는 여의봉과 비슷하다.

나는 에라 한바탕 해야지,

나는 에라 한번 힘을 쓰리니,

산신과 토지는 나의 호령을 들으라.

나는 흰 원숭이로,

관음이 나를 제도濟度해 주셨다네.

부나복을 호위하여,

부처님을 뵙고 모친을 구하게 하려네.

자비관음께서 명을 내려 주시니,

가는 동안 말씀대로 따르겠네.

도심道心을 따르지 않는 자는,

벼락이 쳐서 몸을 부수리라!

【당수재倘秀才】

토지는,

산도깨비를 만나면 쇠줄로 동여매면 되고,

망량魍魎을 만나면 쇠사슬로 묶어 버리시오.

백원이 가는 길 내내 그것들을 깨끗이 없애 버릴 것이니,

그놈들의 간담이 구리나 무쇠와 같다고 해도,

그놈들로 하여금 불 꺼지고 연기 사라지는 것처럼 되게 하리라.

【백학자白鶴子】

예로부터 천지간에는 오로지 선인善人만이 소중하고,

자식이 되어서는 효행만이 으뜸이라네.

모친을 구하려는 부나복의 효행이 빛나고,

괴로움에서 구해 주시는 관세음의 신통이 휘황하구나.

(무대 안에서 범이 포효하는 소리가 들린다.)

　【미尾】

　이 산속에는 범도 많고 표범도 많으니,

　저 효자가 위험한 곳에 가려고 하는구나.

낭낭께 고하노니,

　저 사람을 조금이라도 빨리 친히 제도해 주소서.

(퇴장한다.)

제61척

불경과 모친

(挑經挑母)

생 … 나복

나복

【보보교步步嬌】

불경 메고 어머니 메고 고향을 떠나,

곧장 서천 땅으로 달려가네.

늦가을 매미는 목이 터져라 울어 대니,

마치 고아를 위해,

마음속 괴로움을 호소하듯 하네.

짐은 무겁고 길은 가기 어렵지만,

이 몸 힘든 것을 마다할 수 있으랴!

〔자고천鷓鴣天〕

나무에서 울어 대는 새소리를 눈물 머금고 듣노라니,

새 눈물 자국 사이에 아까 흘린 눈물.

살아서 고생만 하신 어머님은 저승에 빠지시니,

만 리 길 고개와 산을 넘느라 몽혼夢魂[37]이 힘드시네.

마음의 괴로움을,

누구에게 말하랴,

애가 끊어지고 끊어져서 한 마디도 남지 않았네.

언제쯤 서천의 부처님을 뵈어,

어머님을 초도超度하여 고해의 문을 벗어나시게 할까.

나복은 감사하게도 관음 낭낭의 점화를 받고 나서, 모친의 시신을 한 보따리로 만들고 불경과 함께 균형을 맞춰 한 짐으로 만들어 메고 삼가 서천으로 가서 활불을 참배하려고 합니다. 전심전력으로 오로지 슬하에 베풀어 주신 노고에 보답하고자 생각하고, 풍찬노숙하며 가는 길에 겪을 고생을 어찌 마다하 겠습니까? 지금 이곳에서는 아직 날이 저물지 않았으니 얼른 몇 걸음이라도 더 가야겠습니다.

【이범강아수二犯江兒水】

나는 고향 땅을 버리고 떠났으니,

어머님을 위해 어찌 노고를 마다하랴!

길에는 점점 아는 이가 드물어지네.

아버님!

고개 돌려 홀로 계시는 무덤을 바라보니,

흰 구름이 덮어 보호해 드리고 있구나.[38]

---

37 잠자는 동안 육신을 떠나 있는 혼을 말한다. 여기에서는 유씨의 혼백을 말한다.

38 당나라 장수 적인걸(狄仁傑)이 태항산(太行山)을 오르다가 남쪽을 바라보며 흰 구름 떠

나는 어머님을 위해 앞으로 가면서,

아버님 걱정에 다시 뒤를 돌아보네.

갈까 말까 두 마음을,

쇠칼로도 쪼개기 어렵네.

어쩔 수 없구나! 아버님은 땅에 묻혀 계시고 어머님은 어깨에 메었으니, 아버님을 버려두고 힘을 내어 앞으로 가는 수밖에.

나는 한 걸음 내디딜 때마다 염불을 한 번 왼다네.

아미타불!

나는 염불을 한 번 욀 때마다 어머님을 한 번 부른다네.

어머니!

앞으로 나아가니 불경을 뒤로 두었구나.

불경을 앞으로 하자,

불경을 앞으로 하니 또 어머님이 뒤로 가는구나.

어머님을 뒤로 두면 "효를 부정하여 부모를 업신여기는 것"이요, 불경을 뒤로 두면 "성인을 부정하여 법을 업신여기는 것"이니,[39] 두 가지를 모두 겸할 수가 없네. 어쩌면 좋을까?

아무리 깊이 생각해 보아도 정하기가 어렵구나.

아! 내 몸은 어머님께 의지하여 태어났으니 마땅히 어머님을 앞으로 두어야 할 것이라네. 아! 어머님은 부처님께 의지하여 태어나셨으니 어찌 감히 부처님을 뒤로 둘 수 있겠는가? 좋은

있는 곳이 부모님 계신 곳이라고 말했다고 한다. 이로부터 나온 '백운친사(白雲親舍, 흰 구름 아래 부모님 계시는 집)'라는 말은 어버이를 그리워한다는 뜻을 담고 있다.

39 이상 두 구절은 『효경(孝經)』「오형장(五刑章)」에 나오는 구절과 비슷하다.

수가 생각났다. 양쪽을 모두 온전하게 하여 해를 입히지 않게
할 수 있겠다.

이렇게 가로로 지고 앞으로 가면 된다네.

(합) 어머니! 당신께서 너무도 흉하게 돌아가셨으니,

불경을 메고 어머님을 메고 서둘러 길을 가서,

언젠가 서천에 도착하여,

활불을 뵙고,

자비로우신 아미타불께 눈물로 호소하렵니다.

어머님,

자비로우신 부처님이 당신을 초도하셔서,

초도하셔서 저승을 벗어나시게 되기를 바라옵니다.

【전강】

애가 끊어져 하나도 남지 않았네,

부모님을 연달아 여의니 정말이지 괴롭다네.

슬프고 슬프다네,

부모님께서는 나를 낳고 고생하셨네.[40]

드넓은 하늘처럼 망극한 은혜를 생각하니,[41]

눈물이 흘러 은해銀海[42]가 말라 버렸네.

사람들이 모두 말하기를, 여기에서 서천까지는 십만 팔천 리
길이라고 하니,

---

40 『시경(詩經)』「요아(蓼莪)」에 나오는 구절이다.
41 역시 『시경』「요아」에 나오는 구절과 비슷하다.
42 도교에서 사람의 눈을 가리키는 말이다.

한스럽도다, 안개 타고 구름 타고,

천축에 가서,

어머님을 위해 죄업을 멸하고 복을 보태 드리지 못함이.

아, 오는 길 내내,

길 양쪽의 새로 자란 나무들이 절을 하듯 넘어진 모습만 보이는구나.

나무꾼이 베어 놓은 것일까? 도끼 자국도 없는데! 이제 알겠다, "효는 세우면 천지天地를 채울 수 있고 펼치면 사해四海를 덮을 수 있다"[43]고 하였지. 이 나복이 효를 행한다고 감히 스스로 생각할 수는 없지만,

하늘이 어머님을 메고 불경을 메고 가는 것을 불쌍히 여겨,

나복을 슬퍼해 주신 것이 아닐까?

텅 빈 숲에서 까악까악 자오慈烏가 우는구나.

이 까마귀도 어미 새에게 먹이를 물어다 줄 수 있는데, 사람이 되어 새만도 못할 수 있겠는가?

마땅히 보답해야 하리라, 열 달 동안 품어 주시고,

삼 년 동안 젖 먹여 주신 은혜에.

(합) 어머니! 당신께서 너무도 흉하게 돌아가셨으니,

불경을 메고 어머님을 메고 서둘러 길을 가서,

언젠가 서천에 도착하여,

활불을 뵙고,

---

43 『예기(禮記)』「제의(祭義)」에 나온다. 효의 의의는 천지를 막고 사해를 덮을 만큼 크다는 말이다.

자비로우신 아미타불께 눈물로 호소하렵니다.

어머님,

자비로우신 부처님이 당신을 초도하셔서,

초도하셔서 저승을 벗어나시게 되기를 바라옵니다.

【전강】

내가 옛날을 돌이켜 생각해 보면,

어머님께 소식하시고,

불경 읽고 염불하시고,

고기를 삼가고 술을 끊으시라고 권유했건만,

어머님은 말씀하시기를,

"만약에 네가 소식하고,

불경 읽고 염불하고,

고기 삼가고 술을 끊는다면,

쇠 절굿공이에 꽃이 피고,

양자강 한가운데에서 연뿌리가 뻗을 것이다"라고 하셨지요.

어머니! 당신이 아들의 말씀을 듣지 않으신 것은 상관없지만,

오늘 당신은 풍도에 떨어지셨으니,

강 한가운데에서 연뿌리는 자라지 않았고,

배가 강 한가운데에서 구멍이 나 고치기 어려운 것과 같습니다.

맹세를 어기고 육식을 하신 것이 비록 어머님의 잘못이라 하나,

저는 오로지 원망하노니, 외삼촌과 금노가,

종일토록 입을 놀려,

어머님으로 하여금 신명을 더럽히게 하여,

이제는 속죄하기 어렵게 된 것을.

(합) 어머니! 당신께서 너무도 흉하게 돌아가셨으니,

불경을 메고 어머님을 메고 서둘러 길을 가서,

언젠가 서천에 도착하여,

활불을 뵙고,

자비로우신 아미타불께 눈물로 호소하렵니다.

어머님,

자비로우신 부처님이 당신을 초도하셔서,

초도하셔서 저승을 벗어나시게 되기를 바라옵니다.

【전강】

어머니!

당신의 유골은 저의 어깨를 떠난 적이 없는데,

당신의 혼령은 어디에 계십니까?

당신을 메고 가니 저는 다리가 아프고,

어깨가 짓물러 선혈이 흘러내립니다.

어머니! 당신이 살아 계셨더라면,

저의 어깨가 짓물러 터진 것을 보시고,

마치 심장의 살이 벗겨진 듯 아파하셨을 것입니다.

하느님! 어버이가 자식을 기를 때 얼마나 많은 마음과 힘을 쏟
으셨던가요! 어깨가 깨져 피가 나는 것은 작은 효도로 힘을 좀
쓰는 것일 뿐, 제가 어찌 감히 원망할 수 있겠습니까!

여전히 가로로 메고서,

한 걸음 한 걸음 또 한 걸음 내딛네.

아!

삽시간에 비바람이 몰아쳐 앞길이 캄캄해지네.

나는 그저,

얼른 길을 갈 뿐인데,

미끄덩 하고 넘어지면 누가 붙잡아 줄까?

첫째는 불경을 망칠까 두렵고,

둘째는 어머님을 놀라게 할까 두렵다네.

그저 원하노니, 바람과 우레가 얼른 잦아들고,

그저 바라노니, 용천龍天44께서 보우해 주시기를.

(합) 어머니! 당신께서 너무도 흉하게 돌아가셨으니,

불경을 메고 어머님을 메고 서둘러 길을 가서,

언젠가 서천에 도착하여,

활불을 뵙고,

자비로우신 아미타불께 눈물로 호소하렵니다.

어머님,

자비로우신 부처님이 당신을 초도하셔서,

초도하셔서 저승을 벗어나시게 되기를 바라옵니다.

【청강인淸江引】

다만 뇌음사雷音寺45의 종과 북 소리만 들려오네.

---

44 불법(佛法)을 수호하는 여덟 신장(神將), 즉 팔부천룡(八部天龍)을 말한다.

45 명나라 소설 『서유기』에도 나오는 절의 이름이다. 소설에서 대뇌음사(大雷音寺)는 서천의
   영산(靈山)에 있고, 소뇌음사(小雷音寺)는 황미노조(黃眉老祖)가 당승(唐僧)을 함정에 빠뜨
   리려고 만든 가짜 뇌음사이다.

고난에서 구해 주시는 자비주慈悲主이시여,

영험한 감응을 가지신 관세음이시여,

나무아미타불이시여,

저의 어머니가 지옥을 벗어나 천당으로 가도록 구해 주셔서,

자식이 일념으로 괴로워한 것이 헛되지 않게 해 주소서!

제62척

내하교를 건너는 유씨

(過耐河橋)

말 … 귀사   단 … 옥녀

축 … 자사   외 … 충신/도사

부 … 유씨   첩 … 열녀/비구니/새영 모친

소 … 효자   정 … 스님/신녀

귀사

양세의 많고 많은 개미 떼들이,

온갖 꾀를 부리면서 어지럽게 다니는구나.

누가 알랴, 음사에 와서,

현명했는지 어리석었는지를 가리는 데 사정 봐주지 않을 줄을.

나는 교량자사橋梁刺史 나리의 부하입니다. 나리께서는 금하金河, 은하銀河, 내하耐河의 세 강을 관장하고 계시지요. 강 위에는 다리가 셋 있는데 금교, 은교, 내하교라고 합니다. 선행을 즐겨 베푼 상등 사람은 금교를 건너가고 선행을 베푼 중등 사람은 은교를 건너갑니다. 착하지 않은 하등 사람은 내하교를 건너가는데, 건너가다 넘어져 다리에서 떨어져 강물에 빠지면 무쇠 개와 구리 뱀이 그의 골육을 물어뜯고 다시 업풍業風이 불어 그를 활귀活鬼로 만들어 다시 압송해 가게 합니다. 나리가 즐거워서 이 일을 하는 것이 아니고, 사람의 마음이 선악으로 나누어지니, 이런 까닭에 다리에도 편안하고 위태로운 길을 나누게 된 것입니다. 아직 말을 마치지 않았는데, 나리께서 들어오시네요.

자사

【보현가普賢歌】

벼슬이 자사라, 양세와 음사에서 으뜸이니,

세 강을 관장하며 자못 명성이 있다네.

금교를 건너가는 분은 정말이지 존경할 만하고,

은교를 건너가는 이는 가벼이 대할 수 없으나,

내하교를 건너가는 자는 힘줄을 끊어 놓으리라!

벼슬이 교량자사에 배수되었으니,

세상의 어느 누가 위풍을 우러르지 않으랴.

세 강의 다리 세 곳으로 나누어 건너가게 하는데,

주고 뺏는 권력은 오로지 내가 쥐고 있다네.

나는 벼슬은 하나인데 직무는 세 강을 관장하고 있어서, 이곳을 지나는 망자들은 모두 검사를 거친 다음에 놓아 보내 준다네. 탄식하노니 세상에 선행을 베푸는 사람이 비록 있다고 하나 악행을 저지르는 자가 더 많다네. 살아 있을 때는 마음을 닦으려 하지 않고 죽은 뒤에도 후회할 줄을 모르지. 여봐라, 문방사우를 가져오너라, 내가 시를 몇 마디 적어 줄 테니 문 앞에 걸어 놓아 악인들에게 깨우침을 주게 해라.

(시구詩句를 적는다.)

　　선인善人은 악자를 어쩌지 못하지만,

　　악자는 늘 선인을 괴롭히네.

　　선인은 금교와 은교로 건너가고,

　　악자는 내하교로 건너가라.

묘妙하도다, 묘해!

(다시 시구를 적는다.)

　　강물에 출렁출렁 물결이 일어나고,

　　다리 아래에는 구리 뱀과 무쇠 개가 많구나.

　　세상에서는 악자들을 어찌하지 못했지만,

　　내하교 위에서 그를 어찌할 것인가.

사沙하도다, 사해!

귀사　'사'하다는 것이 무슨 말씀인지요?

자사　'사' 자가 '묘' 자와 비슷하게 생겼으니, '묘'하지 못하면 '사'한 것이지![46] 이 시를 문밖에 걸어 놓거라.

귀사　알겠습니다.

(시를 내건다. 스님이 유씨를 압송하는 우두牛頭를 이끌고 등장한다.)

유씨　괴로워라!

스님

　　【솔지금당率地錦襠】

　　여인네가 가는 길 내내 아이고 아이고 하는구나,

46　'사(沙)'는 모래를 뜻하지만 거칠고 조잡하다는 뜻도 있다.

당신더러 수양하라고 할 때는 수양하지 않더니.

유씨

석양이 서쪽으로 지고 강물은 동쪽으로 흘러가고,[47]

들풀과 들꽃이 온 땅에 만발한 것처럼 근심만 가득하네.[48]

사자님, 힘들게 길을 왔더니 걸어가기가 힘듭니다. 저 앞에 교정橋亭[49]이 하나 있으니 좀 쉬었다가 갑시다.

스님   저 앞은 세 강의 나루터인데. 교량자사 나리가 검사하여 가는 곳을 정해 준다네. 다리를 건너가려면 큰 고초를 겪을 테니 도착하면 좀 쉬시오! (걸어간다.) 문 앞에 무얼 알리는 글이 있구나! (읽는다.)

귀사   망자는 무슨 일로 왔는가?

스님   번거롭겠지만 보고를 부탁드립니다.

(귀사가 자사에게 보고한다. 일행이 자사가 있는 곳으로 들어간다. 자사가 공문을 본다.)

자사   알고 보니 유씨는 악행을 저지른 사람이로군!

(무대 안에서 외친다.)

무대 안   선인이 도착했습니다!

(귀사가 아뢰는 동작을 한다.)

자사   선인이 도착했으니 악인은 저 옆에 묶어 놓거라.

---

47   당나라 최도(崔涂)의 시 「무산여별(巫山旅別)」의 마지막 구절과 같다. 세월이 흐른다는 뜻이다.

48   이상 두 구절은 송나라 석혜원(釋慧遠)의 게(偈) 「송고사십오수기일(頌古四十五首其一)」의 둘째 구, 넷째 구와 같다.

49   다리 입구에 있는 정자이다.

유씨 엎드려 비나이다. 나리께서는 저를 좀 풀어 주십시오.

자사 내가 너를 풀어 주려고 해도 하늘이 풀어 주지 않을 것이다. 풀려날 것은 생각하지도 말아라!

(사슬을 채운다. 귀사가 퇴장한다. 옥녀가 충신, 효자, 열녀를 이끌고 등장한다.)

충신

【솔지금당】

어려서부터 문장을 읽어서,

훗날 한번 뜻을 펼쳐 보려고 했다네.

임금님을 위해 간을 꺼내고 쓸개를 짜내면,[50]

대장부 스스로 노력하는 모습을 비로소 드러내리라.[51]

저는 광국경 光國卿 이라고 합니다. 주상께 간언을 올리다가 권신을 거스르게 되었는데 죽음도 불사하여 이제 저승길에 오게 되었습니다. 여러분도 얼른 들어오십시오!

(한쪽에 멈추어 선다.)

효자

【전강】

하늘과 땅 같은 부모님의 덕은 끝이 없으니,

곤궁하여 떠돌아다니지만 어찌 잊을 수 있으랴?

계모가 나쁜 마음을 먹은 탓이지만,

---

50 당나라 황도(黃滔)의 글 「계배시랑(啓裴侍郎)」에 나오는 말이다. '속을 터놓고 대한다', '충성을 다한다'는 뜻이다.

51 당나라 이함(李咸)의 시 「송인(送人)」에 "예로부터 사내는 마땅히 스스로 노력해야 했다네(自古男兒當自强)"라는 구절이 있다.

아버님의 말씀을 따르느라 마음 아프시게 하지 못했네.

저는 안어명安於命이라고 합니다. 저의 아버님께서 계모의 말을 믿는 바람에 저를 죽음에 빠뜨려 저승길에 오게 되었습니다. 이제 세 강의 나루를 지나가려고 합니다. 여러분도 얼른 들어오십시오!

(한쪽에 멈추어 선다.)

열녀

【전강】

원앙새는 쌍쌍이 푸른 물에 목욕하고 있는데,

한 여인이 언제 두 남자에게 시집간 적이 있었던가!

스스로 달게 칼날 받은 굳은 마음으로,

죽어서 황천을 향하니 초목이 향기롭구나.

저는 경심정耿心貞이라고 합니다. 젊었을 때 남편이 죽고 자식이 없었는데 계모가 재물을 탐내어 저에게 개가하라고 핍박하여 기꺼이 칼날을 밟고[52] 죽어서 황천으로 가게 되었습니다. (인사한다.) 들어가시지요.

자사 알고 보니 충신, 효자, 열녀로 모두 선행을 한 사람들이로군.

한 몸 내던져 죽으니 잎새처럼 가볍지만,

높은 이름은 천고에 산처럼 무겁구나.[53]

모두

---

52 춘추 전국 시대의 『손빈병법(孫臏兵法)』에 "칼날을 밟더라도 후퇴하지 않는다(蹈白刃而不還踵)"라는 구절이 있다.

53 이상 두 구절은 송나라 이사중(李師中)의 시 「송당개(送唐介)」에 나오는 구절과 비슷하다.

세상을 놀라게 할 일을 일으키려 한 것이 아니라,

편안한 마음 추구할 줄을 각자 알았을 뿐이라네.[54]

자사 바로 등록해 드리겠소. 금교로 건너간 뒤에 귀문관鬼門關
에 당도하여 천부天府로 올라가십시오. 하늘의 조정에서 발탁
되거든 즐겁게 거닐며 다니시고, 양세에 다시 태어나거든 복
을 받고 장수하며 강녕하십시오. 여유롭게 유람하십시오!

(모두 감사를 드리고 퇴장한다.)

모두

【강두금계江頭金桂】

광악光嶽의 기운이 쪼개진 뒤로 풍속이 각박해지니,[55]

어지러이 바쁜 이들은 모두 삶을 탐하고 죽음을 두려워하는 무
리였다네.

이 때문에 신하는 죽음으로써 충성을 다하고,

자식은 죽음으로써 효도를 다하고,

아내는 죽음으로써 절개를 지켜서,

무너진 강상綱常을 떠받쳐 세웠다네.

이제 여기 세 강의 나루에 와서 자사 대인께서 강상을 중히 여
기신 덕택에,

우리를 이 금교에 올려,

---

54 송나라 소식(蘇軾)의 사(詞) 「정풍파(定風波)·남해귀증왕정국시인우낭(南海歸贈王定國
侍人寓娘)」에 나오는 구절을 빌려 썼다.

55 송나라 문천상(文天祥)의 사(詞) 「심원춘(沁園春)·제조양장허이공묘(題潮陽張許二公
廟)」에 비슷한 구절이 있다. 광악은 높은 산을 말한다. 광악의 기운이 쪼개졌다는 것은 난리가
나서 국토가 찢겼다는 뜻이다.

금하를 건너가게 하시고,

다시 귀문관에 이르러,

천부로 올라가서 천조에 발탁되어,

영원히 천궁의 즐거운 소요逍遙를 누리게 해 주셨다네.

(부夫 유씨가 단旦 옥녀를 붙잡는다.)

유씨 여러분, 이 늙은이는 유사진이라고 합니다. 살아서 스님
과 도사와 비구니께 공양을 베풀었으니 여러분이 저를 좀 데
려가 주시기를 바라옵니다.

귀사 이자는 악행을 저지른 사람이니, 여러분은 쓸데없는 일에
끼어들지 말고 얼른 가시오.

모두 (합) 그랬군요!

선행을 베푸는 것이 좋다네, (첩)

선인이 보배임이,

이제 와서 비로소 드러났네.

선인은 절로 하늘의 보살핌을 얻으니,

양세에 한 번 다녀온 것이 헛되지 않았다네.

(퇴장한다.)

(자사가 나오면서 말한다.)

자사 악한 여인네야, 악한 여인아! 선인들이 얼마나 영광을 얻
었는지를 보거라!

【전강】

선인들이 저토록 영광스러운 것을 보아라,

사람이 태어난 것은 모두 한 배 속에서라네.

이와 같은 모습을 함께하고,

이와 같은 성품을 함께하였는데,

천성에 어찌 악의 싹이 있겠는가?

어찌하리요, 마음과 몸이 생겨나서,

욕심이 솟아나는 것을!

선을 행하는 사람은 날로 고명해지고, 악을 행하는 사람은 날로 더러워진다네.

선과 악은 하늘과 연못처럼 멀리 떨어져 있다네.

선인는 금교를 건너고,

악인은 다리 기둥에 묶이지.

(합) 그렇구나!

선행을 베푸는 것이 좋다네, (첩)

선인이 보배임이,

이제 와서 비로소 드러났네.

선인은 절로 하늘의 보살핌을 얻으니,

양세에 한 번 살았던 것이 헛되지 않다네.

(무대 안에서 외친다.)

무대 안 선인이 도착하였습니다!

(축[#] 자사가 앉는다. 옥녀가 스님, 비구니, 도사를 이끌고 등장한다.)

도사

【불잠佛睡】

선사善士는 양세에서 닦고 또 닦았으니,

금빛 불상을 높은 누각에 세웠네.

나무!

양세에서 수행하지 않으려던 자들은,

음사에 와서 후회하며 눈물 흘려도 소용없다네.

나무아미타불!

스님, 비구니

【전강】

승니僧尼들은 양세에서 서둘러 닦았으니,

널리 방편方便을 행하며 세월을 보냈다네.

나무!

권하노니 수행은 늦지 않게 일찍 해야 하니,

광음光陰이 강물처럼 동쪽으로 흘러가 버린다네.

나무아미타불!

(앞과 같이 인사하고 들어간다.)

자사 승니와 도사는 모두 선행을 베푼 사람들이니 바로 등록해

주겠다. 은교로 지나가서 귀문관에 도착하여 이전처럼 사람

세상에 다시 태어나 영원히 부귀를 누리시오!

(첩占 비구니가 먼저 퇴장하여 유씨의 안사돈으로 분한다. 모

두 사례한다. 퇴장한다.)

도사, 스님

【이범도금령二犯淘金令】

먼지 같은 세상에 살면서,

뜬 인생이 꿈과 같음을 한탄했네.

그리하여 힘써 선도_{善道}를 행하고,

널리 음덕을 쌓았다네.

이제 와서 즐거움이 막 끝났으니,

감사하게도 하늘이 잘 보살펴 주셔서,

옥녀와 금동,

주번_{朱幡}과 보당_{寶幢}이,

쌍쌍이 앞에서 맞이하고 쌍쌍이 뒤에서 에워싸네.

이끌어 먼지 세상을 나서서,

맞이하여 선동_{仙洞}으로 돌아가고,

관문에서 번갈아 전송하고 맞이하네.

(합) 은교_{銀橋}는 무지개를 타고,

은하에는 빙설_{氷雪}이 솟구치는데,

여기에서 가서 마침내 천궁에 들어가겠네.

다시 태어나 거듭 하늘의 은총을 받고,

복과 장수를 면면히 끝없이 누리겠네.

(퇴장한다.)

(무대 안에서 외친다.)

무대 안　선인이 도착했습니다!

(옥녀가 신녀_{信女}[56]를 이끌고 등장한다.)

새영 모친

【불잠】

신녀는 양세에서 닦고 또 닦았네,

56　새영 모친을 말한다.

닦고 또 닦으니 복이 한이 없네.

나무!

만약 수행하지 않았다면 꺾이고 말았을 것이니,

누가 말했던가, 선과 악이 같이 흘러간다고.

나무아미타불!

유씨 부인, 저를 좀 데려가 주시오!

새영 모친 이 부인은 어찌하여 여기에 묶여 있을까? (유씨에게 묻는다.) 당신은 어디 분이시오?

유씨 저는 왕사성 사람이고, 남편은 부상, 아들은 부나복이라고 합니다. 대대로 소식素食을 해 왔고 대대로 적선을 해 왔는데, 오늘 억울하게도 이곳에 묶여 있게 되었습니다.

새영 모친 며느리를 보았소?

유씨 며느리는 조씨 나리 댁의 딸로 정해 두었습니다. 이름은 새영賽英이라고 합니다. 아들 나복이 부모를 연이어 여읜 탓에 아직 혼인을 올리지는 못했습니다.

새영 모친 (통곡한다.) 아이고, 사부인!

【일봉서一封書】

조씨 댁 딸 새영이,

제가 바로 그의 어미입니다.

유씨 사부인, 송구하고 송구합니다!

새영 모친

적선하신 집안이신데,

어찌하여 이런 형벌을 받으십니까?

새영아, 너는 팔자가 이렇게도 박복하구나!

어미와 딸이 서로를 돌보지 못하고,

시어머니와 며느리는 어찌하여 둘로 나누어졌더냐?

마음이 너무도 상하고,

가슴이 너무나 아프구나!

애야,

너는 양세에서 누구에게 의지하겠느냐?

유씨   사부인, 다행히도 이렇게 만났으니 저를 좀 구해 주십시오.

새영 모친   곧 알게 되실 것입니다.

(정淨이 신녀로 분하여 쫓아오듯 등장한다.)

신녀   좀 기다렸다가 같이 갑시다!

(인사하고 앞과 같이 들어간다.)

자사   신녀는 선행을 베푼 사람이라 바로 검사를 마치니 앞으로 가서 다시 귀문관에 이르러 이전처럼 사람 세상에 초생超生하여, 크게는 황후나 귀빈으로 태어나고 작게는 부잣집의 부인으로 태어나서, 복과 장수가 오래도록 이어지며 영원히 부귀를 누리게 될 것이다.

새영 모친, 신녀   고맙습니다, 고맙습니다!

새영 모친   소인이 한 가지 나리께 아뢰고자 하옵니다.

자사   무슨 일인가? 말하거라!

새영 모친   오다가 다리 기둥에 한 부인이 묶여 있는 것을 보았는데, 바로 소인의 사부인이었습니다. 그 집안은 선행을 좋아하고 불경을 읽어 왔으니, 바라옵건대 편의를 베푸셔서 소인과 함께 갈 수 있게 해 주십시오!

자사

【전강】

네가 어찌 알겠느냐!

저자는 선행을 좋아한다는 허울만 쓰고,

남편의 말을 저버리고 오훈채를 먹었다.

새영 모친   그것은 작은 허물이니 용서해 주시기를 바라옵니다.

자사   고기를 먹은 것은 작은 허물이라 해도, 뼈를 화원에 묻고

도 화원에 다시 갔을 때,

고개를 쳐들고 화를 내면서,

하늘을 부르고 맹세하며 말했지,

'만일 고기를 먹고 뼈를 묻었다면,

지옥에서 거듭하여 큰 형벌을 받으리라'라고.

새영 모친   소인이 양세에 있었을 때에는 그런 일은 듣지 못했

사옵니다.

자사   네가 모른다고 해도 신사神司에서는 이미 알고 있었느

니라!

그의 죄명은 진짜이니,

죄악이 가득 넘친다.

너는 얼른 가거라, 저자는 상관하지 말고!

저자 때문에 자신을 그르치지 말거라.

신녀   상관없는 일에 신경 쓰지 마세요, 우리도 엮이겠어요!

(새영 모친과 신녀가 나간다. 새영 모친이 유씨를 향해 말한다.)

새영 모친 사부인, 안 되겠습니다. 제가 자사 나리 앞에서 두 번 세 번 간청을 드렸지만, 자사 나리는 사부인에게 벌어진 많은 일들을 말하면서 받아주시지를 않으니 이를 어쩌면 좋겠습니까?

유씨 사부인께 고생을 많이 끼쳤습니다!

귀사 신녀들은 얼른 가시오, 이곳에 오래 머무르지 말고.

유씨

【전강】

사자가 괴롭게 핍박하며,

서둘러 길을 떠나라고 하는구나.

여기에서 헤어지면 사부인은 하늘로 오르고, 이 늙은이는 황천으로 들어가겠군요.

하늘과 연못의 두 곳으로 나누어지니,

만나고자 해도 영원히 만날 수 없겠네. (첩)

이제 가셔서 바깥사돈 부상을 만나시면 저의 사정을 일일이 말씀해 주세요.

제가 온갖 고생을 겪는 것을 알게 하여,

전생의 백날 밤의 은애恩愛를 저버리지 말아 달라고요.[57]

새영 모친 제게 돈이 몇 푼 있어서 사부인께 드립니다. 애통하게 생각하는 마음의 작은 표시입니다.

---

57 원나라 석군보(石君寶)의 잡극 「추호희처(秋胡戲妻)」 제1절(折), 명(明) 고명(高明)의 희곡 「비파기(琵琶記)」 제32출 등에 "하룻밤 인연을 맺은 부부는 백날 밤의 은애가 쌓인다(一夜夫妻百夜恩)"라는 구절이 있다.

귀사 얼른 가시오, 무슨 쓸데없는 말이 그리 많은가!

　(신녀가 새영 모친을 끌어당긴다.)

신녀 갑시다, 가요, 말썽 일으키지 말고!

신녀, 새영 모친 (합) 하늘이시여!

　　　전전긍긍하며,

　　　눈물이 가득하니,

　　　애간장을 끊어 내고 심장을 도려내는구나.

옥녀 얼른 다리에 오르시지요!

모두

　　【이범도금령】

　　　비록 은교로 가지만,

　　　저 높은 천하天河를 건너가는 길이 여기에서 이어지네.

　　　속세를 벗어나,

　　　가는 길 내내 소요하니,

　　　얼마나 존귀한가.

　　　탄식하네, 세상 사람들이 혼몽하니, (첩)

　　　종일토록 취해 있으면서,

　　　독경讀經이 모두 헛일이라고 비웃네.

　　　어찌 알리요, 선과善果가 이루어지면,

　　　천심이 움직여,

　　　구름과 안개를 타고,

　　　난새와 봉새를 타게 될 것을.

　　　정말이지 사람에게 착한 바람이 있으면 하늘은 반드시 따라 주신다네.

(합) 은교는 무지개를 타고,

은하에는 빙설이 솟구치는데,

여기에서 가서 마침내 천궁에 들어가겠네.

다시 태어나 거듭 하늘의 은총을 받고,

복과 장수를 면면히 끝없이 누리겠네.

(신녀들이 퇴장한다.)

유씨 귀사 오라버니, 이 늙은이가 오래 묶여 있었으니 좀 아뢰어 주시오.

귀사 내가 아뢰어 주겠다. (들어간다.) 나리께 아뢰오. 다리 기둥에 묶여 있는 부인을 처분하지 않으셨습니다.

자사 데려오너라.

(귀사가 유씨를 이끌고 들어오는 동작을 한다.)

유씨 나리, 불쌍히 여겨 주소서! 용서를 베푸셔서 이 늙은이를 금은교로 보내 주시기를 바라옵니다!

자사 너는 어찌 모르느냐! 상등의 사람은 금교를 건너가고 중등의 사람은 은교를 건너간다. 너는 하등 사람이니 마땅히 내 하교를 건너갈 것이다!

(귀사가 유씨를 끌고 나오는 동작을 한다.)

유씨 한번 물어봅시다, 사자님. 상등 사람은 어떤 사람인가요?

귀사

〔서강월西江月〕

효자와 충신과 열부는,

본래부터 지기志氣와 절조節操가 드높았다네.

오로지 하늘의 이치에만 기댈 뿐 사욕을 따르지 않으니,

죽어서 황천에 가더라도 후회하지 않는다네.

만고의 강상綱常이 이들에게 달려 있으니,

구천九天의 해와 달과 빛을 다투네.

천지와 신명이 함께 보우하시니,

사람들 중에 마땅히 제일이라네.

유씨 중등 사람은 어떤 사람인가요?

귀사

세상의 선남신녀善男信女들과,

세상의 도사와 스님들이라네.

목숨이 유한하여 재난과 위험을 당하니,

발원하여 널리 음덕을 베푼다네.

선과를 생전에 이룩하니,

선교仙橋가 사후에 건네주네.

내생에 부귀하고 산만큼 장수할 사람은,

모두 이들 착한 부류라네.

유씨 그렇다면 저도 독경하고 보시했는데 어찌하여 하등으로 떨어졌습니까?

귀사 너는 독경을 했다지만

"자비와 선을 행하고자 생각하면,

불경을 읽으려고 노력할 필요가 있으랴?

남에게 손해를 입히고자 한다면,

여래의 책을 헛읽은 것이라네"[58]

　라는 말도 듣지 못했더냐?

유씨　제가 다시 말씀을 올리게 해 주십시오.

　(유씨가 걸어 들어가 무릎을 꿇고 말한다.)

　나리, 제가 듣기로 부처님 말씀에

　　"『아미타경阿彌陀經』을 다 읽고,

　　「대비주大悲呪」[59]를 다 읽으면,

　　외 심은 데 외 나고,

　　콩 심은 데 콩 난다"[60]

　라고 하였사옵니다. 저는 양세에서 독경과 염불을 했는데도
　지금 은교를 건너가지 못하니 외 심은 데 외가 안 나고 콩 심
　은 데 콩이 안 난 것입니다!

자사　흥! 부처님 말씀은 본래 여덟 구절인데 어찌하여 앞의 네
　구절만 읊느냐? 뒤의 네 구절도 읊어 보거라!

유씨　소인은 모릅니다.

자사　네가 어찌 뒤의 네 구절을 모르겠느냐? 너의 아픈 곳을 말
　해야 하니, 읊지 않은 것이지! 네가 너에게 들려주마. 뒤의 네
　구절은,

　　"불경과 주문은 자비에 바탕을 둔 것이니,

58　이상 두 구절은 명나라 소설 『서유기』 제11회에 나오는 구절과 같다. 『명심보감(明心寶
鑑)』 「성심(省心)」에서는 송나라 인종(仁宗)의 말을 인용한 것으로 나온다.
59　『대비심다라니경(大悲心陀羅尼經)』의 주어(呪語)를 말한다.
60　이상의 네 구절과 자사가 이어 읊은 다음의 네 구절은 모두 『명심보감』 「성심」에 남송(南
宋) 때의 명승 제전화상(濟顚和尚)의 말을 인용한 것으로 나온다.

원한이 맺어짐에 어찌 구원하리요?

본래심本來心을 비추어 보아,

저지른 일대로 자신이 받으리라”

이다. 너는 생전에 갖은 악행을 저지르고 오늘 여러 고초를 받게 되었으니 바로 자업자득이다. 부처님 말씀에,

“독경을 하고 선행을 하지 않으면,

복이 소원대로 되지 않는도다”

라고 하셨으니, 바로 너를 두고 하신 말씀이다.

유씨 이 부처님 말씀도 네 구절입니다.

“독경을 하고 선행을 하지 않으면,

복이 소원대로 되지 않는도다.

힘이 있을 때,

남에게 방편을 베풀어라.”[61]

나리, 힘이 있으시니 방편을 베풀어 주시면 안 될 것이 무엇이겠나이까?

자사

쭉정이를 제거하여 알곡을 기르고,

악인을 징벌하여 선인을 장려하는 것.

이것이 바로 벼슬아치의 대방편이지, 어찌 악인을 풀어 주는 것이 대방편이겠느냐? 여봐라, 저자를 때려 주어라!

(졸개가 등을 때린다.)

자사

---

61 『명심보감』「성심」에 나온다.

【탁파금자령拆破金字令】

여인네가 억지를 부려,

멋대로 선교仙橋를 건너고자 하는데,

하늘은 눈이 있어서,

너를 보시고 진노하셨다.

너는 고의로 맹세를 어기고,

남몰래 고기를 먹고,

하늘을 속이고 거짓 맹세하였으니,

양세에서 행한 일대로,

음사에서 받으리라.

오늘 이곳에 와서 후회해도 소용없으리라.

(합) 다리 아래에는 강물이 넘쳐 흘러가는데,

도도한 물결이 모두 근심이로다.

무쇠 개가 고개를 흔들고,

구리 뱀이 아가리를 벌리고 있는데,

내하교를 너 악한 여인이 건너가야 하리라!

봄이 오면 정원에 꽃이 다투어 피고,

가을이 오면 빈산에 잎새만 날린다네.

선행과 악행은 결국 보응이 있게 되니,

다만 일찍 오는지 늦게 오는지의 차이만 있을 뿐.

(퇴장한다.)

(스님과 효자가 등장하여 귀사에게 말한다.)

스님, 효자 이 여인을 내하교로 끌고 건너가야겠습니다!

유씨

　　내하교에 오니,

　　혼비백산하겠네.

　　험난하여 천지가 만들어 놓은 것 같고,

　　미끄러워 끓는 기름에 빠질 것만 같네.

　(놀란다.)

　　개가 천 겹 파도 위로 솟구쳐 오르고,

　　뱀이 만 겹 파도 위에서 몸을 뒤집네.

　동생, 내가 그때,

　　자네의 이야기를 경솔하게 따랐는데,

　　어찌 알았겠는가, 오늘 같은 날이 있게 될 줄을!

스님, 효자　세상 사람에게 권한다네,

　　모든 일은 욕심이 너무 높아서는 안 될 것이니,

　　건너가야 한다면 얼른 건너가고 볼 일이라네.

　　다만 옳은 일을 행한다면,

　　어찌 내하교를 두려워하랴?

유씨

　【전강】

　사자님, 제 말씀 좀 들어 주세요!

　　저는 소식을 하였으니,

　　선과가 곧 이루어질 것입니다.

　동생의 말을 듣고,

　　고기를 먹고 술을 마시고,

잘못된 일도 많이 저질렀습니다.

오늘 여기에 오니,

위태로운 외나무다리 아래,

맹수들이 떼를 지어 있으니,

입을 떼기도 어렵고,

억울함을 호소하기도 어려워서,

앞과 뒤를 쳐다보니 부질없이 눈물만 흐릅니다.

(합) 다리 아래에는 강물이 넘쳐 흘러가는데,

도도한 물결이 모두 근심입니다.

무쇠 개가 고개를 흔들고,

구리 뱀이 아가리를 벌리고 있는데,

나더러 내하교를 어떻게 건너가라는 것인가요!

못 가겠습니다!

(주저앉는다.)

스님, 효자, 귀사

【반천비半天飛】

강물은 도도하고,

강 위에는 외나무다리가 높이 걸려 있네.

악인은 다리 가운데를 건너가야 하는데,

어찌 다리 머리에서 주저앉는다는 말이냐!

(유씨를 끌고 간다.)

유씨

발걸음을 내디디니 양쪽이 흔들리고 기름처럼 미끄럽네.

사자님, 제가 안 가겠다는 말씀이 아니라,

다만 두렵습니다, 다리 한가운데에서,

넘어져 다리 아래로 떨어져,

드넓은 강물에 빠져서,

무쇠 개와 구리 뱀이,

저의 심장과 간장을 물어뜯어 찢겨 나갈 것이.

(유씨가 넘어져 강물에 빠지고 뱀과 개가 마구 물어뜯는다.)

스님, 효자　여러분은 모두 보시오!

어쩔 도리가 없는 사람이 지금이라고 도리가 있겠는가? (첩)

【금전화(金錢花)】

내하교는 기름처럼 미끄럽네,

기름처럼.

사람들은 이곳에 와서 걱정하네,

걱정하네.

여인네는 넘어져 강에 떠 있고,

뱀은 꼬리를 흔들고,

개는 머리를 흔들고 있으니,

세상 사람들은,

제때에 늦지 않게 수행하시오. (첩)

(유씨가 다리 위로 올라와 건너가면서 퇴장한다.)

제63척

흑송림의 시험

(過黑松林)

— 관음이 목련을 희롱하다

첩 … 관음
생 … 나복

관음

【신수령인新水令引】

삽시간에 흑송림黑松林으로 날아오니,

바위 앞은 울퉁불퉁 산길이네.

소나무 숲에는 두루미만 있고,

산 바깥은 고요하여 사람이 없네.

범과 표범이 날뛰는 곳이라서,

효자를 위해 세상에 내려왔네.

일념의 자비에 만겁의 몸이니,

신령한 빛이 대천지를 널리 비추네.

허공에서 구름 당기는 손[62]을 뻗어,

---

62 관음의 매우 뛰어난 능력을 비유한다.

천라지망天羅地網[63] 속의 사람을 들어 올리네.

나는 관음이라네. 부나복이 서천으로 가고 있는데 흑송림에 범과 표범이 많다네. 내가 지금 옷과 차림새를 바꾸어 보통 여인으로 변신하고, 송림 아래 초막을 하나 만들어 놓고 범과 표범은 사방의 산으로 쫓아내었다네. 그가 이곳에 와서 묵으면 그의 도심道心을 볼 수 있을 것이니, 과연 죽어도 흔들리지 않는다면 더욱 보호하고 도와주어야 하리라. 정말이지,

청안青眼[64]으로 효자를 가엾게 여기나니,

하늘은 착한 마음을 지닌 이를 저버리지 않는다네.

말이 아직 끝나지 않았는데 멀리에서 효자가 오는 것이 보이는구나.

(조장을 한다.)

나복

【산파양山坡羊】

멀고도 멀구나, 끝나지 않는 길이,

다급하기만 하네, 풀기 어려운 근심이,

무겁고도 무거워라, 둘러메기 힘든 짐이,

아프고도 아프다네, 구원하기 어려운 곤고困苦하신 어머님이.

어머니!

아들이 당신을 위해,

당신을 위해 곧장 서천으로 갑니다.

---

63 하늘과 땅에 빈틈없이 깔린 그물을 말한다.
64 백안(白眼)과 상대되는 말로, 애정이나 믿음을 가진 눈길을 말한다.

만약 활불께서 가엾게 여겨 주신다면,

어머니를 고해의 문에서 벗어나시게 초도해 드리겠습니다.

어머니,

당신께서 지옥문에서 고생을 당하시니,

쓰라림에,

주르륵 눈물이 수건을 가득 적십니다.

어머님을 메고 불경을 메고 먼 길을 나섰는데,

가는 동안의 노고를 어찌 견딜까.

고생하시는 어머님 한 번 부르고 부처님 한 번 부르며,

은해銀海[65]가 흐르다 피눈물마저 말라 버렸네.

저는 어머님을 구하기 위해 집을 떠난 뒤로 내내 풍찬노숙하고 험한 산들을 넘어오느라 얼마나 힘들던지요! 이곳에 오니 어느새 하늘이 어두워지려 하여 서둘러 걸어가야겠습니다.

【청강인清江引】

자줏빛 안개 띠가 산록을 둘러쌌는데,

아마도 하늘이 저물려나 보다.

사람은 하나도 없으니,

바삐 발걸음을 옮겨 가서,

앞마을의 인가에 묵어야겠네.

(부른다. 관음이 여인으로 변하여 등장한다.)

관음

【금전화金錢花】

65　눈물을 비유한다.

홀연히 개가 연달아 짖어 대네,

연달아서.

누가 우리 집 사립문을 두드리는 것일까?

사립문을.

(문을 연다.)

수행하시는 군자님이셨군요!

나복 낭자이셨군요. 낭자께 여쭙니다만 앞에 인가가 있습니까?

관음

앞으로 삼십 리는 모두 흑송림입니다.

나복 사람이 다닙니까?

관음

사람은 드물고,

범이 자주 날뛰어 다닙니다.

나복 그렇군요! 소생은 진퇴양난이올시다.

관음 군자님은,

초막에 잠시 묵어가심이 어떨는지요?

(인사한다.)

군자님께 여쭈오니, 성함은 어떻게 되시고 어디에서 오시며 무슨 일로 가시는지요?

나복

【반천비半天飛】

제 말씀을 들어주십시오,

저는 부나복이라는 사람으로,

집은 왕사성에 있습니다.

관음   오래전부터 명성을 들었습니다!

나복

부친께서는 선행을 쌓아 신선의 땅에 오르셨는데,

모친은 신명을 공경하지 않다가,

하루아침에 저승길로 떠나시니,

고생을 참을 수 없고,

겹겹의 지옥에 떨어져,

초승超昇[66]할 도리가 없었습니다.

이 때문에,

모친을 메고 불경을 메고,

삼가 서천으로 가서,

활불을 뵙고자 합니다.

오는 동안 길은 멀고 짐은 무거우니,

집에서 가난한 것은 가난한 것도 아니라는 말을 믿겠습니다,

고맙게도 나그네를 불쌍히 여겨 주시는 분을 만나게 되었군요.

낭자께 여쭈오니, 관인官人께서는 어디에 계십니까?

관음

【전강】

지아비를 물으신다면,

이미 집을 떠난 지 네댓 해입니다.

나복   소식이 있습니까?

---

66 신선이 되어 하늘로 올라감을 이르는 말이다.

관음

　　떠나신 뒤로 소식이 없습니다.

나복　댁에 다른 사람은 있습니까?

관음

　　그림자뿐입니다.

나복　심산에 홀로 계시니 마음이 정말 힘드시겠습니다.

관음

　　마음을 말씀하시니 저도 몰래 넋이 나가 차마 듣기 어렵습니다.

　남편은 떠나가서,

　　저버렸습니다, 꽃처럼 곱고,

　　버들처럼 나긋한 저를.

　밤마다

　　침대 휘장에는 향이 사라지고,

　　얇은 비단 드리운 창에는 달빛이 차갑고,

　　기나긴 밤은 아득하기만 한데,

　　누가 있어 근심하며 물어 줄까요?

　군자님께서 천 리 길을 멀다 않고 오셔서,

　　마치 무산巫山에서 운우雲雨를 만난 듯하오니,

　　인연 없이 얼굴 마주한 사람은 아니겠지요.[67]

나복　낭자의 말씀은 정말이지 괴상합니다. 인연 없이 얼굴 마

---

[67]　송나라 남희(南戲) 『장협장원(張協狀元)』 제14출(出)에 "인연이 있으면 천 리 밖에 있어
도 만날 수 있지만, 인연이 없으면 얼굴을 마주하고도 만나지 못한다(有緣千裏來相會, 無緣對
面不相逢)"라는 구절이 있다.

주한 사람이 아니라면 인연이 있어 천 리 길을 와서 만나게 되었다는 말씀이오? 낭자, 무산의 운우는 초^楚 양왕^{襄王}과 신녀^{神女}가 만난 고사가 아닙니까?

관음   맞습니다, 맞아요.

나복

【전강】

마음을 닦아 깨끗이 하면,

불도 태우지 못하고 물도 얼리지 못한다네.

오온^{五蘊}을 모두 깨끗이 닦고,

육근^{六根}을 모두 없애야 한다네.

당신은 여인의 몸으로 천금처럼 귀하시니,

함부로 처신하여,

집안의 명성을 더럽히지 마십시오.

관음   밤이 깊었으니 누가 알겠습니까?

나복

비록 밤이 깊었다고 하나,

하늘이 알고 땅이 알고,

당신이 알고 내가 아오.

이 뜻이 분명하니,

아는 이 없다고 말하기 어렵다네.

받아들일 수가 없구나.

(짐을 둘러메고 나오는 동작을 한다.)

섬돌 앞에서 오경이 될 때까지 서 있겠네,

어찌 감히 법을 어기는 사람이 되랴!

(염불을 한다.)

관음

【전강】

우습구나, 바보 같은 마음으로,

끝도 없이 염불을 외는구나.

부처님은 어디 계십니까?

나복   서천에 계십니다.

관음

부처님이 서천 땅에 계신다고 하나,

아득하여 증명할 길이 없음을 알겠습니다.

군자님은 이처럼

고요한 밤 깊은 밤에 놀라지 말고,

난방蘭房[68]으로 들어가서,

베개 함께 베고 이불 같이 덮으십시다,

봉鳳새와 난鸞새처럼 엎어지고 자빠지면,

이 즐거움만 한 것이 어찌 또 있으리요!

하룻밤 부부의 연을 맺으면 그 마음 오래가는 것이니,

바보 같고 멍청한 사람은 되지 마시게나.

(나복이 등을 돌리고 말한다.)

나복   이 낭자가 작정을 했으니 하늘에 맹세하여 사심邪心을 끊

---

68   규방을 말한다.

어 내기를 바라야겠다. 낭자, 지금 삼광三光[69] 아래에서 맹세하
오니, 소생이 만약 못된 사람이라면, 낭자가 앞길에 범이 있다
고 하셨으니, 소생은 잡혀갈 것입니다.

(관음이 나지막이 말한다.)

관음 범이 나타난다는 말까지 하는구나! 그렇다면 범을 나타나
게 하여 어떻게 하는지 시험해 보아야겠다. 천령령天靈靈, 지령
령地靈靈! 집법금륜執法金輪[70]은 호표관虎豹關에서 빨리 범을 풀
어 내려보내거라, 이 사람의 마음을 시험해 보리라.

(범이 등장하여 포효한다.)

관음 군자님, 우리 집은 담장이 낮아서 범이 두렵습니다.

나복

【포로박등아鮑老撲燈蛾】

갑자기 맹호 소리가 들리더니,

무서운 모습을 드러내었네.

내 행실에 흠이 많았나 보다.

범아,

하늘이 너를 보내 내게 경고를 보낸 것이냐?

내가 일찍이 들기로, 옛날에는 사람들이 너를 산군山君이라고
불렀다는데,

산군은 신령함이 있다면,

---

69 해, 달, 별을 말한다.
70 법을 집행하는 금륜왕(金輪王)을 말한다. 금륜왕은 수미산을 둘러싼 여덟 번째 바다의 사
주(四洲)를 모두 다스리는 제왕으로, 금륜왕, 은륜왕, 동륜왕, 철륜왕 등을 아우르는 전륜성왕
(轉輪聖王) 가운데 가장 뛰어난 왕이다.

나는 효심이 있고 부처님을 따르는 사람이니,

불쌍히 여겨 주시게.

네가 만약 신령함이 없다면,

우리가 바로 죽어도 무슨 여한이 있으랴?

관음

【전강】

섬돌 앞에서 범이 사람을 위협하는구나. (첩)

나는 이미 문을 열고 기다리는데,

어찌하여 문을 들어와서,

범의 아가리를 벗어나 원앙 베개를 함께 베지 않으시나요?

나복　범에게 물려 죽어도 원앙 베개를 함께 베지는 않겠습니다.

관음　군자님,

당신이 제 말씀을 따르신다면,

하룻밤 기쁨을 함께하실 수 있을 것이요,

당신이 제 말씀을 따르지 않는다면,

당신은 목숨을 잃을 것입니다. (첩)

(나복이 범에게 절을 하며 말한다.)

나복　아미타불!

(관음이 손짓하여 범을 물러가게 한다.)

나복　옛말에 범의 꼬리를 밟으면 사람을 물으니 흉조라고 하였지.[71] 지금은 범이 사람을 해치지 않으니 분명히 신령과 하늘

71　『주역(周易)』「이괘(履卦)」의 “범의 꼬리를 밟아도 사람을 물지 않으니 형통하다(履虎尾,

이 보호해 주시는 것이구나.

【쇄남지鎖南枝】

하늘이 눈을 뜨시고,

신이 영험하시니,

호랑이가 마치 사슴, 돼지처럼 순하구나.

관음　축하드립니다. 범이 물러갔습니다. 제게 박주 한 동이가
있는데 군자님과 함께 놀란 마음을 가라앉히고자 합니다.

나복

저는 술을 마시지 않습니다.

관음　술을 드시지 않으신다면 제게 고기만두 두 개가 있는데
군자님과 함께 허기를 달래고자 합니다.

나복

저는 고기를 먹지 않습니다.

관음　어찌하여 드시지 않습니까?

나복

저는 불가의 계율을 따르고 불법을 지키니,

소식素食을 하며 청정함을 즐깁니다.

관음　술도 드시지 않고 고기도 드시지 않는다면 방 안으로 들
어오시지요. 끝까지 들어오지 않고 섬돌 앞에 서서 날이 밝을
때까지 계셔서는 안 됩니다!

나복

듣지 못했는가, 관운장關雲長도,

不唑人, 후)"라는 구절을 약간 바꾼 것이다.

일찍이 초를 들고 날이 밝을 때까지 있었음을?[72]

낭자,

당신은 저 탁문군卓文君**처럼,**

사마상여司馬相如**를 끌어가지는 마십시오.**[73] **(첩)**

(관음이 조용히 말한다.)

관음 이 사람의 마음을 돌려놓을 수가 없구나. 아픈 척하면서
어떻게 하는지를 보아야겠다. 아이고, 아이고!

나복 낭자, 무슨 일이십니까?

관음

【전강】

제가 몸이 아픕니다.

나복 무슨 병입니까?

관음

복통입니다.

나복 묵은 병입니까, 새 병입니까?

관음 묵은 병입니다.

나복 묵은 병이라면 전에는 어떻게 고쳤습니까?

관음 전에는 남편이 집에 계셔서,

---

72 조조가 관우와 유비를 갈라놓기 위해 관우를 유비의 두 부인인 감(甘) 부인과 미(糜) 부인
이 있는 방에 거처하게 하였으나, 관우는 촛불을 들고 문밖에 서서 아침까지 서 있었다. 명나라
소설 『삼국지연의』 제25회에 나온다.

73 임공(臨邛)의 유지였던 탁왕손(卓王孫)이 사마상여를 초청하여 금곡(琴曲)을 타게 하자
이를 몰래 지켜본 탁왕손의 딸 탁문군이 감동하였는데, 이를 안 사마상여가 사람을 보내 자신
의 뜻을 전하고 탁문군은 이에 바로 사마상여의 거처로 와서 함께 성도(成都)로 도주하였다.
『사기(史記)』 「사마상여열전(司馬相如列傳)」에 나온다.

손으로 만져 주면 바로 나았습니다.

나복　그렇다면 낭자께서 얼른 스스로 만져 주시지요.

관음　아이고, 아픈 사람 손은 힘이 없으니 어찌 스스로 만지겠
습니까!

　　당신은 출가한 분이라,

　　자비를 근본으로 삼아,

　　마정방종摩頂放踵[74]하시니,

　　저의 배를 쓰다듬어 주셔서,

　　손짓 한 번으로 한 사람의 목숨을 살려 주십시오.

　한 사람의 목숨을 구하는 것은 칠 층의 부도浮屠를 쌓는 것보
다도 낫습니다.

　　저 칠 층의 부도를 쌓는 것보다도 낫습니다.

나복　남녀 간에는 직접 주고받지 않는다고 하였습니다.

관음　남녀 간에 직접 주고받지 않는 것은 예禮이고, 형수가 물
에 빠진 것을 보고 손을 뻗어 도와주는 것은 권權이라고 했습
니다.[75]

　　들어 보지 못하셨는지요, 유하혜柳下惠도,

　　여인을 껴안고 날이 밝을 때까지 있었다는 일을?[76]

74　『맹자(孟子)』「진심 상(盡心上)」에 나오는 말이다. 머리끝에서 발끝까지 갈아서 벗겨 낸다
는 뜻으로, 고생을 사양하지 않고 남을 위해 자신을 희생하는 것을 말한다. 또한 불가에서는 수
계 때 계율을 받는 사람의 머리를 쓰다듬는 일을 말하기도 한다.
75　『맹자』「이루 상(離婁上)」에 나오는 말이다. '권'은 임시방편이라는 뜻이다.
76　유하혜는 춘추 시대 노나라 대부로 성은 전(展), 이름은 획(獲)이다. 식읍(食邑)이 유하
(柳下)이고 시호가 혜(惠)여서 유하혜라는 이름으로 유명하다. 하루는 유하혜가 멀리 나갔다
가 돌아오던 중 성문이 닫혀 성밖에 묵어야 했는데 어떤 여자와 같은 방을 쓰게 되었을 때 유하
혜는 여자가 얼어 죽을까 걱정하여 자신의 품 안에 앉혀 옷으로 덮고 새벽이 될 때까지 음행(淫

군자님, 아,

　이야말로 바로 마이불린磨而不磷[77]입니다. (첩)

나복　낭자가 유하혜를 아신다고 하니 노나라 남자[78]의 이야기

도 아시는지요?

관음　노나라 남자는 어떠했습니까?

나복

　【전강】

　노나라 남자는,

　밤이 깊었을 때,

한 여자가 비바람에 초막이 무너지자 노나라 남자에게 도움을

구했습니다.

　그는 문을 닫고 여인이 들어오지 못하게 했습니다.

그 여자도 유하혜의 고사를 말했는데, 남자는 "유하혜는 그렇

게 할 수 있지만, 나는 그렇게 못 하오"라고 말했습니다.

　얼어 죽는다고 해도,

　문을 열어,

　맑은 이름을 더럽히지 않고자 했습니다.

　내가 손으로 당신의 몸을 만진다면,

行)을 하지 않았다고 한다. 『공자가어(孔子家語)』에 나온다.

77　『논어(論語)』「양화(陽貨)」에 나오는 말이다. 갈아도 얇아지지 않는다는 뜻으로, 의지가
굳은 사람은 환경의 영향을 받지 않는다는 말이다.

78　여색(女色)을 가까이하지 않는 사람을 이르는 말이다. 노나라의 어느 홀아비가 폭풍우로
집이 무너진 이웃집 과부를 집 안에 들이지 않았던 일에서 유래하였다. 『시경』「항백(巷伯)」의
모전(毛傳)에 나온다.

천하天河[79]를 끌어온다고 해도,

깨끗하게 씻지 못할까 두렵습니다.

속담에 이르기를 "오이밭에서 신발을 고쳐 신지 말고, 오얏나무 아래에서 갓을 고쳐 쓰지 말라"고 했습니다.

군자는 의심받을 만한 것을 멀리하니,

낭자의 존명尊命을 따르기 어렵습니다. (첩)

관음

【전강】

날이 곧 밝고,

닭이 이미 울었는데,

엎치락뒤치락해 보아도 아픔을 어찌 참겠습니까?

나복 날이 이미 밝았으니, 이웃에게 도움을 구해 보시지요.

관음 앞쪽 삼십 리와 뒤쪽 삼십 리 모두 인가가 없는데, 어찌 도와주러 올 사람이 있겠습니까?

안타깝게도 당신은 수행을 하시면서,

도와주지 않으려 하시니,

마치 보물이 있는 산에 들어갔다가,

빈손으로 고향에 돌아가는 것과도 같습니다.

나복 낭자, 배를 만져 드리는 일은 소생이 할 수 없습니다.

관음

하지 않는 것이요,

하지 못하는 것이 아니라네.

---

79 은하(銀河)를 말한다.

이렇게 애걸해도 마음을 돌이키지 않으니,

군자님,

당신의 마음에는 측은지심이 없는 것입니까? (첩)

나복 측은지심이 없으면 사람이 아닙니다. 하물며 나는 출가한 사람이니 어찌 죽어 가는 사람을 구하지 않겠습니까? 다만 어진 사람은 남을 구하는 일에 절박하고, 지혜로운 사람은 자신을 잃어버리지 않는다고 하였습니다. 낭자, 내게 방법이 있습니다. 옷을 낭자의 몸 위에 덮고 소생이 창문을 통해 옷 위로 만져 드리면 어떠하겠습니까?

관음 옷 위로 만지면 아픈 배를 고치기 어렵습니다. 반드시 손으로 직접 배를 만져야 나을 수 있습니다.

나복 내가 종이 몇 장을 낭자의 배 위에 덮고 종이 위로 만져 드리겠습니다.

관음 그것이라면 괜찮겠습니다. 얼른 오십시오!

(나복이 관음의 배를 만진다. 무대 안에서 불길이 일어난다. 관음이 퇴장한다. 나복이 놀라 말한다.)

나복 번쩍번쩍 붉은 불빛에 땅이 환해지는구나. 초가집과 낭자 모두 사라졌구나! 사방의 범과 표범들이 앞으로 달려가는구나. 이 종이에는 장마다 관음의 상이 있구나. 멜대에 걸어 놓고 소리 높여 나무관세음을 외쳐야겠네.

(나복이 절을 올리며 앉는 동작을 한다. 관음이 등장하여 말한다.)

관음 나복은 머리를 조아리고 나의 분부를 들거라.

【관음사觀音詞】

관세음, 관세음이라,

나는 지금 세상 사람들을 다 바라보네.

세상 사람 그 누가 부모가 없던가?

어느 아들딸이 어버이를 생각하던가?

나복은 본시 효도를 행한 아들인데,

모친이 세상을 떠나 저승에 있구나.

혼령이 지옥 안에 빠졌으니,

아득하고 망망하여 찾을 길이 없구나.

효자는 일심으로 모친에게 보답할 생각에,

집을 버리고 일을 버리고 떠나서 수행하네.

모친 한 번 부르고 부처님 한 번 부르고,

한쪽에는 모친, 한쪽에는 불경이라.

멜대를 가로로 메니 빨리 가기 어려워,

힘들게 힘들게 흑송림에 이르렀네.

흑송림에는 범과 표범이 많으니,

친히 와서 그대가 관문을 건너가게 해 주겠네.

마음이 굳고 지조가 흔들림 없으니,

술로도 흔들기 어렵고 색으로도 어지럽히기 어렵네.

길이 비록 십만 리라 하나,

내가 지금 너를 위해 길을 줄여 주리라.

일천 걸음은 일만 걸음만큼 가고,

하룻길은 열흘길만큼 가리라.

부처님 뵙고 지옥으로 가서,

너의 모친 유사진을 구하거라.

함께 성불하여 하늘나라에 오르면,

아들이 모친에게 보답하고자 하는 마음 드러나리라.

내가 지금 너에게 성상聖像을 내려 주노니,

가는 길 내내 너의 몸을 보호하리라.

만약 도중에 고난을 만나거든,

나무관세음을 소리 높여 외치거라.

(관음이 퇴장한다. 나복이 일어나 절을 한다.)

나복

【도각아掉角兒】

감사하게도 관음께서 고아의 마음을 굽어살펴 주시고,

고아를 위해 길을 가르쳐 주셨네.

나복의 길이 멀고 짐이 가볍지 않다고 생각하셔서,

그분은 나를 위해 길을 줄여 주셨으니,

나는 마음에 새겨 잊지 않고 정성을 다해,

삼가 가르침대로 따르리라.

(합) 예전에 집에 있었을 때는,

나무관세음을 늘 읊었지만,

어찌 관음을 뵌 적이 있었던가?

오늘 흑송림에서 이렇게 현응顯應하셨다네! (첩)

【미尾】

점차 먼동이 터 와 어둠과 나누어지더니,

기쁘게도 보이네, 동쪽에 해가 점점 솟아오르고,

예전처럼 장정長亭과 단정短亭이 이어져 있는 모습이.[80]

(퇴장한다.)

---

80 당나라 이백(李白)이 지었다고 전하는 사(詞) 「보살만(菩薩蠻)」 중의 구절과 비슷하다. 장정은 10리마다, 단정은 5리마다 있는 정자이다.

승천문과 귀문관
(過升天門)

말 … 귀사
축 … 관주/수하
소 … 효자
첩 … 열녀
외 … 충신
부 … 유씨
정 … 유가

귀사

산은 깎아질러 절벽이 높고 물에서는 파도가 솟구치니,

열 사람이 이곳에 오면 아홉 사람은 마음이 서늘해지지.

구원九原[81] 땅이 이처럼 험준하니,

효산殽山과 함곡관函谷關 같은 백이관하百二關河보다도 험하다

네.[82]

저는 관주關主 나리의 부하입니다.

산은 우뚝하고 구름은 높고, 물결은 뒤집어지고 얼음은 눈처럼

희다네. 용이 따리 틀고 범이 웅크리고 있는 곳에, 해마다 눈이

---

81 황천(黃泉), 구천(九泉)이라고도 한다. 저승을 뜻한다.

82 효산과 함곡관은 모두 하남(河南)의 험준한 산과 관문으로, 장안과 낙양 사이에 있다. 백
이관하는 백 명의 군사를 두 명이 감당할 수 있을 정도로 험준한 곳을 말한다.

내려 흑산黑山의 꽃이 되고, 학이 원망하고 원숭이가 슬퍼하는 곳에, 밤마다 달이 청동 거울처럼 걸려 있네. 동쪽에 잠겨 있는 함곡관을 부러워할 것 없고,[83] 살아서 들어가고자 한 옥문관玉門關을 한탄할 것 없네.[84] 철갑옷을 걸친 장군이라 해도, 마음대로 지나가게 하지 않고, 푸른 소에 올라탄 노자老子도,[85] 가벼이 건너가지 못했다네.

정말이지,

한 사내가 관문을 지키고 있으니,

만 명도 열지 못하는구나.

말이 아직 끝나지 않았는데 나리께서 벌써 오시는구나.

(관주가 등장한다.)

관주

【서지금西地錦】

다섯 관문의 험로를 관장하며,

마음으로 덕을 행하여 삿되지 않다네.[86]

선인과 악인이 함께 돌아오고,

현인과 어리석은 자가 가려서 밝혀지니,

---

83 함곡관이 닫혀 있다는 것은 후한(後漢) 장수 왕원(王元)이 함곡관을 사수하고자 한 말에서 나왔다. 『후한서』 「외효공손술열전(隗囂公孫述列傳)」에 나온다.
84 후한(後漢) 장수 반초(班超)가 서역에 오래 주둔하였는데, 늙어서 고향이 그리워 죽기 전에 고향으로 돌아가고 싶다고 한 말에서 나왔다. 『후한서』 「반량열전(班梁列傳)」의 반초 전기 부분에 나온다.
85 노자는 소를 타고 함곡관 서쪽으로 떠나갔다고 한다. 『사기』 「노자한비열전(老子韓非列傳)」 참고.
86 『맹자』 「진심 하」의 "덕을 행하여 삿되지 않다(經德不回)"에서 빌려 썼다.

풍상風霜과 우로雨露를 모두 갖추고 있다네.[87]

담력도 당당한 칠 척의 몸으로,

통제를 도맡아 큰길을 막고 있네.

옥문관, 함곡관이 대단할 게 무엇인가,

천상과 지상에서 이곳이 제일 험하지.

나는 다섯 관문을 관장하고 있는데, 앞의 네 관문은 내가 열어 주고 뒤의 열 보전寶殿은 여기에서부터 시작된다네. 선인은 승천문으로 들어가 마침내 천당에 오르고, 악인은 귀문관鬼門關으로 가서 지옥에 떨어지지. 정말이지,

선행과 악행은 결국에는 보응이 있게 되니,

물이 맑으면 두 종류의 물고기가 비로소 보인다네.[88]

지금은 관문을 열어야 하는 때이니, 여봐라, 관문 앞에 있는 귀범鬼犯들을 들여보내거라!

효자, 열녀, 충신

【완선등玩僊燈】

오는 길 내내 한적하게 거닐었는데,

벌써 다섯 겹 관문 위에 이르렀구나.

유씨

오는 길 내내 고생스러웠는데,

---

87 악한 사람과 어리석은 사람에게는 바람 서리 같은 시련을 주고, 선한 사람과 현명한 사람에겐 비와 이슬 같은 은택을 준다는 뜻이다.
88 명나라 고명의 전기 『비파기(琵琶記)』 제19출에 "물이 흐리면 연어와 잉어가 구분되지 않지만, 물이 맑으면 두 가지 물고기가 비로소 보인다네(渾濁不分鰱共鯉, 水淸方見兩般魚)"라는 구절이 있다.

다시 다섯 겹 관문 아래에 이르렀네.

귀사　나리께 아뢰옵니다. 선인과 악인이 모두 왔습니다.

관주　선인부터 먼저 들여보내고, 악인은 문밖에서 기다리게
해라.

충신　저는 충신 광국경光國卿입니다. 엎드려 바라옵건대 잘 살
펴 주셔서 부절符節을 내려 주시고 떠나보내 주소서.

효자　효자 안어명安於命입니다.

열녀　열부 경심정耿心貞입니다.

관주　충이니 효니 절節이니, 비록 이름은 다르지만 충, 효, 절을
다하면 그 선을 행함이 같도다. 여봐라, 부절을 가져오너라!
(가져온다.)

관주

【풍입송風入松】

예로부터 선인들은 양세에서,

선행을 하여 천관天關을 진동시켰네.

단심이 굳으니 하늘이 굽어살피시고,

길을 따라 모두 다른 눈길로 바라보네.

인도하여 승천문으로 들어가게 해라.

관문을 지나 도안道岸89에 오르리니,

완상하며 천천히 가십시오.

(모두 감사를 표한다.)

효자, 열녀, 충신

89　불교에서 깨달음을 얻는 경계를 뜻하는 말이다.

온갖 나무에 꽃이 피니 땅이 따뜻해서이고,

둥근 달이 밝으니 맑은 물결 덕택이라네.

(퇴장한다. 유가劉賈가 등장한다.)

유가

사람과 귀신이 사는 곳이 다르다 하지만,

음사나 양세나 같은 하늘 아래 있다네.

저는 유가입니다. 양세에서 일이 어긋나 음사에서 갖은 고초를 당하고 있습니다. 여기 관문 앞에 왔으니 세 치 혀를 잘 놀려 구중천九重天에 올라가야겠습니다.

(유씨를 만난다.)

유씨   아이고! 동생, 자네도 이곳에 왔는가!

유가   누님도 여기에 계셨구려!

유씨

【전강】

갑자기 만나니 마음이 쓰라리고,

뚝뚝 떨어지는 눈물을 참을 수가 없구나.

네가 나를 물들여서 함정에 빠뜨린 것이 원망스럽지만,

네가 고해에 빠져 갖은 고난을 당하는 것이 슬프구나.

유가   누님은 내가 원망스럽다면 내 처지를 슬퍼하지 않아도 상관없소!

유씨   동생,

꼭 알아야 하네, 수족手足[90] 간의 정은 깊은 것이니,

---

90   형제를 말한다.

어찌 자네를 원망하여 다치게 하겠는가?

귀사 쓸데없는 말은 그만하고 얼른 들어가거라!

(들어간다.)

관주 유씨 청제青提!

유씨 예!

관주 유가!

유가 예!

관주 두 사람을 끌고 가거라! "노魯나라와 위衛나라의 정치는 형제와 같다"[91]고 했으니, 저 사람도 반드시 지옥에 집어넣어라!

유가 나리, 불쌍히 여겨 주십시오! 누님은 평생 소식을 하였고 저도 악행을 저지른 적이 없사오니, 엎드려 바라옵건대 초도超度해 주소서!

관주

【전강】

너희 두 사람은 세상에서 그렇게도 많이 간사하고,

악행을 백 가지 천 가지로 저질렀다.

공모하여 재승관齋僧館을 불태우고,

맹세를 어겨 고기를 먹고,

살생을 하여 목숨을 해치고,

---

91 『논어』「자로(子路)」에 나온다. 두 나라는 모두 주(周) 무왕(武王)의 동생들에게 책봉한 형제 나라인데 두 나라의 풍속과 교화가 함께 나빠졌음을 말한 것이다. 여기에서는 단순히 유씨와 유가가 남매(형제)라는 것을 나타내기 위해 인용되었다.

고기만두로 스님과 도사들을 속였다.

유씨　　저의 죄를 알고 있사오니 바라옵건대 사면을 내려 주소서.

관주

오늘 뒤늦게 탄식해도 소용없게 되어 버렸도다.

여봐라,

즉시 귀문관으로 끌고 가거라!

유가

【전강】

소인 머리를 조아려 나리께 고합니다.

옛말에, "장상將相은 팔뚝 위에서 말을 달릴 수 있고, 공후公侯

는 배 속에서 배를 저을 수 있다"[92]라고 했습니다.

엎드려 바라오니 너그러이 용서해 주소서.

저의 누님은,

소식을 하고 재물을 나누어 주었는데,

개훈을 권한 것은 소인의 참언讒言이었사오니,

저의 잘못으로 처리하시는 것을 달게 받겠지만,

누님과는 실로 상관이 없습니다.

유씨　　동생,

【전강】

형제의 은의恩義는 산처럼 무겁거늘,

동생이 고생하는데 내 어찌 편안하리요!

92　명나라 계몽서 『증광현문(增廣賢文)』에 나온다. 장수, 재상, 제후 등 권력자들의 도량이 크
다는 것을 말한다.

나리,

　개훈하고 맹세를 어긴 것은 모두 저의 잘못이고,

　고기만두는 제가 만든 것입니다.

　저의 잘못으로 처리하시는 것을 달게 받겠지만,

　동생과는 실로 상관이 없습니다.

관주　너희 두 사람이 서로를 구해 주려고 하는 것을 보니, 수족의 정을 생각하지 않는 자들과는 크게 다르구나.

　【미尾】

　너희의 모습을 보고 문서를 자세히 살펴보노라.

너희 두 사람의 죄는 토지土地가 기록하고 조사竈司가 상세히 보고하였으니, 옥황의 칙지를 누가 감히 어기랴?

　너희들을 사면해 주려 해도 어렵고 어렵도다.

나는 오로지 천제의 명을 따를 뿐이니,

저들을 귀문관으로 압송하거라.

(퇴장한다.)

유씨　동생, 관주 나리께서 말씀하시기를,

　우리의 모습을 보고 문서를 자세히 살핀다고 하셨지만,

이렇게도 말씀하셨네, "우리 두 사람의 죄를 토지가 기록하고 조사가 상세히 보고하였으니, 옥황의 칙지를 누가 감히 어기겠는가,

　우리를 사면해 주려 해도 어렵고 어렵다"라고.

　(합) 어찌하면 개 짖고 닭 울 때 몰래 관문을 건너갈 수 있을까?[93]

93　『사기』「맹상군열전(孟嘗君列傳)」의 '계명구도(鷄鳴狗盜)' 고사에서 유래된 말이다. 맹상

제64척　**109**

귀사   두 사람은 즉시 귀문관으로 들어가라!

유씨

한번 가게 되면 일만 리요,

천 명이면 천 명 모두 돌아오지 못했네.

애주崖州[94]는 어디에 있는가,

살아서 귀문관을 지나간다네.

양세에서 이와 같은 말을 들었는데 오늘 정말로 이곳에 왔구나!

유가

【절궁화折宮花】

후회하네, 옛날 내가 신명을 믿지 않고,

누님에게 살생하여 목숨을 해치라 권하고,

재방齋房을 훼손하고 다리와 정자를 부숴 버린 것을.

어찌 알았으랴,

고개 들면 세 치 앞에 신명이 가까이 계실 줄을.

오늘,

온갖 고문에,

온갖 괴로움을 당했다네.

유씨

두려워라, 귀문관에 들어가서, (첩)

가는 길 내내 고초를 견디기 어려울 것이.

군이 진(秦)나라를 벗어나 함곡관을 통과하고자 할 때 닭의 울음소리를 흉내 내는 사람이 도와
주어 탈출에 성공했다는 이야기가 들어 있다.

94 지금의 해남도(海南島) 담주(儋州)에 있던 고을 이름이다. 매우 먼 지방을 비유한다.

함께

　　(합) 눈을 부릅떠 보아도 힘이 다하고 계책도 다했다네.

유씨　동생,

　　내가 동생을 벗어나게 해 줄 수가 없네.

유가　누님,

　　제가 누님을 벗어나게 해 드릴 방법이 없소.

　　(관주가 등장한다.)

관주

　　살아 있을 때 다른 사람들을 속여 먹었으니,

　　죽어서 음사에 와서도 갚아야 한다네.

　　유가는 살아 있을 때 다른 사람들을 속였는데, 수많은 빚쟁이들이 염라전閻羅殿 아래에서 고소하니, 염군閻君은 나를 보내 붙잡아 와서 대질 심문하여 빚을 갚게 하라고 했지.

　　(유가를 붙잡는다.)

유가　어찌 이러십니까? 어찌 이래요?

　　(관주가 간략하게 설명한다.)

유가　비문批文[95]을 좀 보여 주십시오.

　　(관주가 비문을 보여 준다.)

　　"사기 사건. 담당관이 속히 붙잡아 귀범鬼犯들에 대한 심판 청문을 열라. 이를 어기지 말라! 먼저 악인 유가 한 명."

유씨　동생, 큰일 났네!

　　【자고천鷓鴣天】

95　염라가 관주에게 보낸 문서를 말한다.

막 상봉하여 함께 가는가 했더니,

불쌍하게도 양쪽으로 다시 헤어지네.

동생, 이번에는,

온갖 고초를 내가 어찌 견디겠는가?

유가 누님, 이번에 가시면,

만 가지 슬픔을 누님이 어찌 견디시겠나요?

함께

(합) 헤어진다는 생각이 닥쳐오고,

통곡 소리가 자주 들리니,

불쌍하다네, 땅이 어두워지고 하늘이 캄캄해지네.

눈물 흐르는 눈으로 눈물 흐르는 눈을 쳐다보고,

애끊어지는 사람이 애끊어지는 사람을 떠나보내네.

(퇴장한다.)

제65척

선인들의 승천

(善人升天)

외, 첩, 소 ⋯ 선인(善人)
말, 정 ⋯ 고수(鼓手)
단 ⋯ 옥녀
생 ⋯ 수하

선인 갑

〔자고천鷓鴣天〕

많고 많은 양세에서 선행을 닦은 사람들이,

고수 갑

각자 부절을 들고 관문을 건넜다네.

옥녀

다섯 관문을 지나오니 맑고 평평한 땅이라,

가는 길 내내 자재로운 몸으로 소요하네.

함께

선악仙樂이 울리고,

봉황이 울고,

천가天街 열두 거리에는 향운香雲이 자욱하네.

제65척　**113**

귀신들이 북채처럼 빠르게 보응하니,

천도天道가 어찌 선인을 저버린 적이 있었던가!

선인 갑 우리는 오는 길 내내 소요하였으니, 충효와 절의를 저버리지 않았다네.

(고수 을과 수하가 등장한다.)

고수들, 수하

【절절고節節高】

요지瑤池96에는 아홉 가지 연꽃이,

신선들을 위해 어젯밤에 모두 피어났다네.

천풍天風이 불어와서,

이향異香이 전해지고,

기이한 가지에 부드러운 꽃들이 웃는 얼굴을 펼쳤구나.

신선들을 맞이하니,

앞에서 맞이하고 뒤에서 둘러싸며 모두 기뻐하네.

(합) 분명히 하늘로 향하는 길이 있으니,

사람의 삶이 좋으려면 착한 일을 하는 것밖에 없다네.

모두

【전강】

삼생三生97에 다행히 인연이 있었던 것인지,

관문 앞에 이르러 일시에 모두 분에 넘치게 뽑혔다네.

마치 햇빛 빛나고 달빛 밝고 별빛 반짝이는 듯하니,

---

96 본래는 서왕모가 있다는 연못이지만, 여기에서는 하늘의 연못을 말한다.

97 전세(前世), 현세(現世), 후세(後世)를 말한다.

천당은 여기에서 멀지 않을 것이요,

앞길은 바로 장생전長生殿[98]이리라.

(합) 분명히 하늘로 향하는 길이 있으니,

사람의 삶이 좋으려면 착한 일을 하는 것밖에 없다네.

모두

【미尾】

용당龍幢[99]은 만 길이나 되어 구름에 닿도록 말려 올라가고,

봉련鳳輦[100]의 두 바퀴는 달처럼 둥글구나,

천상이나 지상에서 존귀하고 명성 높은 사람으로 칭송받네.

(퇴장한다.)

---

98 본래는 당나라 황궁의 전각 이름이지만, 여기에서는 하늘의 궁전을 가리킨다.
99 임금의 행차에 따르는 가늘고 긴 깃발이다. 옥황이 계시는 천당에 이르렀음을 말한다.
100 임금의 수레를 말한다.

한빙지의 고난
(過寒冰池)

소 … 백원
생 … 나복
축 … 오룡(烏龍)
외 … 도사

백원

옛사람들은 모습은 짐승 같았지만,

모두 큰 성덕聖德이 있었네.[101]

지금 사람들은 모습은 사람 같지만,

짐승 같은 마음이 헤아릴 수 없네.

나는 사람을 살리고자 하는 마음이 있으니,

원숭이 모습을 어찌 탓할 만하겠는가.

세상 사람들께 말하노니,

흰 원숭이라 비웃지 마오.

나는 자비교주님의 명을 받들어 효자를 호송하며 서천으로 가

---

101 복희(伏羲), 여와(女媧), 신농(神農), 황제(黃帝) 같은 전설적인 제왕들을 가리킨다. 이들은 모두 반인반수의 형상으로 알려져 있다.

고 있습니다. 저번에 낭낭께서 친히 그가 호표관虎豹關을 건너게 해 주셨는데, 지금은 곧 한빙지寒冰池에 당도하려고 합니다. 오룡烏龍이 해코지를 하여 사람들을 해치는데, 잠시 도사로 변신하여 여기서 기다리고 있으려 합니다.

(백원이 퇴장한다. 도사가 등장한다.)

나복

【신수령新水令】

서천의 활불께 귀의할 수 있으니,

여정에 어찌 노고를 마다하리요!

겨우 호랑이 굴을 벗어났더니,

어느새 또 얼음 연못에 이르렀구나.

괴로움을 누구에게 말할까?

창천이 도와주시기를 바랄 뿐이네.

(도사를 만난다.)

도사 군자께서 탄식하시는 것은 짐 지는 것이 힘들고 길 가는 것이 어려워서인지요?

나복 그렇습니다.

도사

끈으로 켜서 나무도 자를 수 있고,

물방울을 떨어뜨려 돌도 뚫을 수 있습니다.[102]

도착하지 못할까 걱정하지 말지니,

---

102 송나라 나대경(羅大經)의 『학림옥로(鶴林玉露)』 「일전참사(一錢斬使)」에 비슷한 구절이 있다.

오로지 마음 굳게 먹었는지에 달려 있다네.

나복 감히 여쭙건대 도사께서는 어디에서 오는 길이신지요?

도사

【나화미懶畫眉】

활불을 뵙고 서천에서 돌아오는 길이니,

서방의 길이 험한 것을 직접 보았다오.

나복 그렇다면,

산 아래 길을 알려면,

지나온 사람에게 물어보아야겠네.[103]

저 얼음 연못에서는 어땠습니까?

도사

요룡妖龍이 해코지하여 나를 얼리니 버티기가 어려웠다오.

군자님은,

동쪽 고향으로 돌아가시는 것이 좋겠습니다,

안 그러면 일이 닥쳤을 때 후회해도 늦을 것이라오.

나복 도사님!

【전강】

일심으로 부처님을 뵈러 가고자 하는데,

감히 가기 힘든 것을 꺼려 도중에 돌아가겠습니까?

도사 요룡이 당신을 얼려 버려 남은 목숨을 망가뜨릴까 걱정해

서라오.

---

103 원나라 남희(南戲) 『형차기(荊釵記)』 제24출에 비슷한 표현이 있다. 명나라 소설 『서유기』 제21회에도 나온다.

나복

　　알아야 하네, 어머님 구하는 것을 나는 마땅히 해야 하니,

요룡이 얼린다고 한들 내가 어찌 피하리요!

　　발걸음을 서둘러 앞으로 가서 늦지 않으리라.

　　(도사와 작별한다.)

　　당신은 오고 나는 가니,

　　각자 앞길로 달려가네.

도사　군자님,

　　이번에 가서 얼어서 넘어지거든,

　　얼음 연못 건너게 해 줄 사람을 소리 높여 부르시오.

　　(도사가 조장을 한다.)

나복　도사는 정말 견식이 없구나! 그는 서방에서 오면서 도리어 날더러 돌아가라고 하니, 도를 믿는 일에 전념하지 않거나 남이 선행하는 것을 질투하는 것이겠네. 그를 믿을 수 없음이 분명합니다![104]

　　【전강】

　　탄식하네, 도사는 단정하여 말하면서,

　　내가 얼어붙어 넘어질 때 자기를 부르라고 했다네.

　　알아야 하네, 그저 얼음 연못일 뿐이니,

　　그가 돌아올 수 있었으니 나도 지나갈 수 있다네.

　　다만 앞섰는지 뒤에 가는지가 다를 뿐.

　　이곳에 오니 과연 한빙지가 있구나!

104　관객을 향해 말하는 대사이다.

얼음의 빛이 반짝이고,

얼음의 기운이 뭉쳐 있는데,

교룡은 이곳에 숨어 있다가,

사람의 간담을 서늘하게 한다네.

홀몸에,

홑옷 입고,

기러기는 오지 않았는데 사람은 관문을 건너가며,

하릴없이 「행로난行路難」 노래를 부른다네.[105]

정신 차리고 서둘러 걸어가야겠다.

【일지화一枝花】

보이는 것은 차디찬 못의 얼음뿐인데,

짙은 음기에 단단히 얼었구나.

긴 못은 은을 겹쳐 놓은 듯하니,

마치 백옥이 깔려 있고 수정이 펼쳐져 있는 것 같네.

하늘의 선녀가 흰 비단을 천하天河에서 빨고 있는 것 아닐까?

옥황의 수레가 하계를 순시하여,

경옥瓊玉을 널리 깔아 온통 수레를 받치고 있는 것 아닐까?

하얗고도 하얗구나, 녹지 않은 산머리의 눈이,

맑고도 맑구나, 매화나무 가지 끝을 두루 비추는 달빛이.

빛나는구나, 차갑게 얼어붙은 홀 같은 강이,[106]

---

105 이상 네 구절은 송나라 묵기영(万俟咏)의 사(詞) 「매화인(梅花引)·동원(冬怨)」에 비슷한 구절이 있다.
106 홀[圭]은 얼어붙어 있는 물길의 모습을 비유한다.

고요하구나, 물길 가운데 노가 없으니.

(퇴장한다.)

(오룡烏龍이 등장한다.)

오룡

숨을 내뿜어 구름을 만들어 만 리를 타고 다니고,[107]

바람을 불어 휘저어 못의 얼음을 만든다네.

산 사람이 와서 얼음 연못을 건너려 하면,

바람과 우레를 일으켜 한입에 삼켜 버리지.

나는 오룡烏龍이라네. 이 얼음 연못에 살고 있는데 산 사람이
오면 숨으로 세게 찬 바람을 내뿜어 얼려 넘어뜨린 뒤에 먹어
버리지! 지금 산 사람 냄새가 나는데 한번 살펴보아야겠다.

(숨을 내뿜는다. 나복이 등장한다.)

나복

놀라서 보니 차가운 얼음의 두께가 만 길이나 되는구나,

삼천 리 길 약수弱水[108]보다도 험난하다네.

【전강】

칼로 베는 듯한 추위를 당, 당할 수 없고,

화살로 찌르는 듯한 바람을 막, 막을 수 없고,

기름처럼 미끄러운 얼음을 지, 지나갈 수 없는데,

내 몸을 쇠처럼 차갑게 얼, 얼려 버리네.

오룡　이 사람은 관음의 성상을 몸에 지니고 있으니, 해쳐서는

107　당나라 한유(韓愈)의 「잡설(雜說)」에 비슷한 구절이 있다.
108　험난하여 건너기 어렵다는 전설 속의 강이다. 명나라 소설 『서유기』 제22회에도 나온다.

안 되겠구나! 바람을 불어 넘어뜨려야겠다.

(바람을 분다. 나복이 놀란다.)

나복

갑자기 몸이 뻣뻣해져서 넘어져 버리니,

발걸음을 끌어 가기가 어렵구나.

오로지 어머니를 구하고자 함이니,

어찌 이와 같은 고난을 마다하랴.

하늘이시여!

생각해 보면 광무(光武) 황제는 얼음이 언 강을 건너가서 대업을

이루었습니다.[109]

어머니!

생각해 보면 왕상(王祥)은 얼음이 언 강에 누워서 효도의 명성을

남겼습니다.

나는 지금 얼음 위에서 넘어졌지만,

어머니를 위한 뜻은 약해지지 않았습니다.

소리 높여 도사를 불러 구해 달라고 해야겠습니다.

도사님, 살려 주십시오!

(도사가 등장한다.)

도사

효자가 심원한 뜻을 품고 있으니,

---

109 후한(後漢)의 광무제(光武帝)가 황제가 되기 전에 왕망(王莽)의 군사와 대적하였을 때
비밀리에 소수의 기병을 인솔하고 곤수(昆水)를 건너 왕망의 군대를 공격하여 대승한 후 신
(新)나라를 멸망시키고 한나라의의 통치를 회복하였다.

이 늙은이가 그의 눈앞 근심을 풀어 주어야겠네.

아, 군자님이 오룡의 해코지로 이곳에서 얼어 넘어졌군요!

나복 옐대에 관음 낭낭이 계시오니, 저를 좀 구해 주십시오!

도사 옐대에 관음의 성상이 있으니 그걸 머리 위에 놓고 낭낭을 불러 이 고난에서 구해 달라고 하시오!

나복 가르침을 받들겠습니다!

(성상을 이마 위에 놓는다.)

소인이 저번에 흑송림에서 낭낭의 분부를 직접 들었는데, 도중에 또 고난을 만나거든 소리 높여 나무관세음을 외치라고 하셨습니다. 도사님과 제가 함께 소리 높여 불러 보면 좋겠습니다.

(나복과 도사가 함께 노래한다. 오룡이 몰래 듣는다.)

나복, 도사

【관음사觀音詞】110

소리 높여 나무관세음을 외치니,

하늘에 한 점 활인성活人星이 나타나네.

온 머리에 가는 머리칼이 먹구름처럼 까맣고,

두 줄기 가는 눈썹은 푸른 버들잎 같네.

나무!

눈이 밝아 세상의 모든 사람을 살펴보시고,

귀가 밝아 천하의 모든 일을 들으시네.

얼굴은 티 하나 없는 미옥美玉과도 같고,

---

110 본래는 곡패 표시가 없으나, 앞의 제63척에서 관음이 부르는 노래와 같은 형식이므로 '관음사'로 곡패를 표시하였다.

몸은 먼지 하나 없는 빙륜水輪111과도 같네.

나무 대자대비 구고구난救苦救難 영감靈感 관세음보살!

대자비大慈悲는 본래의 성性이요,

구고난救苦難은 본래의 심心이라네.

앵무새는 말마다 부처님의 말씀을 전하고,

푸르른 버들가지는 옥병에 꽂혀 있네.

병에는 구룡진법수九龍眞法水112가 들어 있어,

버들가지로 물을 뿌리면 온 천지에 퍼진다네.

한 번 뿌리면 구천九天에서 감로가 내리고,

두 번 뿌리면 가뭄에 단비가 가득 내린다네.

세 번 뿌리면 봄 들판에 단비가 넉넉하니,

한 방울만 적셔도 천금千金만 하다네.

나무!

아픈 사람이 적시면 재앙이 물러가고,

고난을 당하는 사람이 적시면 재난이 몸을 떠난다네.

무더위에 적시면 시원해지고,

추위에 적시면 따뜻한 봄이 되네.

마른 나무에 적시면 가지와 잎새가 생겨나고,

외로운 사람에게 적시면 자손이 생겨난다네.

가난한 사람에게 적시면 부귀가 찾아오고,

부귀한 사람에게 적시면 복과 수명이 늘어난다네.

---

111 달을 말한다.

112 구룡(九龍)은 물을 다스리고, 진법(眞法)은 불법(佛法)을 말한다.

저는 지금 긴 못 위에 누워서,

요룡 때문에 얼음이 되어 있으니,

엎드려 바라옵건대 현신現身하여 구해 주소서,

소리 높여 나무관세음을 외치옵니다.

(오룡이 나지막이 명한다.)

오룡　여러 귀사들은 나의 분부를 듣거라. 관음 낭낭께서 이미 법지法旨를 내리셨으니 이 사람을 놓아 보내 주고 해치지 말라! (퇴장한다.)

나복　낭낭께 기도를 올리니 이 얼음 연못에 갑자기 따스한 별이 들고, 나도 모르게 삽시간에 건너왔구나.

도사　얼음 연못은 건넜지만 앞에는 또 화염산火燄山에서 적사정赤蛇精이 요술로 사람을 해친다오. 군자께서는 지금처럼 관음 낭낭을 소리 높여 외치기만 하면 지나갈 수 있습니다!

나복　여쭙건대 도사님의 존함은 어떻게 되시는지요?

도사　소인은 어려서 출가하여 성명을 잊었습니다. 다만 사람들은 저를 보고 운수도인雲水道人이라고 부르지요. 여쭙건대 군자님의 존함은 어떻게 되시는지요?

나복　소인은 성은 부, 이름은 나복이라고 합니다. 모친을 구하려고 서천으로 가는 중인데, 홀몸에 무거운 짐을 지고 소리 높여 관음을 부르니, 근력으로 예를 행할 수 없고[113] 또한 신명을

113　『예기』「곡례 상(曲禮上)」에 "가난한 사람에게는 재물로써 예를 행하라고 할 수 없고, 노인에게는 근력으로 예를 행하라고 할 수 없다(貧者不以貨財爲禮, 老不以筋力爲禮)"라는 구절이 있다.

모독할까 두렵습니다. 도사님은 소인의 예를 받아 주시고 또한 여행길을 조금 더 호송해 주시고 결초보은을 받아들여 주십시오.

도사 최상은 덕을 세우는 것이고, 그다음은 보답에 힘쓰는 것입니다.[114] 이 늙은이는 비록 덕을 세운 사람은 아니지만 이미 출가하여 사람들을 고난에서 구해 주는 것이 나의 본심이니 어찌 보답을 바라리요! 더 호송해 드리겠습니다.

도사

더 호송하여 앞길을 지나가게 해 드리오,

나복

도사님이 힘을 다해 도와주시니 고맙습니다.

도사

남을 구해 주려면 고난 속의 사내를 구해 주어야 하고,

나복

남에게 부탁하고자 하면 대장부에게 부탁해야 하네.

(퇴장한다.)

---

114 『좌전(左傳)』「양공(襄公) 24년」에 "최상은 덕을 세우는 것이고, 그다음은 공을 이루는 것이고, 그다음은 말을 세우는 것이다. 비록 오래되어도 없어지지 않으니, 이를 불후라고 한다(太上有立德, 其次有立功, 其次有立言, 雖久不廢, 此之謂不朽)"라는 구절이 있다.

제67척

화염산의 요괴
(過火燄山)

축 ⋯ 적사정(赤蛇精)
생 ⋯ 나복
외 ⋯ 도인

적사정

　　【상천효각霜天曉角】

　　천지간의 만물 가운데,

　　나 또한 평범한 몸이 아니라네.

　　화염산 봉우리 삼백 리,

　　이곳을 차지한 것도 하루가 아니라네.

　나는 적사정이라네.

　　천지간의 불의 기운을 타고나서,

　　이물異物로 태어나 만물의 정령이 되었다네.

　　숨어 지낼 때는,

　　교룡과 함께 숨어 있다가,

　　나설 때는,

구름과 안개를 타고 날아오른다네.

아가리는 열 아름만큼 커서,

늘 사슴 코끼리를 삼키고,

몸은 구만 리만큼 길어서,

곤륜산을 에워쌀 수 있다네.

일찍이 문에서 싸워 쫓겨났던 여공厲公을 불러들였고,[115]

일찍이 구슬을 물고 수隋 제후의 은혜에 보답했다네.[116]

호뢰虎牢에 나타나 위魏나라 황제를 겁주었고,[117]

재동梓潼에 들어가 다섯 역사力士를 압살해 버렸지.[118]

몸은 비록 잘렸지만 다시 붙었고,

뜻은 굽혔다 폈다 할 수 있다네.

세상 사람에게 권하노니 비록 재주가 좋아도,

나의 발을 그려서는 안 될 것이고,[119]

---

115 춘추 시대 정(鄭)나라에서 도성 안의 뱀과 도성 밖의 뱀이 남문 안에서 싸워 도성 안의 뱀이 죽은 일이 있었는데, 그로부터 6년 뒤에 여공이 정나라에 복귀할 수 있었다. 『좌전』「장공(莊公) 14년」에 나온다.

116 진(晉)나라 무렵 수현(隋縣)의 제후가 출행을 나갔다가 큰 뱀이 두 동강 난 채 살아 있는 모습을 보고 약을 써서 치료해 주었는데 이듬해 그 뱀이 큰 구슬을 물고 와서 제후에게 보답으로 주었다고 한다. 진나라 간보의 『수신기』권 20에 나온다.

117 북위(北魏) 효장제(孝莊帝) 때 황족 원호(元顥)가 병사를 이끌고 황제가 있던 호뢰에 쳐들어오자 고도목(高道穆)이 이주영(爾朱榮)에게 공격의 고삐를 늦추어 원호 군사의 세력이 커지는 것을 막아야 한다고 충고하였다. 이때 원호를 뱀의 새끼에 비유하여 뱀의 새끼를 길러 후환을 키울 필요가 없다고 하였다. 『위서(魏書)』「고숭전(高崇傳)」에 나온다.

118 전국 시대 촉왕(蜀王)에게 다섯 역사가 있었는데 진(秦) 혜왕(惠王)이 미녀 다섯 명을 바치자 촉왕은 다섯 역사를 보내 미녀들을 맞이하게 하였다. 역사들은 산의 동굴에 큰 뱀이 들어가는 것을 보고 뱀을 끌어당겼더니 산이 무너지고 미녀들은 모두 산에 올라가서 돌이 되었다고 한다. 한나라 양웅(揚雄)의 『촉왕본기(蜀王本紀)』에 나온다.

119 초나라에서 제사를 끝낸 하인들에게 술이 하사되었는데, 술이 부족하여 뱀을 가장 먼저 그리는 사람이 술을 마시기로 하였다. 가장 먼저 뱀을 그린 사람이 뱀의 다리도 그리려 하자 다른 사람이 술을 빼앗으며 뱀에게는 본래 다리가 없으므로 잘못 그린 것이라고 말하였다. 필요

세상 사람에게 권하노니 비록 사람이 많아도,

나의 목숨을 해치면 안 될 것이라네.

이 화염산 속에 산 지,

벌써 천여 년이 되었는데,

산 사람이 오기만 하면,

절로 내게 점심을 주는 것이지.

기쁘게도 산 사람의 냄새가 풍겨 오니, 여기에서 잘 감시해야 겠다.

(조장을 한다.)

(나복이 등장한다.)

나복

【전강】

관산關山은 멀기만 한데,

서역은 언제 당도할까.

도사

지금 길에서 힘쓰면,

마침내 도착할 날이 있을 것이라네.

나복

쇠는 불에 달구어지면 비로소 검이 되고,

도사

물고기는 물결 위로 뛰어오르면 비로소 용이 된다네.[120]

하지 않은 일을 하는 것을 말한다. 『전국책(戰國策)』 「제책(齊策)」에 나온다.

120 명나라 계몽서 『증광현문』에 "죽순은 껍데기가 떨어지면 비로소 대가 되고, 물고기는 물

이곳에 오니 곧 화염산에 도착할 것입니다. 얼른 갑시다.

나복

【옥교지玉交枝】

어머니를 위해 부처님을 뵈려고,

서방의 부처님 계신 곳으로 달려가야 한다네.

화염산에 고난이 많을까 걱정뿐이지만,

또한 어찌 중도에 그만두랴!

오늘 이곳에 도착하니 진퇴양난이로구나.

마치 숫양이 이곳에 와서 울타리에 걸린 꼴이라네.[121]

일찍이 듣기로 절지竊脂라는 까마귀는 날개를 늘어뜨려 불을
막을 수 있다고 했는데,[122]

어찌 절지가 날개를 늘어뜨려 막아 줄 수 있겠는가?

(합) 나무 대자대비 구고구난 영감 관세음보살!

외치고 또 외치네, 관음께서 도와주시기를,

바라고 또 바라네, 관음께서 도와주시기를.

도사

【전강】

높은 산의 골짜기에서,

화염이 이글이글 날아오르는 모습이 보이네.

결 위로 뛰어오르면 비로소 용이 된다(筍因落豫方成竹, 魚爲奔波始化龍)"라는 구절이 있다.

121 '저양촉번(羝羊觸藩)'이라는 말을 약간 바꾼 것으로, 숫양의 뿔이 울타리에 걸려 나아갈
수도 없고 물러설 수도 없는 난처한 처지에 놓여 있음을 비유한다. 『주역』 「대장(大壯)」에 나
온다.

122 『산해경(山海經)』 「중산경(中山經)」에 나온다.

붉고도 붉어라, 쑥이며 영지며 가리지 않고 모두 태워 버리고,

뜨겁고 뜨거워라, 옥이며 돌이며 구분 없이 모두 태워 버리네.

옛날 사람 중에 초선焦先[123]이라는 사람은 나신裸身으로 불에 들어갈 수 있었다는데,

초선이 불에 들어간 것처럼 되기는 어려우니,

불에 타 죽으면서도 후회하지 않은 개자추介子推[124]가 되겠네.

(합) 나무 대자대비 구고구난 영감 관세음보살!

외치고 또 외치네, 관음께서 도와주십사고,

바라고 또 바라네, 관음께서 도와주십사고.

나복

【전강】

노심초사하나니,

어찌 머리 그슬리고 이마 문드러지는 것을 두려워하랴.

생각해 보면 유곤劉昆[125]은 덕망이 천지신명을 감동시켜,

화재를 만났을 때 바람을 돌이켜 불을 껐었지.

일찍이 듣기로, 거산岠山에는 머리가 흰 새가 있고,[126] 부우符愚

---

123 초선은 한나라 말엽의 은자이다. 그는 자신의 집이 불탔는데 그 안에 있으면서 전혀 다치지 않았다고 한다. 진(晉)나라 갈홍(葛洪)의 『신선전(神仙傳)』 등에 나온다.
124 개자추는 춘추 시대 사람으로, 진(晉)나라 문공(文公)이 망명 생활을 할 때 19년 동안 모셨으나 귀국 후에 논공행상에서 빠지자 산에 은거하였는데, 이를 깨달은 문공이 개자추가 나오도록 산에 불을 질렀으나 나오지 않고 불에 타 죽었다고 한다. 그 뒤로 개자추가 죽은 날에는 그를 애도하여 불을 쓰지 않고 찬 음식을 먹었는데, 이로부터 한식이 유래되었다. 한(漢) 유향(劉向)의 『설원(說苑)』 「존현(尊賢)」 등에 나온다.
125 유곤은 후한(後漢) 사람으로, 강릉(江陵)을 다스릴 때 해마다 화재가 났는데 불을 향하여 머리를 조아리니 비가 내리고 바람도 그쳤다고 한다. 『후한서』 「유곤전(劉昆傳)」에 나온다.
126 거산에 있는 머리가 하얀 새는 앞에 나온 절지(竊脂)를 말한다. 이 새는 부엉이 같은 모습에 몸은 붉은색이고 머리는 흰색이라고 하였다.

의 물에는 부리가 붉은 새가 있어 모두 불을 막는다는데,[127]

　　거산의 머리 흰 새를 만나기가 어려워 탄식하고,

　　부우의 부리 붉은 새를 만나기가 어려워 탄식하네.

　(합) 나무 대자대비 구고구난 영감 관세음보살!

　　외치고 또 외치네, 관음께서 도와주시기를,

　　바라고 또 바라네, 관음께서 도와주시기를.

도사

　【전강】

　　삼가 법수法水를 가져다가,

　　버들가지로 가벼이 조금씩 뿌리네.

　　마치 감로가 흠뻑 내리듯 하니,

　　또한 어찌 타오르는 불의 위세를 두려워하랴.

　　불구덩이는 백련白蓮이 핀 못으로 변하고,

　　불길은 모두 서늘한 땅이 되었네.

　(합) 나무 대자대비 구고구난 영감 관세음보살!

　　외치고 또 외치네, 관음께서 도와주시기를,

　　바라고 또 바라네, 관음께서 도와주시기를.

적사정　알고 보니 관음 낭낭의 명이 있었구나! 동생들은 모두
　머리를 조아리고 이분이 지나가시게 하게.

　(퇴장한다.)

나복　과연 법수를 한 번 뿌리니 불이 저절로 꺼졌습니다.

127　부우산에서 흘러나오는 강에 새들이 많은데, 그중에 비유(肥遺)라는 새는 비취 같은 모
습에 부리는 붉고 불을 막을 수 있다고 하였다. 『산해경』 「서산경(西山經)」에 나온다.

도사　화염산은 지나왔지만 앞길에는 또 난사하爛沙河가 있는데 사화상沙和尙이 해코지하니 금방 지나가기가 어렵다오.

나복　그렇다면 도사님이 조금 더 호송해 주십시오.

도사　그러면 나는 풍부馮婦[128] 같은 사람이 됩니다. 게다가 나는 돌아가고자 하는 마음이 화살과도 같아서 더 이상 호송해 드리지 못하겠소.

나복　옛말에 이르기를 "군자는 남의 아름다운 점을 이룩되게 해 준다"[129]고 하였고, 속담에 이르기를, "사람을 건네줄 때는 반드시 건너편 물가까지 데려다준다"고 하였습니다. 조금 더 호송해 주시기를 바랍니다.

도사　그렇다면 내가 먼저 가서 형세가 어떠한지 살펴볼 테니, 당신은 뒤따라오시오.

나복　그렇게 하신다면 더욱 좋습니다!

도사

내가 앞길로 가서 사태를 살펴볼 것이니,

당신은 뒤따라오면서 걱정하지 마시오.

나복

두터운 은혜에 깊이 감사하오니 마땅히 뼈에 새겨서,

천년만년 먼지가 생겨나지 않으리라.

128　풍부는 춘추 시대 때 진(晉)나라의 사내로, 맨손으로 범을 때려잡았고, 후에 훌륭한 선비가 되었다. 어느 날 사람들이 들에 나온 범을 보고 두려워하고 있었는데 풍부가 이를 보고 팔을 휘두르며 수레에서 내리자 사람들은 모두 기뻐했지만 선비들은 자신의 능력을 절제할 줄 모르는 그를 비웃었다고 한다. 『맹자』 「진심 하」에 나온다.
129　『논어』 「안연(顏淵)」에 나온다.

난사하의 싸움

(過爛沙河)

축 ··· 사화상(沙和尚)

소 ··· 백원

백원

【분접아粉蝶兒】

효자가 곤경에 빠지면,

하늘이 소신小神을 보내 구해 준다네.

흙이 쌓여 산을 이루면 비바람이 일어나고,

물이 쌓여 못을 이루면 교룡이 생겨나지.

선이 쌓여 덕을 이루면 신명이 나타나니,

신명은 오로지 연분 있는 사람을 구제해 준다네.

이 흰 원숭이는 낭낭의 명을 받들어 서천을 향해 가는 효자를 호송하고 있습니다. 이미 도사로 변장하여 그가 한빙지와 화염산을 지나도록 도와주었고, 이제 난사하에 도착하려고 합니다. 효자여, 효자여, 도사가 실은 원숭이임을 어찌 알겠는가!

단지 그대의 효심이 위로 천심을 감응시켜 신령이 사람을 몰래 돕는 것이라네! 지금 이곳에 오니 바로 사하沙河로구나. 양쪽의 석벽石壁이 하늘에 닿고, 한 줄기로 모래와 물이 뒤범벅되어 흘러가는구나. 돌산을 밀어 무너뜨려 사하를 메우고 싶지만, 어쩌랴 화상이 해코지를 하여 성공하기 어려우니. 내 오룡강연烏龍鋼椽으로 이 돌담을 밀어 무너뜨려 사하를 메우고 화상이 어떻게 하는지 보아야겠다.

【수저어水底魚】

사하가 뒤범벅이 되어 흘러가니,

아무도 감히 건너는 이가 없었다네.

사하를 메워 큰길을 만들어,

그가 어떻게 하는지를 보아야겠네.

일찍이 조각배 타고 대해에 노닐었으니,

이번에는 파도 높은 것 두렵지 않다네.

(조장을 한다.)

사화상

【전강】

험준한 곳에 있은 지 오래이니,

편안하게 홀로 보금자리 즐기노라.

누가 이곳에 와서,

길을 열고 무슨 짓을 하는가?

무대 안　백원이 돌산을 밀어 넘어뜨려 강을 메우려고 합니다.

사화상　요마가 법도를 모르는구나! 여봐라, 내 분부를 듣거라.

너희는 각자 모래를 한 더미씩 가져다가 상류에서 물을 막아 두었다가, 내가 그놈에게 말을 걸어 거짓으로 그놈을 놓아 보낼 때 다시 모래 더미를 밀어 무너뜨리고 물을 터뜨려 흘려보내 그놈을 거꾸러뜨린 뒤 강물 속에 묻어 버려라. 그렇게 되면 그놈은,

범이 깊은 구덩이에 빠져 발톱 펴기 어렵고,

용이 철망을 만나니 어찌 몸을 뒤집으랴.[130]

하는 신세가 될 것이다.

(조장을 한다.)

백원

【전강】

강물이 터져 세차게 흐르고,

유사流沙가 콸콸 흘러 내려오는구나.

산머리를 밀어 무너뜨려,

메워서 길을 만드네.

사화상

【전강】

참을 수 없구나, 교활한 놈이,

산을 밀어 물가로 무너뜨리니.

그놈에게 따져야겠네,

이 일이 옳은지 아닌지를.

---

130 원나라 평화(平話) 「악의도제칠국춘추후집(樂毅圖齊七國春秋後集)」에 같은 구절이 있다.

(백원을 만난다.)

원숭이는 본래 심산의 쬐그만 축생이라 나와 같은 큰 인물과는 대적할 수 없을 터인데, 무슨 이유로 멋대로 강에 길을 트는 것이냐?

백원　나는 관음의 법지를 받들어 서천으로 가는 효자를 호송하며 오는 길 내내 함께 이곳까지 오게 되었다. 사하가 뒤범벅이 되어 흐르니 앞으로 가기 어려워 산을 밀어 무너뜨려 메워서 큰길을 만들어 효자가 앞으로 가기 편하게 하고자 하는 것이다.

사화상　아, 그런 것이었구나! 내가 하백河伯과 수관水官에게 분부하여 큰물을 잠시 마르게 하여 그를 지나가게 해 주겠다.

(하백 등을 부른다. 무대 안에서 대답한다.)

백원　은덕을 입었으니 내가 앞으로 가서 탐색한 뒤에 다시 효자와 함께 오겠소.

(앞으로 간다.)

사화상　모래 더미를 밀어 무너뜨려 물을 터뜨려라! 물을 터뜨려!

백원　갑자기 물이 불어나 유사가 넘쳐흐르는구나. 지금 강에 빠졌으니 어찌해야 좋을까?

사화상　저놈을 사흘 동안 빠져 있도록 하여 어찌 되는지 보자! 이제부터 이 사화상님을 알아보렷다, 무슨 나무관세음을 외친다는 것이냐!

(퇴장한다.)

백원　모래 더미 속에 빠져서 빠져나올 수 없으니 이를 어찌하면 좋을까! 금테를 두드려 낭낭을 불러야겠다.

(금테를 두드린다. 주문을 왼다.)

금테를 두드려 챙챙 소리를 내며,

소리 높여 나무관세음을 부르네.

부나복을 호송한 뒤로,

길가의 신귀들이 모두들 공경하였는데,

어찌 알았으랴, 사하에 오니,

요승이 계략을 꾸며 나를 해치려는 것을.

이 몸이 유사 속에 파묻혀 버리니,

마치 범이 깊은 구덩이에 빠진 듯하네.

바라옵건대 낭낭께서 친히 구해 주셔서,

나무관세음을 드러내 주시옵소서.

저기 멀리 모래 더미가 보이니 발버둥을 쳐서 빠져나가야겠다.

(빠져나간다.)

용이 얕은 물에서 노닐다가 새우에게 비웃음당하고,

범이 평지에 떨어져 개에게 업신여김을 당하네.[131]

(조장을 한다.)

131　명나라 소설 『서유기』 제24회에 비슷한 구절이 있다.

제69척

사화상의 합류와 나복의 탈화
(擒沙和尙)

첩 … 관음
단 … 용녀
정 … 금라왕(金羅王)
생 … 수하/나복
축 … 사화상
말 … 수하
소 … 백원

관음

【점강순點絳脣】

서쪽을 바라보니,

난사하에 사화상이 있구나.

용맹함을 좋아하고 강함을 다투며,

흰 원숭이를 빠뜨려 고난을 당하게 하였구나.

세력을 얻은 여우는 범만큼 강하고,

털 빠진 난봉鸞鳳은 닭보다도 못하다네.

며칠 전에 백원을 보내 길을 트게 시켰는데 지금은 사화상에게 당해 강 속에 빠져 있으니 직접 가서 사마邪魔를 거두고 백원을 구해야겠네.

용녀 소문에 이 사마는 선하게 교화시킬 수 없고 악하게 변하고도 남음이 있다고 합니다.

관음

【전강】

용녀의 말이 매우 옳구나!

나는 강량^{强梁}132을 거두려고 하니,

반드시 용맹한 영웅 장수여야 하겠네.

용녀 낭낭께서 뜻하시는 대로 장수를 보내소서.

관음

내가 옷을 바꾸어 입고,

용맹한 영웅의 모습으로 변하리라.

용녀 그러시면 낭낭께서는 장막 안에서 갑옷을 입고 투구를 쓰소서.

관음

사도^{邪道}가 어찌 정도^{正道}를 범하랴,

용녀

정신^{正神}이 반드시 사신^{邪神}을 복종케 하시리라.

(조장을 한다.)

(무대 안에서 말한다.)

무대 안 쉿! 모든 신귀는 조심하시오. 관음 낭낭께서 금라왕^{錦羅王}으로 변하셨다네!

(금라왕이 등장하여 노래한다.)

---

132 본래 귀신이나 불길한 것을 잡아먹는다는 전설상의 신령이다. 후에 난폭하고 강건하다는 뜻을 갖게 되었다. 여기에서는 사화상을 비유한다.

금라왕

【혼강룡混江龍】

한 줄기 휘파람 소리 울리며,

구름 속에서 금라왕이 내려가네.

머리에는 황금 투구를 쓰니 햇빛에 반짝이고,

몸에는 황금 갑옷을 걸치니 별빛이 빛나도다.

용구龍駒를 탔으니 기기騏驥를 자랑하지 말 것이고,[133]

용천龍泉을 찼으니 간장干將보다 못하지 않다네.[134]

숨을 내뿜어 우수牛宿와 두수斗宿를 갈라놓고,

외마디 소리를 질러 산과 언덕을 뒤흔드네.

정말이지 나는 호표虎豹와 같고,

명령은 풍상風霜처럼 빠르다네.

【나타령那吒令】

나는 본래 대자비로 법력이 둘도 없고,

나는 본래 대자비로 가르침이 한이 없으며,

나는 본래 대자비로 사람을 구함이 끝이 없도다.

어찌하여 갑자기 살인의 마음을 일으키고,

사람을 놀라게 할 모습으로 변하였던가?

【작답지鵲踏枝】

오로지 사화상의 마음이 너무도 흉악하고,

오로지 사화상의 행동이 너무도 거칠기 때문이네.

---

133 용구와 기기는 모두 준마의 이름이다.
134 용천과 간장은 모두 명검의 이름이다.

스스로 힘센 것을 믿고서,

요마들을 모아 놓고 모래벌판을 차지했네.

유사流沙가 거세게 강을 따라 출렁이니,

이곳을 지나는 자들은 빠져서 목숨을 잃는다네.

【기생초寄生草】

백원이 강의 길을 트러 갔는데,

사화상이 나쁜 마음을 일으켰네.

부하　그놈이 무슨 계교를 썼습니까?

금라왕

물막이 모래를 몰래 쌓아 두었다가,

사람 빠뜨릴 물을 길 가운데로 터뜨려 보내니,

사람 죽이는 칼을 웃음 속에 감추었던 격이라네.

백원은 그의 말을 경솔하게 믿었다가,

물 한가운데 빠져서는,

지금은 모래 더미 속에 갇혀 있다네.

【취중천醉中天】

이 흰 원숭이는,

괴롭게도 저놈의 속임수를 당하여,

소리 높여 나 낭낭을 불렀네.

그리하여 나는 홀로 말에 올라 창 한 자루 들고 나서서,

사화상을 사로잡으려 한다네.

저놈은 함정에 빠진 범 꼴인데도 위세를 드러내고,

솥에 든 물고기 신세인데도 물결을 일으키려 하고,

동네 뱀 처지이면서 용이 와도 물러나지 않는구나.

【취부귀醉扶歸】

그놈은 거리낌도 없이 사납게 날뛰면서,

감히 제멋대로 허세를 부리며 가장하네.

나는 분노가 치솟아 온 가슴에 가득 차오르네.

이 도깨비는 쉽게 놓아주기 어렵구나.

나 대자비는 본래 사람을 건네주는 배이지만,

어이하랴, 저놈은 스스로 몰락하려 하니.

【금잔아金盞兒】

내가 자신의 장기를 믿고,

나의 힘을 자랑하는 것이 아니라네.

내가 보니 그놈은 마치 맹호에 쫓기는 양 같네.

생각하니 너는 버틸 수 없을 것이네.

그놈은 어둠 속의 도깨비요,

나는 광명 속의 봉황이라네.

그놈이 난사하를 믿고 버틴다 해도,

어찌 알겠는가, 바닷물을 헤아리기 어려움을.

【잠미賺尾】

용마가 구름을 타고 날아오르고,

봉황의 휘파람 소리가 먼 하늘까지 울려 퍼지네.

바람을 부르고 비를 부르니 그 누가 맞서랴,

돌을 굴리고 모래를 날리니 그 누가 감히 당하랴.

허공에서 깃발의 그림자가 나부끼고,

길가의 신귀들이 마음으로 우러르네.

삽시간에 사화상을 사로잡고,

만 리의 사마들을 모두 항복시키니,

비로소 금라왕의 법력이 드넓게 드러나네.

(조장을 한다.)

(사화상과 수하가 등장한다.)

사화상, 수하

【수저어아水底魚兒】

불화살과 신령한 창으로,

깃발이 번쩍번쩍 빛나네.

요마와 야귀들이,

이곳에 와서 모두 항복하네.

(금라왕과 수하가 등장한다.)

금라왕, 수하

【전강】

나의 위무가 드날리니,

위풍을 그 누가 당하랴.

개가凱歌 소리 울려 퍼지는 가운데,

그놈으로 하여금 금라왕을 알아보게 하리라.

(사화상과 만나 말을 주고받는다.)

사화상

금라왕, 금라왕아,

어찌하여 이리 사납게 날뛰는가?

얼른 말에서 내려 고개 숙이고 절을 올려,

사하 속에 빠져 고난을 겪지 않도록 하라.

금라왕

사화상, 사화상아,

어찌하여 이리 말이 가벼운가?

얼른 난사하를 메워,

경각에 남은 목숨 잃지 않도록 하라.

사화상　말로는 소용없고, 겨루어 보면 바로 알게 되리라.

　(싸운다. 금라왕이 사화상을 붙잡는다.)

사화상　대왕님, 살려 주십시오!

금라왕　백원을 돌려보내겠느냐?

사화상　여봐라, 얼른 백원을 이곳으로 보내거라!

　(백원이 등장한다.)

백원

굶주린 봉황은 추위에도 깃털이 부러지지 않고,

누운 용은 병들어도 뿔이 여전히 높이 솟아 있다네.[135]

소자가 부족하여 대왕님께서 친히 정벌하시도록 폐를 끼쳤나 이다.

금라왕　백원을 돌려보낸 뒤에도 나의 명을 듣겠느냐?

사화상　일일이 따르겠나이다.

금라왕　그렇다면 너는 강에 길을 열고 백원과 함께 서천으로

135　이상 두 구절은 송나라 위경지(魏慶之)의 『시인옥설(詩人玉屑)』 권 4에 비슷한 구절이 있다.

가는 효자를 호송하거라.

사화상 명을 받들겠사옵니다.

백원 효자를 호송하는 일을 감히 사양하지 못하겠사오나, 도 중에 만난 고난에서 구해 주는 것이 어찌 하늘 위로 높이 올려 주는 것만 하겠나이까? 바라옵건대 낭낭께옵서 크게 자비를 베풀어 일찍 방편을 행해 주셔서 나복의 범신凡身을 탈화脫化 하게 하시고 나복의 불과佛果136의 뿌리를 심어 주시면 일시에 서천에 당도할 수 있고, 낭낭께서 사람들을 제도濟度하시고자 하는 마음 또한 일찍 이루어질 수 있겠나이다.

금라왕 그것도 옳은 말이로다. 너희 둘은 먼저 백매령百梅嶺으 로 가 있되, 백원은 매화나무 덤불 속에 숨고 사화상은 만 길 절벽 아래 숨어 있거라. 그가 그곳에 당도하면 백원은 그의 짐 을 빼앗아 절벽 아래로 던지거라. 그는 애통하게 모친을 생각 하며 반드시 절벽으로 몸을 던져 죽을 것이다. 그때 바로 그로 하여금 범신을 벗어나 부처의 모습이 되게 하면, 사화상은 즉 시 너의 옷과 모자로 그의 가사와 승모僧帽를 삼아 주어 마침 내 서천으로 향하게 하면 좋지 않겠느냐!

백원 그렇게 해 주신다니 고맙습니다, 고맙습니다!

금라왕

나의 도를 따르는 자가 창성할 것이니,

너희 둘은 얼른 가서 그를 제도하거라.

사화상 낭낭께서는 좋은 때에는 관음불이시지만, 좋지 않을 때

---

136 불과는 망령이 초도되어 고해를 벗어나는 것을 뜻한다.

는 금라왕이 되시는구나.

(금라왕이 퇴장한다.)

사화상 남에게 부탁을 받았으면 마땅히 충실하게 받들어야 하는 법. 우리 둘은 이미 법지를 받들었으니 바로 앞으로 가세.

(앞으로 가서 백매령에 도착한다.)

백원

나는 매화나무 덤불 속에 높이 숨어 있고,

사화상

나는 절벽 아래에서 공로를 드러내리라.

함께 나복, 나복이여,

석 짐 황련黃連은 다 먹고도,

한 짐 감초甘草는 뜯어 보지도 못했네.[137]

(조장을 한다.)

나복

【홍납오紅衲襖】

탄식하네, 홀몸으로 길 위에서 내내 고생도 많구나,

고맙다네, 도사가 앞길에 소식 알아보러 가 주시니.

나는 여기에서,

쉬지 않고 서둘러 길을 가야겠네.

도사님, 당신은 거기에서,

어디로 가셨기에 모습이 보이지 않습니까?

---

137 속담에 "쓰디쓴 황련을 먹으니 감초가 달다는 것을 알겠다(吃過黃連苦中苦, 方知甘草甜上甜)"라는 말이 있다. 나복이 갖은 고생을 겪었음을 말한다.

아, 이곳에 오니 난사하인 것 같구나. 유사가 세차게 흐르고 강물이 넘쳐흐르는데, 가운데 모래 둑이 한 줄기 나 있구나. 다행히 풍랑이 없으니 건너갈 수 있겠다. 서둘러 가야지.

(서둘러 걸어간다.)

기쁘게도 풍랑 없는 난사하를 건넜네.

형씨, 말씀 좀 물읍시다. 저 앞의 높은 고개는 무엇이오?

무대 안   백매령이오.

나복

또다시 벌써 눈보라 휘날리는 백매산에 왔구나.

아!

매화가 희고 눈도 희니,

눈과 매화가 같은 색깔이라네.

암향暗香이 풍겨 오지 않았다면,

매화인지 알지 못했겠네.

매화는 꽃 중의 우두머리이니 이처럼 좋은 청향淸香이 있지.

(멜대를 내려놓는다.)

가지 하나를 꺾어 부처님과 어머님께 바쳐야겠네.

어머니!

이 향기를 맡으시고 일찍 승천하시기를 바라옵니다.

(백원이 나복의 짐을 빼앗아 던져 버린다.)

나복

【반천비半天飛】

망했구나!

갑자기 원숭이에게 빼앗겨서,

내 행낭이

　　만 길 구덩이 아래로 떨어져 버렸네.

하늘이시여!

　　불경이 모두 상해 버렸습니다.

어머니,

　　유골이 흔적도 없이 사라졌습니다.

아! 나는 놀라서,

　　혼백을 잃어버려 마음 쓰라리게 아프네.

　　나도 오로지 어머니가,

　　저승에 떨어진 것 때문에,

　　내내 바쁘게 달려오며,

　　온갖 고생을 다 당했네.

　　오로지 서천에서 어머님을 초도해 주시기를 바랐건만,

누가 알았으랴,

　　이 산속에 와서,

　　하루아침에 그림의 떡이 되어 버릴 줄을!

하늘이시여!

　　어머님도 돌보지 못했는데 어찌 저 스스로를 돌보겠습니까?

　　이 만 길 절벽 아래로 한 목숨 떨구리라!

(나복이 뛰어내린다. 가사와 승모를 들고 두 사람이 나복을 부축하고 등장한다.)

백원, 사화상

【도각아掉角兒】

당신께 말씀드리오니 번민하지 마시오,

당신께 이번의 경사를 축하드리오.

저 백골은 당신이 범신을 탈화한 것이요,

이 광두光頭는 당신이 이미 불정佛頂을 이룬 것이라오.[138]

(나복이 백원에게 묻는다.)

나복　당신은 누구시오?

백원

　저는 본래 백원입니다.

　낭낭의 명을 받들어 내내,

　　길을 가는 당신을 호송해 왔습니다.

　　며칠 전의 도사가 바로 저입니다.

나복　아!

　(다시 사화상에게 묻는다.)

나복　당신은 누구시오?

사화상

　저는 본래 사화상입니다.

　낭낭의 명을 받들었습니다,

　　당신을 건네주고,

　　저더러 당신을 도우라는 명을·

나복　다행히 범포凡胞와 용골庸骨을 탈화하였지만, 불경과 모친
의 시신이 보이지 않으니 어쩌면 좋겠소?

138　광두는 삭발한 머리이고, 불정은 부처님 머리를 말한다.

백원, 사화상

이것이 모친의 귀중한 유골이고,

이것이 불경 몇 권입니다.

(합) 행낭 하나로 잘 정돈하여,

서천으로 향해 가니 곧 가까워지겠네.

나복

【전강】

자비께서 이토록 큰 은혜를 베풀어 주시니 고맙습니다,

당신께서 이렇게 불쌍히 여겨 주신 덕분입니다.

저를 속세에서 탈화시켜 주셨으니,

유해를 가리고 정성과 공경을 다하겠습니다.

백원, 사화상

이제부터는 날아올라 길을 가서,

애초의 수많은 고생을 건너뛰리라.

(합) 행낭 하나를 잘 정돈하여,

서천으로 향해 가니 곧 가까워지겠네.

나복

백매령 위에서 신군神君들을 만나니,

만 길 절벽 앞에서 이 몸을 제도해 주셨네.

백원, 사화상

정말이지 약은 죽지 않을 병을 고쳐 주고,

부처님은 연분 있는 사람을 제도하신다네.

(퇴장한다.)

부처님 참배

(見佛團圓)

외 … 활불
말, 소, 축 … 십우
생 … 나복

활불

【하만자인河滿子引】

하늘의 뜻은 오로지 효자를 불쌍히 여기고,

불법의 빛은 화이華夷를 두루 비추노라.

효자는 먼 길을 힘들게 달려왔나니,

십만 팔천여 리 길이라.

천여 리 만에,

범신을 탈화하였으니,

곧 도착하리라.

십우들　세존께 머리를 조아리옵니다.

활불　오늘 부나복이 불경을 메고 모친을 메고 곧 이곳에 당도
할 것이리라!

십우들　가르침을 받들어 함께 문 앞에 나가 살펴보겠나이다.

나복

　　【생사자生查子】

　　바람이 휘몰아치니 육화六花[139]가 날리고,

　　멜대가 누르니 두 어깨가 부서지네.

십우들　부 형이 정말 오셨구나! 큰 눈이 펄펄 내리니 고생이 크셨겠습니다!

나복

　　밝으신 스승님께 오기 위함이니,

　　고생을 마다하기 어려웠습니다.

　　(십우 중 한 명이 멜대를 건네받는다. 활불을 알현한다.)

나복　세존이시여, 소생의 예를 받아 주소서!

　　【괄고령刮鼓令】

　　불법은 크고도 끝이 없으니,

　　저승의 수만 가지 고통에서 구해 주시네.

　　오로지 모친이 음사로 떨어져,

　　모친을 메고 불경을 메고 가르침을 주시는 곳에 왔습니다.

　　엎드려 바라옵건대 두루 잘되게 해 주셔서,

　　고해문苦海門의 객客인 어머니가,

　　영산회靈山會[140]의 신선이 되도록 해 주시옵소서.

139　눈[雪]의 별칭이다. 눈의 모양이 육각형이기 때문에 생긴 이름으로, 육출화(六出花)라고도 한다.

140　석가모니가 영취산에서 설법할 때의 모임을 말한다. 넓게는 도량(道場)을 두루 이른다.

(합) 모친을 위해 서천에 온 일이 헛되지 않게 해 주소서.

활불

【전강】

사람이 세상을 사는 동안,

마땅히 효를 행함을 가장 앞세워야 하나니.

너는 오는 동안 노고가 많았고,

수고롭게 길러 준 은혜에 보답하는 마음이 홀로 굳건하니,

이제부터 진현眞玄을 깨달으리라.

지옥에서 어미의 얼굴을 보고 싶거든,

사문沙門에서 참선을 배우거라.

(합) 모친을 위해 서천에 온 일이 헛되지 않게 하리라.

효도는 모친을 구하는 것보다 큰일이 없고, 수행은 반드시 이름을 바르게 하는 것부터 시작해야 하나니. 내가 지금 너의 법명을 지어 대목건련大目犍連이라 부르겠도다. 앞으로 크게 성취하는 바가 있기를 바라노라.

나복　감히 여쭙건대 대목건련의 뜻은 무엇이온지요?

활불　불법佛法이 무량함을 일컬어 '대'라 하고, 불광佛光이 널리 비춤을 일컬어 '목'이라 하고, 불력佛力이 지극히 강함을 일컬어 '건'이라 하고, 불공佛功이 쉬지 않는 것을 일컬어 '련'이라고 하느니라. 이로써 이름을 정하나니, 너는 마땅히 이름을 돌아보며 그 뜻을 생각하거라.

목련

【전강】

스승님의 가르침을 전념하여 받드오니,

창천을 바라보며 가르침의 말씀을 새겨 두겠나이다.

활불

이제부터 수행하여 마땅히 진력할 것이니,

법명을 내려 대목건련이라고 부르노라.

십우들

헤어진 지 몇 년 만에,

기쁘게도 오늘 다시 만나게 되니,

형과 동생들이 영원히 단원團圓을 이루겠네.

(합) 모친을 위해 서천에 온 일이 헛되지 않게 되겠네.

나복이 이름을 바꾸어 목건련이 되고,

스승과 제자, 형과 동생들이 함께 단원을 이루었네.

두 번째 무대의 이야기는 명교名敎141와 관련되니,

한 가닥 명향冥香 살라 하늘에 응답하네.

---

141 명교는 명분을 중시하는 예교라는 뜻으로, 통상 유교를 가리킨다. 여기에서는 나복의 모친을 초도하기 위해 서천으로 향한 일을 말한다.

하권

개장
(開場)

말 … 개장자

개장자

【자고천鷓鴣天】

날은 따스하고 바람은 부드럽고 경물은 산뜻하니,

태평한 사람들이 태평한 시절을 즐긴다네.

새로 엮은 효자가 모친 찾는 이야기를,

보는 사람 그 누가 송연悚然하지 않으리요.

실제 발자취를 찾아가고,

옛 책에 의거하여,

곡조를 엮어 이원梨園142에 들여보내네.

문장은 『서상기西廂記』143만큼 아름답지는 못하지만,

---

142 본래 당나라 현종(玄宗)의 명으로 만든 궁정 공연 기구이다. 여기에서는 극단을 비유한다.

143 원나라 왕실보(王實甫)가 지은 잡극으로, 장생(張生)과 앵앵(鶯鶯)의 애정담을 그리고

효도의 뜻은『서상기』보다 훌륭하다네.

무대 안에 계시는 자제들은 채비가 다 되었습니까?

무대 안 모두 준비되었습니다.

개장자 오늘 밤에는 누구네 집 이야기를 보여 주실 것인지요?

무대 안 「목련이 효도를 행하여 모친을 구하는 권선의 희문」
상중하 세 권 중에 오늘은 하권을 하겠습니다.

개장자 그렇군요, 잘 알겠습니다. 그럼 하권의 줄거리를 여러
군자님들께 말씀드리겠으니, 잘 들어 보십시오.

유청제는 음사에서 고초를 당하고,

석가모니의 법력法力은 끝이 없다네.

조씨 댁 딸은 혼인하지 않고 수절하고,

목건련은 모친을 구해 승천하네.

___

있는 명작이다.

제72척

세존의 가르침
(師友講道)

생 … 목련
소, 축 … 십우
외 … 활불

목련

【고양대高陽臺】

몸에는 가사를 걸치고,

장소는 극락에 있지만,

누가 알랴, 근심이 그치지 않음을.

보리수에 기대어 있는데,

어찌 저승의 원추리를 살려 낼까.

삭발하면 근심을 없앤다는 것을 알지만,

또 어찌 번뇌를 끊어 낼 수 있으랴.

부들자리에 앉아 있노라니,

불상 앞의 촛불은 늘 밝아서,

아침저녁으로 사람을 비춘다네.

〔사칠언四七言〕

기夔나 용龍과 같은 반열의,[144]

높은 벼슬은 나의 뜻이 아니고,

금봉황金鳳凰 비녀[145] 지른 여인들 사이에서,

호색好色함은 더욱 나의 근심을 풀기 어렵다네.

원추리꽃이 떨어져,

향혼香魂이 아득하니 어디에 기대어 머무를까.

풍목風木의 슬픔에 울부짖다가,[146]

마음이 금방 적막해지네.

저는 부나복입니다. 어머님을 구하기 위해 세존을 뵈었는데 제자로 거두시고 대목건련이라는 이름을 내려 주셨습니다. 형제 장우대張佑大 등과 이곳에서 수행하며 강론을 하면 얼마나 좋겠습니까?

(십우를 부른다.)

십우들

【생사자生查子】

의를 맺은 형제들이,

기쁘게도 모두 모였다네.

아직 불과佛果를 이루지 못했으니,

---

144 기와 용은 순임금의 두 신하이다. 『서경(書經)』「순전(舜典)」에 나온다.
145 금으로 만든 봉황 모양의 머리 장식물이 있는 비녀이다.
146 풍목은 부모가 돌아가셔서 봉양할 수 없음을 이르는 말이다. 한나라 한영(韓嬰)의 『한시외전(韓詩外傳)』에 "나무는 고요히 있고자 하나 바람이 그치지 않고, 자식이 모시고자 하나 어버이는 기다려 주시지 않는다(樹欲靜而風不止, 子欲養而親不待也)"라는 구절이 있다.

삼가고 힘써서 그침이 없기를 기약하네.

(목련을 만난다.)

목련 동생들에게 말하노니, 우리가 함께 서천에 왔는데 불과를
아직 이루지 못했으니 마땅히 힘써야 하겠네.

법공 사형師兄 말씀이 옳습니다! 옛말에 "학문을 부지런히 하면
자기 것이 되지만, 부지런히 하지 않으면 배 속이 텅 빈다"[147]
고 했습니다.

법종 "출가할 때의 초심과 같이하면 성불하고도 남음이 있으
리라"[148]라고 했습니다. 각자 불경을 한 권씩 들고 세존께 가서
가르침을 구하는 것이 어떨는지요?

목련 좋네.

(활불에게 가서 가르침을 청한다.)

활불

【전강】

사문沙門은 곧 승문乘門이요,[149]

석도釋道는 곧 유도儒道와 같도다.

제자들이 먼 곳에서 왔으니,

어찌 내 가르침을 펼치는 데 인색하리요.

(제자들을 만난다.)

제자들

---

147 당나라 한유의 시 「부독서성남符讀書城南」에 비슷한 구절이 있다.
148 명나라 계몽서 『증광현문』에 나온다.
149 사문과 승문은 모두 승려 또는 불문(佛門)을 뜻한다.

부처님의 가르침을 내려 주실 수 있는지요,

저희는 깨우쳐 주심에 따르겠습니다.

활불

기약하노라, 천 년 동안,

묘계妙契가 말 한마디 속에 있기를.

제자들 저희는 삼가 경전을 들고 어려운 곳을 여쭙고자 합니다.

활불 목련은 손에 무슨 경을 들었느냐?

목련 『심경心經』이옵니다.

활불

【금자경金字經】

들거라,

보리살타는,

마음에 걸리는 장애가 없으니,

색은 곧 공이요 공은 곧 색이로다.

공은 곧 색이니,

지극함도 없고 또한 얻음과 떠남도 없고,

뒤바뀌어 일체의 괴로움을 건너도다.

【미】

갈제,

갈제,

바라갈제.

바라승갈제,

보리사바하.[150]

목련 삼가 가르침을 받드옵니다.

활불 법공法恭은 손에 무슨 경을 들었느냐.

법공 『묘사경妙沙經』이옵니다.

활불

【전강】

들거라,

　　십만만 부처와,

　　구만만 승려가,

　　성심으로 함께 『묘사경』을 읊노라.

　　천지에 감사하며,

　　부모의 은혜에 보답하도다.

　　살아서 수명을 늘이고 과거는 벌써 초승超升했노라.

【미】

나무南無.

　　천상과 지하에서,

　　일월日月과 성신星辰 아래,

　　『묘사경』을 읊는 사람이 있도다.

　　천하의 신귀들은 감히 침범하지 못하여,

　　일체의 중생들이 지옥을 떠나니,

　　내하교 위에서 분명하게 보이노라.

　　제대보살마하살,

150　이상 두 곡의 노래에 인용된 불경은 지금 전해지는 『반야심경』의 표현과 약간 다르다.

마하반야바라밀.[151]

법공 삼가 가르침을 받드옵니다.

활불 법종法從[152]은 손에 무슨 경을 들었느냐.

법종 『구고경救苦經』이옵니다.

활불

【전강】

들거라,

마휴마휴摩休摩休,

청정비구清淨比丘,

관사官事가 풀리고 사사私事가 그치노라.

사사가 그치니,

재앙을 없애고 괴로움과 근심을 떠나노라.

가쇄枷鎖가 벗겨져 절로 감옥의 죄수를 구할 수 있도다.

【미】

관음보살 대자비가,

다함없이 중생들을 구제하노라.

『관음주觀音呪』[153]를 읊는 사람이 있어서,

불구덩이가 백련지白蓮池로 화하도다.

나무.

---

151 『묘사경』은 『불설묘사경(佛說妙沙經)』을 말한다. 분명한 유래를 알기 어려운 위경(僞經)
으로, 이 경전을 읊으면 지옥에 떨어지지 않는다는 내용으로 이루어져 있다. 이상 두 곡에 인용
된 구절은 지금 전해지는 『묘사경』의 내용과 비슷하나 표현은 적지 않게 다르다.
152 앞에서는 법총(法聽)이라고 하였다.
153 『구고경』을 말한다.

대비대원大悲大願,

대성대자大聖大慈,

관음보살마하살,

마하반야바라밀.154

법종 가르침에 감사하옵니다.

활불 이는 대략을 말한 것이니, 너희들은 경전을 숙독하거라. 득의망언得意忘言하면 과거불, 현재불, 미래불이 모두 일이관지一以貫之할 것이니라.

제자들 과거불은 무엇이옵니까?

활불 미륵여래가 과거불이니라.

제자들 현재불은 무엇이옵니까?

활불 나 석가여래가 바로 현재불이니라.

제자들 미래불은 무엇이옵니까?

활불 아미타불이 미래불이니라.

제자들 과거불, 현재불, 미래불이 이름은 비록 다르지만 세 분 모두 같은 분이옵니까?

활불 그렇느니라.

【**열금경**閱金經】

과거 현재 미래불의 이름은 다르지만,

모두 서천西天의 대성大聖이로다.

---

154 『구고경』의 정식 명칭은 '관음불조대구고진경(觀音佛祖大救苦眞經)'이다. 역시 유래를 알기 어려운 위경으로, 이 경전을 읊으면 일체의 고통에서 벗어날 수 있다는 내용으로 이루어져 있다. 이상 두 곡에 인용된 구절은 지금 전해지는 『구고경』의 내용과 비슷하나 표현은 적지 않게 다르다.

사람마다 깨닫지 아니함이 없는데,

이 마음을 능히 깨달으면,

불과는 이로써 이루게 되리라.

제자들　저희들이 불민하오나 이 말씀을 섬기겠사옵니다.[155]

활불　하학下學은 말로 전달할 수 있지만 상달上達은 반드시 마음으로 깨달아야 하느니라.[156] 무릇 경전마다 오직 부처뿐이요 부처마다 오직 마음뿐이니, 너희들이 마음에서 부처를 구하면 부처가 마음을 따라 나오게 될 것이로다. 나의 말을 잘 듣거라!

【**주마청**駐馬聽】

부처는 나의 마음에 있나니,

사람들이 밖에서 찾는 것을 탄식하노라.

어찌 아니랴, 돌을 삶아 죽을 만들고자 하고,

뒷걸음치면서 앞으로 나아가고자 하며,

거울을 뒤집어 놓고 밝음을 구하고자 하는 것이!

알아야 하리라, 도가 사람에게서 멀어지지 않아야 함을,[157]

사람을 멀리하고 도를 구하면 모두 혼돈에 빠지리라.

(합) 망령됨을 없애고 정신을 맑게 하면,

155　『논어』 「안연」의 "저 안회가 비록 불민하오나 이 말씀을 섬기겠습니다(回雖不敏, 請事斯語矣)"와 비슷하다.

156　『맹자집주(孟子集注)』 「진심 하」의 주희 집주에 같은 구절이 있다. 하학은 신변의 쉬운 인사를 배우는 것을 말하고, 상달은 심오한 천리를 깨닫는 것을 말한다.

157　『중용』의 "도는 사람에게서 멀리 있는 것이 아니다. 사람이 도를 하면서 사람을 멀리한다면 도라고 할 수 없다(道不遠人, 人之爲道而遠人, 不可以爲道)"라는 구절과 통한다.

빛이 반짝여 바로 보리^{菩提}158의 경지에 이르리라.

목련

【전강】

스승님께 감사드리니,

벼리를 들어 올려 중생에게 보여 주셨다네.

비로소 믿네, 만물이 하나로 귀의하고,

색은 공에서 나오고,

도는 명^冥으로 들어감을.

공문^{孔門}은 시종일관 존성^{存誠}159에 있고,

석가는 시종일관 선정^{禪定}에서 비롯된다네.

(합) 망령됨을 없애고 정신을 맑게 하면,

빛이 반짝여 바로 보리의 경지에 이르겠네.

법공

【전강】

우리 세존의

도는 하늘과 사람을 관통하시니,

만나지 못했다면 이 생을 저버릴 뻔했네.

늘 들었네, 노담^{老聃}이 혀를 가리킨 이야기와,160

---

158 깨달음을 뜻하는 보디(bodhi)를 음역한 말이다. 최고의 이상인 불타(佛陀) 정각(正覺)의 경지 또는 이를 얻기 위한 방도를 말한다.

159 정성된 마음을 가지는 것을 뜻한다. 성리학의 주요 개념 가운데 하나이다.

160 노자의 스승 상용(商容, 또는 상창[常摐]이라고도 함)이 노자에게 강한 치아보다 부드러운 혀가 오래도록 남아 있게 된다는 이치를 가르쳐 주었다고 한다. 한나라 유향의 『설원』「경신(敬慎)」과 송나라 『태평어람(太平御覽)』「일민(逸民) 9」 등에 나온다.

열자列子가 옷깃을 잡은 이야기와,[161]

『장자莊子』의 수레바퀴를 깎은 이야기를.[162]

예로부터 상달은 형체를 잊음에 달려 있었으니,

알아야 한다네, 오묘한 깨달음은 존성存性에서 비롯됨을.

(합) 망령됨을 없애고 정신을 맑게 하면,

빛이 반짝여 바로 보리의 경지에 이르겠네.

법종

【전강】

함양하여 화육化育하신 공이 깊으니,

한 번 깨달음에 대승大乘·소승小乘을 온통 잊었다네.

마치 꿈꾸던 사람이 막 깨어난 것과 같고,

눈먼 사람이 막 눈을 뜬 것과 같고,

술 취한 자가 막 깨어난 것과 같다네.

옥용성玉蓉城 안의 발화鉢花 향기가 진하고,

금련대金蓮臺 위의 천향天香이 뿜어져 나오네.[163]

(합) 망령됨을 없애고 정신을 맑게 하면,

빛이 반짝여 바로 보리의 경지에 이르겠네.

---

161 열자가 스승 호자(壺子)에게 무당 계함(季咸)의 영험함을 말해 주며 관상을 보게 하지만 호자는 매번 자신의 기운을 다르게 모아 계함이 제대로 관상을 볼 수 없게 만들었다. 열자는 스승의 높은 경지를 보고 더욱 학문을 연마하였다. 계함이 처음 호자의 관상을 보고 곧 죽을 것이라고 예언했을 때 열자는 옷깃을 잡고 슬피 울었다. 『장자』 「응제왕(應帝王)」에 나온다.

162 수레바퀴를 깎는 편(扁)이라는 사람이 제나라 환공(桓公)과의 대화에서 타인에게 전수하거나 전수받을 수 없는 자신만의 감각이 가장 중요함을 강조한 이야기이다. 『장자』 「천도(天道)」에 나온다.

163 옥용성과 금련대는 모두 선경(仙境)을 가리킨다. 발화는 3천 년에 한 번 핀다는 전설적인 우담바라 꽃을 말한다.

활불 목련아, 모친을 만나고 싶거든 먼저 마음을 밝게 해야 하느니라. 기사굴산奇闍窟山에 가서 좌선을 오래 하면 모친이 떨어져 있는 곳을 저절로 알게 되리라.

만 길의 가는 빛이 서주黍珠164에서 나오고,

세 수레에서 강연하여 진여眞如를 드러내노라.

모친이 위로 솟았는지 아래로 잠겼는지 알고 싶다면,

열심히 참선하여 입정入定한 뒤에 알게 되리라.

---

164 염주의 일종으로, 도교에서는 원시 천존이 지니고 있다.

조씨 댁의 원소절
(曹府元宵)

말 … 마당쇠
소 … 조 공자(曹公子)
외 … 경조윤(京兆尹)
점 … 부인
단 … 새영(賽英)
축 … 매향(梅香)

마당쇠

색동옷 입고 곱게 꾸민 사람들을 곳곳에서 만나고,

여섯 거리[165]에 등이 켜지니 아이들이 신났네.

삼천세계三千世界[166]가 생황 노래 속에 있고,

열두 누대樓臺[167]가 아름다운 경치 속에 있네.

저는 경조윤 조 나리 댁의 마당쇠입니다요. 오늘 원소가절元宵佳節을 맞이하여 공자께서 분부하시기를, 잔칫상을 마련하여 나리께 축수祝壽를 올리라고 하셨지요. 잔칫상이 준비되었으

---

165 당대 장안 중심가의 좌우에 여섯 개의 거리가 있었다고 한다. 이후 큰 거리를 뜻하는 말로도 썼다.
166 불교에서 소천세계(小千世界), 중천세계(中千世界), 대천세계(大千世界)를 아울러 이르는 말로, 온 우주를 뜻하기도 한다.
167 신선들이 산다는 곳으로, 여기에서는 경조윤 조헌충(曹獻忠)의 저택을 비유한다.

니 공자님은 들어오세요.

조 공자

　【염노교念奴嬌】

　　따스한 봄빛이 황도皇都에 가득하고,

　　옥호玉壺에는 은루銀漏 소리가 맑게 울려 퍼지네.[168]

　　아름다운 천지가 우주를 물들이고,

　　휘황한 등불이 눈에 가득하네.

　　(합) 원컨대 등불을 가져다가,

　　해마다 예전처럼 사람들 비추기를.

(마당쇠를 만난다. 마당쇠가 잔칫상이 준비되었다고 말한다.)

마당쇠는 망루에 이르게,

　　옥루玉漏가 은호銀壺에 떨어져도 재촉하지 말고,

　　빗장과 자물쇠를 밤새 열어 두라고.

　　뉘 집에선들 달을 보고 가만히 앉아 있을 수 있으며,

　　어디에선들 등회燈會 펼쳐지는 소문 듣고 와 보지 않겠는가?[169]

잔칫상이 다 준비되었으니 부모님을 나오시라고 해야겠다.

(부모를 무대로 청한다.)

경조윤

　【전강】

　　온 별들이 채색 구름으로 옮겨 가 떨어지니,

　　맑은 밤이 봄날의 대낮처럼 밝도다.

168　물시계를 말한다. 옥호는 은호(銀壺), 동호(銅壺)라고도 한다.
169　당나라 최액(崔液)의 시 「상원야(上元夜)」 6수 중의 하나이다.

부인

> 꽃밭 곱게 펼쳐진 곳에 생황 노래가 울려 퍼지고,
>
> 주렴珠簾 걷어 올려 금 갈고리로 걸었네.
>
> (합) 원컨대 등불을 가져다가,
>
> 해마다 예전처럼 사람들 비추기를.

(조 공자가 인사한다. 마당쇠가 인사한다. 마당쇠가 퇴장한다.)

부인　매향아, 아씨를 나오라고 해라.

새영

> 【일전매一剪梅】
>
> 하늘은 씻은 듯 맑고 벽운碧雲은 걷혔다네,
>
> 등불이 아름다운 누각에 가득하고,
>
> 달빛이 아름다운 누각에 가득하네.

매향　아씨, 들어 보세요.

> 생황 노랫소리가 맑고 깨끗하고 부드러우니,
>
> 금 술동이를 가져다가,
>
> 금 술동이에 취해 봐요.

(인사한다.)

경조윤　애야, 너희 남매 둘이 우리 두 늙은이를 나오라고 하였는데 무슨 할 말이 있느냐?

(조 공자와 새영이 무릎을 꿇고 말한다.)

조 공자, 새영　아버님 어머님께 아뢰옵니다. 오늘이 원소가절이니,

> 황궁의 아지랑이는 만 겹인데,

오산鰲山170과 궁궐이 맑은 하늘을 가렸습니다.

옥황상제는 붉은 구름 위에서 가만히 손 모으고 계시는데,

사람과 짐승은 뭍이며 바다에서 즐겁게 노닙니다.

별들은 북두성을 돌고,

어가御駕는 환궁하시고,

오후五侯의 지관池館171은 봄바람에 취했습니다.

경조윤   애야, 일어나거라.

그런데 지금은 백발白髮이 삼천 장丈이니,

겨울밤 등불이 점들처럼 켜진 모습을 수줍게 바라보노라.172

조 공자

【산화자山花子】

마당쇠는 술을 따르게!

등불은 달빛 옅은 것이 불만이어서 하늘까지 비추고,

바야흐로 금오金吾173는 좋은 밤에 통금을 풀어 주시네.

바라옵건대 우리 황제의 빛이 사방을 덮으셔서,

온 고을이 함께 요임금 같은 시절을 즐기기를.

(합) 게다가 생황 노랫소리가 바다 파도를 끊게 하고,

향 연기와 사람 기운이 조야朝野에 가득하니,

기필코 해마다,

---

170   오산(鰲山)으로도 쓴다. 등롱을 큰 거북 모양으로 쌓아 산처럼 만든 것이다. 산붕(山棚),
산대(山臺)라고도 한다.
171   오후는 권세가 있는 집안을 뜻하고, 지관은 연못가의 관사이다.
172   이상은 송나라 상자인(向子諲)의 사(詞)「자고천(鷓鴣天)·자금연화일만중(紫禁煙花一
萬重)」을 조 공자, 새영과 경조윤이 이어 부르고 있다.
173   황제의 호위와 도성의 치안을 맡은 관직이다.

오늘 대보름 밤에는 흠뻑 취하리라.

새영

【전강】

고운 등불은 봄이 추울까 두려운 듯,

불붙은 듯한 나무에 붉은 복숭아를 토해 내네.

빛이 밝으니 자줏빛 하늘을 어지럽히고,

참죽과 원추리를 비추니 복록과 장수가 함께 드높네.

(합) 게다가 생황 노랫소리가 바다 파도를 끊게 하고,

향 연기와 사람 기운이 조야에 가득하니,

기필코 해마다,

오늘 대보름 밤에는 흠뻑 취하리라.

부인

【전강】

오산의 이야기는 모두 다 훌륭하고,[174]

비단 같은 천지는 그림으로 그려 내기 어렵다네.

아름다운 잔치 열린 깊은 곳에 박달나무 박판이 울리니,

음악 소리 맑고 빛은 두루 누추한 집을 비추네.

(합) 게다가 생황 노랫소리가 바다 파도를 끊게 하고,

향 연기와 사람 기운이 조야에 가득하니,

기필코 해마다,

오늘 대보름 밤에는 흠뻑 취하리라.

경조윤

---

174 오산에 걸린 등롱에는 여러 가지 고사와 인물들이 그림으로 그려져 있었다.

【전강】

천가天街에서 즐기는 이들은 모두 젊은이라,

마음껏 즐기며 흥취가 도도하구나.

혹시나 등불 빛이 늙은이만 싫어하여,

몰래 나의 맑은 흥취를 모두 사라지게 하려는 것일까?

(합) 게다가 생황 노랫소리가 바다 파도를 끓게 하고,

향 연기와 사람 기운이 조야에 가득하니,

기필코 해마다,

오늘 대보름 밤에는 흠뻑 취하리라.

함께

【홍수혜紅繡鞋】

은 병풍 앞에 옥 등잔의 난새 기름,

난새 기름을,

어찌 밤새도록 태우지,

태우지 않으랴.

호화로운 잔치가 열리니 좋은 술에 취하고,

아름다운 경치에 술 따르며 아이의 노래를 듣네.

사람들이 함께 부르네,

태평가를 함께 부르네.

【미성尾聲】

금계金鷄가 세 번 우니 하늘이 곧 밝아 오려 하네,

달빛 엷어지고 별빛 드물어지고 북두성이 조금씩 자리를 바꾸네.

의관을 정돈하고 성조聖朝에 절을 올리네.

마당쇠

    일이 생기면 바삐 와서 아뢰고,

    일이 없으면 감히 말을 안 합니다.

나리께 아뢰옵건대 성지^{聖旨}가 도착했습니다.

경조윤   그렇다면 부인과 여식^{女息}은 자리를 피하고, 마당쇠는 향안^{香案}을 대령해라.

(새영과 부인이 퇴장한다. 마당쇠가 등장한다.)

마당쇠

    단봉^{丹鳳}의 조서 한 통이,

    구중천^{九重天}에서 날아 내려오네.

성지가 도착했사오니 무릎 꿇고 낭독을 들으십시오. 봉천승운 ^{奉天乘運} 황제[175]의 조서^{詔書}에 이르시기를,

    "국정은 오랑캐를 제어하는 것보다 큰일이 없고, 군대는 반드시 식량을 넉넉히 준비하는 것이 가장 우선이라, 지금 서방의 못난 오랑캐가 변방을 소란케 한즉, 경조윤 조헌충^{曹獻忠}에게 호부시랑의 직을 특별히 더하니 곡량 십만을 풀어 변방에 가서 군사들을 먹이도록 하라. 그대는 천자의 명으로 가는 것이니 미루지 말고 게으름 부리지 말라. 머리를 조아리고 성은에 감사하라!"

(경조윤이 머리를 조아리고 사은한다.)

마당쇠   역로^{驛路}의 풍상^{風霜}을 나리께서는 견디셔야겠습니다.

---

[175] 명나라 태조(太祖) 주원장(朱元璋) 때부터 황제의 칙명 서두에 쓰기 시작한 상투어이다. 하늘을 받들고 천운을 탔다는 뜻이다.

경조윤

　　역마驛馬는 천산千山 먼 길을 꺼리지 않느니라.

마당쇠

　　기린각麒麟閣[176]에 만고의 이름이 드러나시기를 바라옵니다.

　(마당쇠가 퇴장한다. 새영과 부인이 등장한다. 경조윤이 사정을 말해 준다.)

경조윤　임금님이 말씀하시면 집에서 묵지 않는 법이니,[177] 바로 작별하고 떠나야겠소.

부인　나리께서는 나랏일로 쉴 새가 없으시니,[178] 신하의 몸으로 마땅히 충성을 다하셔야 하지만, 아이의 나이가 곧 약관이 되어 가니, 아들이 되어 더욱 마땅히 효도를 다해야 합니다. 애야, 너는 마땅히 아버님을 모시고 함께 떠나가야 할 것이다.

조 공자　알겠나이다.

부인　매향아, 술을 가져오너라. 나리께 전별주를 올려야겠다.

　【투흑마鬪黑麻】

　　나리께 경하드리고,

　　황은에 감사하오니,

　　벼슬을 더하고 작위를 올려 주셨습니다.

　　누가 생각했겠습니까, 별안간에,

　　작별의 노래를 다시 부르게 될 줄을.

176　한대(漢代)에 공신들의 초상화를 봉안한 전각이다.

177　『예기』「곡례」에 나온다.

178　『시경』「보우(鴇羽)」에 "나랏일로 쉴 새가 없다(王事靡盬)"라는 구절이 있다.

다만 변방이 멀고,

바람 먼지가 지독할까 걱정입니다.

가시는 길 내내 고생하시면,

왕성하신 기력에 의지하기 어려우실 것입니다.

경조윤 부인, 임금님의 명이 내게 있으니 어찌 감히 노고를 꺼리겠소!

부인 나리,

임금님의 은혜를 마땅히 갚아야 하지만,

부부의 정은 가볍지 않습니다.

하루아침에 헤어지게 되니,

그렁그렁 눈물이 떨어집니다.

새영

【전강】

우리 아버지는,

본래부터,

존귀한 원로이셨는데,

성지를 받아,

서쪽 하늘로 높이 발탁되셨습니다.

아버지,

임금님을 받드시는 일에,

어찌 홀로 노고를 다하시겠습니까.[179]

---

179 『맹자』「만장 상(萬章上)」에 "이는 임금의 일이 아닌 것이 없거늘 나만 홀로 어질어 노고를 다하네(此莫非王事, 我獨賢勞也)"라는 구절이 있다.

오라버니가 동행하면,

　　우리 집안을 더욱 드러내어,

　　온 가문이 충효로 이름날 것입니다.

　　(합) 임금님의 은혜는 마땅히 갚아야 하지만,

　　부자父子의 정은 가볍지 않습니다.

　　하루아침에 헤어지게 되니,

　　그렁그렁 눈물이 떨어집니다.

경조윤

　　【여문餘文】

　　공경하고 삼가며 몸과 마음을 다하는 신하의 길이라,

　　만 리 길 관산關山에 어찌 감히 노고를 꺼리랴.

함께

　　다만 바라나니 일로一路 평안하고 일찍 돌아오시기를.

　　(퇴장한다.)

제74척

유씨와 금노의 재회

(主婢相逢)

소 … 귀사/야차
부 … 유씨
정, 말, 첩 … 아귀
축 … 금노

(귀사가 유씨를 끌고 등장한다.)

유씨

【수저어아水底魚兒】

오는 길 내내 외롭고 서글프니,

이 처량함을 누구에게 말할까?

후회해도 소용없고,

두 줄기 눈물만 떨어지는구나.

귀사

【전강】

유씨는 슬피 울지 말라,

하늘의 눈이 낮게 살펴보심을 알아야 하리라.

악행에는 악보惡報가 있으니,

터럭만큼도 빠뜨리지 않는다.

유씨

동생과 겨우 만나,

귀문관에 함께 들어왔건만,

금세 헤어질 줄을 어찌 알았으랴,

예전처럼 또다시 혼자라네.

사자님, 지금 도착한 이곳은 어디인지요?

귀사 고서경孤棲埂[180]이다.

유씨 어찌하여 고서경이라고 부르는지요?

귀사 악한 자가 양세에서 환락을 좇아 재물을 믿고 함부로 행동하는데, 음사의 법도가 공평무사함을 어찌 알겠느냐. 이런 까닭에 귀문관에 들어와서 다시 이 고서경을 지나게 되는 것이다. 온갖 바위들이 뾰족하게 솟아 있는데 하나같이 칼과 도끼처럼 날카롭고, 진흙탕이 질펀한데 곳곳마다 기름처럼 미끄럽지. 너비는 겨우 석 자 남짓이요, 길이는 삼백여 리라네. 괴이한 모양의 잿빛 소나무가 몇 그루 있는데 그 위에는 악조惡鳥들이 살고, 부스스한 띠풀들이 길에 가득한데 그 아래에는 독사들이 살고 있지. 이 악조들은 모두 억울하다고 외치며 울고, 저 독사들은 모두 목숨을 앗아 가는 귀신이라네. 악인이 이곳을 지나가면 귀사가 뒤따를 필요가 없다네. 앞으로 가려 하면 오풍동烏風洞[181]의 한기가 매섭고, 뒤로 가려 하면 귀문관의 자

---

180 고서는 외롭고 처량하다는 뜻이고, 경은 둔덕을 뜻한다.
181 세찬 바람이 불어오는 동굴이다.

물쇠가 겹겹이 잠겨 있고, 오른쪽으로 가려 하면 백회하白灰河의 독수毒水가 가득 흐르고, 왼쪽으로 가려 하면 고해苦海 위에 파도가 용솟음치지. 이곳에 빠진 이들은 조금이라도 선한 사람이 전혀 없으니, 한번 물어보면 이들은 모두 악귀라, 빨리 걸어가도 이와 같이 험난한 길을 당할 수 없고 천천히 걸어가도 이와 같은 고초를 버틸 수 없지. 하물며 저 새는 억울하다고 울어 대며 악인의 눈을 멀게 하고 또 목숨을 앗아 가는 귀신은 망자의 식량을 빼앗아 감이랴. 하늘로 올라가려 해도 올라갈 길이 없으니 날개를 꽂아 주어도 날기 어렵고, 땅에 들어가려 해도 들어갈 문이 없으니 법술을 배워도 벗어나기 어렵다네. 나는 지금 자비의 배를 타러 갈 것이니, 너는 스스로 오풍동으로 와라.

유씨, 유씨여,

　오늘 외롭고 처량하다 한탄 말고,

　그때 쾌락을 탐했던 것을 후회해야 하리라.

(귀사가 퇴장한다.)

유씨　아, 사자님이 배를 타러 가 버렸구나. 나를 데리고 함께 가지 않고.

(무대 안에서 외친다.)

무대 안　흥, 자비의 배에 어찌 너를 태워 가겠느냐? 고서경이 네가 고생할 곳이로다!

유씨　알고 보니 나 혼자 이 고서경에서 고초를 겪는 것이었구나!

　【앵집어림춘鶯集御林春】

오로지 보이나니,

　　고서경이 저 멀리 뻗어,

　　파도 가운데 맺혀 있는데,

　　지맥地脈이 전혀 이어져 있지 않구나.

　　거대한 하얀 파도가 천 겹을 이룬 것이,

　　마치 우레가 치고 눈이 흩뿌리는 기세가 하늘을 덮은 듯하네.

　　나는 놀라서 혼비백산하고 두렵기만 하네.

　　칼같이 매서운 바람을 다, 당해 내지 못하고,

　　쇠처럼 차가워지는 몸을 겨, 견디지 못하겠네.

하늘이시여!

　　이 같은 외로움과 처량함을 누구에게 말할까요!

【전강】

　　이 같은 험한 산길을,

　　나더러 어찌 올라가게 하는가.

괴롭구나,

　　나는 걸어가려 해도 발걸음이 떨어지지 않고,

　　마음으로는 앞으로 나아가려 해도 몸은 비틀거리네.

　　비틀거리니 눈앞이 흐릿해지고,

　　추위에 얼어 살갗이 찢어지네.

　　무쇠나 돌로 만든 사람도 이 같은 외로움과 처량함을 견딜 수

　　없고,

　　이 같은 괴로움을 견디지 못할 것이니,

　　철철 흐르는 두 줄기 눈물은 온통 피눈물이라네.

【전강】

하늘이시여! 첫 번째 후회는 제가,

　아들을 속이고 육식을 한 것이고,

두 번째 후회는 제가,

　하늘을 속이고 맹세를 한 것이며,

세 번째 후회는,

　삼관도를 걷어 올리고 향등香燈을 치운 것이고,

네 번째 후회는 제가,

　개를 잡아 만두를 만든 것이며,

다섯 번째 후회는,

　스님 공양하는 집을 불태워 버린 것입니다.

이제 와서,

　후회해도 소용이 없네,

이 일들은,

　모두 잘못이 되어 버렸으니,

　후회해서 애가 끊어져도 고칠 수가 없다네.

거센 바람과 커다란 파도가 둔덕으로 몰아쳐 오니 어쩌면 좋을까!

【환운고수선자換韻古水仙子】

　아,

　바람, 바람, 바람은,

　산을 꺾고 바다를 두드리는 사나운 소리가 웅장하고,

　파도, 파도, 파도는,

하늘을 삼키고 해를 씻길 만큼 천 길이나 높구나.

놀랍고도 놀라워라,

나는 놀라서 간담이 서늘하고 다리를 들어 올릴 수 없고,

괴롭고도 괴로워라,

나는 괴로워 온몸에 힘이 빠지고 몰골이 초췌해지네.

새, 새, 새는,

울부짖어 사람에게 피눈물을 철철 흘리게 하고,

뱀, 뱀, 뱀은,

사람의 목숨을 앗아 가려고 사람을 끌고 가네.

(아귀가 등장하여 유씨를 때린다. 또 다른 아귀가 등장하여 유씨를 때린다.)

유씨   아,

때리고 또 때리니,

모두 원귀들이 빚을 갚으라고 하는 것이고,

빼앗고 또 빼앗는데,

이 악귀들이 제멋대로 횡포를 부리네.

(넘어진다.)

밀고 또 밀어,

진흙탕에 밀어 넘어뜨려 발버둥 쳐도 일어날 수 없으니,

하늘, 하늘, 하늘이시여,

이제 와서 그저 스스로를 원망할 뿐입니다.

【여문餘文】

홀로된 신세 외롭고 길은 멀고,

고해^{苦海} 가운데에서 괴로움은 천 가지 만 가지라네.

아이고!

어떻게 하면 잘 아는 사람을 눈앞에서 만날 수 있을까!

눈도 멀고 힘도 약해졌으니 어찌하면 좋을까!

(혼절한다. 귀사가 우두^{牛頭}와 금노를 데리고 등장한다.)

금노

【삼봉고^{三棒鼓}】

후회하네, 그때 신명을 믿지 않고,

억지로 마님께 권하여 오훈채를 드시게 했던 일을.

어찌 알았으랴,

토지가 일일이 적고,

사령이 일일이 일러바치고,

사명이 하늘에 상주하여,

내가 이제 괴로운 형벌을 받게 될 줄을. (첩)

저는 금노입니다. 마님께 개훈을 권한 일 때문에 마님이 돌아가신 뒤에 저도 바로 따라 죽었습니다. 귀문관에 와서 지옥으로 들어가게 되었는데, 여기가 어디인지 모르겠네요.

귀사 고서경이다.

금노 왜 고서경이라고 부르는지요?

귀사

세상 사람 그 누가 외롭고 처량한 신세를 싫어하지 않으리요,

나쁜 마음이 생겨날 때 함부로 행동해서라네.

무엇 때문에 외롭고 처량하게 되는지를 묻는다면,

몇 걸음 가 보면 바로 알게 되리라.

(귀사가 퇴장한다.)

금노　귀사는 배를 타고 가 버리고 나 혼자만 이곳에 버려두었 으니 어쩌면 좋을까?

(아귀 둘이 등장한다.)

아귀들

고해 가운데 숨어 있다가,

고서경을 지나가네.

굶주리고 추워도 방법이 없어서,

옛날처럼 강도가 된다네.

우리는 고서경의 아귀들이다. 요 며칠 너무도 굶주렸으니 앞 의 둔덕으로 가서 사람이 지나가면 물건을 빼앗아야겠다. 정 말이지,

살아서 착한 사람이 되지 못했으니,

죽어서 악귀가 되어도 안 될 것 없지.

(살펴본다. 금노를 때리고 옷을 벗겨 간다. 금노가 울면서 말 한다.)

금노　괴롭구나, 괴로워! 누가 알았으랴, 이곳에 와서 또 강도 같은 아귀를 만나 옷을 빼앗기고 식량도 빼앗길 줄을. 게다가 바람과 파도가 하늘을 덮을 듯하니 제대로 서 있지도 못하겠 구나. 이를 어찌하면 좋을까!

【옥산퇴玉山頹】

몇 리라도 서둘러 가려고 하지만,

어찌 이렇게도 둔덕이 험준할까.

(놀란다.)

　　새하얀 눈보라가 하늘을 덮고,

　　콰르릉 우렛소리가 땅을 울리네.

　　나는 옷이 온통 젖고,

　　온몸이 지쳐 의지할 데도 없네.

　　(합) 간장이 부서지도록 아프고,

　　두 줄기 눈물이 떨어지니,

　　지난 일을 돌이켜 생각해 보면 모든 것이 잘못되었구나.

앞에 한 사람이 길 위에 쓰러져 있는데 가 보아야겠네. 알고
보니 우리 노마님이셨구나. 노마님! 노마님!

(금노가 유씨를 껴안는다. 유씨가 깨어난다.)

유씨　당신은 누구요?

금노　저는 금노입니다요.

유씨　너는 어찌하여 이곳에 왔느냐? 괴롭구나, 괴로워!

　　【전강】

　　금노 네가 갑자기 이곳에 오니,

　　정말이지 타향에서 옛 친구를 만난 것 같구나.

　　한스럽구나, 그때 너의 말을 듣고,

　　오늘에 이르러 너 때문에 연루되었으니.

성황이 압송하여 저 파전산, 망향대, 활유산, 내하교, 귀문관을
지나 다시 이 고서경에 오면서,

　　온갖 괴로운 일을 당하니,

내 몸은 다 말라서 지탱하기도 어렵구나.

(합) 간장이 부서지도록 아프고,

두 줄기 눈물이 떨어지니,

지난 일을 돌이켜 생각해 보면 모든 것이 잘못되었구나.

금노

【전강】

제 마음이 송구하오니,

마님께서 많이 외롭고 서글프시게 누를 끼쳤습니다.

저는 뼈가 가루가 되어도 달게 받겠지만,

어찌하랴, 우리 마님께 도움이 되지 않을 텐데.

마님을 업고 가겠습니다.

(걸어가다가 넘어진다.)

어찌하랴, 몸이 쇠약해지니 발걸음을 옮기기 어렵구나.

(합) 간장이 부서지도록 아프고,

두 줄기 눈물이 떨어지니,

지난 일을 돌이켜 생각해 보면 모든 것이 잘못되었구나.

(유씨와 금노가 함께 앉는다. 아귀들이 등장한다.)

아귀들

황공탄惶恐灘 머리에서 두려움을 말하고,

고서경 위에서 외롭고 처량함을 받는구나.

앞에서 두 여인이 한참 동안 말을 주고받고 있는데, 가진 물건
이 있을 것이니 한번 살펴보러 가야겠다.

(살펴보러 간다.)

유씨 하늘이시여! 유사진이 오늘 이 같은 고초를 당하고 있습니다!

금노 금노가 대신 당할 수 없으니 어찌하면 좋겠는지요?

아귀 갑 이 유씨는 왕사성 부 재공의 모친이 아닌가?

금노 맞습니다요.

아귀 갑 이 금노는 유씨 마님 댁의 금노가 아닌가?

금노 맞습니다요. 그런데 뉘신지요?

아귀 갑

【전강】

내 말을 들으시오.

나는 바로,

그때 걸식하던 빈자貧者로,

당신의 집에 가서 「십불친十不親」을 부른 것이 바로 저입니다.

마님께서 가난한 사람들을 널리 구제해 주시니,

우리는 죽어서도 감격하고 있습니다.

옛말에, "내게 모과를 보내 주시니, 아름다운 패옥으로 보답한다네"[182]라고 하였는데, 소인은 생전에 가난하여,

패옥을 드리지 못했습니다.

싸움터에서 풀을 묶은 사람도 죽어서 은혜를 갚았지요.[183]

---

182 『시경』「목과(木瓜)」에 있는 구절이다.

183 결초보은을 활용한 말이다. 춘추 시대 진(晉)나라의 위과(魏顆)가 아버지가 죽은 뒤 그의 첩을 순장시키지 않고 개가하게 했는데, 뒤에 진(秦)나라의 전투에서 첩의 아버지의 망혼이 길섶의 풀을 묶어 적장이 걸려 넘어지게 하여 은혜를 갚았다는 이야기에서 유래하였다. 『좌전』「선공(宣公) 15년」에 나온다.

늘 결초보은의 생각을 품고 있었습니다.

오늘 홀연히 안인님을 만났습니다.

(합) 간장이 부서지도록 아프고,

두 줄기 눈물이 떨어지니,

지난 일을 돌이켜 생각해 보면 모든 것이 잘못되었습니다.

유씨 여보시게, 여보시게! 방법을 써서 나를 구해 주시기를 바라오.

아귀 갑 마님은 걱정하지 마십시오. 며칠 전에 부잣집 할멈이 이곳을 지날 때 우리가 그 사람의 혼교魂轎[184]를 빼앗아 두었습니다. 지금 이 녀석과 함께 마님을 모시고 금방 고서경을 건너게 해 드리겠습니다.

(아귀 둘이 혼교를 가져온다.)

금노 아이고! 은혜를 알고 은혜를 갚는 사람은 양세에서도 적었는데, 음사에 와서 이렇게 좋은 분을 만나게 될 줄은 생각하지도 못했습니다요.

아귀 갑 안인님, 가마에 오르십시오.

【박등아撲燈蛾】

옛날에 먹을 것을 구했을 때, (첩)

마님의 은혜에 깊이 감사했습니다.

누가 알았으리요, 음사에 와서,

은인을 또다시 만나게 될 줄을.

---

184 장례를 치를 때 고인이 생전에 입던 옷가지를 담아 가는 가마이다.

이는 "사람이 살면서 어디에서 만나지 않으리요"[185]이니,

마님,

마님은 양세에서 빚을 내주고 음사에서 돌려받게 되셨습니다.

(합) 옛말에 밝은 곳에서 희사하면,

어두운 곳에서 복이 따라온다고 하였다네.[186]

금노 못 쫓아가겠습니다, 못 쫓아가겠어요.

아귀 을

【전강】

살아서는 내려 주신 고기와 죽을 받았고,

죽어서는 위급함을 구해 드리게 되었네.

누가 말했던가, 걸인의 마음에는,

수오지심羞惡之心과 염치廉恥가 없다고.[187]

이는 "은혜에 감사하니 천 년 동안 먼지가 생기지 않는다"[188]라
는 것이요,

이는 "예로부터 사람이 태어나서 그 누가 죽지 않았던가"[189]라
는 것이라네.

(합) 옛말에 밝은 곳에서 희사하면,

어두운 곳에서 복이 따라온다고 하였다네.

---

185 송나라 안수(晏殊)의 시 「금니원(金柅園)」의 구절과 같다.
186 명나라 능몽초(凌濛初)의 소설집 『초각박안경기(初刻拍案驚奇)』 권 38에 나온다.
187 수오지심은 나의 옳지 못함을 부끄러워하고 남의 옳지 못함을 미워하는 마음으로 『맹자』
「공손추 상(公孫丑上)」 등에 나오고, 염치는 청렴함과 부끄러움을 아는 태도로 『관자(管子)』
「목민(牧民)」 등에 나온다.
188 명나라 소설 『금병매(金瓶梅)』 제86회에 비슷한 표현이 나온다.
189 송나라 문천상의 시 「과영정양(過零丁洋)」 등에 나온다.

(야차夜叉가 우두를 데리고 등장한다.)

야차

황천길에는 귀사가 있고,

오풍동에는 야차가 있지.

거기 오는 자는 누구냐?

아귀 갑 유씨 마님이오.

야차 얼른 문으로 들어오시오, 바로 문을 닫을 테니.

아귀들 잘 맞춰 왔구나, 잘 맞춰 왔어.

유씨

총총히 다 말씀드리지 못합니다.[190]

아귀 갑

말씀하지 않는 가운데에 다 들어 있습니다.[191]

(유씨가 퇴장한다.)

아귀 갑 이 마님은 나중에 잘되실 것이야.

알아야 하네, 선행을 베풀면 좋은 일을 만난다는 것을,

정말이지, 은혜를 알면 바로 은혜를 갚는다는 것이라네.

(퇴장한다. 금노가 등장한다.)

금노 마님, 마님.

무대 안 방금 온 여인은 이미 오풍동으로 들어갔다네.

금노 동굴 문을 열어 주셔서 제가 주인마님을 따라 함께 갈 수

있게 해 주소서.

190　당나라 장적(張籍)의 시 「추사(秋思)」 중의 구절과 비슷하다.

191　송나라 한세충(韓世忠)의 사(詞) 「임강선(臨江仙)」 등에 보인다.

무대 안 누가 너에게 문을 열어 주겠느냐?

금노 그러면 언제 다시 열립니까?

무대 안 그것도 모르느냐? 오풍동의 문은 열흘에 한 번 열린다는 것을.

금노 어쩌면 좋을까!

(통곡한다.)

　【반천비半天飛】

　마님은 가마를 타고 날듯이 가셨는데,

　나는 걸어서 어찌 따라갈 수 있을까.

마님,

　마님은 다행히 오풍동을 지나가셨지만,

　저는 또다시 열흘 뒤에나 지나가겠네요.

아!

　저 걸인은 정말이지 마음이 어질어서,

　우리의 은정에 감격하여,

　우리의 위급함을 구해 주었네.

　이것이 바로 결초보은이요, 함환衝環192이구나.

하늘이시여! 나는 마님께 개훈을 권하여 이제 이런 고초를 겪고 있네. 마님은 저이를 위급함에서 구해 주셔서 지금 이런 보

192　고리를 물고 왔다는 뜻으로 은혜를 갚는 것을 비유한다. 후한(後漢)의 양보(楊寶)가 다친 참새를 백여 일 동안 황화(黃花)를 먹이며 치료해 주었더니, 날아가던 날 밤에 서왕모의 사자라는 황의동자(黃衣童子)가 백환(白環) 네 개를 주며 자손이 삼공(三公)의 자리에 오를 것이라고 말했다는 이야기에서 유래하였다. 송나라 구양수(歐陽修)의 「귀전록서(歸田錄序)」 등에 나온다.

답을 받으셨다네. 선행에는 선한 보답이 있고 악행에는 악한 보답이 있음을 알겠네.

　선과 악은 결국 되갚아 주는 때가 있다네.

(퇴장한다.)

제75척

목련의 좌선
(目連坐禪)

생 ··· 목련　　　　　외 ··· 부상/활불
소 ··· 학/십우　　　축 ··· 귀사/십우
정 ··· 범　　　　　　부 ··· 유씨
이단 ··· 옥녀　　　　말 ··· 십우

목련

【서지금西地錦】

서방의 부처님 땅에 들어왔으니,

그 뜻은 모친의 초생超生을 도모하는 것이라네.

자식 된 마음은 아침부터 밤까지 괴롭기만 한데,

이 소원이 언제나 이루어질까.

〔서강월西江月〕

서역의 보리수 향기는 짙은데,

북당北堂의 원추리 풀은 시들었네.

부처님 가르침의 은혜를 받아 고난에 빠진 분을 일으키자면,

먼저 명심견성明心見性해야 하겠네.

십우十友들이 서로 갈고닦으니,

육근六根이 틀림없이 깨끗해지리라.

부모님 겪으신 일의 원인을 알고자 하면,

오로지 정신을 맑게 하고 입정入定해야 하니.

저는 어머니를 구하기 위해 이곳 서천에 와서 날마다 세존을 모실 수 있게 되어 청허하신 가르침을 받았으니 밤에 정좌하여 유식遊息[193]의 공을 좀 더해 볼까 합니다. 정말이지, "우러러 생각하여, 밤으로 낮을 잇고, 다행히 도리를 얻어, 앉아서 아침을 기다리네"[194]라는 것과 같습니다.

고금의 이치가 다르지 않으니,

범인凡人과 성인聖人은 본래 같은 마음이라네.[195]

【낭도사浪淘沙】

향로에 향을 더하니,

연기가 자욱한데,

시방十方 스님들의 불법佛法이 무량하네.

향을 맡으니 불생불멸하리라,

장구한 세월 동안.

【전강】

부처님 앞의 등불 심지를 돋우니,

이렇게도 밝아져서,

우수牛宿와 두수斗宿까지 뻗쳐 어둠을 깨뜨리네.[196]

---

193 편히 쉰다는 뜻이다.

194 『맹자』「이루 하」에 나오는 구절이다.

195 원나라 호지휼(胡祗遹)의 시 「독서유감(讀書有感)」 중의 한 구절이다.

196 우수와 두수는 모두 북방의 별자리이다.

천지를 모두 하나로 비추니,

어둠 속에서 다니지 않게 되었구나.

【전강】

자그마한 부들자리는,

두 무릎을 포갤 만한데,

앉아 보니 이 몸이 편안함을 온통 느끼네.

몸이 편안하여 마음 절로 안정되니,

천지도 함께 넓구나.

【전강】

작은 목어木魚 소리에,

몸은 고요하고 마음은 청허하니,

두드릴 때 천지의 귀신들이 알아듣네.

선녀선남이 모두 합장하고,

아미타불 읊는 소리를 듣네.

(무대 안에서 음악이 연주된다.)

【풍입송風入松】

일경一更이라,

앉아서 아미타불을 읊는데,

옥 등잔에 금꽃이 반짝이고,

산새와 물새들이 모두 와서 화창和唱하네.

(학이 등장한다.)

이 선학仙鶴은 마음을 맞출 줄 아는구나,

경전 말씀을 듣고 너풀너풀 춤추며 절로 노래하니,

선정禪定하는 곳에 만물이 조화롭도다.

【전강】

이경이라.

　앉아서 아미타불을 읊는데,

　달빛이 바야흐로 퍼지네.

(범이 등장한다.)

　바람 한 줄기가 섬돌 앞을 지나오는데,

알고 보니,

　산군山君이 우리 부처님께 귀의한 것이로구나.

　범은 선학과 더불어 너와 나를 아주 잊고,

　노래하고 춤추니 즐거움이 도도하네.

【전강】

삼경이라.

　앉아서 아미타불을 읊는데,

　시간이 북[梭]처럼 지나가네.

　시각은 해시亥時와 자시子時에서 어제와 오늘이 나뉘고,

　새벽으로 넘어오니 맑고 밝은 기운이 많아지네.

　내가 선정에 들어 원각圓覺197을 깨치니,

　마치 고요한 물에 물결 일지 않는 것과 같다네.

(옥녀 두 명이 부상을 이끌고 지나간다.)

【전강】

사경이라,

___
197　원만하고 흠 없는 신령스러운 깨침을 뜻한다.

앉아서 아미타불을 읊는데,

눈을 들어 보니 선사仙槎198가 보이네.

나의 아버님은 선부仙府에 계시면서 신선을 보좌하시니,

선궁仙宮에서 소요하는 즐거움을 누리시네.

아버님, 아버님께서,

생전에 애쓰셔서 선과善果를 이루시니,

하늘이 선인을 도우심에 어찌 차질이 있겠습니까.

(귀사가 유씨를 이끌고 지나간다.)

【전강】

오경이라,

앉아서 아미타불을 읊는데,

닭이 울고 은하수가 사라지네.

어머니는 지옥에 계시면서 재앙을 만났으니,

얼마나 많은 고통을 다 당하실까.

나도 모르게 눈물이 떨어지고,

심장이 쪼개지는 듯하니 이를 어찌하랴.

십우들

【생사자生査子】

물과 달처럼 본성은 항상 밝고,

얼음과 옥처럼 마음은 함께 깨끗하네.

선정에 들어 진여眞如를 보니,

모두 생멸生滅이 없다네.

198　바다와 은하수를 왕래한다는 대나무로 만든 떼를 말한다.

(목련을 만난다.)

장우대   사형께서 입정하였는데 오묘하게 깨달으신 가운데 필히 보신 바가 있으리다. 일부러 와서 여쭈오니 어떤 가르침을 내려 주시겠습니까?

목련   간밤에 선상禪床에서 입정하여 위로 천문天文을 보고 아래로 지리地理를 살피고 가운데에서 물정物情을 살폈습니다. 비록 많다 할 수는 없으나 약간 얻은 바가 있습니다.

장우대   가운데에서 물정을 살폈다는 것은 무슨 뜻인지요?

목련

나는 새로는 선학이 있었고,

걷는 짐승으로는 산군이 있었네.

산군과 선학이,

모두 나의 독경을 들었다네.

장우대   위로 천문을 보았다는 것은 무슨 뜻인지요?

목련

눈을 들어 보니 천가天街가 보였는데,

천문天門이 활짝 열려 있었네.

아버님이 천부天府에 계시는데,

즐거움이 영원하여 끝이 없으셨네.

장우대   아래로 지리를 보았다는 것은 무슨 뜻인지요?

목련

지옥은 본래 멀지 않은데,

사람들은 욕심 때문에 미혹에 빠진다네.

간밤의 선각禪覺 중에,

어머님이 재앙을 당하시는 것을 보았다네.

장우대 사형께서는 모친이 지옥에 떨어지신 것을 알게 되셨으니 세존께 아뢰어 모친을 구할 방도를 찾아보시는 것이 어떠할는지요?

목련 그러한 뜻이 있습니다. 번거롭겠지만 여러분도 저와 함께 세존께 아뢰어 주시지요.

(활불을 청한다.)

활불

【전강】

사대四大199는 본래 공空이요,

오온五蘊은 본시 있지 않은 것이니.

원각의 깨달음에 모자람이 없어야,

비로소 의발을 줄 만하리라.

(목련 등을 만난다.)

활불 성인의 설교는 무언無言 속에 묘함이 있고, 석가의 공空 담론은 그 정신이 깨달음에 귀착한다. 목련은 입정하여 깨달음이 있었느냐?

목련 세존께 아룁니다. 간밤에 선정에 드니 신묘한 빛이 빛나서 부친이 천당에서 소요하며 즐기고 모친이 지부에서 고초를 겪으며 윤회에 빠져 있는 모습을 보았습니다. 바라옵건대 모

---

199 만물을 구성하는 지(地), 수(水), 화(火), 풍(風)의 네 요소를 말하고, 인체를 이르는 말로도 쓰인다.

친을 구할 수 있는 방도를 찾아 출가할 때의 염원을 조금 이루도록 해 주소서.

활불 백행百行 중에 효보다 앞서는 것이 없고, 오륜 가운데 부모보다 무거운 것이 무엇이랴. 모친을 구하고자 한다는데 지옥은 겹겹이 있어 금방 들어가기 어렵도다. 내가 이제 너에게 석장錫杖 한 자루와 짚신 한 켤레를 주노라. 이 석장으로 위로 천문을 가리키면 별이 옮겨 가고 북두성이 돌아갈 것이고, 아래로 지옥을 두드리면 자물쇠가 떨어져 문이 열릴 것이니라. 이 짚신을 신으면 발을 들어 구름을 타고 바로 구중 지옥에 들어갈 수 있을 것이고, 몸을 날려 안개를 몰아 만 리 천 산을 넘어감에 걱정이 없을 것이리라. 이제 바로 길을 떠나 더는 의심하거나 지체하지 말거라.

목련

　【최박摧拍】

　염려해 주시오니, 모친의 명운이 곤궁한 까닭에,

　목련이 지옥에 떨어져 이토록 많은 고생을 겪게 될 것을.

　세존의 두터우신 은혜에 감사하옵니다, (첩)

　제게 석장과 짚신을 내려 주시니,

　마침내 유명幽冥에 가서,

　지옥문을 두드려 열고,

　어머님을 구하겠나이다.

　(합) 작별하고 떠나 서둘러 가서,

　지옥에 닿아 두루 찾아보겠나이다.

활불

【전강】

너는 모친을 위해 고향을 떠나와서,

기사굴산에 가서 좌선하여 입정했느니.

너의 효심을 굳게 지켜, (첩)

선과를 원만하게 이루고,

성천^{性天}이 밝게 된다면,

마침내 음사에 가서 고난에 빠진 모친을 구제하리라.

(합) 작별하고 떠나 서둘러 가서,

지옥에 닿아 두루 찾아보거라.

장우대, 이순원

【전강】

옛날 금강산에서 사형을 만나,

바로 수레 덮개 가까이 대고 문경지교^{刎頸之交}를 맺었습니다.[200]

저희는 배웠지만 능히 할 수 없음이 부끄럽습니다. (첩)

당신은 도술이 뛰어난 데다,

법력의 원만하고 신묘함을 더하였으니,

모친을 만나게 되어,

일찍 돌아오시리라.

(합) 작별하고 떠나 서둘러 가서,

---

200 수레 덮개를 가까이 대고 이야기를 나누었다는 것은 『사기』「노중련추양열전(魯仲連鄒陽列傳)」에 나온다. 처음 만나거나 사귐을 이르는 말이다. 문경지교는 생사를 함께하여 목을 베이더라도 후회하지 않는다는 친한 사귐을 뜻한다. 『사기』「장이진여열전(張耳陳餘列傳)」에 나온다.

지옥에 닿아 두루 찾아보소서.

목련

【미尾】

스승님과 십우들을 떠나 외로운 몸이 되겠네.

활불

지옥이 겹겹이 있으니 조심하거라.

목련

마땅히 조심하여 삼가 마음에 새겨 잊지 않겠나이다.

활불

짚신 신고 편안하게 만산의 구름 위를 걸어가서,

장우대

석장으로 지옥문을 두드려 여십시오.

목련

다만 어머님 얼굴을 뵙지 못할까 두려운데,

함께

하늘은 효심 많은 사람을 돕는다는 것을 알아야 하리라.

첫 번째 보전

(一殿尋母)

말 … 판관
정 … 소귀
외 … 대왕
축 … 조갑(趙甲)
첩 … 전씨(錢氏)
부 … 유씨
생 … 목련

판관, 소귀

음양의 이치는 고금에 전해지니,

양세에 형조^{刑曹}가 있기에 음사에도 있다네.

바라건대 세상 사람들이 죄를 짓지 말아서,

양세에서 수명을 다해도 다시 승천할 수 있기를.

우리 둘은 바로 지옥의 첫 번째인 진광왕전^{秦廣王殿}의 판관과
소귀라오. 지금 우리 대왕님께서 등전^{登殿}하실 때가 되어 이곳
에서 기다리고 있지요. 천부^{天府}에는 우뚝 솟아 금빛이 찬란한
곳에 열 채의 보전^{寶殿}이 있고, 지옥에는 가지런히 철문이 육
중한 곳에 열여덟 개의 음사^{陰司}가 있습니다. 보전 열 채는 무
엇인가? 동쪽 두 채, 서쪽 두 채, 중앙 두 채, 남쪽 두 채, 북쪽
두 채로, 열 채가 휘황찬란합니다. 음사 열여덟 겹은 무엇인

가? 동쪽 네 겹, 서쪽 네 겹, 남쪽 네 겹, 북쪽 네 겹, 중앙 두 겹으로, 열여덟 겹이 깊이 숨어 있습니다. 보전은 모두 천지가 만들었고, 음사마다 귀신들이 슬피 웁니다. 열 채 보전의 대왕님들이 열여덟 겹의 지옥을 나누어 다스리시는데, 제일전의 진광왕秦廣王은 도산刀山과 검수劍樹를 관장하시고, 제이전의 초강왕楚江王은 마마磨磨와 대용碓舂을 관장하시고, 제삼전의 송제왕宋帝王은 철상鐵床과 혈호血湖를 관장하시고, 제사전의 오관왕午官王은 유과油鍋와 동주銅柱를 관장하십니다. 제오전의 존귀하신 염라천자閻羅天子의 철위성鐵圍城 안에는 업경業鏡이 있고, 제육전의 변성대왕變成大王은 청천青天이 없는 아비옥阿鼻獄 그리고 거신옥鋸身獄과 괄설옥刮舌獄을 관장하시고, 제칠전의 태산왕太山王은 탕확형湯鑊刑, 화거형火車刑을 관장하시고, 제팔전의 평등왕平等王은 평등하게 베푸십니다. 도시왕都市王의 제구전에서는 한빙寒冰과 흑풍黑風을 관장하시고, 전륜왕轉輪王의 제십전에서는 정신定身과 축산畜産을 관장하십니다. 열 채의 보전은 강령을 크게 논하는 존엄한 곳이요, 열여덟 겹의 음사는 조목을 세세하게 살피는 주밀周密한 곳입니다. 형벌의 이름이 비록 갖추어져 있으나 형벌은 실로 형벌이 없기를 기약하기 위한 것이고, 법의 그물이 비록 촘촘하나 법은 바로 법이 필요하지 않게 하기 위한 것입니다. 다만 하늘이 선인善人을 많이 낳아 사람마다 지옥에 떨어지지 않기를 바라고, 또한 사람들이 선한 일을 많이 행하여 일마다 하늘의 법을 어기지 않기를 바랍니다. 열 채의 보전이 세워져 있지만 천고千古에 늘 비

어 있었습니다. 이것이 바로,

천지간에 생명을 아끼는 한 점의 마음이니,

불조佛祖께서는 본래 법에 대한 사념思念이 없으시네.

라는 것입니다. 말을 아직 마치지 않았는데, 우리 대왕님께 올라오시는군요.

대왕

【분접아粉蝶兒】

천지를 다스리며,

만민의 복福과 영齡을 관장하고,

동방의 금궐金闕과 주정珠庭201을 통솔하네.

보이나니,

향봉香鳳이 아득하고,

촉룡燭龍이 생겨나네.202

종소리가 은은한데,

도산 검수에는 피비린내 가득하다.

나의 마음은 저울처럼 평평하고 명령은 우레처럼 빠르도다.

음사의 삼엄한 보전 열 채 중에,

첫 번째 보전을 관장하며 호방과 웅위를 떨치네.

두 겹의 지옥에서 천벌을 행하니,

한 점의 붉은 마음이 붉은 해를 관통하네.

나는 동방 첫 번째 보전의 진광왕이로다. 지옥 두 겹을 관장하

---

201 보통 신선의 궁원(宮院)을 뜻하는데, 여기에서는 금궐과 함께 제일전을 가리킨다.
202 향과 초를 각각 봉새와 용으로 비유하여 나타낸 것이다.

는데, 왼쪽은 도산, 오른쪽은 검수로다. 위로 다섯 관문에서 오는 귀범鬼犯들을 맞아들이고 아래로 아홉 지옥의 출발이 되지. 양세에서 나쁜 짓을 한 자는 먼저 동방 지옥의 고초를 받게 되지. 여봐라, 투문패投文牌203를 내걸어 압송되어 오는 귀범이 있거든 끌고 들어오너라.

(소귀가 퇴장한다. 무대 안에서 외친다.)

무대 안 귀문관에서 범인을 압송해 왔습니다.

(판관이 대왕에게 보고한다. 조갑이 등장한다. 대왕이 문서 두루마리를 본다.)

대왕 귀범 일 명 조갑은 불효하고 부모를 구타했구나. 내가 네게 묻노라. 사람이 천지간에 태어나는데 아비가 아니면 태어날 수 없고 어미가 아니면 길러질 수 없으니 부모는 아이를 위해 얼마나 많은 고생을 하느냐? 아이를 길러 키워 놓았는데 도리어 연로한 부모를 저버리고 구타하니 이는 무슨 도리이냐?

조갑 나리, 술을 마시고 취하여 모친을 몇 번 때리고 부친에게 욕설을 몇 마디 했을 뿐입니다.

대왕 귀사는 이놈을 쳐라!

(귀사가 조갑을 때린다.)

대왕

【사해아耍孩兒】

사람이 천지 안에 태어나고 자람에,

부모의 은혜는 천지와도 같다네.

---

203 소장(訴狀)을 접수하는 곳을 알리는 명패이다.

아이를 기르며 마음과 힘을 다 쓰니,

장성한 뒤에는 마땅히 부모의 은혜를 갚아야 할진대,

감히 흉포함을 드러내어 대항하니,

정말이지 하늘을 업신여긴 대죄로다!

귀사는 이놈을,

(합) 내던져 도산에서 살이 발려 나가게 하고,

검수에서 천천히 살이 저며 나가게 해라.

조갑

【전강】

대왕님, 바라옵건대 제 말씀을 들어 주십시오,

소인이 사연을 말씀드리도록 용납해 주십시오.

저의 부모가 애지중지하며 버릇없이 키워서,

제멋대로 우둔한 짓만 해 대었으니,

어찌 생각했겠습니까, 음사에서 일일이 알고 계셨으니,

이제 와서 후회해도 소용없다는 것을.

세상에서 부모에게 불효하는 자식들아, 내가 바로 본보기가

되었네!

(합) 오늘 내던져 도산에서 살이 발려 나가고,

검수에서 천천히 살이 저며 나가겠네.

(조갑이 퇴장하고 전씨가 등장한다.)

대왕 범부犯婦 일 명 전錢씨 을수乙秀는 시부모에게 불효하여 시

모를 구타하고 시부에 욕설을 하였구나. 내가 네게 묻노라.

시부모가 며느리를 찾을 때 온 마음을 다하는데, 며느리 되는

자는 마땅히 시부모에게 효순해야 도리라고 할 것이다. 너는 어찌하여 몰래 음식을 만들어 먹으면서 시부모는 굶게 만들고, 스스로는 좋은 옷을 입으면서 시부모는 추위에 떨게 만든 데다가, 긴 혀를 놀려 시부모를 거역하였으니 이는 무슨 도리이냐?

전씨 나리, 소인과는 상관없는 일이옵니다. 제 옷과 음식은 모두 친정에서 보내온 것이라서 시부모와는 상관이 없었습니다. 이런 까닭에 그분들이 드시게 드리지 않고 입게 드리지 않았습니다. 그런데도 시아버지가 저를 욕하여 몇 마디 되돌려주었고, 시어머니가 저를 때려 몇 대 되돌려주었을 뿐입니다.

대왕 귀사는 이년을 쳐라!

(귀사가 전씨를 때린다.)

대왕

【전강】

시모는 곧 어머니요,

시부는 곧 아버지라.

딸과 며느리는 본래 다름이 없으니,

굶주림과 추위에는 마땅히 옷과 음식을 드려야 하고,

때리고 욕해도 원망하지 말고 한탄하지 말아야 할지니,

시부모는 오로지 네가 그릇이 되기를 바라기 때문이라.

하늘을 업신여긴 너의 죄는 숨길 수가 없으니, 귀사는 저년을,

(합) 내던져 도산에서 살이 발려 나가게 하고,

검수에서 천천히 살이 저며 나가게 해라.

전씨 나리, 제 말씀을 들어주십시오!

【전강】

집에서 딸이 되어,

일찍이 예의를 배우지 못한 것을 후회합니다.

시집와서는 시부모의 뜻에 맞추지 못하니,

그분들은 제가 거역한다고 역정을 내셔서,

저는 그것에 한을 품고 게으름 부리며 밥도 짓지 않았습니다.

그래서 그분들은 굶주리고 굶주렸습니다.

시부모를 공경하지 않는 며느리들아, 내가 바로 본보기가 되었네!

(합) 오늘 내던져져 도산에서 살이 발려 나가고,

검수에서 천천히 살이 저며지겠네.

(전씨가 퇴장하고 유씨가 등장한다.)

대왕 범부 일 명 유씨 청제는 맹세를 고의로 어기고 살생을 저질러 악업이 많으니 정말이지 괘씸하도다!

유씨 나리, 모두 동생 유가가 부추긴 탓이지, 이 늙은이와는 상관없는 일입니다.

대왕 쳐라!

(귀사가 유씨의 등을 때린다.)

유씨

【전강】

대왕님, 노기를 거두시고,

이 늙은이의 말씀을 들어주십시오.

하늘은 사람을 만들어 희생犧牲을 잡아먹게 하였습니다.

사람뿐만 아니라 희생의 예로,

하늘에 제사 지내고 땅에 지사 지내면 신령이 모두 흠향하시니,

예나 지금이나 의심할 바가 없습니다.

살생을,

어찌 유독 저의 죄라고 하십니까,

바라옵나니 대왕께서 공정하게 결단하셔서,

이 늙은이가 홀로 재앙을 받지 않게 해 주십시오.

대왕

【전강】

너의 억지스러운 변명을 듣자니,

분노가 일어나는도다.

네가 개훈한 것이 어찌 다른 사람과 비할 바이겠느냐.

사람이 비록 모두 희생을 먹는다고 하지만, 너는 특히 몇 번이나 맹세를 하고도 다시 개훈을 했다.

혀끝으로 희생의 맛을 다 핥고도,

복검腹劍으로 조화기造化機를 잘라 망가뜨렸구나.[204]

너의 맹세는 이미 정해져 있으니 도망가기 어렵도다.

판관 유씨를 멀리 압송하겠습니다.

대왕

---

204 복검은 배 속에 칼이 있다는 뜻으로 마음속에 해칠 생각을 품고 있음을 말하고, 조화기는 천지의 조화를 만드는 중추를 기기에 비유하여 말한 것이다. 유씨가 천지 운행의 이치를 어겼다는 뜻이다.

그를 열여덟 개 지옥을 두루 다니면서,

천만 가지 외로움과 처량함을 다 받게 해라.

【미尾】

첫 번째 보전의 산과 나무에는,

두 가지로 도刀와 검劍이 있으니,

삼가 형벌은 오직 긍휼히 여기며 펼칠 것이다.[205]

(무대 안에서 괴로워하는 소리를 지른다.)

대왕　이 도산 검수의 형벌은,

모두 너 스스로 행하여 스스로 당하는 것이니,

나도 어쩔 수가 없도다.

(퇴장한다.)

목련

【보보교步步嬌】

어머니를 유명幽冥의 땅에 잃고,

찾아낼 방도가 없다네.

다섯 관문을 지나 서쪽으로 오니,

또다시 음사의 첫 번째 보전이로구나.

판관　사리闍黎는 무슨 일로 왔는가? 이곳에 무슨 일인가?

목련　나는 서방의 승려 목련이라 하오. 노모를 찾기 위해 이곳에 왔습니다.

판관　모친의 성은 무엇이고, 이름은 무엇인가?

목련

205　『서경』「순전」에 나오는 구절과 비슷하다.

유씨 청제가,

나의 어머니 이름입니다.

판관   아! 방금 두 번째 보전으로 압송되어 갔소.

목련   다시 두 번째 보전으로 가셨다니!

【미성尾聲】

가련하다, 어머님이 떠나시고 아들이 헛되이 도착했네.

하늘이시여!

어머니를 만나지 못하면 돌아가지 않겠습니다!

얼른 달려 앞의 지옥으로 가야겠네.

어머님을 찾아 처음으로 첫 번째 보전에 와 보니,

도산과 검수에 피가 낭자하구나.

하늘을 우러러 울부짖으니 어머님은 어디에 계십니까,

심장과 간장이 갈라지고, 비장이 찢어지네.

두 번째 보전

(二殿尋母)

말 … 수하 갑
외 … 대왕
정, 축 … 범인
부 … 유씨
소 … 수하 을
생 … 목련

수하 갑

위에는 오직 하늘만 있을 뿐,

그만큼 높은 산은 없다네.

고개 들어 보니 붉은 해가 가깝고,

머리 돌려 보니 흰 구름이 낮구나.[206]

나는 동방의 두 번째 보전인 초강왕전^{楚江王殿}의 귀사라오. 지금 우리 대왕님께서 승전^{升殿}하실 때가 되어 이곳에서 기다리고 있지요.

(외^外가 왕관을 바꾸어 쓰고 등장한다.)

대왕

---

206 송나라 구준(寇准)의 시 「영화산(詠華山)」과 비슷하다. 원나라 고명의 희곡 『비파기』 제3출에도 나온다. 본래 화산을 칭송하는 시를 빌려 와서 대왕을 칭송하고 있다.

【홍납오紅納襖】

음사에서 생사여탈의 권력을 쥐고,

양세의 선악을 적은 책을 심사하노라.

생전에 누가 악하고 누가 선했는지,

눈앞에 명명백백하구나.

선행을 한 이는 천사가 인도하고,

악행을 한 자는 지옥에 빠지지.

음사에서 죄가 없기를 바라거든,

양세에서 복전福田에 씨를 뿌려야 한다네.

아래로는 황천이 있고 위로는 하늘이 있는데,

하늘과 사람 세상을 살펴보아도 법에는 치우침이 없다네.

죄가 있는지 죄가 없는지를 알려면,

오직 그 사람이 현명한지 현명하지 않은지에 달렸다네.

나는 두 번째 보전의 초강왕이로다. 동방의 두 번째 보전을 관장하여 두 개의 지옥을 다스리고 있는데, 바로 갈아 버리고 찧어 버리는 곳이니, 이곳에 오면 어느 누가 슬프고 마음 아프지 않겠는가!

(첫 번째 보전에서와 같이 비백飛白을 한다.)[207]

귀범 일 명 손병孫丙, 재물을 탐내어 살인을 저질렀군. 내가 네게 묻노라. 사람이 세상을 살아가면서 각자 본분을 지켜야 할

---

[207] 압송되어 오는 귀범이 있으면 끌고 들어오라 명하고, 제일전에서 귀범을 압송해 왔다고 보고하여 대왕이 문서를 보는 것을 가리킨다. 비백은 반복되는 대사를 적절히 응용하여 빠른 속도로 우스개처럼 말하는 것을 가리키는 듯하다.

것이거늘, 너는 재물을 탐내어 인명을 살상했도다!

손병   나리, 제 말씀을 들어주십시오.

【계지향桂枝香】

지난날을 생각해 보면,

술집을 열어 놓았는데,

남의 재물을 보았을 때,

주책없이 제가 탐심이 갑자기 일어나서,

그리하여 그를 죽이고 말았습니다. (첩)

그의 재물을 가져다가,

저의 살림에 보태었습니다.

바라옵건대 잘 살펴 주십시오,

사람은 불량하지 않으면 존귀해지지 않고,

불이 산을 태우지 않으면 땅이 비옥해지지 않습니다.

대왕   귀사는 이놈을 쳐라!

【전강】

사람이 세상을 살면서,

모름지기 도리를 따라야 하는 법,

각자 본분을 지키며 살아가야 하니,

어찌 남에게 손해를 입혀 자신을 이롭게 할 수 있다는 말인가.

이 물정 모르는 아귀는, (첩)

함부로 행동하여, 208

---

208   『논어』「위령공(衛靈公)」에 "군자는 곤궁해도 굳세지만, 소인은 곤궁하면 함부로 행동한
다(君子固窮, 小人窮斯濫矣)"라는 구절이 있다.

천심을 속였도다.

(합) 너를,

만 근의 구리 맷돌로 갈아서 가루를 만들고,

천 근의 쇠 방아로 찧어서 짓이겨 버려야 마땅하리라.

(손병이 퇴장한다.)

대왕 범부 일 명 이씨 정향丁香, 외간 남자와 간통하고 모의하여 남편을 살해했도다. 이씨 여인아, 집에서는 아비를 따르고 시집가서는 지아비를 따르는 것이 올바른 이치이거늘, 어찌하여 몰래 외간 남자와 간통하고 도리어 모의하여 남편을 죽였느냐?

이씨 나리, 제 말씀을 들어보십시오.

【전강】

지난날을 생각하면,

제가 집에 있을 때,

간부姦夫가 꼬드겨 춘심이 동하였는데,

저와 왕래하며 정을 쌓았습니다.

그리하여 남편을 죽이니, (첩)

제 마음이 통쾌하고,

그의 질시를 면할 수 있었습니다.

나리,

바라옵건대 자세히 살펴 주십시오,

부부는 본래 한 숲에 사는 새로,

죽을 때가 닥쳐오면 각자 날아가 버릴 뿐입니다.

대왕

【전강】

부부가 배필이 되는 것은,

하늘이 짝을 맺어 주는 것이고,

더욱이 일곱 세상의 인연을 닦아야만,

금생에 함께 나뭇가지 맞닿아 자라듯 화목하게 되는데.

이씨,

너는 전혀 염치가 없이, (첩)

행실이 개나 돼지와 같아서,

모의하여 남편을 죽였도다.

(합) 너를,

만 근의 구리 맷돌로 갈아서 가루를 만들고,

천 근의 쇠 방아로 찧어서 짓이겨 버려야 마땅하리라.

(이씨가 퇴장한다.)

대왕 범부 일 명 유씨 청제, 맹세를 고의로 어기고 살생을 저질러 악업이 많으니 정말이지 괘씸하도다!

유씨 나리, 제 말씀을 들어주십시오.

【전강】

하늘이 만물을 낳았는데,

사람만이 존귀합니다.

사람은 마땅히 맛있는 음식을 먹을 수 있는데,

어찌하여 도리어 형벌을 가하신다는 것입니까?

하물며 저의 남편과 자식은, (첩)

염불하고 독경하며,

스님들께 공양하고 보시를 베풀었습니다.

바라옵건대 자세히 살펴 주십시오,

힘을 가지신 분이 방편을 베풀어 주시지 않는다면,

보산寶山에 들어갔다가 빈손으로 돌아오는 것과 같을 것입니다.

대왕

【전강】

네가 하늘에 맹세한 일을,

신사神司에서 자세히 기록해 두었는데,

어찌 방편을 행하여 어길 수 있겠느냐,

네가 맹세한 말이 아직도 귀에 맴도는 것을 생각하지 않고서?

내가 너의 평소 행실을 생각해 보면, (첩)

지옥이 겹겹이 있으니,

압송하여 편할 날이 없을 것이로다.

유씨 이 늙은이는 후회됩니다.

대왕

후회해도 헛일이로다,

절벽에 닥쳐서야 말을 붙잡고 고삐를 잡아당겨도 늦고,

강 한가운데로 가서야 배의 구멍을 메워도 늦도다.

유씨 나리, 용서해 주십시오.

대왕

【대아고大迓鼓】

맑디맑은 푸른 하늘을 속일 수 없으니,

네가 맹세의 말을 한 번 내뱉은 것은,

사마駟馬로 달려도 쫓아가기 어렵다.[209]

알아야 하느니, 음사에서 사람에게 죄를 주는 것은,

오로지 양세에서 행한 일이 그릇되었기 때문이도다.

(합) 세상 사람에게 권하노니,

맹세할 때는 마땅히 세 번 생각하기를.

(대왕이 퇴장한다.)

유씨

【전강】

후회스럽네, 나의 행동이 맹세와 어긋난 것이,

어찌 생각했으랴, 내가 양세에서 지은 잘못을,

음사에서 상세히 알고 있을 줄을.

무리

여러 지옥에 모두 물어보게나,

예로부터 지금까지 누구를 풀어 준 적이 있는지를.

(합) 세상 사람에게 권하노니,

맹세할 때는 마땅히 세 번 생각하기를.

(유씨가 퇴장한다. 수하 두 명이 맷돌을 준비한다.)

손병

【황앵아黃鶯兒】

맷돌을 보니 놀랍고 두렵네,

혼백이 날아가고,

---

209 사마는 네 필의 말이라는 뜻으로, 여기에서는 말 네 필이 크는 수레를 뜻한다.

구슬 같은 눈물이 떨어지네.

후회막심하네.

수하 을　무엇을 후회하느냐?

손병

전생에 깊이 생각하지 않고 일을 벌인 것을 후회합니다.

수하 을

이제 마땅히 너는 목숨으로 보상하고,

이제 마땅히 너는 몸이 갈려야 하니,

악행은 악보惡報를 당함이 거울처럼 밝도다.

(합) 세상 사람에게 권하노니,

모두 삼가고 살펴서,

절대로 비뚤어진 마음을 먹지 마시오.

(손병이 맷돌에 갈리다가 퇴장한다. 수하 두 명이 방아를 준비
한다.)

이씨

【전강】

방아를 보니 나도 모르게 혼이 사라지고,

몸이 마비되고,

마음이 떨리네.

후회막심하네.

수하 을　무엇을 후회하느냐?

이씨

옛날에 요행을 바라고 일을 벌인 적이 많았음을 후회합니다.

수하 을

살아서 제멋대로 행동하였으니,

죽어서 마땅히 무거운 벌을 받아야 하네,

서둘러 찧어서 가루를 만들어 버리겠네.

(합) 세상 사람에게 권하노니,

모두 삼가고 살펴서,

절대로 비뚤어진 마음을 먹지 마시오.

(이씨가 퇴장한다.)

목련

【반천비半天飛】

어머님을 위해 바쁘게 달려와,

첫 번째 보전에서 찾다가 두 번째 보전에 당도했는데,

문이 겹겹이 닫혀 있구나.

(석장으로 두드린다.)

방아와 맷돌이 빈틈없이 세워져 있구나.

(수하 을이 목련에게 묻는다.)

목련 저는 서천의 승려 목련이라고 합니다. 이곳에 어머님을 찾으러 왔습니다.

수하 을 당신 모친의 성은 무엇이고, 이름은 무엇인가?

목련

모친의 성은 유씨이고 이름은 청제인데,

하늘의 위엄을 범한 일 때문에,

음사에서 벌을 받고 있습니다.

인자하신 분께 엎드려 바라오니,

제가 어머님과 한 번 상봉하실 수 있게 해 주십시오.

수하 을 아, 유씨 청제는 방금 앞길로 압송되어 갔소.

목련 하늘이시여! 제가 첫 번째 보전에 도착했을 때 어머님은 두 번째 보전에 계셨는데, 제가 두 번째 보전에 도착하니 어머님은 또다시 앞길로 압송되어 가셨구나. 어머니,

우리 모자는 인연이 모자라서 곳곳마다 어긋나니,

푸른 하늘을 우러러보며 피눈물을 흘립니다.

목련

어머님을 찾아 이제 두 번째 보전에 왔는데,

방아와 맷돌에 피가 얼룩진 모습을 차마 보지 못하겠네.

수하 을

모친은 이미 앞길로 떠나간 것을 알아야 한다네,

목련

어머님을 뵙지 못하면 결코 돌아가지 않으리라!

제78척

청명절 성묘

(曹氏淸明)

단 … 새영
축 … 매향
소 … 서동

(새영이 등장한다.)

새영

【억진아憶秦娥】

비바람이 그치니,

옅은 안개 낀 청명절이라네.

매향

청명절이라,

버들 아래 꾀꼬리 지저귀고,

꽃들 사이에 나비가 나는구나.

아씨,

두견새가 울어 배꽃에 걸린 달을 떨어뜨리고,

해당화에 이슬 맺혀 연지 찍은 볼 같은 꽃잎을 적시네요.[210]

새영

연지 찍은 볼 같은 꽃잎,

이슬이 꽃잎 끝에서 떨어지는데,

마치 내가

피눈물을 흘리는 것 같구나.

세상 사람들은 모두 어머니가 있는데,

슬프게도 나만 홀로 계시지 않네.

울면서 슬픈 눈물 뿌리니,

천 줄기요 만 줄기라네.

불행하게도 어머니를 일찍 여의었으나 감사하게도 새어머니께서 길러 주셨습니다. 지금 청명절을 맞았는데 어머니의 기일이기도 합니다. 본래 아버님과 오라버니가 집에 계실 때에는 반드시 산소에 가서 지전紙錢을 걸었는데, 얼마 전 아버님이 왕명을 받들어 변방에 곡량을 나누어 주러 가시고 오라버니도 연로하신 아버님을 위해 함께 떠났으니, 제가 산소에 가서 성묘를 해야겠습니다.

매향 아씨, 여자의 덕은 규방을 나가지 않는 것이니 이 매향이

---

210 이 장면 이후로 송나라 고저(高翥)의 시 「청명일대주(淸明日對酒)」와 비슷한 표현들이 여러 번 나타난다. 시는 다음과 같다. "남북의 산머리에는 무덤이 많아, 청명 맞아 성묘하느라 사람들이 모여드네. 지전 태워 날아가서 흰나비가 되고, 피눈물은 물들어 붉은 두견화(영산홍)를 만들었네. 해 지자 여우가 무덤가에서 잠자고, 밤이 되어 돌아온 남녀는 등불 앞에서 담소하네. 살면서 술이 있으면 반드시 취해야 하리니, 한 방울이라도 언제 구천에 가지고 간 적이 있었던가(南北山頭多墓田, 淸明祭掃各紛然. 紙灰飛作白蝴蝶, 淚血染成紅杜鵑. 日落狐狸眠塚上, 夜歸兒女笑燈前. 人生有酒須當醉, 一滴何曾到九泉)."

아씨 대신 가겠습니다요!

새영 "내가 제사에 참여하지 않으면 제사 지내지 않는 것과 같다"[211]라는 말도 들어 보지 못했느냐? 청명절의 일은 꼭 직접 해야 한다.

매향 그러시면 제물을 준비해 두었으니 서동에게 분부하여 둘러메게 하여 바로 떠나세요.

(서동을 부른다. 서동이 등장한다.)

서동

청명절이 오늘이구나,

언덕을 한 바퀴 돌아오려네.

새로 만든 무덤이 무수한데,

아직 오지 않은 사람이 더 많다네.[212]

매향 누님, 얼른 갑시다요.

(간다.)

매향

〔완계사 浣溪沙〕

바람이 가벼운 구름을 눌러 물 가까이 떠 가고,

방금 갠 연못가에서는 제비가 진흙을 떼어 가네.

새영

어머니를 생각하니 눈물이 떨어져 비단옷을 적시네.

숲 밖에서 까마귀 우는 소리를 듣고,

---

211 『논어』「팔일(八佾)」에 나오는 구절이다.
212 송나라 진산민(眞山民)의 시 「청명(淸明)」 중 앞의 네 구절과 같다.

대숲에서 자고새 우는 소리를 들으니,

이 마음은 오로지 하늘만이 아시리라.[213]

서동 다 왔습니다. 여기가 바로 노부인의 산소입니다요.

매향 제물을 진열하겠어요.

새영 어머니, 딸 새영이 이제 어머니 산소에 와서 제사를 올립니다. 엎드려 바라오니 영혼께서는 저승에서 굽어살피소서.

　【국화신菊花新】

　불행하게도 일찍 어머님을 여의었으니,

　철없는 어린 딸이 누구에게 의지할까요.

　처량하고 슬퍼서 몇 번이나 아침저녁으로,

　남몰래 눈물을 다 흘렸던가요.

서동 지전을 걸었습니다.

매향 절을 올리세요.

　(새영이 절을 올린다.)

새영

　【면탑서綿搭絮】

　산소 앞에 새로 지전을 높이 걸고,

　어머님의 길러 주신 은혜에 보답하는 마음을 조금 드립니다.

　이 지전이,

　일천 푼이라고 해도 어찌 어머님이 풀려나실까?

　지전이 아니라,

　금전이 산더미처럼 있다고 해도,

213　송나라 소식의 사(詞) 「완계사(浣溪沙)·춘정(春情)」과 비슷하다.

어머님 다시 살아나시게 할 수 없네.

자식이 지전을 산소 앞에 걸었사온데,

우리 어머님이 받아 주실지 모르겠습니다.

매향　향을 올리세요.

(새영이 향을 올린다.)

매향　초상향初上香-, 재상향-, 삼상향-, 부복俯伏-.

(새영이 노래한다.)

새영

【전강】

명향冥香을 세 번 올리니 향로에서 타오르네.

어머니!

바라옵건대 향혼香魂이,

이 향 연기 따라 얼른 강림해 주소서.

매향　제주祭酒를 올리세요.

새영

금 술잔을 받쳐 드니 눈물이 그렁그렁하네.

어머니!

이 술잔에 든 것은 모두 마음속의 눈물이오니,

술은 세 번 바치고 마치지만,

눈물은 벌써 여러 번 흘렀습니다.

매향아, 내가 삽시간에 술을 세 번 바쳤지만, 한 방울이라도 구천에 당도했을까 걱정이구나. 어머니,

자식이 지금 산소 앞에서 술을 올리오니,

우리 어머님이 드실지 모르겠습니다.

(매향이 버들가지를 꺾는다.)

매향　오늘은 청명가절이니 아씨는 버들가지를 꽂고 좋은 시절을 기념하세요.

(새영이 버들가지를 받아 들고 노래한다.)

새영

【전강】

한 해에 한 번 청명절을 맞으니,

이 봄빛에는,

초목이 무성하고 모두 꽃이 피는구나.

슬프게도 원추리꽃은 오래전에 시들어 떨어졌네.

그 꽃은 마른 뒤에 다시는 꽃 필 날이 없으니,

내가 무슨 마음으로 버들을 꽂고,

좋은 시절을 기념하리요!

(버들가지를 버린다.)

어머니, 어머니!

자식이 지금 목이 터지도록 부르는데,

우리 어머님이 들으실지 모르겠습니다.

(서동이 지전을 태운다.)

서동, 매향

【방장대傍妝臺】

지전이 불타서,

나비가 되어 너울너울 춤추네.

바람 타고 곧바로 푸른 하늘로 올라가니,

바라건대 마님을 따라 천정天庭에 이르기를.

떨어진 꽃잎은 하나하나 흐르는 물을 따라가고,

두견새는 소리마다 상림上林214에서 슬피 우네.

(합) 나의 간장이 부서지고 눈물이 가득하게 만드네,

꿈속에서나 모습을 뵙고 목소리를 들을 수 있겠네.

매향　이 까마귀가 이렇게 울어 대네요!

새영　내가 알겠다. 매향아,

【전강】

생각해 보면 노부인께서는,

평생 동안 베푸시고 외롭고 가난한 이들을 구제하셨지.

그분의 정령은 유해와 함께 사라지지 않고,

까마귀가 되어 이 산소에 와서 우는 것이라네.

까마귀야, 까마귀야, 만약에 어머니의 영혼이라면 이 나무로
날아와서 몇 번 더 울어 다오.

(까마귀가 날아와서 운다.)

슬피 우는 것이 마치 사람의 뜻에 따르는 것 같네,

까아까악 하는 것이 분명 자식을 그리워하는 마음이라네.

(합) 나의 간장이 부서지고 눈물이 가득하게 만드네,

꿈속에서 모습을 뵙고 목소리를 들을 수 있을까.

매향　안동은 먼저 돌아가, 나는 아씨와 함께 천천히 갈게.

214　상림은 진(秦)나라 때 만들어진 어원(御苑)이다. 여기에서는 보통의 숲으로 보아도 좋을
듯하다.

성묘는 골육을 뵙는 것이 가장 소중하지만,

한 해에 오직 오늘 같은 두세 번의 아침뿐이라네.

산소 앞에 꽃나무는 심지 말아야 하네,

봄빛은 황천에 계신 분과는 상관이 없으니.[215]

---

215 당나라 웅유등(熊孺登)의 시 「한식야망(寒食野望)」과 같다.

제79척

단 공자의 소원
(公子回家)

정 … 공자
외 … 마당쇠

공자

【반천비半天飛】

절기는 청명이라,

맑은 날 교외로 접어드니 말 발걸음이 가벼워지는구나.

조상님 산소는 나의 뿌리요,

조상님께 제사 올리는 것은 내가 마땅히 다해야 하네.

아,

산소에는 기린이 누워 있구나.[216]

예나 지금이나 얼마나 많은 영웅들이,

거친 언덕에 들자마자,

---

216 송나라 강기(姜夔)의 시 「도석호(悼石湖)」에 나온다. 기린은 무덤 앞의 석조물로, 기린이 쓰러져 누워 있다는 것은 무덤이 황폐해졌음을 뜻한다.

세력과 기염이 흔적도 없었던가.

탄식하노니, 사람들은 취하여 깨어나지 못하네. (첩)

남북의 산마다 산소가 많으니,

청명절 맞아 성묘하느라 각자 바쁘구나.

사람이 살아가면서 술이 있으면 마땅히 취해야 하는 법,

한 방울이라도 언제 구천에 이르렀던가?

나는 단 공자段公子입니다. 오늘 청명가절을 맞아 조상님 묘에 성묘를 마치고 돌아오는 길입니다. 여봐라, 오늘처럼 맑은 날씨에는 노닐기가 더할 수 없이 좋구나. 말을 끌고 천천히 걸어가자.

마당쇠　알겠습니다.

공자

【전강】

구름은 엷고 바람은 살랑거리고,

천만 가지로 울긋불긋하니 온통 봄이로구나.

풍목風木의 슬픔은 접어 두자,

꽃과 새가 흥취를 줄 만하네.

아,

완조阮肇와 유신劉晨은 본래 마음이 없었지만,

두 사람이 함께 가서,

함께 도원桃源에 들어가서,

선녀 마을을 만나,

삼생三生의 행운을 맺었다네.

하늘이시여!

　　나는 어떻게 도원에서 미인 만난 사람들을 따라 할까.

(퇴장한다.)

제80척

새영을 탐하는 단 공자

(見女託媒)

단 … 새영
축 … 매향/매파
정 … 공자
외 … 마당쇠

새영

【솔지금당竂地錦襠】

남산 머리를 지나니 북산 머리로구나,

눈에는 온통 풀밭과 무덤이라네.

사람이 살다가 이곳에 오면 결국 쉬게 되는 것이니,

들풀과 들꽃이 가득해도 온통 근심뿐이라네.

매향

【곡기파哭妓婆】

좋은 수레 멋진 말 타고,

젊은 사내들이 노닐고,

꽃 옆 버들 밖에서는,

생황과 노랫소리가 번갈아 울려 퍼지네.

오늘은 청명가절이라,

　풍류가 없는 이도 풍류를 즐기지.

　이 같은 풍광이 어디에 있을까?

(공자와 마당쇠가 등장한다.)

　이 같은 풍광이 어디에 있을까?

새영　사람과 말이 가까이 왔구나. 매향아, 작은 길로 가자.

(퇴장한다.)

공자　가인佳人이 매향에게 분부하여 작은 길로 가자는 소리가 들리네. 얼른 앞으로 가서 작은 길 입구에 먼저 도착하여 기다렸다가 그들이 올 때 한번 실컷 봐야겠다.

마당쇠　도련님, 자중하세요.

　【솔지금당】

　청명절 성묘하는 아름다운 날이라,

　곳곳마다 산소에는 지전을 걸었네.

　까마귀는 지전 물고 석양 옆을 지나가서,

　고목의 가지 끝에 집을 엮어 짓네.

공자

　【곡기파】

　아,

　너는 쓸데없는 소리는 하지 말거라,

　나는 마음이 불타오르는 듯하네.

　안장에 올라타서,

　채찍을 휘두르네.

굽잇길 입구에서 미인을 기다릴 테니,

만약 만나게 된다면 그 인연 가볍지 않으리라. (첩)

여기가 바로 작은 길 입구이니 그 미인이 반드시 이곳으로 올 것이로다. 말을 내려 이 버드나무 그늘 아래에서 기다려야겠다.

마당쇠 도련님, 자중하세요. 옛사람이 이르기를 "군자는 무겁지 않으면 위엄이 없다"[217]라고 했습니다. 하물며 길에는 남녀가 왕래하니 각자 도리에 맞게 해야 합니다. 그런 까닭에 의심살 일을 멀리하고 염치를 기르고, 풍속과 교화를 두터이 하고 기강을 세우는 것이니, 삼가지 않을 수 없습니다!

공자 흥! 인연이 있어서 다행히 오늘 같은 날을 만났는데, 쓸데없이 옛날 책을 논할 겨를이 어디 있느냐. 왔다, 왔어!

(매향이 등장한다.)

매향 아씨, 얼른 오세요!

새영

【요가령幺歌令】

울퉁불퉁한 굽잇길을 질러 가네,

질러 가네.

비단옷이 꽃 가시에 끌려가네,

끌려가네.

신은 굽고 버선은 작아서 앞으로 가기 어렵네.[218]

---

217 『논어』「학이(學而)」에 나오는 말이다.
218 발이 작아서 걸어가기 어려움을 말하는 것이다. 명나라 때 전족의 풍습이 있었음을 보여준다.

(합) 붉게 해 떨어지고,

자줏빛으로 연기가 퍼지니,

발걸음을 서둘러 집으로 돌아가야겠네.

매향

【전강】

길가에 방초芳草가 무성하네,

무성해.

꽃 옆에서 두견새가 소리 높여 울어 대네,

두견새가 울지.

밤에 돌아온 남녀는 등불 앞에서 웃고 있네.

(합) 붉게 해 떨어지고,

자줏빛으로 연기가 퍼지니,

발걸음을 서둘러 집으로 돌아가야겠네.

공자

발걸음을 서둘러 집으로 돌아가지 마시오.

(새영이 퇴장한다. 매향이 욕설을 한다.)

매향   너는 어느 집 망나니길래 우물 안의 두꺼비처럼 생겼느냐. 아귀같이 다급한 두 눈으로 길을 막고 사람이 지나가지 못하게 하느냐. 미친 모습이 마치 미친 듯 날아다니는 버들 솜같고, 경박한 모습이 마치 경박한 복사꽃 같구나. 하늘이 기록해 두고 용서하지 않을 터이니, 너는 죽고 너의 처는 재가再嫁할 것이다.

공자   집사람이 없는데.

매향 우레가 쳐서 죽일 것이다!

공자 나는 단씨 도령이다. 하늘까지 치솟는 세력과 기염이 자랑할 만하지. 도중에 다행히 미녀를 만나니 하늘이 즐거운 일을 내려 주신 것이지. 그는 앵앵鶯鶯보다도 곱고 나는 군서君瑞보다 못할 것이 없으니, 매향이 만약 두 사람을 맺어 준다면 홍낭紅娘보다 더 화끈하겠다.[219]

매향 너는 게걸스러운 입으로 하늘 향해 피를 토해 내지만, 우리 아씨는 흠이 없는 미옥美玉이시다. 매향은 대범하게 태어났으니 흉금 좁은 이와 비할 바가 아니지. 너는 왜소한 것이 마치 보물 바친 파시波厮[220] 같고, 추한 몰골이 마치 바다를 찾은 야차夜叉와도 같구나. 경박하고 경박하게 주둥이를 놀려 대어 내가 한바탕 지저분한 욕설을 해 대게 만드는구나, 지저분한 욕설을! 너는 경박하여 하늘이 죽일 것이다! 너의 집에는 처도 없고 누이도 없고 어미도 없느냐? 경박한 너를 하늘이 쳐 죽이실 것이다!

(퇴장한다.)

마당쇠 저 매향이 도련님을 욕하는군요.

공자 나를 욕하는 것은 나를 아끼는 것이지! 너는 그 소리만 듣고 그 마음은 살피지 못했구나. 내가 욕을 먹는 것만 알지, 내

---

219 원나라 왕실보의 희곡 『서상기』의 인물들과 견주고 있다. 『서상기』는 장군서(張君瑞)가 최앵앵(崔鶯鶯)을 사모하는데 앵앵의 하녀 홍낭이 두 사람 사이를 오가며 도와주어 맺어지게 해 주는 내용이다.

220 파시(波厮) 또는 파사(波斯)는 페르시아 또는 페르시아 사람을 말한다. 당시에는 페르시아에서 진귀한 보물이 난다고 생각하였다. 여기에서는 비꼬는 뜻으로 쓰고 있다.

가 즐거워하는 것은 모르는구나. 아씨는 말할 것도 없고 몸종도 아주 미녀로다, 귀엽고도 귀엽도다!

마당쇠 도련님, 안장에 올라 돌아갑시다.

(공자가 말에 오른다.)

공자

【전강】

아리따운 미인이 내 말을 받아들이지 않네,

말을 받아들이지 않네.

나도 모르게 미련을 거두네,

미련을.

말은 사람의 뜻을 알아서 앞으로 달려가기를 싫어하네.

(합) 붉게 해 떨어지고,

자줏빛으로 연기 올라가니,

발걸음을 서둘러 집으로 돌아가야겠네.

마당쇠 도련님께 아뢰오. 집 앞에 당도했으니 말에서 내리세요.

공자 집에 당도했다고? 여기가 어디지?

마당쇠 도련님의 서재 안입니다.

공자 차를 내어 오너라!

마당쇠 알겠습니다.

(마당쇠가 퇴장한다. 공자가 앉아서 생각에 잠긴다.)

공자

천만 가지로 울긋불긋하니 온통 봄이러니,[221]

---

221 송나라 주희(朱熹)의 시 「춘일(春日)」 중의 한 구절이다.

문을 나서면 모두 꽃구경하는 사람들이로다.[222]

봄빛이 싱숭생숭하게 하여 잠을 이루지 못하니,[223]

봄밤의 일각一刻은 천금만큼 귀하다네.[224]

내가 성묘를 마치고 돌아오다가 도중에 여인을 만났는데 아주 미인이었지. 집에 오니 어느새 날이 저물었는데, 밝은 달이 또 동쪽에서 떠오르네!

【중려中呂 · 분접아粉蝶兒】

달이 동쪽에서 떠올라,

그 빛이 창문에 들어와 멈추지 않고 흐르다가,

화대花臺에 이르니 꽃에는 점차 그늘이 생겨나네.

정말이지 사람으로 하여금,

이 꽃과 달을 대하니,

경치를 구경하게 하고 마음이 생겨나게 하네.

문득 생각나네,

저 꽃 같은 얼굴과 달 같은 모습이.

분명히,

달을 사랑하고 꽃을 아끼는 마음씨를 가진 사람이리라.

아씨가 앞에 가고 내가 뒤따라가는데, 바람 불어 향기가 날려 그 향이 코를 찔렀지.

【영선객迎仙客】

---

222 당나라 양거원(楊巨源)의 시 「성동조춘(城東早春)」 중의 한 구절이다.
223 송나라 왕안석(王安石)의 시 「춘야(春夜)」 중의 한 구절이다.
224 송나라 소식의 시 「춘소(春宵)」 중의 한 구절이다.

달을 그 사람의 모습과 견주어 보면,

그의 모습이 더욱 향기롭고,

꽃을 그 사람의 얼굴과 견주어 보면,

꽃에서는 소리가 나지 않는다네.

그의 온갖 아름다움을 말하자면,

정말이지 묘사할 수 없고 그리기 어렵다네.

별안간 꽃 옆에서 서로 만났는데,

마치 수월관음水月觀音225 같았네.

【주리곡珠履曲】

온몸에 가득한 고운 모습은 말로 하기 어려우니,

고운 눈썹을 엷게 그렸고 추파秋波226가 멋졌지.

난새 모양의 비녀는 절반쯤 기울어져,

살쩍머리를 살짝 덮었지.

작은 부채를 고운 뺨에 대었는데,

열 손가락은 봄 죽순처럼 가지런했지.

그 세 치 금련金蓮227은 걸음걸음 향진香塵을 일으켰지.

【천하락天下樂】

그가 낮은 목소리로 매향을 부르는 소리를 들었네.

"매향아,

---

225 달이 비친 바다 위 연꽃에 선 모습의 관음으로, 용모가 맑고 빼어난 사람을 비유하는 말
로도 썼다.
226 미인의 아름다운 눈길을 말한다.
227 발을 가리킨다. 남조(南朝) 제나라의 동혼후(東昏侯)가 금으로 연꽃을 만들어 땅에 깔아
놓고 반비(潘妃)에게 그 위를 걷게 한 고사에서 유래하였다.

작은 길로 가자꾸나."

나는 얼른 안장에 올라타고,

채찍을 휘둘러 굽잇길로 달려가,

버드나무 그늘 옆에서 말을 내려,

꽃 앞에 서서 기다렸지.

그가 왔을 때,

어찌 알았으랴, 그들에게,

나의 혼령을 빼앗기게 될 줄을.

【나타령邪咤令】

저 매향은 화가 나서 나를 경박한 날라리라고 욕하였지.

나는 여기에서 장생보다 낫다고 기뻐하며 말했고,

당신의 소저는 정말이지 앵앵보다 뛰어나다고 했지.

매향,

당신이 만약 홍낭 같은 풍류가 있다면,

소생은,

당신이 홍엽紅葉과 빙인冰人이 되어 달라고 부탁했지.[228]

【상소루上小樓】

저녁이 왔으니 이를 악물고,

날이 밝을 때까지 기다려야지.

---

228 홍엽은 남녀의 애정을 전하는 매개물을 가리킨다. 단풍에 시를 적어 보낸다는 뜻의 '홍엽
제시(紅葉題詩)'에서 온 말로 당나라 희종(僖宗) 때 우우(于祐)와 궁녀 한씨(韓氏)의 이야기
등에서 유래하였다. 빙인은 중매인을 말한다. 진(晉)나라 영호책이 꿈속에서 얼음 위에 서서
얼음 밑에 있는 사람과 말을 주고받았는데, 이를 해몽한 사람이 영호책이 남의 혼사를 중매하
면 잘될 것이라고 한 데서 유래하였다.

반드시 자세히 물어보리라,

어느 마을 어느 댁의,

성은 무엇이고 이름은 무엇인지.

그가 만약 이미 혼인을 하였다면,

반드시 부부 사이를 떼어 놓을 것이고,

그가 만약 아직 혼인하지 않았다면,

반드시 바다와 산처럼 그와 영원한 맹세를 맺으리라.

【미성尾聲】

점차 달이 서쪽 행랑의 그림자를 돌아가게 하는데,

은하의 직녀성을 한없이 바라보네.

하늘이시여!

어찌하여 얼른 선녀를 보내 유신劉晨을 만나게 하지 않으십니까.

(마당쇠가 등장한다.)

마당쇠

하늘이 막 밝아 오고 달은 아직 지지 않았는데,

이슬방울이 살구나무 가지 끝에 맺혀 있네.[229]

도련님이 아직 이곳에 앉아 계시는데, 혹시 아니신지요,

난새와 봉새의 짝을 이루지 못하여,

제비 지저귀고 꾀꼬리 우는 것이 모두 시름인 것이.

공자 아니네.

지금은 꽃이 아쉬워 봄이라 일찍 일어난 것일세.

마당쇠 도련님, 어젯밤에 한숨도 주무시지 못하셨나요?

---

[229] 송나라 조선괄(趙善括)의 시 「춘사(春辭)」 중의 두 구절이다.

공자

어제는 달을 아껴 밤에 늦게 잠들었네.[230]

마당쇠 소인에게 말씀하지 않으시고서. 만약 소인에게 말씀하셨더라면,

반드시 물을 움켜쥐어 달이 손에 있게 해 드렸을 것이고,

꽃을 따서 향이 옷에 가득하게 해 드렸을 것입니다.[231]

공자 애야, 어그러진 심사를 너는 이미 알고 있는데, 그 여인이 뉘 댁 사람인지 혹시 아느냐?

마당쇠 그 여인은 바로 경조윤 조 나리 댁의 딸로, 이름은 새영 소저입니다. 연전에 장張 매파를 통해 부상의 아들에게 허혼했는데, 근래에 듣기로는 그 아들이 출가하여 수행하고 있다고 하니, 이 여인의 근래 상황이 어떤지는 모르겠습니다.

공자 그렇다면 장 매파가 필시 잘 알 것이니, 예물을 준비하여 바로 가서 그에게 부탁해 보거라.

마당쇠 알겠습니다. 예물을 이미 준비했사오니, 바로 가시지요.

공자

【**수저어아**水底魚兒】

미인을 본 뒤로,

마음마다 그이를 생각하네.

월하노인을 찾아가면,

이 일이 잘 이루어지겠지.

---

230 이상의 두 시구는 명나라 계몽서 『증광현문』 중의 구절과 비슷하다.

231 당나라 우량사(于良史)의 시 「춘산월야(春山月夜)」 중의 두 구절을 응용한 것이다.

(매파를 부른다.)

매파

【전강】

도끼 자루 재목을 베려는데,

도끼가 없으면 어이할까.[232]

노표老瓢[233]를 구하려면,

먼저 매파에게 와서 절해야 하지.

(공자를 만난다.)

공자 노파.

매파 부탁할 것이 있을 때는 노파요, 없을 때는 노표로구나.

공자 어멈, 소자가 당신의 배 위에 함부로 왔소.

매파 배 위가 아니라 집에 온 것이지.

공자 어느새 몇 년 동안 개와 떨어져 있었구려.

매파 오랫동안 떨어져 있었다고 해야지.

공자 간이 커서 당신 위에서 손을 쓰네.

매파 읍한다고 해야지.

공자 읍하는 것도 손 쓰는 것이 아니던가?

매파 풍년에 동냥할 필요가 있겠는가.[234]

---

232 『시경』「벌가(伐柯)」에 나오는 구절을 응용하였다. 도끼 자루를 베려면 도끼로 베어야 한다는 말이다. 도끼는 중매인, 도끼 자루는 혼인을 비유한다.
233 아내를 이르는 말이다.
234 이상의 대화에서 배, 개, 손 등은 모두 공자가 매파를 성적으로 희롱하는 말이다. 배[肚]와 집[府], 개[狗]와 오래[久]는 각각 공자가 일부러 비슷한 발음의 다른 글자를 써서 매파를 희롱한 것이고, 손을 쓰다(動手)도 희롱의 의미가 있어서 매파가 공손한 동작인 읍(揖)이 옳다고 대꾸하였다.

(매파에게 사연을 이야기한다.)

공자

【중앙료中央闋】

황도皇都 사람들이 모두 호걸이라 부르니,

나 스스로 과시하는 것이 아니라오.

재자才子가 가인佳人과 짝하면,

기화奇花에 비단이 더해진 것이지.

(합) 견우의 뜻이 정성되니,

오작교를 높이 이어 주게.

바라나니 그가 어서 은하를 건너오면,

둘이서 하늘이 내리신 경사에 감사드리리라.

매파

【전강】

공자님,

인연은 비록 하늘이 정해 주는 것이지만,

사람이 도모함에는 서로 어울려야 하지요.

도끼가 있어야 나무를 벨 수 있고,

바늘이 없으면 실을 꿰기 어렵다네.

(합) 견우의 뜻이 정성되니,

오작교를 높이 이어 주리라.

바라나니 그가 어서 은하를 건너오면,

둘이서 하늘이 내리신 경사에 감사드리리라.

공자

부탁하고 또 부탁하네,

매파

사람을 구하면 사람을 얻을 수 있다네.

공자

마음을 밝은 달에 맡겨 두고,

매파

귀 기울여 아름다운 소리를 듣네.

제81척

세 번째 보전
(三殿尋母)

축 … 옥관
소, 외 … 수하
부 … 유씨
말 … 야차
정 … 야차/적부(賊婦)
생 … 목련

옥관

【촌촌호寸寸好】

보통 사람들은 말하지, 음사가 멀어서,

나쁜 짓을 해도 보는 사람이 없다고.

마음속에 푸른 하늘이 있는 것은 생각하지 않고,

남이 보지 않는 곳에서 양심을 저버린다면,

신의 눈은 번개와 같다네.

양세에서 수행하지 않고,

음사에서 원망해도 소용없다네.

형옥刑獄은 백성들의 목숨이 달린 것인데,

감옥을 맡고 있으니 일이 더욱 어렵다네.

벼슬이 낮아서 아무렇게나 한다고 말한다면,

세상 사람들이 나를 낮은 벼슬아치라고 비웃을 것이라네.

나는 성은 막莫, 이름은 가지可知입니다. 세 번째 보전을 다스리시는 송제왕宋帝王 아래에서 감옥을 맡은 옥관이지요. 본래 양세에서 형방刑房을 지내며 방편을 많이 베풀었는데, 뒤에 지부에서 옥관을 맡아 형사刑事를 관장하게 되었습니다. 이름하여 철상鐵床과 혈호血湖의 두 지옥이지요. 불로 태우거나 물에 빠뜨리거나 똑같이 하늘의 위력입니다. 관직은 비록 낮지만 어찌 돈 한 푼이라도 탐하겠으며, 벼슬은 비록 작지만 결코 뇌물 한 푼도 안 받습니다! 수감되는 귀범이 있으면 오직 왕명을 따라 철상 위에서 그의 기름을 불태우고, 혈호 안에 그의 해골을 잠기게 합니다. 세상 사람에게 권하노니 나쁜 짓을 하지 마시오, 물과 불이 사정을 봐주지 않을 것임을 알아야 한다오.

(야차夜叉 두 명이 유씨를 끌고 등장한다.)

유씨

【전강】

겹겹의 지옥에 형벌이 많으니,

나쁜 맛을 모두 맛보았네.

고초를 누구에게 말할까!

천라지망天羅地網을 벗어나기 어렵고,

우두牛頭와 마면馬面이 가장 두렵다네.

괴로워라!

구해 달라고 할 방도가 없네,

하늘이시여!

입이 있어도 설명하기 어렵습니다.

야차 갑 범인 수감이오.

(수하 갑이 문을 열고 유씨가 들어간다. 유씨가 놀라며 말한다.)

유씨

아득하고 평평한 혈호에 바람이 계속 불어오고,

물빛은 붉어 마치 지는 노을처럼 붉구나.

뉘 집 여인이 곤경에 들어,

이곳에 빠져 표류하는가.

수하 갑

여자의 피는 삼광三光[235]을 더럽히고,

한데 모여 호수를 이루니 그 물이 아득하네.

지금 혈호지血湖池를 지나면서,

빠져 표류하며 재앙을 당하는구나.

유씨 피가 삼광을 더럽히는 것은 여자가 어쩔 수 없는 것입니다. 음사에서 이것도 죄로 여기시는데, 어찌 부득이한 일을 질책하십니까! 속담에 이르기를,

땅에 줄 그어 감옥을 만들어도 그곳에 들어가지 않기를 바라고,

나무를 깎아 옥리獄吏를 만들어도 그와 마주치지 않기를 바란다.[236]

고 했으니, 이런 말이 어찌 괜히 있는 것이겠습니까?

---

235 해, 달, 별을 말한다. 여기에서는 온 천지를 뜻한다.
236 『한서(漢書)』「노온서전(路溫舒傳)」에 나오는 말과 비슷하다. 사람들은 감옥에 들어가기 싫어하고, 옥리를 만나기 싫어한다는 뜻이다.

야차 갑   쓸데없는 소리 그만해라. 유씨 청제는 맹세를 어기고 개훈한 것을 대왕 전하께서 심문하여 밝혀서 이곳에 와서 죄를 받는 것이다.

옥관   일어나라! 여봐라, 이 유씨를 먼저 철상에 보낸 다음에 다시 혈호에 던져 버려라.

유씨   나리, 피가 더러운 것은 여자가 어쩔 수 없는 것입니다. 엎드려 바라오니 용서해 주십시오.

옥관   피가 삼광을 더럽히는 것은 비록 여자들이 어쩔 수 없어서라고 하겠으나, 맹세를 어기고 개훈한 것은 그만둘 수도 있었지만 그만두지 않은 것이로다. 음사의 법도는, 몸에 나쁜 피가 있는 것은 더럽다고 여기지 않으나 마음에 나쁜 피가 있는 것은 매우 고약한 것이로다. 철상으로 끌고 가서 묶어라!

유씨   나리, 불쌍히 보아주소서. 잠시만 너그러이 용서해 주셔서, 삼광을 더럽히는 어쩔 수 없는 이유를 제가 나리께 말씀드리도록 허락해 주소서.

옥관   말해 보거라.

유씨

【칠언사七言詞】
사람으로 태어나도 여자의 몸은 되지 말 것이니,
여자로 되면 너무도 고생한다네.
며느리가 힘든 것은 본래 그렇지만,
어미 되기도 고생임을 세상 사람들께 들려 드리오.
아이가 없을 때에는 종일토록 바라다가,

마침내 희소식을 들어도 아직 믿기 어렵다네.

첫 달에 회임하니 마치 이슬방울과 같고,

둘째 달에는 복사꽃 모양이 된다네.

셋째 달에는 남녀가 구분되고,

넷째 달에는 모습이 다 갖추어지네.

다섯째 달에는 살과 뼈가 만들어지고,

여섯째 달에는 터럭이 자라나네.

일곱째 달에는 오른손이 움직이고,

여덟째 달에는 왼손을 뻗는다네.

아홉째 달에는 태아가 세 번 돌고,

열째 달에는 태아가 다 자란다네.

배가 불러 해산일이 가까워 오면,

먼저 신령님께 아뢰어 비네.

보우해 주십사고 빌지만,

어찌 알리요, 하루아침에 배가 아프게 될 것을.

아파서 온기가 이어지지 못하고,

아파서 식은땀이 물처럼 흐른다네.

푸른 실타래를 이로 악물고,

천금 같은 아들을 낳는다네.

화로의 재로 덮을 때 피가 바닥에 가득하고,

더러워진 옷을 빨면 동이에 피가 가득하다네.

사흘 닷새는 아직 젖이 돌지 않아,

간곡히 부탁하여 유모를 모셔 오네.

아이를 마치 심장의 살처럼 아끼고,

아이를 마치 손바닥 속의 진주처럼 사랑하네.

아이는, 아이는,

하루에 열 번 어미의 젖을 먹으니,

열흘에 백 번도 많지 않다네.

옷으로 아이를 감싸서 오줌과 똥을 누니,

때맞추어 깨끗하게 씻겨 주네.

아이에게 부스럼이 생기면 어미도 똑같은 마음이라,

손을 움직이기 어렵고 다리도 움직이기 어렵다네.

머리를 빗으려 해도 빗을 수 없어서,

부스스한 살쩍머리를 두건으로 둘러싸네.

날마다 아이를 품속에 안고 있어서,

육신의 사슬을 풀기 어려우니 그 무게가 천 근이라네.

낮의 고생을 겨우 버텨 내도,

밤의 고생을 누구에게 말할까.

아이가 잠들었을 때도 어미는 잠들지 못하고,

우리 아이 언제 깰까 걱정하네.

밤에 아이 울어 시끄러우면,

삼경 한밤에 일어나 등불을 켜네.

왼쪽이 젖으면 어미가 누워 자고,

오른쪽 마른 곳에 아이를 눕히네.

오른쪽이 젖으면 어미가 가서 자고,

왼쪽 마른 곳에 아이를 옮긴다네.

(비백飛白을 한다.)

　　만약 두 쪽 모두 젖으면,

　　날이 밝을 때까지 아이를 품에 안는다네.

　　이것이 젖 먹여 기르는 삼 년 고생이니,

아이는,

　　자식을 길러 보면 비로소 부모의 은혜를 안다네.

　　천신만고를 다 말로 할 수 없으니,

　　사람으로 태어나면 여자의 몸은 되지 마시오.

모두

　　【홍납오紅衲襖】

　　그의 말을 들으니 내 마음이 움직여,

　　나도 모르게 구슬 같은 눈물이 흐르네.

　　부모의 은혜는 천지와 나란하니,

　　자식의 몸은 어디에서 생겨나는가.

　　자식 된 이들은 모두,

　　젖 먹는 삼 년 동안 어머니의 보호를 받고.

　　아이 밴 열 달 동안 어머니를 고생시킨다네.

　　내가 이제 세상 사람들에게 말하여 알리나니,

　　부모님이 길러 주신 은혜를 잊지 마시오. (첩)

　(수하 갑이 다시 유씨를 혈호로 끌고 간다.)

유씨

　　【칠언사】[237]

237　원문에는 곡패 표시가 없으나 가사 형식으로 보아 '칠언사'이다.

두 번째 고생은 실로 말을 꺼내기도 어려운데,

제가 지금 세상 사람들께 말하여 알리네.

젖 먹이는 삼 년이 다 차서,

아이가 젖을 끊는 모습을 보면 마음이 아프다네.

맛 좋은 것을 조금 얻으면,

입을 줄이고 음식을 남겨 아이에게 준다네.

아이가 말을 하면 어미 마음이 기쁘고,

아이가 걸으면 어미는 손을 잡아 주네.

어미가 일이 있어 앞에 가면서,

아이가 뒤에서 따라올까 걱정하네.

한 걸음 걷다가 뒤돌아보니,

마치 어미 닭이 병아리를 돌보는 듯하네.

첫째로 아이 몸이 추울까 걱정하고,

둘째로 아이 배가 고플까 걱정하네.

셋째로 아이가 넘어질까 걱정하고,

넷째로 마마가 얽힐까 걱정하네.

다섯째로 아이가 불에 델까 걱정하고,

여섯째로 아이가 물가에서 놀까 걱정하네.

일곱째로 아이가 먼 곳으로 갈까 걱정하고,

여덟째로 아이가 사다리에 올라갈까 걱정하네.

아홉째로 아이의 머리가 나쁠까 걱정하고,

열째로 아이가 재액을 당할까 걱정하네.

아이의 몸에 병이 생기면,

어미는 정신이 나간 듯 다급해지네.

아이의 몸이 괜찮아지고 나서야,

비로소 전처럼 두 눈썹이 펴진다네.

예닐곱 살에 점차 영리해지면,

아이를 학당에 보내 스승을 따르게 하네.

문방사우를 모두 갖추고,

하루 세끼를 늦출 수 없다네.

스승님께 드리는 음식은 모두 좋아야 하고,

학비가 늦어서 아이가 재촉할까 걱정하네.

경서經書를 다 익히면,

대학에 들여보내 문장을 짓게 하네.

문장을 지으면 과거에 급제해야 하니,

아이가 금의환향하기를 바란다네.

또한 아이가 나이가 차면,

적당한 때에 아이에게 배필을 찾아 준다네.

동쪽으로 찾아다니며 사주를 재 보고,

서쪽으로 찾아다니며 팔자를 맞춰 보네.

어느 댁 딸이 사주가 좋은지 골라서,

매파에게 부탁하여 사례하며 신경을 쓴다네.

혼처를 정하면 정성껏 준비하여 빠뜨리는 것이 있으면 안 되니,

부모가 힘을 다해 함께 뒷받침해 주네.

백방으로 노력하여 사돈의 허락을 받으면,

며느리를 데리고 집으로 온다네.

며느리가 가마에서 내려 절을 올리면,

시어머니는 얼른 이리저리 살펴보네.

첫째로 며느리의 인품이 좋기를 바라고,

둘째로 며느리의 용모가 단아하기를 바라네.

셋째로 며느리가 심성이 좋기를 바라고,

넷째로 며느리가 혼수를 잘 갖추어 오기를 바라네.

여러 가지가 모두 좋다면,

부부가 백 살까지 즐겁게 살기를 바라네.

이렇게 네댓 해를 화목하게 지내다가,

며느리는 잔소리를 해 대며 자기 것을 챙기네.

아들은 여편네가 옳다고만 말하고,

입만 열면 어머니가 잘못했다고 말하네.

어미는 그저 아이가 자라기를 바랐건만,

아들은 어미가 노쇠해지는 것은 전혀 생각하지도 않는다네.

어미의 몸이 마른 장작처럼 되어 가도,

아들은 마음도 놀라지 않는다네.

그저 어머님이 오래 사실 것이니,

천천히 효도해도 괜찮을 것이라고 말하네.

하지만 어찌 알랴, 하루아침에 어미가 죽어서,

떠난 뒤에는 돌아올 기약이 없게 됨을.

제비가 진흙 물어 오는 것도 헛되이 힘쓰는 것이니,

털이 마르고 장성하면 각자 스스로 날아가 버린다네.

세상의 자식들에게 권하노니 들으시오,

제때에 효도하며 어버이를 봉양하게.

효순하면 효순한 자식을 낳으리라,

처마에서 떨어지는 물방울이 같은 곳에 떨어지는 것처럼.

모두

【전강】238

두 번째 고생은 정말이지 비참하여,

나도 모르게 마음이 비통하네.

부모의 고초는 정말이지 끝이 없는데,

자식들은 어찌하여 깊이 생각하지 않을까.

저 무릎 꿇고 젖을 먹는 어린 양은 네 발로 달리고,239

먹이를 물어다가 어미를 봉양하는 새는 두 날개로 날거늘,240

사람은 만물의 영장인데,

사람이 되어 부모의 고생을 생각하지 않는다면,

금수의 마음보다도 못하리라. (첩)

(수하 갑이 다시 유씨를 혈호로 끌고 간다.)

유씨

【칠언사】241

세 번째 고초가 가장 슬프니,

말을 하면 모두 가슴이 아플 것입니다.

---

238 '홍납오' 곡패를 반복함을 가리킨다.
239 새끼 양이 무릎을 꿇고 젖을 먹는 것은 자식이 어버이에게 효도함을 비유한다.
240 새끼 까마귀가 먹이를 물어다가 어미 새를 먹이는 것을 효도에 비유한 '반포지효(反哺之孝)'에서 온 말이다.
241 원문에는 곡패 표시가 없으나 가사 형식으로 보아 '칠언사'이다.

예로부터 사람 중에 누가 죽지 않았던가,

불쌍하게도 어미가 죽으면 온 집안이 잊어버리네.

아들은 먼저 재산을 나누려 하고,

며느리는 먼저 옷과 패물을 챙긴다네.

딸은 와서 통곡하며 남기신 글을 보자고 하면서,

향이나 한 통 사 와서 그에게 바친다네.

마음에 맞지 않는 것이 조금이라도 있으면,

가마를 타고 집을 나가 버리네.

수하 갑 시집간 딸이 이렇다면 시집 안 간 딸은 어떠한가?

유씨

딸이 시집가지 않았다면,

진심으로 통곡하며 눈물이 가득하다네.

나머지 친척들은 조문을 와도,

그저 그렇게 예를 올릴 뿐이라네.

일칠일一七日, 이칠일二七日, 삼칠일三七日에,

북을 치며 영구靈柩를 들어 거친 고개로 나간다네.

효순한 자식이라면,

도량을 열어 칠칠일七七日 재를 모시지만,

불효한 자식이라면,

어미가 죽어도 여편네 방을 나오지 않는다네.

어찌 알랴, 어미가 음사에 도착할 때까지,

내내 외롭게 고생하여 도와주는 이 없음을.

다행히 음사에서 대사면을 내려 주면,

망향대에 올라가 고향을 바라본다네.

죄가 있는 이는 고향이 보이지 않으니,

공연히 바라보다가 애만 끊어진다네.

귀문관에 도착하면,

겹겹의 지옥에서 재앙을 당한다네.

이제 혈호에 왔으니,

오직 피가 삼광에 가득 찼기 때문이네.

이것도 오로지 아들과 딸 때문인데,

아들딸이 어미의 고생을 어찌 알겠는가.

첫 번째 지옥에서 고초를 겪으니,

어찌하면 고해를 떠나 선향仙鄕으로 가는 배에 오를까.

이것이 어미의 세 가지 큰 고생이니,

제가 지금 세상 사람들께 소상히 말씀드렸소.

세상의 자식들에게 권하노니 잘 듣게나,

오경五更 새벽에 베개 높이 베고 잘 생각해 보게.

온갖 고생을 처음부터 다 말하자니,

원숭이가 들어도 애가 끊어질까 걱정이네.

모두

【전강】[242]

세 번째 고초가 정말 가슴 아파서,

더욱 눈물이 넘쳐흐르네.

음사의 응보는 허황됨이 없는데,

---

242 '홍납오' 곡패를 반복함을 가리킨다.

하물며 승냥이와 수달도 모두 은혜 갚는 방도를 알거늘.[243]

철상 위의 고통을 어찌 견디랴,

혈호 속의 고통을 헤아릴 수 없네.

부모의 고초가 이와 같으니 자식 된 자들은 장례를 대사大事로 생각해 주게.

마땅히 초재醮齋[244]를 올려서,

초도하여 쾌락당快樂堂에 높이 오르시게 하게나.

옥관 유씨, 세 가지 큰 고초는 그대가 아니면 말할 사람이 없네. 자식 된 자들은 마땅히 삼가 기억해야 하리라, 삼가 기억해야 하리라!

유씨 나리께서 불쌍히 여겨 주시는 마음이 있으시니 초도의 뜻을 펴 주시기를 간청하옵니다.

옥관 혈호의 재난은 본래는 여자들이 어쩔 수 없는 것이고, 스스로 잘 참회하니 벌은 마땅히 가볍게 내려야 할 것이다. 내가 지금 너의 형벌을 면해 주고 앞길로 압송해 가도록 하겠다.

유씨 제가 극악하지 않은데, 어찌하여 저를 거듭하여 압송해 보내십니까?

옥관 세상 사람들이 신명을 믿지 않는데, 다행히 네 아들의 효행이 독실하여 너를 압송해 보내어 그가 찾아오게 하는 것이니, 첫째로 그가 대효大孝의 이름을 이루게 함이요, 둘째로 만

---

243 봄에 수달이 물고기를 잡아 늘어놓고 가을에 승냥이가 짐승을 많이 잡아 겨울을 대비하는 것을 제사 지내는 것으로 생각하였다. 또 은혜를 갚는다는 것의 원문은 '보본(報本)'인데, 이는 『예기』 「교특생(郊特牲)」의 '보본반시(報本反始)'라는 말에서 나왔다.
244 도사나 승려가 올리는 제사이다.

세토록 자식이 어버이를 구한 모범이 될 수 있도다. 안심하고
앞으로 가면 언젠가 초생^{超生}할 날이 있을 것이다.

유씨

【최박^{摧拍}】

감사하옵니다, 나리께서 주재하여 주셔서,

이 늙은이가 혈호에서 재난을 당하지 않게 되었습니다.

이 은덕을 어찌 잊겠나이까. (첩)

다만 두려운 것은 앞에 있는 보전의 대왕께서,

불 속에 숯을 더하고,

눈에 서리를 더하실까 하는 것.

저의 살과 살갗으로,

어찌 더 감당하리요.

그곳에 가서 누구에게 사정하겠습니까.

(합) 마음이 떨리고,

눈물이 넘치네.

옥관

【전강】

신도^{神道}는 밝디밝아 해와 달처럼 빛나니,

천지를 아우르고 만물을 포함하네.

하지만 천기^{天機}가 비장^{秘藏}되어 있음을 어이하랴. (첩)

(합) 누가 알랴, 비괘^{否卦} 중에 태괘^{泰卦}가 있고,[245]

---

245 비괘는 천지가 서로 막히고 사물이 뜻을 펴지 못하는 것을 나타내고, 태괘는 천지가 어우러지고 모든 사물이 제 갈 길을 잘 가는 것을 나타낸다. 『주역』에 나온다.

재난 속에 상서로움이 생겨남을.

오늘 너를 압송해 보내어 너의 아들로 하여금 찾아오게 하겠다.

하루아침에 초생하여,

만고에 이름이 드날리리라.

슬퍼할 필요 없이 안심하고 가거라.

(합) 마음이 떨리고,

눈물이 넘치는구나.

유씨

【미성尾聲】

탄식하네, 장강의 뒷물결이 앞 물결을 재촉하니,

이 지옥을 누가 한 곳이라도 면할 수 있을까,

선남신녀들에게 권한다네,

선행을 베풀고 재를 올려야만 복이 절로 커지리라. (첩)

(퇴장한다. 무대 안에서 말한다.)

무대 안   전하, 범인 수감을 명하소서.

(수하가 문을 열고 적부賊婦[246]가 들어온다.)

옥관   장부를 가져와서 기록하라.

(수하가 붓을 잡고 말한다.)

수하 갑   범부犯婦는 성이 무엇이냐?

적부

【쇄남지鎖南枝】

저는 해씨奚氏 댁 여자입니다.

---

246 닭을 훔친 절도범이다.

수하 갑 이름은 무엇이냐?

적부

　　이름은 재진在眞이라고 합니다.

수하 갑 남편 이름은 무엇이냐?

적부

　　남편은 하유명何有名이라고 합니다.

수하 갑 나리, 범부 해재진과 남편 하유명은 모두 가짜 같습니다. 엎드려 바라옵건대 자세히 심문해 주시옵소서.

옥관 거짓이더냐?

적부 성은 본래 조상으로부터 전해 내려오는 것이고, 이름은 부모님이 지어 주신 것입니다. 세태가 가짜를 옳다 하고 진짜를 옳다 하지 않아서 어쩌다 성과 이름을 바꾸게 되었습니다. 양세에서 흉악하고 간사한 일을 하였다면 음사의 법도로 자세히 밝혀 주십시오. 다만 세상 사람들의 마음을 감동시킬 수 있다면 어찌 진짜와 가짜를 따져 얽매이겠습니까.

옥관 그건 됐다. 너는 무슨 죄를 지었느냐?

적부

　　저는 단지 먹기를 좋아하여 닭을 훔쳤을 뿐입니다.

수하 갑 흥, 남들이 욕을 퍼부을 것이다.

적부

　　욕을 할 때는 귀머거리인 척하고 듣지 않습니다.

옥관 너는 듣지 않아도 하늘이 듣고 땅이 듣고 귀신이 함께 듣는데, 어찌하여 스스로 잘 생각하지 않느냐?

적부

　헤아리지 않는 것이 아니라,

　원망스럽게도 저의 부모가,

　저를 성정이 못되게 낳아 버렸습니다.

옥관　너는 닭을 훔치지 않으면 그만인 것을, 어찌하여 부모를
　원망하느냐?

적부　나리, 저는,

　닭을 훔치지 않으면 곧 병이 납니다.

수하 갑　무슨 병이 나는데?

적부

　노충취아귀병癆蟲取餓鬼病247입니다.

옥관

　【전강】

　이 발칙한 년이 말을 아무렇게나 뱉어 내는구나.

　너는 나쁜 짓을 하면서 너의 양친을 원망하였으니,

　분명히 자기 습성에 따라 멀어진 것이로구나,

　본성은 서로 비슷하다는 말을 들어 보지도 못했느냐?248

적부　나리, 닭서리는 작은 일이니 용서해 주십시오.

옥관　흥, 닭 한 마리가 열 푼이면 열 마리는 백 푼이다.

　새끼줄로 썰어도 나무를 자를 수 있고,

247　폐병에 걸려 아귀조차 잡아먹는 병이라는 뜻으로 풀이할 수 있다.
248　『논어』「양화」에 "공자께서 말씀하시기를, '본성은 서로 비슷하지만 습성이 서로 멀어지
게 한다'라고 하였다(子曰, 性相近也, 習相遠也)"라는 구절이 있다.

물방울이 떨어져도 돌을 뚫을 수 있다.[249]

라고 했거늘, 하물며 몸종을 때려 다치게 하고 입씨름하다가 사람을 죽였으니!

너의 악업은 산처럼 쌓였도다.

적부 나리, 저는 다만 닭서리 같은 작은 일을 말씀드렸을 뿐인데, 어찌 알았겠습니까, 장물贓物을 합쳐 죄를 논하니[250] 죄를 벗어날 수 없다는 것을. 양세로 돌아가도록 놓아주신다면 내생에서는 결코 도적질을 하지 않겠습니다!

옥관 흥, 양세에서 닭서리한 자를 벌주는데 어찌 내년을 기다리겠는가! 음사에서 닭서리를 징계하는데 어찌 내세를 허락하겠는가!

오늘에 와서 반성해도 소용없도다.

여봐라,

온 힘을 다해서,

이년을 때려 힘줄을 잘라,

도적질하는 자들에게 크게 경고하거라.

(적부가 일어나 통곡한다.)

적부

【전강】

나리,

---

249 명나라 홍자성(洪自誠)의 『채근담(菜根譚)』 등에 나온다.
250 도둑질한 장물과 뇌물로 받은 장물을 합하여 죄를 다스리는 일을 뜻하는 '병장치죄(倂贓治罪)'라는 말에서 유래하였다.

범부가 사연을 말씀드리도록 허락해 주소서.

세상에는 도적이 많고도 많습니다.

옥관 무슨 도적 말이냐?

적부

부자들은 가난한 사람들을 속여 먹고,

뇌물 먹은 벼슬아치는 백성들을 속여 먹습니다.

이들은 모두 살인의 마음을 가진 강도들이고,

닭을 훔친 저보다도 더욱 사납습니다.

옥관 이 여우 같은 년이 닭서리를 했으면서 다른 사람들을 끌어들이는구나!

적부 나리, 승냥이가 길을 가로막고 있는데 어찌하여 여우를 나무라십니까!

바라옵건대 나리께서 속히 징치해 주시옵소서.

옥관

【전강】

네가 말한 것은 모두 사실이로다.

다만 나쁜 짓을 한 놈은,

절로 하늘에서 살펴보신다.

멀게는 자손이, 가깝게는 자신이,

조만간 유명幽冥에 이르러,

똑같이 형벌을 받으리라.

적부 말씀은 이렇게 하시지만, 그 사람이 돈을 써서 인정을 베풀어 달라고 하면 놓아주실 것입니다.

옥관

　　들어 보지 못했느냐, 나는 총명하고 정직하여 신이 되었음을.

　　그자는 돈이 있어도 쓸모없게 될 것이고,

　　뇌물을 바치려 해도 마음대로 되기 어려울 것이리라.

　적부를 혈호지에 던져 버려라.

　(수하 갑이 끌고 간다.)

적부

　　세상 사람들에게 권하노니,

　　해재진처럼 하지 마시오.

　　그때는 닭이 맛있었지만,

　　오늘은 화를 면하기 어려우니.

　(퇴장한다. 목련이 등장한다.)

목련

　　【방장대傍妝臺】

　　길은 아득한데,

　　동방을 두루 다니고 다시 남방에 왔다네.

　(문을 두드리며 주문을 왼다.)

　　선장으로 두드려 지옥문을 여니,

　　다시 혈호와 철상이 보이네.

수하 갑　흥, 어디에서 온 땡중이길래 지옥문을 열어젖히느냐?

목련　소승은 서방의 목련이라고 하오.

　　모친을 찾아 보방寶坊251에 왔소.

251　절[寺]에 대한 미칭이다. 여기에서는 세 번째 보전을 가리킨다.

수하 갑 너의 모친은 이름이 무엇인가?

목련

유청제가 모친이오.

(옥관을 만나 예를 갖춘다.)

옥관

【전강】

슬퍼하지 마시오,

부럽다오, 당신의 효행이 세상에서 제일이오.

당신의 효심이 하늘과 땅을 감동시키니,

모친과 아들을 삼성參星과 상성商星처럼 떨어뜨려 놓았다네.[252]

당신에게 음사에서 나의 법력이 강성함을 보여 주어,

세상 사람들에게 전하여,

부모들을 모두 천당으로 추천追薦[253]하게 하고자 한다네.

목련 말씀을 잘 받들겠습니다. 모친을 뵙지 못하니 정말이지 마음 아픕니다.

옥관

고승께 권하나니 슬퍼하지 마시게,

목련

세 번째 보전까지 쫓아왔건만 어머님을 만나지 못했네.

수하들

---

252 삼성은 서쪽, 상성은 동쪽에 있으면서 한쪽 별이 뜨면 다른 별이 사라져 영원히 서로 보지 못한다고 한다. 가까운 사이가 떨어져 서로 만날 수 없음을 비유하는 말로 쓰인다.
253 죽은 사람을 위해 공덕을 베풀고 명복을 비는 일을 말한다.

알아야 한다네, 산과 상봉하는 날이 있을 것임을,

목련

오로지 열심히 위쪽으로 올라가는 수밖에.[254]

---

254 산과 강이 언젠가는 만나는 곳이 있다는 뜻으로, 이별 뒤에 다시 만날 기회가 있음을 비유하는 말이다. 목련이 자신을 강에 비유하고, 모친을 산에 비유한 것이다.

제82척

계모의 핍박

(求婚逼嫁)

첩 ··· 부인
축 ··· 매파
단 ··· 새영

부인

【척은등剔銀燈】

머리가 희끗희끗하니 세월 흘러 늙었는데,

자식 빚[255]에 마음이 늘 걸리네.

한숨이 나오네, 당초에 딸아이의 혼사를 쉽게 허락했는데,

어찌하여 교활한 것들이 인의가 없어서,

혼약을 되돌려 깨어 놓아,

사람들의 비웃음을 샀으니.

인연이라 인연, 일은 우연이 아니라네. 그때 딸을 부씨 집안에 허락했을 때 이 늙은이는 기쁘지 않았는데, 상공께서 이르기

---

255 자녀의 교육 및 혼인에 들어가는 비용을 말한다.

를 그 집안이 선행을 좋아하니 후손이 번창할 것이라고 하셨
지요. 그런데 어찌 알았겠습니까, 그 아들이 출가수행하여 경
첩庚帖256을 우리 집으로 되돌려 보내올 줄을. 지금 생각해 보
니 어디에서 부씨 집안보다 부유하며 존귀한 집안을 얻어서
이 마음이 비로소 편안해질까?

매파 남의 부탁을 받으면 마땅히 그 사람의 일에 충실해야 하
는 법. 어제 단 공자의 부탁을 받들어 조씨 댁에 가서 혼사를
청하려 하는데, 여기가 바로 그곳이니 들어가 보아야겠네.

(부인을 만난다.)

부인 장 매파가 여기에 무슨 일인가?

매파 단 공자가 이 늙은이에게 중매를 부탁하여 감히 영애令愛
소저를 배필로 얻고자 왔습니다. 부인의 뜻은 어떠신지요?

부인 단씨 댁에서 청혼한다니 심히 미덥네. 하지만 상공께서
집에 계시지 않네.

매파 상공께서는 독서인이시니 돌아와서도 수긍하실 것입니다.

부인 말은 그래도, 옛말에 "여자는 마음대로 결정할 권한이 없
다"257라고 했으니 나리께서 돌아오실 때를 기다려야겠네.

매파 에이, 사내가 장성하면 혼인해야 하고 계집이 다 자라면
시집가야 합니다. 허락할 수 있으면 바로 허락하는 것이지, 어
찌 꼭 나리를 기다리셔야 한답니까? 나리께서는 변경에 계시

---

256 정혼할 때 남녀 쌍방이 이름, 생년월일시, 고향, 조상 3대의 내력을 적어 교환하는 문서를
말한다.
257 『대대례기(大戴禮記)』「본명제십팔(本命第八十)」에 나온다.

는데 혹시 묶이게 되면 한동안 돌아오시지 못할 것이고, 공자는 다른 곳에서 배필을 찾을 것이니 그리하면 기회를 잃는 것이 아니겠습니까?

(부인이 생각에 잠긴다.)

부인 장 매파의 생각이 옳네. 하지만 딸아이가 장성했으니 아이의 뜻이 어떤지 모르겠네.

매파 그러시면 제가 잠시 피해 있을 터이니, 번거로우시겠지만 바로 의향을 알아보시지요.

부인 그리하겠네.

매파

　　마음속의 일을 알고 싶거든,

　　입에서 나오는 말을 보아야 하네.

(퇴장한다. 부인이 새영을 부른다. 새영이 등장한다.)

새영

　　【서지금西地錦】

　　어제 산소 앞에서 지전을 내걸고,

　　돌아오니 한없이 슬프구나.

　　한숨짓네, 철없는 아이들이,

　　등불 앞에서 기쁘게 웃으니,

　　이 일은 옳지 않다네.

(부인을 만난다. 부인이 묻는다.)

부인 애야, 사내는 태어나서 처실妻室이 생기기를 바라고 여자는 태어나서 시집이 생기기를 바라는 것은 부모의 마음이니 사람마다 다 그런 생각을 가지고 있다.[258] 지난해에 아버지가 너를 부씨 집안에 허혼했을 때 이 어미는 마음이 심히 좋지 않았다. 그런데 어찌 알았겠느냐, 얼마 전에 경첩을 우리 집에 되돌려 보내오리라는 것을. 다행히 하늘이 사람의 소원을 들어 주었으니, 저번에 장 매파가 너를 위해 백년지계를 세워 주었는데, 이제는 단 공자를 위해 두 집안을 맺어 주기를 청해 왔다. 애야, 여자는 곱고 남자는 재능이 많으며 집안끼리도 잘 어울리니 이 어미의 마음은 매우 기쁜데, 너의 뜻은 어떠하냐? 솔직하게 말해 보거라.

새영 어머님, 존비尊卑에 구분이 있으니 딸은 마땅히 어머니의 명을 따라야 하고, 내외에 구별이 있으니 아내는 마땅히 지아비의 말을 들어야 합니다. 아버님은 임금님의 명을 받들어 힘을 기울이고 계시지만 머지않아 돌아오실 터이니 어머님이 하해와 같은 마음을 내려 주셔서 아버님이 돌아오시기를 기다리면 한 번 한 약속을 지키라는 말씀이 있을 것이지, 두 집안에 허혼하는 일은 결코 없을 것입니다.

부인 애야, 집안에는 두 어른이 없으니 아내는 마땅히 지아비의 명을 기다려야 하고, 여자에게는 삼종三從이 있으니 혼사는 반드시 부모의 말씀을 들어야 한다. 하지만 이는 진실로 평상의 이치이니 또 변통이 마땅할 때도 있느니라. 단 공자는 나이가 찼는데 그가 만약 다른 곳에서 배필을 찾는다면 이는 스스로 기회를 잃는 것이다. 이런 까닭에 순임금은 부모에게 알리

---

258 『맹자』「등문공 하(滕文公下)」에 나오는 구절이다.

지 않고 아내를 맞았고, 요임금은 순임금의 부모에게 알리지 않고 딸을 주었지.[259] 일은 임시변통에서 나올 수 있고 예禮는 굳게 얽매여 있는 것을 용납하지 않으니, 마땅히 어미의 말을 들어야지 어찌 아버지의 명에 얽매여 있겠느냐!

새영 어머니, 일찍이 책을 보니 인연은 월하노인이 약속을 정해 주는 것이라 했고, 강상綱常을 논하자면 부부는 인륜의 근본이라고 했습니다. 저는 여기에서 붉은 비단으로 떠가는 구름을 마름질하듯 하여 이미 부씨 집안에 이름을 전하였는데, 그가 저기에서 자줏빛 통소를 달 아래 불면 그 맑은 소리가 어찌 우리 조씨 집안에서 울려 퍼지지 않겠습니까?[260] 아마도 그분은 모친을 구하기 위해 수행하는 것이지 그 처를 버리고 돌아보지 않는 것이 아닐 터이니, 저는 마땅히 지아비를 위해 절개를 지키며 그분이 모친을 구하는 것을 도울 뿐 다른 뜻은 없습니다. 바라오니 천지 같은 마음을 보여 주셔서 저의 뜻을 이루도록 해 주십시오.

부인 애야, 말은 이렇게 하지만 그 사람이 너를 생각하지 않는데 너는 또 어찌하여 꼭 그를 생각한단 말이냐!

새영

【사자서獅子序】

제가 머리를 조아리며,

---

259 『맹자』「만장 상」에 나오는 내용이다.
260 혼사에 자주 쓰는 대련(對聯)인 '홍금재운(紅錦裁雲)', '자소취월(紫簫吹月)'의 뜻을 풀어 쓴 것이다.

어머님께 아뢰오니,

그분도 모친을 위해 수행을 떠난 것입니다.

다른 뜻이 있는 것이 아니니,

어찌 감히 혼약을 저버리겠습니까?

부인   경첩을 보냈는데 받지 않았으니 혼약을 깰 뜻이 있는 것이

아니겠느냐?

새영   어머님,

그분은 제가 젊은 때를 그르칠까 걱정하여,

붉은 경첩을 되돌려 보낸 것이니,

청춘을 잃지 말라는 것이었습니다.

부인   알고 있구나. 너는 그 뜻을 알고도 어찌하여 재가하지 않

는 것이냐?

새영   어머니, 충신은 두 임금을 섬기지 않습니다. 또 열녀는 어

찌 두 지아비에게 시집가겠습니까? 임금님은 하늘이시고 지

아비도 하늘이시니, 두 분을 섬기면 옳지 않을 것입니다.

이런 말이 있지 않던가요, 한 하늘에 스스로 맹세해야,

비로소 열녀요 충신이라고.

부인   충신이 두 임금을 섬기지 않는다는 말은 이미 작록爵祿을

받은 신하를 두고 말한 것이고, 열녀가 두 지아비에게 시집가

지 않는다는 말은 이미 이불을 함께 덮은 부인을 두고 말한 것

이니라. 너는 지금 크게 다르지 않느냐!

새영

【동구령東甌令】

비록 아직 금침金枕을 함께하지 못했고,

아직 함께 빈번蘋蘩261을 드리지 못했지만,

들어 보지 못하셨나요,

봉鳳새 점괘가 나와서 길한 것은, 262

월하노인이 붉은 끈으로 두 사람의 발을 매어 묶은 때문이라고

말입니다.

부인 월하노인이 붉은 끈으로 묶은 것은 바로 그가 수긍했다는 것이다. 그가 수긍하지 않았으면 그를 묶어 둘 수 없었을 것이다.

새영 어머니, 바둑 두는 이가 바둑돌을 들어서 놓을 곳을 정하지 못하면 상대를 이길 수 없습니다. 딸을 시집보내실 때 어디로 보낼지 정해 두지 않을 수 있겠습니까? 옛말에,

군자는 한마디 말로 영원히 정하니,

그가 남전藍田에 옥을 심은 것은 하루가 아니고, 263

비단 휘장 뒤에서 붉은 실을 잡아당긴 일이 몇 해나 지났던가요?264

---

261 빈번은 네가래와 다북떡쑥으로 모두 고대에 제수로 썼다. 시집가서 조상님께 제사 올리는 일을 아직 하지 못했다는 뜻이다.

262 『좌전』「장공(莊公) 22년」에 "의씨(懿氏)가 점을 쳐서 딸을 경중(敬仲)에게 시집보냈을 때 의씨의 부인이 얻은 점괘는 이러했다. '길하다. 봉황이 날아오르니 어울려 우는 소리가 청량한 것이로다'(懿氏卜妻敬仲, 其妻占之, 曰: 吉. 是謂 鳳皇于飛, 和鳴鏘鏘)"라는 내용이 있다.

263 한나라 양백옹이 남전의 무종산(無終山)에서 신선에게 얻은 옥을 심다가 아름다운 배필을 만났다는 이야기가 있다. 진나라 간보의 『수신기』 권 11에 나온다. 뒤에는 남녀가 서로 마음에 맞는 짝을 찾은 것을 비유하게 되었다.

264 당나라 장가정(張嘉貞)이 곽원진(郭元振)에게 자신의 다섯 딸이 휘장 뒤에서 각각 늘어뜨린 붉은 실을 골라 잡아당기게 하여 그 딸과 맺어 주었다는 이야기가 있다. 오대(五代) 왕인유(王仁裕)의 『개원천보유사(開元天寶遺事)』「견사취부(牽絲娶婦)」에 나온다.

또 어찌 초심을 저버릴 수 있다는 말인가요.

부인　너는 그의 얼굴도 본 적이 없는데 어찌 초심이 있다는 말이냐?

새영

【상궁화賞宮花】

저는 비록 그분을 뵌 적이 없지만,

어찌 천리天理를 어지럽히는 것을 용납하겠습니까.

부인　애야,

백발이 되어서도 만년晩年 절조를 바꿀 수 있거늘,

홍안紅顏에 어느 누가 기꺼이 청춘을 저버리려 하겠느냐?

새영　어머니,

지아비를 저버리고 절개를 바꾼 그 사람이,

원앙에게 부끄럽습니다.

부인　원앙도 이미 짝을 이룬 새인데, 너는 부씨와는 지나가다 마주친 사람이나 마찬가지가 아니더냐!

새영　저와 그분은,

이름이 이미 혼인장에 올랐으니,

어찌 한갓 지나가다 마주친 사람에 비하겠습니까.

부인　수절은 천하의 좋은 일이고 어려운 일이기도 하다. 지금은 잠시 이와 같지만 끝까지 그럴 수 있을까 걱정이다.

새영

【강황룡降黃龍】

굳은 정절을 말하자면,

갈아도 얇아지지 않는 것입니다.[265]

만약 끝까지 이를 수 없다면,

갈면 곧 얇아지는 것이니,

남들에게 웃음거리가 될 것입니다.

부인 늘 하는 말에 "고통스러운 절제는 바르더라도 흉하다"[266]라고 했다. 절개를 바꾸지 않는다고 해도 괴로움은 견디기 어려울 것이니라.

새영

얼음 속에서 움트는 싹에는 온갖 괴로움이 있고,

눈 속의 매화에는 한 점의 얼룩도 없는 것입니다.

그 고초가 견디기 어렵다고 할지라도,

한매寒梅는 눈 속에서 옥처럼 얼음처럼 깨끗합니다.

부인 매실이 비록 옥처럼 얼음처럼 깨끗해도 뒤에는 그저 신맛이 되고 말지. 어찌 마음을 바꾸어 단맛의 복숭아를 찾는 것만 하겠느냐.

새영

어찌 차갑고 신 맛을 포기하고,[267]

단맛을 따로 찾겠습니까.

부인 네가 차갑고 신 맛을 버리지 않는 것도 미생尾生이나 효기

---

265 『논어』 「양화」의 '마이불린(磨而不磷)'을 풀이한 것이다. 굳은 뜻을 바꾸지 않는다는 말이다.

266 『주역』 「절괘(節卦)」에 나오는 말이다.

267 차갑고 시다는 말은 가난하고 고달픈 사람을 뜻하기도 한다.

孝己 같은 짓일 뿐이다.[268] 안족雁足을 아교로 붙여 놓고 슬瑟을 타는 것[269]을 누가 알아주겠느냐?

새영 어머니, 사람이 사람인 것은 오직 마음 때문이요, 마음이 마음인 것은 오직 이치 때문입니다.[270] 이 마음에 부끄러움이 없으면 이 이치도 어긋남이 없습니다. 남이 비록 알아주지 않아도 하늘이 절로 아실 것입니다.

제가 비록 안족을 붙여 놓고 슬을 타지만,

위로는 푸른 하늘이 굽어 들으시니,

백아伯牙의 거문고 소리를 알아듣는 것보다도 나을 것입니다.[271]

부인 아, 너는 내가 소리를 알아듣지 못한다고 말하는 것이구나. 나는 나복이 삭발하고 스님이 되어 떠난 것은 안다.

새영

【대성악大聖樂】

그분이 삭발하고 스님이 되셨으니,

저는 비구니가 되어 성姓을 버리겠습니다.

부인 그가 스님이 된 것은 모친을 구하고자 함인데, 너는 무슨

---

268 미생은 춘추 시대 노나라 사람으로 사랑하는 여자와 다리 아래에서 만나기로 하고 약속 시간에 맞춰 가서 기다렸는데 갑자기 소나기가 쏟아져 물이 불어났지만 약속을 지키기 위해 다리 기둥을 껴안고 버티다가 익사하고 말았다. 신의를 지키고자 한 그의 뜻을 칭송하기도 하지만, 대체로 위험한 상황에 무모하게 대처하여 목숨을 잃은 미련한 사람으로 평해진다. 『사기』「소진열전(蘇秦列傳)」 등에 나온다. 효기는 은나라 고종(高宗)의 아들로, 현명하고 효성스러웠으나 계모의 참소로 쫓겨나 죽었다고 한다. 여기에서는 미생과 효기를 융통성 있게 대처하지 못한 사람을 나타내는 비유로 쓰이고 있다.

269 기러기발을 아교로 붙여 음의 고저를 조절할 수 없게 하고 슬(瑟)을 연주하는 것을 말한다. 고지식하여 융통성이 없는 것을 비유한다. 『사기』「인상여열전(藺相如列傳)」에 나온다.

270 앞의 구절은 송나라 육구연(陸九淵)의 「여부전미서(與傅全美書)」의 내용과 비슷하다.

271 춘추 시대 초나라의 종자기(鍾子期)가 백아의 거문고 소리를 듣고 백아의 마음을 잘 이해했다는 '지음(知音)'의 이야기를 쓴 것이다.

까닭으로 비구니가 되고자 하느냐?

새영

스님과 비구니가 되어 서로 도와서,

선과善果를 이루어 자친慈親의 영혼을 초도하고자 합니다.

부인　네가 초도하고자 하는 사람은 너의 정식 시어머니가 아니다.

새영

저는 본시 그분 생전에 정해진 정식 며느리이니,

정식 시어머니가 아니라고 말씀하셔도 정식 시어머니와 같습니다.

부인　애야, 단씨 집안은 부씨 집안보다도 훨씬 훌륭하다.

새영　어머니,

그 댁이 비록 부호라고 해도,

제 목을 자른다고 해도,

결코 부자에게 재가하지 않겠습니다!

(부인이 노하여 말한다.)

부인　아! 내가 계모라고 애가 이렇게 겁도 없이 말하며 대드는구나. 내가 너더러 재가하라는 것은 다른 뜻이 있어서가 아니다. 다만,

꾀꼬리와 꽃은 봄이 지나갈까 걱정하니,

어찌 사람들이 헛되이 봄을 보내게 할 수 있으랴.[272]

라는 뜻이니라. 너는 지금 내 말을 듣지 않으니, 정말이지,

272　명나라 계몽서 『증광현문』에 나오는 구절이다.

범을 그리는데 가죽만 그리고 뼈는 그리기 어렵고,

사람을 아는데 얼굴은 알지만 마음은 알지 못하겠네![273]

같은 것이로다.

새영 어머니, 저도 다른 뜻이 있는 것이 아니오라 부모님을 위

해 조금 애를 써서 말씀드린 것입니다.

부인 네 방으로 돌아가거라.

새영

홍안박명紅顔薄命[274]이 원망스럽구나,

고결한 지조로 빈방을 지키겠네.

(퇴장한다.)

부인 옛말이 틀린 것이 없구나.

내 말을 다른 사람의 말과 같게 할 수 없으니,

다른 사람의 마음이 내 마음과 같지는 않기 때문이네.[275]

장 매파.

매파 예.

봉새를 점찍어 이미 홍엽紅葉 서신을 보냈으니,[276]

난새 타고 옥퉁소 소리를 잘 들어 보네.[277]

마님, 혼사 말씀을 따르겠답니까?

---

273 역시 『증광현문』에 나오는 구절이다.
274 미인박명과 같은 뜻이다. 송나라 구양수의 시 「재화명비곡(再和明妃曲)」, 송나라 소식의 시 「박명가인(薄命佳人)」 등에 나온다.
275 명나라 고명의 『비파기』 제30출에 나온다.
276 봉새는 좋은 배필을 비유하고, 홍엽은 청혼장을 뜻한다.
277 난새를 탄다는 것은 훌륭한 배우자를 얻음을 말한다. 부부로 맺어진 좋은 인연을 비유하는 '승란과봉(乘鸞跨鳳, 난새를 타고 봉새를 타다)'에서 나온 말이다.

부인　화가 나네! 아이가 순종하지 않으려 하니, 자네는 돌아가서 공자를 뵙고 아뢰게. 조 나리께서 귀가하시면 이 혼사는 분명히 그분이 주인공이 되실 것이라고.

매파　마님, 군자는 거동이 무겁지 않을 수 없고 소인은 수작을 부리지 않을 수 없습니다. 마님이 계모라서 마님 말씀을 듣지 않는다고 그가 말했으니, 마님이 강하게 주장하셔서 재례財禮를 받으시고 단씨 집안에 허혼하시더라도 그가 따르지 않을까 걱정입니다!

부인　나도 같은 생각일세. 새영이 시집가지 않으려 하면 어떻게 해야 하겠는가?

매파　그건 어렵지 않습니다. 공자에게 직접 보쌈하여 가마에 태워 가게 한 뒤에 공자와 가깝게 붙으면 솜처럼 부드러워질 것입니다.

부인　그러면 자네는 돌아가게. 우리 집에 유모가 하나 있는데 새영이를 키운 사람일세. 내가 유모에게 분부하여 새영에게 간곡히 권하게 하면 반드시 따를 것일세. 공자에게 아뢰고 사흘 안에 딸아이가 말을 들으면 바로 와서 데려가고, 말을 듣지 않으면 바로 와서 보쌈해 보내기로 하세.

매파　그렇게 하시지요.

　　달 속에서 옥토끼를 붙잡으려 계획하고,

　　해 안에서 금까마귀를 붙잡으려 도모하네.

새영의 삭발과 도피
(曹氏剪髮)

단 ⋯ 새영
축 ⋯ 유모
정 ⋯ 유모 언니
말 ⋯ 해설자

새영

【금롱총金瓏璁】

새어머니는 생각이 너무 치우쳐 있고,

아버지는 임금님이 명하신 일로 얽매여 계시네.

어찌 긴 혀로 놀려 대는 참언讒言을 만나서,

나를 다른 곳으로 시집가라고 핍박하여,

갑자기 앞의 인연을 저버리라고 하시는가.

하늘이시여!

할 수 없이 머리를 깎아서라도,

효행의 이름을 남겨 전해야겠네.[278]

---

[278] 계모의 잘못된 명으로 이미 맺은 혼약을 파기하는 것은 불효이고, 계모의 뜻을 거스르는 것도 형식상 불효이므로 부득이 비구니가 되어 불효를 피하겠다는 뜻이다.

저는 규방에서 빼어나고,[279]

얼음처럼 맑아 성품이 진실합니다.

두 집안이 합치기를 막 기약했건만,

어찌하랴, 그분이 양친을 여의셨으니.

계모는 매파의 참언을 듣고,

저를 다른 곳으로 시집가라고 하는데,

제가 모친의 명을 어기더라도,

어찌 차마 인륜을 저버리겠습니까.

절개를 바꾸어 사는 것을 할 수 없다면,

절벽에 몸을 던져 죽는 순절은 할 수 있으리라.

본성이 변치 않으니 강철이 백 번 단련된 것과 같고,

언약은 무거우니 그 뜻은 삼만 근입니다.

절조를 빙설冰雪처럼 갈고닦아,

저의 단심丹心을 귀신에게 물어보려네.[280]

운빈雲鬢[281]을 자르려 하니,

피를 토하고 마음이 절로 쓰리네.

저는 어려서 부씨 집안에 허혼하였는데, 뜻밖에 시부모 두 분
이 연이어 돌아가셔서 불쌍한 지아비는 모친을 구하고자 하는
생각 끝에 벼슬을 사양하고 혼사도 사양하고, 풍목風木의 한을

---

279 규수(閨秀)를 풀어낸 표현이다.
280 명나라 강원(江源)의 시 「야좌감회사십운서어팽성어사태시갑신칠월칠일야(夜坐感懷
四十韻書於彭城禦史台時甲辰七月七日也)」 중의 한 구절과 같다.
281 귀밑으로 드리워진 탐스러운 머리털을 구름에 비유한 말이다.

천고에 남기고[282] 불경을 메고 모친을 메고 떠나, 화촉 밝히는 일은 동쪽으로 흘려보냈습니다. 저는 수절할 마음을 세웠는데 계모는 참언을 듣고 미혹되어 버렸습니다. 재가再嫁하라는 말씀을 따르지 않으면 분명 보쌈의 계책을 쓸 것입니다. 지금 생각하니, 아버님이 집에 안 계시고 부씨도 집에 얽매이려 하지 않으니, 머리를 깎고 도피하여 비구니가 되고자 합니다. 첫째로는 저를 아내로 들이려는 단 공자의 마음을 끊고, 둘째로는 모친을 구하고자 하는 부씨의 뜻을 돕고자 함입니다. 다만 늘 듣기로 "신체발부身體髮膚는 수지부모受之父母이니 불감훼상不敢毀傷이라"고 했는데,[283] 지금 머리를 깎는 것은 무엇 때문이겠나요?

터럭과 살갗이 비록 소중하지만,

절의는 무게가 삼만 근이라네.

의를 취하고 절개를 지키려는 뜻은,

본래부터 나의 마음에 있었다네.

【풍운사조원風雲四朝元】

내 마음속의 절의節義를,

잠시라도 떠날 수 없다네.

바로 절의의 마음이 있기 때문에 충신이 두 임금을 섬기지 않고 열녀가 두 지아비에게 시집가지 않는 것이라네.

탄식하네, 못난 신하와 나쁜 여인이,

282　풍목의 한은 부모가 돌아가시는 바람에 봉양할 수 없어서 한스러워함을 이르는 말이다.

283　『효경』에 나오는 말이다. 몸은 부모에게 받은 것이니 함부로 훼손할 수 없다는 뜻이다.

스스로 마음을 속이고,

스스로 욕심을 숨기고,

스스로의 행실이 도리에서 어긋남이 많다네. (첩)

신하는 나라를 팔아먹고 임금을 속이고,

기꺼운 마음으로 적에게 항복하고,

처는 절개를 잃고 지아비를 잊고,

기꺼운 마음으로 다시 시집을 가네.

아!

정말이지 부끄러움이 없구나.

아!

이것이 바로 금수와 오랑캐라네.

하지만 오랑캐에 비한다 해도 공자님 말씀에 오랑캐에 군주가 있다 하셨고,[284] 새에 비한다 해도 물수리는 짝을 잃으면 죽을 때까지 다른 짝을 찾으려 하지 않는다네.[285]

오랑캐에도 임금과 신하가 있고,

새에게도 암수의 짝이 있다네.

저 불충하고 불량한 사람들은,

오랑캐보다도 더 못하고,

날짐승에 비교해도 마땅히 부끄러운 줄 알아야 하리라.

이 때문에 기강을 떠받치고,

굳세고 결연하게,

---

284 『논어』「팔일」에 나오는 말이다.
285 『시경』「관저(關雎)」에 물수리가 금슬 좋은 새를 비유하는 말로 나온다.

자신을 돌보지 않고 천리天理를 좇아 목숨을 버리리라. (첩)

천리를 좇아 죽는 것은 마음이 치우쳐서가 아니라네,

마음이 있으면 천리 또한 있는 것.

천리를 좇아 오늘 죽지만,

내가 죽어도 천리는 살아 있으리라.

【전강】

내가 죽어도 천리는 곧으리니,

마음도 살아 있고 천리도 어그러지지 않으리라.

해와 달과 더불어 빛을 다투고,

하늘과 땅과 더불어 준칙을 세우고,

고금의 절의를 지킨 사람들과 더불어 기세를 겨루리라.

어머니가 제게 개가하라고 핍박하시지만,

따지자면 저는 마땅히 죽어야 합니다. (우)

만약 부랑傅郞이 살아 있지 않다면 제가 어찌 살아 있기를 탐하겠습니까!

생각하건대 그분은 지금 서쪽에 계시지만,

돌아올 뜻이 없는 것은 아닐 것입니다.

저는 도피하여 공문空門에 들어가서,[286]

그분의 소식을 기다리는 수밖에 없습니다.

옛사람이 이르기를, "그 몸을 양생함으로써 쓰일 바가 있게 하고, 죽음을 불사하는 태도로써 쓰임에 대비한다"[287]라고 했습

---

286 불교에 귀의한다는 뜻이다.
287 『예기』「유행(儒行)」에 나오는 내용이다.

니다. 그런데 제가 오늘,

어찌 살길을 구하고자 하겠습니까!

아!

언젠가 선업善業이 이루어져,

보리의 경지에 들어,

마침내 상봉할 곳이 있겠지요.

비록 잠시 떨어져 있지만,

영원토록 함께 모일 것입니다.

만약 맹세를 어기고 재가한다면,

풍속을 해치고 가르침을 어지럽혀,

몹시 비루하고 저열하게 될 것이니,

사람들로 하여금 수군거리게 만들 것입니다. (첩)

수군거림을 지금 면한다고 해도,

장래의 일은 아직 기약할 수 없네.

우선 머리카락을,

잘라 내고 비구니가 되겠네.

【전강】

비구니가 되기 위해 머리를 깎으려고,

서둘러 가위를 손에 잡네.

가위야,

너는 본래 백 번 담금질한 단단한 강철인데,

벌릴 때에는 봉새가 날개를 나란히 하여 나는 듯하고,

닫을 때에는 원앙이 목을 서로 대고 잠든 듯하구나.

너의 두 날은 서로 의지하고 있는데,

벌리고 닫는 것은 비록 사람이 하지만,

너의 중심이 고정되어 바뀜이 없는 것이 부럽구나.

(거울을 가져온다.)

이 거울은 가을 강물처럼 맑으니, (첩)

사람이 고운지 추한지 비추어 주고,

사람이 기쁜지 슬픈지를 아는구나.

시름이 있으면 함께 근심하고,

기쁜 일이 있으면 함께 기뻐하며,

형체와 그림자가 서로 따라다니니,

어찌 도피할 수 있겠는가?

아! 거울아,

오늘 너를 보며 머리칼을 자르는데,

사람이 단원團圓288을 이루지 못하고,

부끄럽게도 너와 마주하여 단원을 이루었구나.

머리칼을 자르자니,

성인의 가르침을 어김을 알겠고,

머리칼을 자르지 않자니,

간사한 계책을 끊어 내기가 어렵구나.

천 번 만 번 생각 끝에,

맑고 깨끗함을 보존하고자 하니,

---

288 가족이 단란하게 지내는 것을 말한다. 주로 부부간에 쓰인다. 이 때문에 연극에서 남녀가 잘 맺어지는 결말을 뜻하기도 한다.

죽어도 후회하지 않으리라. (첩)

(자리에 앉는다. 유모가 등장한다.)

유모

【솔지금당率地錦襠】

한 집안에 딸이 있으면 백 개 가문에서 구하고,

한 집안에 일이 있으면 백 개 가문에서 근심하네.

구해도 아흔아홉 가문은 거절당했고,

근심하다가 삼경 한밤에 달아난다네.

저는 유모입니다. 몇 해 전에 새영이의 생모가 돌아가시고 제가 새영이를 키웠지요. 어제는 부인이 새영이에게 개가를 강요하자 딸이 순종하지 않아서 저더러 아이에게 강하게 권유하여 꼭 말씀을 따르게 하라고 했습니다. 권유하였는데도 따르지 않는다면 반드시 저를 벌주겠다고 하였습니다. 간밤에 편하게 잠들지 못했는데 곧 하늘이 밝아 오니 조용히 가서 권유해 보아야겠습니다. 애야, 문을 열어 보거라.

(새영이 놀라 묻는다. 새영을 만난다.)

유모

【화초아鏵鍬兒】

애야, 무엇 때문에,

그렇게 고민하느냐?

무엇 때문에,

잠도 못 자고 홀로 앉아 있느냐?

무엇 때문에,

살구 같은 얼굴에 혈색이 사라지고,

버들 같은 눈썹에 비췻빛이 짙어졌느냐?

새영　어머니.

(운다.)

유모　무엇 때문에,

말을 하려다 삼키고,

말이 얽히고 눈물이 비 오듯 쏟아지느냐?

무엇 때문에,

손수건으로 머리를 감쌌느냐?

어디 걷고 좀 보자.

무슨 일이 어긋나서,

푸른 머리칼을 잘라 버렸느냐?

새영

【전강】

어머니,

저의 속마음을 말씀드리려고 해도,

말을 꺼내기가 부끄러우니 어찌 말씀드릴까요.

유모　부끄러울 것 없다.

새영

부랑은 모친의 별세를 애통해하여,

선학禪學을 배우러 가셨어요.

유모　아, 선을 배우러 갔구나.

새영

장 매파는 또 단씨 댁 공자의 부탁을 받고,

저의 새어머니를 들쑤셔서 부추겼어요.

새어머니가 부귀를 탐하게 부추겨서,

저를 의지할 데가 없게 만들었어요.

유모   아버님이 돌아오시기만 하면 좋겠구나.

새영

여러 일들이 좋지 않게 되어 가니,

저는 머리칼을 자를 수밖에 없었어요.

유모   애야, 그러면 재가하는 것이 좋지 않겠느냐.

새영   틀린 말씀이에요. 옛날부터 충신은 두 임금을 섬기지 않
고, 열녀는 두 지아비를 섬기지 않는다고 했어요. 죽어도 말씀
을 따르지 않겠어요!

유모

【전강】

애야, 어젯밤에,

부인의 말씀을 들어,

이 사연은 이미 잘 알고 있단다.

장 매파가 화를 부른 근원임이 원망스럽지만,

우리 아이가 이렇게 송죽松竹 같은 절개가 있어 기쁘구나.

내가 또 듣자 하니,

단씨 댁에서 보쌈 가마를 준비했는데,

사람도 힘세고 말도 커서,

오늘 아침에는 분명 올 것이라는구나.

이처럼 낭패를 당하게 된다면,

이 일을 어찌하면 되겠느냐?

새영

【전강】

어머니,

놀라거나 슬퍼하지 마세요,

제게 몸을 보전할 계획이 있습니다.

몸을 숨겨 공문으로 도피하고자 하오니,

어머니께서 앞장서 주시기 바랍니다.

다만 날이 밝으면 계모가 알게 될까 걱정이니,

일찍 문을 나서야 할 것입니다.

유모 떠나기는 떠난다지만 혹시 장 매파나 단 공자와 맞닥뜨리게 되면 어찌겠느냐?

새영

저 매파는 올빼미 같고,

저 공자는 범이나 표범 같습니다.

만약 맞닥뜨려서 좋지 않게 되면,

저는 바로 죽어 버리면 모든 일이 끝날 것이에요.

유모 내가 지금 권유하여 네가 따르지 않으면 부인이 필시 내게 따지실 것이니, 차라리 너와 함께 도피해야겠다. 우선 우리 언니 집으로 가서 있다가 다시 잘 생각해 보자.

새영 그게 좋겠어요.

(떠나간다.)

유모

【옥포두玉包肚】

집을 버리고 길을 나서서,

길을 재촉하니 반드시 서둘러야 하네.

이슬이 흠뻑 비단신을 적시니,

미끌거려 사람을 넘어지게 하네.

(무대 안에서 함성이 들린다.)

(합) 갑자기 징 치며 길 트는 소리가 들리는데,

산을 울리는 것이 마치 노략질하듯 하네.

원수를 만나면 어찌해야 할까?

새영

【전강】

저는 이번에 떠나 비구니가 되렵니다.

삼보에 귀의하리니,

도중에 하늘을 바라보며 절을 올리렵니다.

유모   얼른 가자.

새영

제가 빨리 가지 않으려는 것이 아니라,

어찌할까요, 저의 궁혜弓鞋289가 작으니.

(합) 갑자기 징 치며 길 트는 소리가 들리는데,

산을 울리는 것이 마치 노략질하듯 하네.

원수를 만나면 어찌해야 할까?

---

289   전족을 한 여성들이 신었던 가죽신이다.

유모

【전강】

다행히 하늘이 아직 밝지 않았고,

여기 산마루에 오래된 사당이 하나 깊이 숨어 있으니,

앞으로 가서 신명에 절을 올려,

신령님께서 남몰래 보우해 주시기를 기원해야겠네.

(합) 저 미친 무리가 물러가기를 기다렸다가,

아무도 없을 때 골짜기를 지나가리니,

원수와 마주치지 않으면 좋겠다네.

(숨는다. 무대 안에서 외친다.)

무대 안   여봐라, 모두 함께 명심해라. 좋은 뜻으로는 신부를 맞이하는 것이고, 나쁜 뜻으로는 신부를 빼앗아 오는 것이다.

새영

【전강】

저들의 날래고 거센 모습을 보니,

저들 세력을 믿고 사람을 업신여기는구나.

저들은 저기에서 기쁨이 크지만,

나는 이곳에서 근심이 가득하다네.

(합) 저 미친 무리가 물러가기를 기다렸다가,

아무도 없을 때 골짜기를 지나가리니,

원수와 마주치지 않으면 좋겠다네.

유모   다행히 미친 무리는 이미 물러갔고, 여기 우리 언니 댁에 당도했다. 언니는 집에서 수절하고 있는데 잠시 이곳에서 숨

어 있자. 부인이 필시 사람을 보내 집집마다 물어볼 터이니, 그
때 누가 강가에서 여자가 물에 뛰어들어 죽는 것을 보았다고
말하고 며칠 뒤 너와 함께 암자로 가서 이름을 바꾸면 아마도
이 화를 벗어날 수 있을 것이다.

새영 그게 좋겠어요.

유모 언니.

(문을 두드린다.)

유모 언니

【불시로不是路】

오경五更 북소리가 막 울린 때에,

누가 우리 집 문을 두드리는가?

유모 언니,

접니다.

유모 언니 동생이었구나. 문을 열어 주겠네.

유모

안부를 여쭈려고 각별히 왔습니다.

유모 언니 이 여자는 누구시냐?

유모 제가 기른 딸 새영 아씨입니다.

유모 언니 아! 동생,

무슨 사연이 있길래,

저 사람을 데리고 한밤에 도망쳐 왔는가?

숨기지 말고 분명히 얘기하게.

유모 이유는 단지 아씨가,

재가하라는 모친의 명을 듣지 않아서랍니다.

유모 언니 아, 계모가 개가하라고 핍박하니 아씨가 그 말을 따르지 않고 도망한 것이로구나!

유모 맞아요.

유모 언니, 유모

이 사연은 참 가련하기도 하네. (첩)

유모 언니 그렇다면 우선 우리 집에서 묵고 있다가 며칠 뒤에 사정을 보아 다시 방법을 생각해 보자.

유모 그게 좋겠어요.

다행히 오늘 문을 이미 나섰네,

유모 언니

초가에서 며칠 몸을 쉬어 가시게.

새영

오직 은혜에 감사하고 원한이 쌓여 가니,

모두

천년만년 먼지가 생겨나지 않으리라.[290]

(함께 퇴장한다.)

해설자[291]

하늘의 풍운風雲은 예측할 수 없고,

사람에게는 아침저녁으로 화와 복이 있다네.

---

290 명나라 소설 『금병매』 제11회에 "예로부터 은혜에 감사함과 쌓이는 한은 천년만년 먼지가 쌓이지 않았다(自古感恩並積恨, 千年萬載不生塵)"라는 구절이 있다.

291 모두 퇴장한 뒤에 말(末) 각색이 혼자 등장하여 상황을 설명하고 있다.

노부인께서 장 매파의 말을 경솔하게 듣고 아씨를 단씨 댁에 개가시키려 하였는데, 아씨가 이를 따르지 않자 어멈을 시켜 다시 두 번 세 번 권유하게 하였습니다. 권유를 따르지 않는다면 반드시 어멈에게 벌을 내릴 것이라고 하였습니다. 어멈은 아씨를 데리고 함께 떠나가 버렸습니다.

(외친다. 묻는다. 무대 안에서 대답한다.)

무대 안 오늘 오경에 강가에서 어떤 사람이 듣기로, 한 여자가 울며불며 강가로 가서 몸을 던졌다고 하니 아마도 물에 빠져 죽은 것 같습니다.

(놀란다.)

해설자 아, 이 일이 어찌 된 것인가! 상공께서 집에 계시지도 않는데 부인께서 이런 일을 저질러 버렸으니 이를 어쩌면 좋단 말인가? 아씨는 살아 계신지 알기 어렵고 돌아가셨다는 말이 있으니 돌아가서 부인께 아뢰어야겠구나.

아씨는 규방 안의 옥이요,

장 매파는 화의 씨앗이라네.

문을 닫아걸고 집 안에 앉아 있어도,

화는 하늘로부터 내려온다네.

제84척

네 번째 보전

(四殿尋母)

소 … 귀사
축, 정 … 귀범
부 … 유씨
말 … 옥관
생 … 목련

귀범들, 유씨

【산파양山坡羊】

하늘의 해도 보이지 않는 어두컴컴한 지옥,

사람의 마음을 따르지 않는 두려운 법도,

뼈만 앙상하게 만드는 견디기 어려운 고초,

다급하게 애를 써봐도 벗겨 내기 어려운 팔 묶은 칼.

한탄스럽네, 우리는,

몇 번을 죽어도 또다시 업풍業風을 맞아,

업풍을 맞아 귀신 죄수로 되살아난다네.

하늘이시여!

차라리 저를 한 번 죽고 되살아나지 않게 하여,

번번이 벌을 받지 않도록 해 주소서.

(합) 붙잡혀 있으니,

끝이 없는 한은 어느 날에야 멈출까,

근심만 가득하니,

주르르 구슬 같은 눈물이 흐르는구나.

유씨   양세에서 잘못된 일을 저질렀더니 음사에서 온갖 고초를
  당하는구나. 세 번째 보전을 지나 이곳 네 번째 보전에 와서
  감옥에 갇혀 하늘의 해를 보지도 못하고 있다네. 이 같은 근심
  을 세상의 무엇에 비할 수 있을까!

귀범 갑   옛사람이 이르기를,

  "근심이 산처럼 다가오니,

  끝이 없어 헤아릴 수가 없구나."[292]

  라고 했으니, 산에 비할 수 있다네.

귀범 을   아니지. 옛사람이 이르기를,

  "일찍이 동해의 바닷물을 재어,

  근심의 깊고 얕음을 헤아려 보았네."[293]

  라고 했으니, 물에 비할 수 있다네.

귀범 갑   물로는 비할 수 없고, 그래도 산에 비할 만하지. 옛사람
  이 이르기를,

  "석양夕陽 지는 누각 위로 겹겹이 산이 쌓였지만,

  봄 시름만큼 많지는 않구나."[294]

---

292   당나라 두보(杜甫)의 시 「자경부봉선영회오백자(自京赴奉先詠懷五百字)」 중의 구절
이다.
293   당나라 이군옥(李群玉)의 시 「우야정장관(雨夜呈長官)」 중의 구절과 비슷하다.
294   송나라 구준의 시 「장안춘일(長安春日)」 중의 구절과 비슷하다.

라고 했지.

귀범 을 산으로는 비할 수 없고, 그래도 물에 비할 만하지. 옛사람이 이르기를,

"그대에게 얼마나 시름이 많은가 묻는다면,

마치 봄날 동쪽으로 흘러가는 강물만큼이라고 대답하겠네."[295]

라 했고, 또

"온 땅에 붉은 꽃 떨어지고 근심은 바다와도 같네."[296]

라고 했지.

귀범 갑 산에 비할 수 있다!

귀범 을 물에 비할 수 있다!

(서로 다툰다.)

귀사 이놈의 귀수鬼囚들이 괘씸하다, 괘씸해! 한 놈은 산을 고집하고 한 놈은 물을 고집하며 지옥에서까지 싸우니 정말이지 죽어서도 본성을 고치지 못했구나.

유씨 자네 둘은 산이며 물을 고집할 필요가 없네. 옛사람이 이르기를,

"근심이 얼마나 되는지 아느냐고 물으신다면,

천변에 가득한 버들과,

온 성에 가득한 버들 솜과,

매실이 노랗게 익어 갈 때 내리는 비만큼이라네."[297]

---

295 남당(南唐) 이욱(李煜)의 사(詞)「우미인(虞美人)」중의 구절이다.
296 송나라 진관(秦觀)의 사「천추세(千秋歲)」중의 구절이다.
297 송나라 하도(賀鑄)의 사「청옥안(靑玉案)」중의 구절과 비슷하다.

라고 했으니.

귀범들 이야말로 정말 비할 만하구나!

유씨 지옥 안의 근심이 이처럼 많으니, 바라옵건대 사자님께서 너그럽게 보아주소서.

(무대 안에서 길을 트는 소리가 난다.)

귀사 나리께서 감옥으로 행차하시니 얼른 맞이해야겠다.

옥관

　　하늘에서 들으니 적막하여 소리가 없는데,

　　드넓은 가운데 어디에서 찾을까?

　　높지도 않고 멀지도 않고,

　　모두 오로지 사람의 마음에 있다네.[298]

나는 네 번째 보전의 오관대왕午官大王 아래에서 지옥을 관장하는 옥관으로, 유과油鍋와 동주銅柱를 관장하고 있다네. 여봐라, 감옥 장부를 볼 테니 가져오너라.

(귀사가 장부를 가지고 등장한다. 옥관이 장부를 살펴본다.)

옥관 아, 귀범 일 명 모산궤茅山麂는 살인과 방화 모두 저지르지 않은 일이 없고, 귀부鬼婦 일 명 추구노秋狗奴는 절도와 충동질을 일삼아 사람들을 다투게 하여 큰 화를 초래했는데, 우리 대왕님이 심문하셔서 기름 솥에 오랫동안 지지고 볶으라는 형벌을 내리셨다.

귀범들 나리, 불쌍히 여겨 주십시오.

옥관 범부犯婦 일 명 유씨 청제는 고의로 맹세를 어겼으니, 우리

298　송나라 소옹(邵雍)의 시 「천청음(天聽吟)」과 같다.

가 불러와 겹겹의 지옥에서 재난을 당하도록 하였다. 우리 대왕님이 문초하여 다섯 번째 보전으로 압송해 가라고 하셨다. 여봐라, 유씨를 압송해 가거라!

유씨   나리, 제발 풀어 주소서.

옥관

　　【전강】

　　한심하도다, 세상 사람들의 마음은 모두 옛날 같지 않아서,

　　지옥 이야기를 꺼내면 곧 그런 것은 없다고 말하네.

　　음세와 양세의 이치가 같음을 생각하지 않는구나,

　살아서는 사람이요, 죽어서는 귀신일 뿐인 것을.

　　또 어찌 그릇되게,

　　그릇되게 이따위 미친 소리를 경박하게 내뱉는가?

　벼슬아치는 귀신을 믿지도 않으면서 어찌하여 먼저 성황께 절을 하는가? 수재는 귀신을 믿지도 않으면서 어찌하여 먼저 공묘孔廟에 절을 하는가? 세상 사람 어느 집안의 당상堂上에 향화香火가 없던가? 어느 산소에 지전을 걸지 않던가?

　　저들이 행한 바는,

　　분명히 모두 귀신을 공경한 것인데,

　　너는 어찌하여 고의로 나를 경박하게 헐뜯었느냐?

　　그때 술수를 다 쓰면서도,

　　수행하기 좋을 때 수행하려 하지 않았다.

유씨   이미 알고 후회하고 있습니다.

옥관

지금에 와서 후회해도,

이는 바로 배가 강 가운데 가서 터진 곳을 메우려는 것이다.

귀범들

(합) 붙잡혀 있으니,

끝이 없는 한은 어느 날에야 멈출까,

근심만 가득하니,

주르르 구슬 같은 눈물이 흐르는구나.

귀범 갑　같은 죄수인데 벌을 두 가지로 주시는 것도 공평하지 않습니다.

옥관

형벌에는 경중이 있고,

범죄에도 경중이 있다네.

만약 깊이 생각하여 개과천선한다면,

결코 똑같이 처벌하지 않으리라.

(유씨와 옥관이 퇴장한다. 귀사가 귀범들을 기름 솥에 지진다.)

귀범들

【전강】

탄식하네, 생전에 마음을 독하게 먹었더니,

음사에 와서 그 누가 응답하여 구해 주리요?

기름 솥을 보니 간담이 떨리는구나,

이 고초를 날더러 어떻게 견디라는 것인가?

솥에 굴려지고 기름에 지져져서 사람이 가라앉았다 떠올랐다 하네.

이 모두 생전의 악행 때문이니,

오늘에 와서는 도리어 돼지나 개만도 못하게 되었네.

귀범들

(합) 붙잡혀 있으니,

끝이 없는 한은 어느 날에야 멈출까,

근심만 가득하니,

주르르 구슬 같은 눈물이 흐르는구나.

(퇴장한다.)

목련

【전강】

급히 달려도 길을 다 가지 못하고,

허약하여 고초를 다 견디지 못하고,

어두컴컴한 지부를 다 돌아보지 못하고,

아무리 해도 인자하신 어머님을 찾지 못하네.

금노가 원망스럽네,

너는 우리 어머니를 속여 고기와 술을 드, 드시게 하여,

어머니를 음사에 빠뜨렸다.

공연히 내가 겹겹의 지옥을 다니게 하였다.

(합) 붙잡혀 있으니,

끝이 없는 한은 어느 날에야 멈출까,

근심만 가득하니,

주르르 구슬 같은 눈물이 흐르는구나.

(귀사와 목련이 앞에서와 같이 말을 주고받는다.)

목련

　지옥을 돌아본 것이 벌써 네 군데이지만,

　가련하게도 어머님과 상봉하지 못했네.

귀사

　마음이 굳세면 돌도 뚫을 날이 있으니,

　오직 고승高僧의 마음에 달려 있다오.

제85척

새영의 암자행
(曹氏逃難)

정 … 유모 언니
축 … 유모
단 … 새영
소 … 삼보(三保)

유모 언니

【괘진의排眞意】

밤이 서늘하여 경치는 마치 맑은 가을 같고,

달은 점차 남쪽 누각 위로 떠오르네.

개구리는 텅 빈 못에서 시끄럽게 울어 대고,

반딧불이는 어둑한 풀 속에 숨어 있으니,

바야흐로 납량의 때로구나.

바람이 맑으니 부채를 접어야겠고,

달이 떠오르니 등을 켜지 않아도 되겠네.

정말이지 서늘한 밤이구나! 동생이 아씨와 함께 이곳에 온 뒤로, 첫째로는 노부인이 알게 될까 두려웠고 둘째로는 단 공자가 알까 두려웠습니다. 조 나리께서도 돌아오시지 않고 있으니 이 일을 어찌하면 좋을까? 지금 생각해 보니 몇 마디 말로 아씨를 달래서 마음을 돌리게 하고 머리를 기른 뒤 집에 돌아가서 다른 사람에게 재가하면 안 될 것도 없을 듯합니다. 동생, 아씨, 나오게.

유모

【전강】

계모가 어찌하여 간계를 듣고,

아이를 핍박하여 다른 사람의 짝이 되라고 하였네.

새영

검은 머리카락을 자르고,

얼굴의 붉은 분을 지우고,

이 몸은 맹세코 다른 이의 짝이 되지 않겠어요.

(유모의 언니를 만난다.)

새영 이모님, 무슨 분부가 있으신지요?

유모 언니 아씨가 우리 집에 들어오고 나서 앞으로 일이 평탄하지 않을까 걱정이네.

마치 바늘과 함께 실을 삼켜 버려,

배 속을 찌르고 사람의 마음을 묶어 놓은 것 같다네.[299]

지금 생각해 보니 모친의 명을 따라 시집가는 것이 낫겠네.

유모 맞아요, 맞아.

새영 이모님, 조카는 뜻이 이미 정해졌으니 반드시 공문空門에 가서 비구니가 되겠어요!

---

299 원나라 고명의 희곡 『비파기』 제13출 등에 나온다.

유모 언니

【나화미嬾畫眉】

아씨,

성현의 도리는 중용을 근본으로 하니,

혼인하지 않았는데 수절하는 것은,

너무 지나쳐서 중용에 미치지 못함과 같네.

차라리 머리를 기르고 집안으로 돌아가서,

새로 운우양대雲雨陽臺의 꿈을 이루는 것이,[300]

공문에서 새벽 종소리 듣는 것보다 나을 것이네.

새영

【전강】

예부터 여자가 정절을 지키는 것은 신하가 충성을 다하는 것에

견주어지고,

굳은 절개는 만 길 높이 소나무보다도 높습니다.

소나무가 눈서리 맞으며 추운 겨울을 겪는다 해도,

푸른 가지 푸른 잎은 변하기 어려우니,

비로소 일평생의 절조 드높음이 드러납니다.

유모

【전강】

단씨 댁 공자는 정말이지 영걸이니,

---

300 운우양대의 꿈은 남녀의 동침을 말한다. 초나라 양왕(襄王)이 고당관(高唐觀)에서 낮잠을 자다가 꿈속에서 무산(巫山)의 여인을 만나 동침하였는데, 헤어질 때 여인이 왕에게 아침에는 구름이 되고 저녁에는 비가 되어 아침저녁으로 양대(陽臺) 아래에서 왕을 그리겠다고 말한 데서 유래하였다. 전국 시대 초나라 송옥(宋玉)의 「고당부(高堂賦)」에 나온다.

많은 사내들이 그보다 못하다네.

부랑은 용을 타려고 원하지 않으니,

어떨까, 너는 새로 단산^{丹山}301 봉새의 짝이 되어,

백 년 동안 화목하고 즐겁고 기쁘게 지냄이.

새영

【전강】

경첩^{庚帖}으로 이미 이름을 주고받았으니,

명분은 밝디밝아 해와 달과 같습니다.

부랑은 범왕^{梵王}의 궁전에 드셨고,

공덕을 닦는 것을 제가 마땅히 함께할 것이니,

재가^{再嫁}는 이번 생에 맹세코 따르지 않겠어요!

유모 언니 재가를 하고 안 하고는 아씨 마음에 달렸네. 다만 공자의 위세가 하늘을 덮을 듯하고 부인의 심성이 보통이 아니어서, 아씨가 여기에 있는 것을 알게 되면 성문에 불이 나서 재앙이 연못 속의 물고기에게까지 미치는 것과 같을 테니, 이를 어찌하면 좋을까?302

새영 이모님, 이 고요한 밤을 틈타 저를 암자에 데려다주세요. 비구니가 되겠어요.

유모 언니 그렇다면 잠시 그곳에 가서 피해 있다가 나리께서 돌아오신 뒤에 다시 계책을 생각해 보세.

---

301 봉황이 산다는 전설상의 산이다. 『여씨춘추(呂氏春秋)』 「본미(本味)」에 나온다.
302 성문에 불이 난 것은 조새영이 재가를 거부하고 도망 온 일을 비유하고, 재앙이 연못 속의 물고기에 미친다는 것은 유모의 언니도 이 일에 연루되어 화를 당하게 된다는 것을 비유한다.

유모　저도 같은 뜻이에요.

유모 언니　애야, 집을 잘 보고 있거라. 나는 동생과 함께 아씨를 모셔다 드리러 갈 테니. 누가 찾아와서 물으면 그저 영산^{靈山}에 향 사르러 갔다고 말하거라.

(무대 안에서 대답한다.)

무대 안　알겠습니다요. 밤이 깊어 범이 나타날지 모르니 삼보^{三保}에게 몽둥이 한 자루를 들려 모시고 가게 하시지요.

유모 언니　그래야겠구나.

(삼보가 등장한다.)

삼보

　　나는 창이 한 자루 있는데,

　　방울이 달려 뎅그렁 울리지.

　　만약 범이라도 만나게 되면,

　　염라대왕을 만나게 해 줄 테다.

(우스개를 한다.)

　　유모는 앞에서 길을 인도하시고 이모님과 아씨는 뒤에서 오세요. 저 삼보는 향곤^{響棍}303을 들고 가운데에서 갈게요.

유모　네가 어째서 가운데에서 간다는 것이냐?

삼보　양쪽으로 '부^府'를 때리기가 좋잖아요.

유모　'호^虎'이지!304

303　구멍이 뚫려 있어서 휘두를 때 소리가 나는 몽둥이이다.
304　'부(府)'는 '부(婦)' 대신 쓴 말이다. 부(府), 부(婦), 호(虎)는 발음이 유사하고 일부 방언에서는 완전히 같아서 이를 이용한 말장난을 한 것이다.

유모 언니

【하산호下山虎】

밤이 깊고 인적이 고요할 때,

몰래 집을 떠나네.

다행히 달이 하늘 가운데 있어,

사람을 환하게 비추어 주네.

아씨,

얼른 길을 가서,

방비해야 하네. 첩자가,

우리 자매가 함께 가는 것을 보고,

또다시 화근을 만들 테니.

새영　이모님,

길이 너무 험난한데,

저는 지금껏 이와 같은 길을 걸어 본 적이 없습니다.

궁혜가 작아서 발걸음을 내딛기 어려우니,

어찌 이와 같은 고생을 견딜까요.

(합) 정말이지 처량한 광경이요,

원숭이가 슬피 울고 학이 우니,

어찌 구슬 같은 눈물이 떨어지지 않으리요.

【전강】

한스럽다네, 저는 팔자가 기구하여,

일찍 어머님을 여의었습니다.

계모가 길러 주신 깊은 은혜에 감사드리니,

마땅히 순종해야 하지만,

어찌 장 매파의 모략에 넘어가서,

저로 하여금 혼약을 저버리게 한다는 말인가요.

저는 기꺼이 죽어서 유명幽冥으로 갈지언정,

목숨을 탐하여 옳지 못한 일은 결코 하지 않겠습니다.

유모 애야, 아직도 고집을 버리지 않는구나.

새영

제가 고집이 있는 것이 아니라,

오로지 부랑이 서천 땅에 계시니,

이 때문에 이 목숨을 구차하게 연장하고 있는 것입니다.

공문에 가서 독경하면서,

그분께서 선과善果를 이루시도록 조금이라도 돕고자 합니다.

(합) 정말이지 처량한 광경이요,

원숭이가 슬피 울고 학이 우니,

어찌 구슬 같은 눈물이 떨어지지 않으리요.

유모

【전강】

양의 창자처럼 구불구불한 길에,

소나무 그늘이 이어져 있네.

다만 들새가 밤을 재촉하는 소리만 들리니,

사람으로 하여금 가슴 아프게 하고,

마음속에서 한이 일어나게 하네.

한스럽다네, 당신 새 마님이 독한 마음을 먹고,

우리 아이를 핍박하여 머리자락을 자르게 만들고,

또 길에서 고생을 겪게 하다니.

삼보　앗, 범이다, 범!

　(모두 놀란다.)

유모　범이 어디 있느냐?

삼보　저 앞에요.

새영　범이 아닙니다.

삼보　분명히 범의 눈깔이라고요.

새영　반딧불이 두 개가 마치 범이 온 것처럼 보이는 것이에요!

삼보

알고 보니 반딧불이였구나,

내가 반딧불이 불빛을 범의 눈깔로 오해하여,

이분들을 놀라게 했다네.

길을 따라 안전하게 가기를 빕니다.

새영

(합) 고맙게도 서로 가련하게 보살펴 주니,

은혜가 다시 낳아 주신 것과 같다네.

결초結草하고 함환銜環하여 은혜에 보답하리라.

　더는 가지 못하겠어요.

유모　그러자. 계속 캄캄하여 더 가지 못하겠으니 어쩌면 좋을까?

새영

　【전강】

구름이 자욱하여 달빛 어둡고,

산은 높고 길은 흐릿하네.

하늘의 촘촘한 별들 바라보니,

약한 별빛이 은은하네.

유모 애야,

천천히 조심하며 가자꾸나,

가련하게도 너는 어려서부터 규방에서 자랐으니,

높은 산 험준한 고갯길을 어찌 견디겠느냐.

(다시 놀란다.)

알고 보니 둥지의 새가 나뭇가지를 흔들어,

사람을 놀래 떨게 하였구나.

바라건대 하늘이 영험함을 내려 주셔서,

너의 이러한 괴로운 마음에 응답하셔서,

예전처럼 구름 걷히고 달빛 다시 밝아졌으면 한다네.

새영

(합) 고맙게도 서로 가련하게 보살펴 주니,

은혜가 다시 낳아 주신 것과 같다네.

결초하고 함환하여 은혜에 보답하리라.

함께

【미성眉星】

희미하게 해가 부상扶桑에 빛을 걸치고,[305]

은은한 종소리가 숲에서 퍼져 나오네.

---

305 부상은 동해에 있다는 나무 이름으로, 해가 부상 아래에서 나와 가지를 스치고 떠오른다
고 생각했다. 『산해경』「해외동경(海外東經)」과 『초사(楚辭)』「구가(九歌)」 등에 나온다.

유모 언니　동생은 아씨를 모시고 암자로 가게, 나는 삼보와 함
께 돌아가겠네.

새영　돌아가시는 이모님과 어찌 헤어질까요!

유모 언니　아씨는 잘 참고 있게, 다시 보러 올 테니.

모두

　　어찌 금세 양쪽으로 갈라질 수 있을까.

　(함께 퇴장한다.)

다섯 번째 보전

(五殿尋母)

말 ··· 판관   축 ··· 계모/노파/재주(財主)
외 ··· 귀사   첩 ··· 효부
정 ··· 염왕   부 ··· 유씨
소 ··· 효자   생 ··· 목련

(판관과 귀사가 등장한다.)

판관, 귀사

　　지위는 상중하上中下로 나열되고,

　　사물은 천지인天地人으로 나누어지네.

　　육룡六龍이 봉련鳳輦을 이끄는데,

　　마찬가지로 군신君臣이 정해졌네.

우리는 다섯 번째 보전인 염라천자전閻羅天子殿의 판관과 귀사입니다. 지금 우리 대왕님께서 승전升殿하실 것이니 이곳에서 기다리고 있습니다. 말을 아직 마치지 않았는데 우리 대왕님이 벌써 등장하십니다.

염왕

　　【**선려**仙呂·**점강순인**點絳唇引】

내가 여기에서 환하게 빛을 밝히니,

천지에 널리 비추어 신통력이 광대하도다.

항사하恒沙河306에 어진 바람이 세차게 부니,

하늘과 사람과 귀신이 모두 복속해 오도다.

천상의 지존은 옥황상제요,

세상의 최고 존엄은 군왕인데,

천상과 세상을 모두 다스리는 것은,

지부地府의 염라만이 홀로 맡고 있도다.

나는 염라천자로다. 중앙을 맡고 있으니 마치 흙이 오행의 표表를 관통하는 것과 같고, 다섯 번째 보전에 자리하고 있으니 신信이 사덕四德307의 가운데를 이루는 것과 같다네. 동서남북에서 모두 귀의해 오고 천지와 귀신이 모두 통속統屬되어 있도다. 산 자는 살고 죽은 자는 죽으니 그대들의 행한 바에 근거하고, 들어오는 자는 들어오고 나가는 자는 나가니 내가 밝게 살펴 행함이라. 선한 일은 조금이라도 기록하지 않는 바가 없고 악한 자는 잘못이 있으면 도망하기 어렵도다. 정말이지,

염왕이 삼경에 죽으리라고 정했으면,

반드시 사람을 오경까지 살려 두지 않는다네.

로다. 귀사는 투문패投文牌를 지니고 나가서 귀범이 오거든 들

---

306 항하(恒河) 곧 갠지스강을 말하지만, 여기에서는 음사의 강을 말한다.

307 사덕은 사단(四端)과 같고 인, 의, 예, 지를 말한다. 『맹자』「공손추 상」의 주희(朱熹) 집주(集注)에 정자(程子) 즉 정이(程頤)의 다음과 같은 말이 인용되어 있다. "(맹자가) 사단에서 신(信)을 말하지 않은 것은 성심을 가지고 사단을 행하면 신이 그 가운데 있기 때문이다(四端不言信者, 旣有誠心爲四端, 則信在其中矣)"라고 하였다.

여보내도록 하라.

(귀범을 부른다. 염왕이 문서를 본다.)

염왕 불효자 일 명 정경부鄭庚夫는 계모를 희롱하였는데, 앞의
보전에서 모두 이미 심문하여 밝혀 놓았도다. 내가 너에게 묻
노니, 사람이 세상에 태어나 금수와 다른 것은 예의와 염치가
있다는 것이다. 너는 계모와 간통하였으니 부자지간의 정을
모르는 것이요, 남녀지간의 구별을 잊은 것이다. 죄질이 고약
하니 바른대로 고하거라.

효자

【오경전五更轉】

염라대왕님께 고하오니 잘 새겨들어 주소서,

온 천하에는 옳지 않은 부모가 없습니다.

대부분 자식이 직분을 다하지 않아,

이 때문에 저의 계모가 저를 미워하는 마음을 품었나이다.

그날 모친이 화원에 가고 저는 뒤를 따랐는데,

벌들이 모친의 머리로 모여드는 것을 보고서,

그리하여 소매를 들어 벌을 막았나이다. [308]

어찌 알았겠나이까, 저의 부친이 높은 누각에서,

바라보시고 마음속에 화가 차올라서,

삽시간에 죽음을 내려 저승길에 이르게 되었나이다.

---

[308] 춘추 시대 진나라 헌공(獻公)이 총애한 여희(驪姬)가 태자 신생(申生)을 모함하기 위해
머리에 꿀을 발라 벌을 꼬이게 만든 뒤 신생이 여희를 희롱하는 모습을 연출하여 헌공이 신생
을 의심하였다는 이야기에서 빌려 왔다.

제가 어떻게 효심으로 아버님의 마음을 감동하시게 하고,

하늘을 우러러 울부짖으며 스스로를 원망하고 부모님을 사모하겠나이까.[309] (우)

염왕 정경부는 스스로를 원망하고 뉘우치는데[310] 의심할 만한 점이 있다. 귀사는 업경業鏡을 관장하는 판관에게 분부하여 업경을 들고 오라고 해라.

(업경에 비추어 본다.)

알고 보니 너의 계모 왕王씨 신계辛桂는 질투심을 품고 새벽에 일어나서 먼저 벌꿀을 가지고 머리를 빗고 얼굴에 발랐다. 또 너의 아비를 부추겨 누대에 올라 바라보게 하고 일부러 너를 데리고 화원으로 가서 놀았다. 벌들이 꿀 냄새를 맡고 그의 머리 위에 모여들자 너는 손을 들어 벌을 쫓았다. 이는 본시 계모가 피해를 입지 않게 하려는 것이었으나, 어찌 알았겠는가, 너의 아비가 제대로 살피지 못하고 네게 음란한 마음이 있다고 의심하여 일시에 너를 살해하고 만 것이다. 이 사건은 과연 억울함이 있도다. 판관은 왕씨의 양세 수명이 얼마나 되는지를 살펴보거라!

판관 왕씨는 예순세 해로 정해져 있습니다. 지금 마흔이니 아직 이십여 년이 남았습니다.

염왕 귀사는 추혼사자追魂使者에게 분부하여 급히 왕씨를 붙잡

---

309 순(舜)임금이 부모의 사랑을 받지 못한 자신을 원망하며 부모를 사모했다고 한다. 『맹자』 「만장 상」 등에 나온다.

310 원문은 '자원자애(自怨自艾)'로 『맹자』 「만장 상」에 나오는 말이다.

아 이곳에 데려와 대질하게 해라.

(추혼사자를 부른다. 축丑이 왕씨로 분하여 등장한다. 염왕 등을 만난다.)

염왕 왕씨는 아들과 함께 업경대業鏡臺 앞으로 가서 함께 비추어 보아라!

왕씨 그때는 제가 잘못하였는데, 어찌 알았겠나이까, 업경 속에는 추호도 숨겨지는 것이 없다는 것을!

염왕 여봐라, 저 왕씨를 쳐라.

(왕씨를 때린다.)

왕씨에게 긴 칼을 씌우고 철위성鐵圍城 안에 가두어 온갖 고초를 받게 해라. 예로부터 좋은 말이 있다. "차라리 우리 염라대왕을 뵙느니, 너의 계부 계모는 만나지 말아라."

청죽사靑竹蛇의 아가리,

황봉黃蜂 꼬리의 침.

둘 다 그리 독하다고는 할 수 없네,

가장 독한 것은 계모의 마음이지.

이것이 바로 너의 경우로다. 귀사는 철위성으로 데리고 가라.

왕씨

온몸이 입이라 해도 말을 할 수 없고,

온몸에 이가 났다고 해도 말을 할 수 없구나.

(퇴장한다.)

염왕 금동과 옥녀를 불러 오너라.

(금동과 옥녀를 부른다. 금동과 옥녀가 등장한다.)

염왕

【낭도사浪淘沙】

효자야,

　오랫동안 유명幽冥에 갇혀,

　억울함과 괴로움을 말하기 어려웠구나.

　오늘 업경으로 비추어 분명하게 밝혀져,

　너의 긴 칼과 쇠사슬을 벗겨 주니,

　이제 초승超升하거라.

효자

【전강】

　백 번 절을 올려 대왕님께 감사하오니,

　덮여 있던 일을 밝혀 살펴 주셨나이다.

　금동 옥녀의 당번幢幡이 인도하여 하늘나라에 오릅니다.

　바라옵건대 부모님을 모두 용서해 주셔서,

　자식의 마음이 드러나게 해 주소서.

　눈이 백로를 숨겼을 때에는 날아야 비로소 보이고,

　버들이 앵무를 감추었을 때에는 지저귀어야 알게 된다네.[311]

(퇴장한다. 염왕이 다시 문서를 본다)

염왕　범부犯婦 일 명 진陳씨 계영癸英은 간통을 저지르고, 시모를 때리고 욕했도다. 진씨, 물수리도 암수 짝이 있고 범과 이리도 아비 자식이 있건만, 너는 어찌하여 간통을 저질러 부부간의 도리를 망가뜨리고, 시모를 때리고 욕하여 위아래의 구분

311　명나라 소설 『금병매』 제5회에도 비슷한 구절이 나온다.

도 알지 못했느냐? 이실직고하거라!

효부

【팔성감주가八聲甘州歌】

정직하게 말씀드리겠사오니,

괴로운 마음과 일을 천대天臺[312]에 고하는 것을 허락해 주소서.

시어머니가 마음이 사나워,

몸을 가벼이 여기도록 저를 핍박하고,[313]

재물을 탐하였습니다.

염왕 그 말에 순종하였느냐?

효부

저는 정절을 지키고자 순종하기 어려웠는데,

그는 온갖 계책으로 재앙을 씌우고자 하였습니다.

비통하오니,

바라옵건대 대왕님께서 밝은 거울을 높이 들어 주소서.

(염왕이 앞에서와 같이 업경을 비춘다.)

염왕 알고 보니 진씨 계영은 열부烈婦로다. 계모 심沈씨가 못되어 몰래 바깥 남자와 간통하고 도리어 며느리더러 자기가 저지른 일을 따라 하게 하여 진씨가 죽음에 이르게 된 것이니, 억울함을 당하여 죽을지언정 시모의 잘못을 차마 들추어내지는 않았구나. 이야말로 진정한 효부로다!

---

312 본래 중앙의 정무를 총괄한 상서성(尙書省)의 별칭 또는 지방 수령에 대한 존칭으로 쓰는 말로, 여기에서는 염왕을 가리킨다.

313 외간 남자를 만나라고 핍박했다는 의미이다.

(앞에서와 같이 명한다. 축由이 심씨로 분하여 등장한다.)

염왕

　【조라포皀羅袍】

　심씨,

　　너는 사람됨이 너무도 나쁘도다,

　　이 현명한 며느리를 어찌 차마 모함할 수 있었느냐?

　　오직 색을 탐하고 재물을 탐할 줄만 알았으니,

　　어느 며느리가 시모의 잘못을 덮어 가려 주겠느냐.

　귀사는,

　　진씨를 데려다가,

　　칼과 사슬을 벗겨 주고,

　　심씨를 데려다가,

　　칼과 사슬을 씌워서,

　　착한 자에게는 더욱 정진하게 하고 나쁜 자에게는 조심하여 삼

　　가게 해라.

심씨

　물이 혼탁하면 백련어[314]와 잉어를 구분하지 못하는데,

　물이 맑아지니 비로소 두 가지 물고기가 드러나는구나.

　(퇴장한다.)

염왕

　【전강】

---

314 잉엇과의 물고기(silver carp)로, 오늘날 많이 알려진 연어과의 연어(salmon)와는 다른 민물고기이다.

옥녀와 금동을 불러 짝을 맞추어,

주번과 보개를 줄 세워,

효부를 영접하여 천가天街에 올라,

월궁月宮의 선녀와 광채를 다투게 해라.

한탄스럽네, 진세塵世에서,

괴로운 일은 견디기 어렵지만,

알아야 하네, 음사에서는,

하늘의 해를 되돌릴 수 있음을.

세상 사람들에게 권하노니 다른 사람을 해치지 말라.

효부　고맙습니다, 고맙습니다!

사람이 악하면 사람들은 그를 두려워하지만 하늘은 그를 두려
워하지 않고,

사람이 선하면 사람들은 그를 업신여길 수 있지만 하늘은 업신
여기지 않네.

(나간다.)

【전강】

천부天府에서 천천히 거닐면서 자재自在하며,

탄식하네, 그때 진세에서 억울하게 죽었던 일을.

오늘은 고목에 꽃이 다시 핀 것과 같으니,

염군의 은덕이 하늘만큼 크심에 감사하네.

세상의 나쁜 며느리들은,

마땅히 스스로 자제할 줄 알아야 하고,

세상의 효성스러운 며느리들은,

어찌 꼭 스스로를 두려워할 필요가 있겠는가.

업경대 앞으로 가면,

시시비비가 명명백백해진다네.

(염왕이 문서를 본다.)

염왕 범부 일 명 유씨 청제는 악업이 많기도 하도다. 이실직고
해라!

유씨

【마불행馬不行】

신군神君께 아뢰오니,

엎드려 바라옵건대 제 사연 말씀드리는 것을 용납해 주소서.

저는 지아비를 따르고 아들을 따랐고,

비단과 금을 베풀었고,

도사와 스님들에게 공양하였는데,

앞의 보전에서는 사정을 밝히지 않고,

저로 하여금 괴로운 형벌을 모두 받게 하였나이다.

나리,

엎드려 비오니, 불쌍히 여겨 주소서, (우)

밝은 거울을 높이 들어 저의 목숨을 되살려 주소서.

염왕 업경대 앞에 가서 비추어 보거라!

판관 이 여인은,

채식을 하고 육식은 영원히 하지 않겠다고 맹세하고도,

하루아침에 스스로 잔치를 열었습니다.

뼈다귀를 화원 안에 묻고 나서도,

토지는 그의 맹세를 들었습니다.

그러면서 말하기를,

만약 육식을 하고 뼈다귀를 묻은 일이 있다면,

겹겹의 지옥에서 무서운 재앙을 받겠다고 하였습니다.

염왕

【전강】

너는 행실은 탁하고 말만 맑으니,

업경으로 밝혀 보면 절로 진실이 드러나리라.

고의로 맹세를 어기고,

짐승을 살해하고,

신명을 더럽히고,

그때 제멋대로 행동하였으니,

오늘 여기에 와서 도망가기 어렵도다.

맹세를 정하면 바꾸기 어려운 것이니, (우)

거듭 앞길로 압송하여 심문하게 하리라.

유씨

그때 행실이 잘못되었음을 한스러워하니,

오늘 후회해도 결국 헛일이 되었다네.

(퇴장한다. 염왕이 문서를 본다. 재주財主가 등장한다.)

재주

일평생 부호라서 사람들이 우러러보았으니,

다섯 번째 보전에서 어질고 현명하게 놓아 보내 주소서.

저는 부훤천富喧天이라고 합니다. 생전에 사람들을 많이 구제해 주었으니 죽은 뒤에 죄가 적을 것입니다. 오늘 염군 전하께 왔는데, 일이 어떻게 될지 모르겠습니다.

염왕 부횐천!

재주 예!

염왕 가서 비춰 보거라.

판관 알고 보니 이 재주는 부자이면서도 어질지 못하였으니, 금령을 어기고 이익을 취하여 많은 사람들을 해치며 재산을 모았습니다. 적게 달아 내보내고 무겁게 달아 들여보내며 그 위세가 범과 이리 같았고, 작은 말[斗]로 내보내고 큰 말로 거두며 악독하기가 뱀과 전갈 같았습니다. 말로는 빌리기 쉽다고 하면서 실제로는 다 갚기가 어려웠습니다. 서민들은 분노하면서도 감히 말을 꺼내지 못하니 빚 독촉에 아들을 팔고 딸을 팔아야 했습니다.

염왕

【전강】

너는 입은 부처님인데 마음은 뱀이로다,

부자라서 하늘까지 소문이 났다지만 역시 허명일 뿐이로다.[315]

그 큰 되 작은 말,

가볍고 무거운 저울을 쓰는 데 익숙해져서,

가난한 사람들을 해치고 속이고,

사람들의 뇌수를 먹고 힘줄을 뽑아내니,

서민들 중에 누가 감히 너와 다투려고 했겠느냐.

---

315 부횐천이라는 이름은 '부유하여 소문이 하늘에까지 들리다'로 풀이된다.

여봐라, 앞길로 압송하여 주생판관註生判官에게 명하여 그를,

　　　내세의 가난한 고아로 만들어, (우)

　　　옛날처럼 부잣집 문 앞에서 빌려 달라고 하며 기다리게 해라.

재주　여러분, 나는,

　　　부자였는데 어질지 못해 죄를 벗어나기 어려웠으니,

　　　어질고 부자 아닌 것이 좋은 방책이라오.

　　(퇴장한다.)

염왕

　　【미성尾聲】

　　　한탄스럽도다, 세상 사람들이 얼마나 마음의 병이 많은가,

　　　업경대 앞에 와서 일들이 밝혀지니,

　　　오직 선업을 쌓은 사람만 마음이 두렵지 않다네.

귀사

　　　업경 앞에서 누가 잘잘못을 감출 수 있으랴,

판관

　　　알아야 하네, 이곳에 오면 결코 속일 수 없다는 것을.

염왕

　　　그대들에게 권하노니 양심을 저버리는 일은 하지 말라,

　　　검은 얼굴 염왕이 누구를 놓아주겠는가.

목련

　　【절절고節節高】

　　(북방 창조唱調로 노래한다.)

　　　동남쪽에서 음사, 음사에 들어와 두루 돌아다니다가,

벌써 중앙, 중앙의 보전에 이르렀네.

나는 석장을 가볍게 두들겨, 두들겨 지옥의 문을 열었네.

칠보지七寶池 가까운 곳에,

오련대五蓮臺 앞에,

철위성이 하나 보이는데,

구리 담장 쇠 성벽이,

사시사철 해를 가리고,

수많은 성가퀴가 하늘에 닿아 있구나.

정말이지 눈앞에 보이는 것이,

올려다볼수록 더욱 높고,

뚫으려 해도 더욱 굳세구나.

하늘이시여!

저의 모친이 아마 이곳 철위성 안에서,

업보를 받고 계실 것입니다.

(묻는다.)

판관　영당令堂은 성함이 어떻게 되십니까?

목련　노모의 성은 유씨이고, 이름은 청제이십니다.

판관

　　【유엽훤柳葉喧】

　　유청제는 염군, 염군의 발령을 받아,

　　방금 앞쪽의 보전으로 압송, 압송되어 갔다네.

목련　또다시 앞길로 가셨다는구나!

　　나의 괴로움을 말하기 어렵다네.

하늘이시여!

제게 방편을 베풀어 주시기를 바랐건만,

제가 구슬 같은 눈물을 흘리게 하시다니요.

이같이 어지러운 일을 어찌 근심하지 않으리요.

어머니!

누가 알겠습니까, 우리 모자가 이토록 인연이 닿지 않는 것을!

모두 여기에서 가면 앞은 아비지옥阿鼻地獄이니 간다고 해도 만

나기 어려울 것이라네. 그대는 가지 말기 바라네.

(나복이 운다.)

판관[316]

고승께서는 눈물 흘리지 마시오,

쇠 절굿공이를 갈아 바늘로 만드는 것은 뜻이 얼마나 굳센지에

달려 있다오.

목련

내가 철위성에 오니 어머니는 또다시 떠나가셨는데,

언제야 만나게 될지 알 수가 없다네.

---

[316] 원문에는 '소(小)'(효자)로 되어 있으나 상황으로 보아 '말(末)'(판관)이 적절하다.

제87척

부처님을 다시 뵙다
(二度見佛)

생 … 목련
외 … 활불
소, 축 … 도제

목련

【천하락^{天下樂}】

해를 지나며 어머님을 위해 힘들게 달려서,

음사의 다섯 보전을 두루 거쳐 돌아왔네.

모자의 연분이 어긋남을 감당하기 어려워,

서천의 우리 활불을 다시금 찾아뵈려네.

배는 동서남북으로 떠나갔지만,

여전히 옛 여울목을 떠나지 못하네.[317]

목련은 스승님의 가르침을 받들어 다섯 보전을 두루 돌아보았
습니다. 제가 급하게 쫓아갔지만 어머니는 더욱 바쁘게 떠나

---

[317] 원나라 승려 명본(明本)의 시 「회정토(懷淨土)」 108수 중 마지막 수의 두 구절과 비슷
하다.

가셨습니다. 분망함만 겪었지 만날 도리가 없었으니, 세존을 다시 찾아뵈어야겠습니다. 여기가 바로 그곳이니 들어가야겠습니다. 스승님, 올라오십시오.

(활불과 도제들이 등장한다.)

활불, 도제들

【전강】

　망망한 삼계三界를 누가 알리요,

　생사生死와 부침浮沈은 끝날 기약이 없다네.

　효자가 모친 때문에 처량함을 당하다가,

　기쁘게도 이번에 다시 이곳에 오게 되었네.

(나복이 활불을 뵙는다.)

활불　목련이 돌아왔구나. 모친을 구하는 일은 어찌 되었느냐?

목련

【괄고령刮鼓令】

　강단을 떠나간 뒤로,

　자친慈親을 위해 고난을 겪었습니다.

　제가 한 보전으로 갔을 때 모친은 이미 그곳을 떠났고,

　제가 한 관문까지 갔을 때 모친은 다시 관문을 지나갔습니다.

　모자의 연분이 어긋남이 한탄스러우니,

　분망하게 찾아서 모두 다녔지만 모두 구제하지 못했고,

　고초를 힘들게 겪었지만 결국 헛되고 말았습니다.

이 때문에,

　다시 세존의 존안을 뵙고자 하였습니다.

활불

【전강】

나의 제자가 떠나갔다가 다시 돌아온 것은,

모친을 만나기가 어려웠기 때문이구나.

너는 지옥의 이름 없는 강들을 다 건넜고,

인간 세상의 온갖 산을 다 다녔구나.

목련　스승님께 감히 여쭈오니, 어머님은 지금 어디에 계십니까?

활불

그는 아비지옥에서 고통을 당하고 있느니라.

내가 바리때와 오반烏飯318을 네게 줄 테니 모친에게 먹이도록

하여라.

목련　무슨 까닭으로 백반白飯을 쓰시지 않습니까?

활불

백반을 주면 아귀들이 빼앗아 먹는 것을 막아야 하느니라.

목련　정말이지 감사하옵니다! 그런데 어머님이 이 밥을 드시는

모습을 볼 수 있을지 모르겠습니다.

활불

너의 모친이 이 밥을 먹는 모습을 반드시 보게 될 것이다.

목련

스승님께서 내려 주신 오반을 받들고,

어머님께 드려 굶주린 배를 채우시게 하겠네.

318　버드나무, 오동나무, 오구(烏臼)나무 등의 잎에서 짠 즙으로 지은 밥이다. 불가에서는 사
월 초파일마다 이 밥을 지어 부처에게 공양한다.

활불

모자가 만나게 되는 날은,

사월 초파일이리라.

제88척

암자에 도착한 새영

(曹氏到庵)

첩 … 노비구니
정 … 젊은 비구니
축 … 유모
단 … 새영

노비구니

【아랑아娥郞兒】

늙은 비구니는 온종일 부들방석에 앉아 있는데,

나무.

관문을 열기 귀찮아서 산을 내려가지 않네,

나무아미타불.

몸은 늘 흰 구름을 벗 삼으니 한가하고,

나무.

마음은 얼음 연못처럼 맑고 차갑네,

나무아미타불.

영화도 탐하지 않고,

부귀도 탐하지 않고,

나무.

모두 봄가을이 갔다가 다시 돌아오도록 맡겨 두네,

나무아미타불.

동악진인東嶽眞人 장張 연사煉師는,

마음이 고상하고 평온하여 세상에 드문 분이라네.

높은 하늘에 있으니 퉁소 부는 도반道伴도 필요 없고,

다만 난새 타고 달 아래 돌아가려 하네.[319]

저는 세속을 싫어하여 공문空門에 들어왔습니다. 성性과 심心
을 단련하여 밝은 달 아래 전당에서 힘들게 계율을 지키고, 불
경을 읽고 참법懺法[320]을 익히느라 맑은 바람 부는 정원에서 천
천히 걸음을 거닙니다. 향로 안에서는 향이 타며 속세의 근심
을 없애고, 옥 등잔 안에서는 불빛이 신령한 천기天機를 쏘아
나옵니다. 경전을 논하는 대낮에 천화天花가 떨어져 섬돌 앞에
범이 엎드리고, 바리때를 씻는 맑은 샘에 자줏빛 안개가 생겨
물 아래 용이 놀랍니다. 정말이지,

천지조화는 그를 따라 어린아이와 같고,

부인이지만 나는 사내 같다네.[321]

예전에 조曹 대인大人께서 이곳에 와서 선禪을 논하셨는데, 소
식을 듣자니 조만간 돌아오신다고 합니다. 이분은 선행을 좋

---

319 당나라 유우석(劉禹錫)의 시 「증동악장연사(贈東嶽張煉師)」중의 네 구절과 같다. 연사
는 양생술과 연단법을 터득한 도사를 높여 부르는 호칭이다.

320 죄를 참회하는 불교 의식이다. 남조(南朝) 양나라 무제(武帝)가 황후 치씨(郗氏)를 위해
처음 만들었고, 그 뒤에 여러 가지 참법이 만들어졌다.

321 명나라 나륜(羅倫)의 시 「제서절부권용장방백운(題徐節婦卷用張方伯韻)」중의 두 구절
과 같다.

아하시니 암자 앞을 지나신다면 반드시 불전佛殿에 참례하실 것입니다. 아, 갑자기 처마 앞에서 까치가 울고 또 대숲 밖에서 개 짖는 소리가 들리는데, 누가 이곳에 온 것일까? 제자는 어디에 있느냐?

젊은 비구니

팔자가 외로워 어머니를 일찍 떠나서,

늦게 일어나 경전 외우니 더디기만 하네.

스승님이 나를 부르시는데, 때리시려나 보다!

(노비구니를 만난다. 노비구니가 상황을 이야기한다. 새영과 유모가 등장한다.)

새영, 유모

【생사자生查子】

맑은 새벽에 사문沙門에 들어오니,

대숲 밖 어두운 길로 이어지네.

깊은 못의 물처럼 선심禪心이 허정虛靜하고,

자연의 온갖 소리는 때때로 일시에 고요해지네.

유모 이제 당도한 이곳이 바로 정각암靜覺庵이다. 너는 여기에 서 있거라, 내가 들어가 볼 테니.

젊은 비구니 어디에서 오셨나요?

유모 출가하러 왔습니다.

젊은 비구니 아이고! 어르신, 남편 모시고 살다가 가시면 그만이지 또 출가까지 하시다니요!

유모 남편은 벌써 떠났지요.

젊은 비구니　아, 어르신 남편이 돌아가셨는데 출가하러 오셨다고요?

유모　내가 아니라 우리 딸을 출가시키려고요.

젊은 비구니　아, 딸이 어디에 있나요?

　(새영을 만난다. 노비구니에게 알린다. 데리고 가서 노비구니를 만난다.)

노비구니　노친네와 젊은 처자는 어디 분이고, 성함이 어떻게 되시는가?

유모　이 아씨는 경조윤 조 나리 댁의 따님으로 이름은 새영이라고 합니다. 본래 부씨 댁에 허혼했는데 근래에 나복이 모친을 위해 수행을 떠나고 계모가 어질지 못해 개가하라고 핍박했습니다.

노비구니　아씨는 어떻게 했는가?

유모　아씨는 개가하지 않겠노라 맹세하고 머리를 잘랐습니다. 이 늙은이는 그의 유모인데 아씨를 이곳으로 데려와서 절을 올리고 비구니가 되게 하려고 합니다.

노비구니　아, 계모가 핍박하여 아씨가 순종하지 않은 것이로군!

유모　그렇습니다.

노비구니　집안에는 두 어른이 없는 법이니, 조 대인의 뜻이 어떠하신지를 보셔야 하지 않겠는가?

유모　때가 좋지 않았으니, 조 나리도 댁에 계시지 않아서 이리 된 것입니다.

노비구니　어찌 된 일인지 잘 알겠네. 다만 아씨가 출가하면 어려움이 많을 것이네.

유모 아, 삭발하면 바로 비구니가 될 터인데 무슨 어려움이 있다는 것인가요?

노비구니

【신수령新水令】

삭발하면 바로 비구니가 된다고 말하지 마시게,

비구니가 되는 일은 쉽지 않다네.

도道는 천지의 바깥까지 뻗어 있고,

현玄은 수운신水雲身322의 은미隱微한 곳까지 들어온다네.

경전이 산처럼 쌓여 있으니,

가져다가 차례로 읽으며 첫머리부터 외워야 한다네.

【주마청駐馬聽】

여자의 몸으로,

매화의 정기精氣323를 스스로 갈고닦아야 하고,

사내의 뜻으로,

보리菩提의 사업을 승화하기를 생각해야 한다네.

화장대에서 아침에 눈썹을 그리지 말고,

기원祇園324에서 늦도록 춘의春意를 갖지 말아야 한다네.

---

322 얽매임 없이 자유롭게 왕래하는 신세를 말한다.

323 송나라 노매파(盧梅坡)의 시 「설매(雪梅)」에 "매화만 있고 눈이 없으면 정기가 나지 않고, 눈은 있으나 시가 없으면 사람을 속되게 하네(有梅無雪不精神, 有雪無詩俗了人)"라는 구절이 있다.

324 기수급고독원(祇樹給孤獨園)의 준말로 석가모니와 제자들이 수행하고 설법했던 장소이다. 선행을 베풀던 수닷타(Sudatta)가 석가모니에게 귀의한 뒤 제타 태자(太子)의 숲을 양도받아 석가모니가 설법하는 장소로 삼았기 때문에 제타 태자의 숲(Jetavana)이라는 뜻의 기수(祇樹)와 수닷타의 별명인 급고독장자(給孤獨長者, anāthapiṇḍada)를 합하여 기수급고독원이라

마음을 차가운 재처럼 가져야 하니,

불꽃도 다 타고 나면 재와 다름없이 될 것이라네.

【안아락雁兒落】

비구니가 되면 먹는 것은,

영지버섯 국으로 겨우 허기만 면하고,

입는 것은,

다갈색 옷으로 겨우 몸만 가릴 수 있다네.

밤에는 잠 못 들고 유리 등잔과 벗하고,

아침에는 일찍 일어나 아미타불을 천 번 염송한다네.

【득승령得勝令】

마음과 달이 서로 빛날 때까지 부들방석에 앉아 있고,

천화天花가 어지러이 떨어질 때까지 목어木魚를 두드린다네.

밤기운이 청허해질 때까지 둥둥 북을 치고,

새벽하늘이 맑게 열릴 때까지 뎅뎅 종을 친다네.

이 같은 광경을 누가 알리요,

여기에 끝없는 맑은 맛이 있는 줄을.

이 같은 괴로움을 누가 알리요,

여기에 끝없는 후회가 있는 줄을.

유모 아, 후회하는 사람은 평범한 여자이고, 좋은 여자라면 결코 후회하지 않을 것입니다.

노비구니 좋은 여자는 후회하지 않는다고 말하는데, 내가 몇몇 여자 이야기를 자네에게 들려주겠네. 저 항아嫦娥와 직녀織女와

고 불렸다. 여기에서는 보통의 절을 뜻하고 있다.

서왕모^{西王母}는 좋은 여자인가 아닌가?

유모　아, 이분들은 모두 선녀이니 어찌 좋지 않겠습니까?

노비구니　항아도 후회했다네.

유모　어찌 그런지요?

노비구니

　　【수선자水仙子】

　이런 말을 들어 보지 못했는가?

　　운모^{雲母} 병풍에 촛불 그림자 깊고,

　　긴 은하수 점차 떨어지고 새벽 별이 가라앉네.

　　항아는 영약^{靈藥} 훔친 것을 후회했으리라,

　　푸른 바다 푸른 하늘에서 밤마다 근심이 깊네.³²⁵

　　저 항아도 월굴^{月窟}326에 살면서 후회했다네.

유모　그렇네요.

노비구니　직녀도 후회했다네.

유모　어찌 그런지요?

노비구니　이런 말을 들어 보지 못했는가?

　　난새 부채 갈라지고 봉새 장막이 열리는데,

　　오작교 가로놓이니 까치가 날아서 돌아왔네.

　　어떻게 하면 세상의 기약 없는 이별을,

　　해마다 한 번씩 만나는 것으로 바꿀 수 있을까?³²⁷

325　당나라 이상은(李商隱)의 시 「항아(嫦娥)」이다.

326　달이 들어가 잠잔다는 장소이다. 여기에서는 달을 말한다.

327　당나라 이상은의 시 「칠석(七夕)」이다.

저 직녀도 선계仙界의 베틀에 앉은 것을 후회했다네.

유모 그도 그렇네요.

노비구니 저 서왕모도 후회했다네.

유모 그것은 또 어찌 그런지요?

노비구니 이런 말을 들어 보지 못했는가?

요지瑤池의 서왕모가 녹창綠窓을 열어 보니,

황죽가黃竹歌328 소리가 땅을 흔들 정도로 슬프구나.

팔준마八駿馬는 하루에 삼만 리를 간다는데,

목왕穆王은 어이하여 다시 오지 않으실까?329

저 서왕모도 요지에 들어간 것을 후회했다네.

유모 정말 그렇네요.

노비구니

이 세 선녀도 전날의 잘못을 후회했거늘,

하물며 아씨가 어찌 돌아갈 마음을 품지 않겠는가?

유모 그것은 괜찮습니다. 딸은 뜻을 굳게 세웠으니 결코 후회
하지 않을 것입니다!

노비구니

이런 말이 있다네, "소반의 물은 받쳐 들 수 있지만 뜻은 버티
기 어렵고,

육마六馬는 몰 수 있지만 마음은 붙들어 매기 어렵다."330

---

328 주나라 목왕의 붕어(崩御)를 읊은 노래이다.
329 당나라 이상은의 시 「요지(瑤池)」이다.
330 송나라 진보(陳普)의 「무일도부(無逸圖賦)」에 나온다.

아씨, 아씨,

　당신은 부디 신중하게 생각해야 한다네.

【절계령折桂令】

　당신은 부디 신중하게 생각해야 한다네.

다른 것은 말고, 아씨의 머리에 꽂고 있는 것만 말해도,

　날마다 귀밑머리 높이 잡아 올려 구슬과 비취로 둘러싸니,

　고개 숙여 물을 바르고 칼로 머리를 자르는 것보다 훨씬 낫다네.

아씨 몸에 입고 있는 것을 말해 보아도,

　당신이 입은 것은 능라 비단으로,

　이리저리 기운 내 다갈색 옷보다 훨씬 낫다네.

아씨 입으로 먹는 것을 말해 보아도,

　당신이 먹는 것은 진수성찬으로,

　내가 먹는 소식素食보다 훨씬 낫다네.

또 아씨 발에 신은 것을 말해 보아도,

　당신이 신은 것은 쌍봉雙鳳 비단신으로,

　나의 짚신보다 훨씬 낫다네.

새영　이런 것들은 이미 출가했으니 하나도 후회하지 않습니다. 거듭 타일러 이렇게 말씀하시니 거두어 주시지 않으려나 봅니다.

노비구니　아씨, 나는 불가의 사람으로 가르침만 있을 뿐, 사람을 구별하지는 않는다네. 어찌 거두려 하지 않는 것이겠는가!

　다만 걱정은, 당신이 순식간에 말을 한번 내뱉고 나면,

　오랜 뒤에 사마駟馬로도 쫓아가기 어려울까 보아서이지.

【미성尾聲】

일을 함에는 모름지기 처음을 잘 도모하라고 했지.[331]

아씨가 행차했는데 영존令尊께서는 댁에 계시지 않고 영당令堂께서도 모르고 계시네.

혼사를 논할 때는 올바르게 하여 마음대로 하지 말라고 했네.

영존께서 하루 이틀 안에 돌아오신다고 들었으니, 내가 분명하게 여쭈어 봐야 하겠네.

그분이 거부하지 않으신다면,

당신의 뜻이,

바로 내가 당신을 거두는 도리가 될 것이네.

(무대 안에서 말한다.)

무대 안 스님, 관원이 왔으니 마중 나가야 합니다.

유모 관원이 왔다고 하네요.

노비구니 제자는 관원을 마중하러 나가고, 유모와 아씨는 후당後堂으로 피하게.

삭발하면 번뇌가 없어진다고 말하지 말게나,

비구니가 되면 일이 더 많아짐을 알아야 한다네.

(모두 퇴장한다.)

---

331 『후한서』「등우전론(鄧禹傳論)」등에 나온다.

제89척

새영과 부친의 상봉

(曹公見女)

외 … 조 공
말 … 수하/가마꾼
정 … 젊은 비구니/가마꾼
첩 … 노비구니
단 … 새영
축 … 유모
정, 소, 말 … 가마꾼

조 공, 수하

【출대자出隊子】

삼가 왕명, 왕명을 받들어,

변방을 구휼하고 이제야 돌아왔네.

옛날 동악東嶽에서 진인眞人을 뵈었는데,

이제 서쪽에서 돌아와 연사煉師를 뵙는다네.[332]

(합) 다시금 부생浮生에서

잠시 청한淸閒함을 얻었네.

젊은 비구니

【전강】

산속에서 적막, 적막하게 지내는데,

---

[332] 진인과 연사는 모두 노비구니를 가리킨다.

홀연히 명공明公께서 멀리에서 돌아오셨네.

암자에 들르신 귀하신 손님을 감히 맞이하니,

맑은 차 바치며 변변찮은 마음 전하는 것을 받아 주소서.

조 공 나 또한 바로 같은 뜻입니다.

(합) 다시금 부생에서

잠시 청한함을 얻었네.

(노비구니를 만난다.)

노비구니

기쁘게도 명공께서 오늘 돌아오시니,

늙은이가 말씀을 듣고 바로 빗장을 열었습니다.

조 공

백 년 동안 자신만을 위해 분주할 줄 알았을 뿐,

하루도 당신을 모시고 한적하게 지내지 못했습니다.

지난번에 명산名山을 지날 때 연사의 상승의 가르침을 입어 마음으로 잊지 못하였기에, 이에 다시금 보암寶庵에 와서 옛 은혜에 감사 올리고 새 가르침을 바라고자 합니다.

노비구니 노대인께서 계시오니, 한 가지 일을 아뢰겠습니다.

조 공 말씀하십시오.

노비구니

【쌍계순雙鸂鶒】

상공께 아뢰오니 전하는 말씀을 들어주십시오,

떠나신 뒤로 댁내에서 화禍가 생겼습니다.

장 매파가 부인을 속여,

아씨를 핍박하여 다른 사람과 짝을 맺으라고 하였습니다.

조 공　그런 일이 있었군요! 딸아이는 어찌했던가요?

노비구니

따님은 머리를 자르고,

하늘 향해 고결하게 맹세하여,

청정하게 비구니가 되어 염불을 하고자 원했습니다.

조 공

【전강】

당신의 말씀을 들으니 분노가 일어납니다.

사람의 마음은 삼강三綱을 따라야 하니,

신하는 충성을 다하고 자식은 효도를 다하고 아내는 절조를 지켜야 합니다.

사위가 비록 이미 출가했다 하지만 반드시 돌아올 날이 있을 것입니다.

이 난새와 봉새는 결국 날아오르게 될 것인데,

어찌 짝을 갈라놓을 수 있겠습니까.

기쁘게도 딸아이가 절의를 지킬 줄 알았군요.

이만 가 보겠습니다.

얼른 돌아가면 분명히 알게 될 것입니다.

노비구니　영애께서는 출가하고자 하여 유모와 함께 이미 이곳에 와 있습니다.

조 공　딸아이가 이곳에 있다니!

노비구니　이곳에 있습니다.

조 공 그렇다면 얼른 불러 주십시오. 만나고 싶습니다!

(노비구니가 새영을 부른다. 새영과 유모가 등장한다. 상봉하여 통곡한다.)

조 공

　【옥교지玉交枝】

　애야 울지 말거라,

　이 원통함은 내가 생각해 보니 다 알겠다.

　너의 계모가 장 매파의 말을 믿고,

　우리 딸을 그렇게 핍박했구나.

　애야,

　네가 둘이 함께 백두시白頭詩를 읊기를 기대했는데,[333]

　어찌하여 푸른 머리를 잘라 버렸느냐?

　사람이 멀리 내다보고 생각하지 않으면 머지않아 반드시 근심

이 생기게 되느니라.

　(합) 이 사이에서 크게 탄식하게 하는구나.

새영

　【전강】

　아버님의 가르침을 받들었으니,

　삼종사덕이 있음도 알고 있습니다.

　한탄스럽게도 하늘에서 화를 내리면 버티기가 어려우니,

　저더러 어찌 처신하라는 것인지요.

　머리를 잘랐으니,

333　백두시를 읊는다는 것은 부부가 해로하는 것을 말한다.

부모님께서 남겨 주신 몸을 훼손한 것은 옳다 할 수 없사오나,

만약에 재가하게 된다면,

　　부모님의 명예와 절조를 욕보이는 것이 더 부끄러울 것입니다.

저는 진퇴양난이옵니다.

　　(합) 이 사이에서 크게 탄식하게 한다네.

유모

【전강】

　　사람의 마음과 하늘의 이치는,

　　이 사이에는 속여서는 안 됩니다.

조 나리 부녀 두 분은,

　　동서로 각자 헤어졌는데,

나리께서 돌아오셔서 오늘 이곳에 오셨고, 아씨도 출가하여 오늘 이곳에 왔습니다.

　　이렇게 하루아침에 만난 것은 우연이 아닙니다.

경하드립니다, 나리께서 구휼을 마치고 돌아오시니 이는 신하로서 충성을 다하신 것입니다.

　　일편단심으로 보국報國하시니 세상에서 드뭅니다.

축하드립니다, 아씨가 삭발하고 출가하니 이는 여자로서 절개를 지킨 것입니다.

　　젊은이의 수절을 다른 사람과 비하기는 어렵습니다.

오직 장 매파가 밉고도 미울 뿐입니다!

　　(합) 이 사이에서 크게 탄식하게 한다네.

조 공　이만 가 보아야겠습니다. 딸아이를 데리고 돌아가겠습

니다.

(새영이 무릎을 꿇고 말한다.)

새영　늘 듣기로 열녀는 두 지아비에게 시집가지 않고 군자는 덕으로써 사람을 아낀다고 하였습니다. 제가 감히 스스로 열녀의 자리에 끼지는 못할 것이오나, 바라옵건대 아버님 대인 군자께서는 덕으로 사람을 아껴 주셔서 제가 이곳에서 출가하도록 허락해 주옵소서.

조 공　무슨 말을 하는 것이냐! 일어나서 돌아가자.

새영　아버님, 저는 이미 뜻이 정해졌사오니, 삭발한 머리가 아직 자라지도 않았는데 무슨 면목으로 다시 집으로 돌아가겠습니까? 아버님, 제 뜻을 생각해 주셔서 저의 좋은 뜻을 이루게 해 주옵소서.

조 공　우리 아이의 뜻이 굳으니 이곳에서 출가해도 되겠다. 너는 앞으로 가까이 와서 진인께 절을 올리고 스승으로 모시거라.

새영

　【효순가孝順歌】

　깊이깊이 절을 올립니다,

　스승님께 절을 올리오니,

　사리를 몰라 잘 모시지 못할까 두렵습니다.

조 공　애야, 한번 스승으로 모시면 평생 어머니가 되는 것이다.

새영

　은혜는 어머니가 자식에게 내려 주시는 것과 같고,

존귀함은 하늘이 땅보다 높은 것과 같습니다.

당신께서는 분명, 분명히 일찍 일어나고 늦게 쉬시겠지만,

바라옵건대 저를 가르쳐 주옵소서.

(합) 이제부터 사람을 만나면,

오직 아미타불을 염송할 것입니다. (첩)

노비구니 이곳에서 출가하였으니 내 집안의 사람이 되었네. 영존 대인께 절을 올리시게. 하나는 길러 주신 은혜에 보답하고, 둘은 너의 뜻을 따라 주신 마음에 감사하며, 셋은 앞으로도 계속 도와주시기를 바라는 뜻으로 말이네.

새영

【전강】

딸이 백배를 올리며,

우리 아버님께 감사드리오니,

부모님은 딸을 아들처럼 길러 주셨습니다.

오랫동안 서로 의지해야 하지만,

딸을 낳으면 모두 바깥으로 떠나갑니다.

아버님은 어찌하여 딸을 낳으셨습니까?

어찌하여 딸을 기르셨습니까?

하루아침에 생이별하니,

애간장이 끊어지고 눈물이 떨어집니다.

(합) 이제부터 사람을 만나면,

오직 아미타불을 염송할 것입니다. (첩)

노비구니 유모에게도 고맙다는 절을 올리시게.

새영

【전강】

제가 백배를 올리며,

어머니의 자애에 감사드리오니,

한마디 말씀을 꼭 기억해 주세요.

유모 무슨 말을?

새영 어머니,

저의 자친慈親께 절을 올려,

저의 잘못을 용서하시게 해 주세요.

그분들이 아버님과 화목하게 지내시도록 권하셔서,

저 때문에,

서로 다투시지 않게 해 주세요.

(합) 이제부터 사람을 만나면,

오직 아미타불을 염송할 것입니다. (첩)

조 공 애야, 잘 견디거라. 내가 집에 가서 계집종을 보내 다시 너를 보러 오게 할 것이다.

(작별하고 떠나간다. 다시 돌아본다.)

【전강】

나는 늙고,

너는 떠나니,

너를 두고 돌아가려 하지만 차마 돌아가지 못하겠구나.

애야,

아비가 너를 그르치는 것이 아니고,

아비가 너를 생각하지 않는 것이 아니니라.

너의 운명이 이래야만 하는 것이구나.

진인께서는 저의 예를 받으십시오.

바라오니 저의 딸을,

친딸처럼 아껴 주십시오.

출가하는 일은 쉬운 것이 아니로다.

(합) 반드시 청규淸規를 잘 지키고,

너의 아비로 하여금 걱정하지 않게 하거라.

새영　유모를 어찌 떠나보낼까요?

유모

【전강】

어미는 떠나가니,

너는 슬퍼하지 말아라,

네가 우니 내 마음이 찢어진다.

진인께서는 이 늙은이의 예를 받으십시오. 딸아이가 이곳에 있으니,

바라오니 잘 이끌어 주시고,

바라오니 많이 아껴 주십시오.

이 아이는,

나면서부터 총명했습니다.

나중에 의발을 전수해 주시면,

분명히 잘 이어 갈 수 있을 것입니다.

(합) 반드시 청규를 잘 지키고,

너의 어미로 하여금 걱정하지 않게 하거라.

(조 공과 새영이 작별한다. 조 공이 차마 떠나가지 못한다.)

노비구니 대인과 어머니가 세 번 네 번 돌아보시니 마음을 놓지 못하시는 것이로다.

【전강】

마음 놓고 가십시오,

의심하실 필요 없으니,

비록 가시더라도 늘 이곳에 계시는 것처럼 하겠습니다.

제가 따님에게 불경을 가르치고,

제가 따님에게 옷과 음식을 마련해 줄 것이니,

걱정하지 마십시오.

따님은 이 암자에서 지내면서,

집에 있는 것과 같을 것입니다.

애야, 가까이 와서 부모님께 절을 올려 마음 놓고 가시도록 하거라.

(합) 너는 반드시 청규를 잘 지키고,

너의 부모님으로 하여금 걱정하지 않게 하거라.

(새영이 절을 올린다.)

새영 아버님, 마음 놓고 가소서.

조 공 애야, 너를 두고 가지 못하겠구나!

새영 어머니, 마음 놓고 가세요.

유모 애야, 너를 떠나가지 못하겠구나!

노비구니 한 분은 두고 가지 못하겠다 하시고, 한 분은 떠나가지 못하겠다고 하는구나.

【혹상사酷相思】

사람은 세상에 살면서,

모두 버리고 떠나가는 날이 있다네.

노대인께서는 슬퍼하지 마시고,

유모도 슬퍼하지 마시게나.

(합) 도도하게 흘러가는 물처럼 슬픔의 눈물이 끝없이 흐르니,

원숭이가 들어도 슬피 울겠구나.

조 공 밖에 영접 나온 관원들이, 많으니 애야, 그만 피하거라.

혼인하지 않고도 수절하는 사람은 세상에 드물다네.

노비구니

삭발하고 비구니 되는 일은 더욱 적다네.

새영

집안의 골육이 헤어지는 날에,

모두

아홉 굽이 애간장이 마디마디 끊어지네.

유모 나리께 아룁니다. 당초에 부인께서 저더러 아씨에게 개가를 권하라고 하여, 아씨가 삭발하고 제가 아씨와 함께 허락 없이 집을 나왔습니다. 돌아가서 부인을 만나시면 잘 덮어 주시기를 바라옵니다.

조 공 잘 알겠소.

가마꾼들 본현本縣의 부마夫馬334들이 나리를 영접하옵니다.

---

334 조 공을 모시고 갈 사내와 말을 말한다.

조 공 아, 유모는 며칠 더 머물렀다 오는 것이 좋겠소.

유모 그렇게 하겠습니다.

조 공 유모는 집을 나와 돌아가지 못하고, 또 내 딸아이의 슬픔까지 유모에게 보태는구려. 딸아이 목숨을 구해 주고 이곳까지 데려와 주어 고맙소. 여봐라, 꽃가마 한 대, 가마꾼 네 명, 취고수 한 패를 남겨 두었다가 유모가 귀가할 때 영접하게 하거라. 나머지 인부들은 나와 함께 먼저 가자.

유모 고맙습니다, 고맙습니다.

조 공

　　용이 구름에 갇혔다가 늦게야 동굴로 돌아가고,

　　기러기가 바람에 막혔다가 뒤늦게야 집으로 돌아가네.

　　(퇴장한다.)

가마꾼 갑 유모는 시녀이니 가마에 태워 주지 말아야겠다.

가마꾼 을 자네가 유모를 가마에 태워 주지 않으면 유모가 조나리께 일러바칠 것이고 나리는 다시 현주縣主님께 얘기하실 것이니, 그렇게 되면 곤장을 맞지 않겠나? 나한테 계책이 있는데, 나리도 꾸짖지 않으실 것이고 유모도 화내지 않을 걸세.

가마꾼 갑 얼른 말해 보게.

가마꾼 을 내가 유모에게 인사를 하면서 돈을 달라 하고, 가마에 태운 뒤에 머리가 어지럽고 눈이 빙빙 돌고 입에서 토가 나오도록 흔들어 댄다면 자기가 알아서 가겠다고 할 것이니 어찌 묘계가 아니겠는가?

모두 훌륭하군, 훌륭해!

(모두 무릎을 꿇는다.)

아, 인부들이 인사를 올립니다.

유모 일어나게.

모두 저희는 유모께서 상례^{常例}[335]를 내려 주시기를 바랍니다.

유모 아, 그런 것은 없네.

가마꾼 갑 천자님도 군사를 배고프게 하여 내보내지 않으시니, 부인을 댁으로 모시고 돌아가려면 상례가 있어야겠습니다.

유모 옳은 말이네. 그런데 내가 가진 돈이 없으니 집에 가서 주겠네.

가마꾼 을 사공은 강을 건넌 다음에 돈을 받는 것이 아닙니다.

유모 할 수 없지! 지금 내가 가진 것은 비녀와 팔찌뿐이니 마음 대로 가져가게.

가마꾼 갑 구리 비녀와 팔찌를 누가 받는답니까!

유모 그렇다면 더는 없네.

가마꾼 을 옷이 있지 않습니까?

유모 옷도 되는가? 하지만 내 꼴이 볼품없게 되지 않겠는가?

　　범이 울타리를 뛰어 넘어가고,

　　가죽 한 꺼풀만 남아 있다네.[336]

가마꾼 갑 가마에 장막을 두르고 댁까지 모셔다 드리면 누가 보겠습니까?

유모 할 수 없지.

---

335 관원이나 아전이 강제로 요구하는, 관례적으로 받는 상례전(常例錢)을 말한다. .
336 유모에게 옷 한 벌만 남아 있다는 것을 비유한다.

(옷을 벗는다. 유모가 가마에 오르고 가마꾼들이 가마를 들어 올린다.)

모두

【수저어아水底魚兒】

(걸어가며 노래한다.)

화고花鼓를 둥둥 울리며,

정중하게 상공을 영접하러 왔다네.

상공께서 분부하시니,

미친 늙은이를 맞이한다네.

【전강】

(똑같이 한다.)

징을 뎅뎅 울리며,

나리님을 모시고 고향으로 돌아가네.

나리님이 분부하시니,

늙은 할망구를 맞이한다네.

【전강】

(똑같이 한다.)

꽃가마를 높이높이 들고,

나리님을 영접하고 또 영접하네.

이번에 영접할 때 분부하시니,

늙은 오줌보[337]를 맞이한다네.

유모 가마꾼들아, 멈춰 주소, 멈춰. 옷을 돌려주소.

---

[337] 유모에 대한 비칭(卑稱)이다.

모두　가지고 가 버렸는데요. 옷이 아깝다고 가마도 안 타시려

　　고요?

유모

　　【조라포皂羅袍】

　　내가 옷이 아까워 가마를 타지 않으려는 것이 아니라,

　　자네들이 이 가마를 들고 쉬지 않고 달려가니 못 견디겠네.

　　흔들어 대니 눈이 온통 어지럽고,

　　빙빙 도니 정신을 잃겠네.

　　(합) 뼈마디가 부서지고,

　　아파 죽겠는데 어찌 견디겠는가.

　　토하여 목구멍이 아프니,

　　이를 어쩌겠는가?

　　아이고 하느님, 앞으로는 앞으로는,

　　세상 사람에게 권하노니 팔자 사나운 이는 가마를 타지 마시

　　오!

　　바닥에 좀 앉아야겠네.

모두

　　【전강】

　　유모님을 붙잡고 천천히 갈 테니 앉아 계시지 마오,

　　어쩌랴, 석양이 서쪽으로 달아나듯 떨어지는 것을.

　　유모께서는 다시 가마에 오르시구려.

유모　이승에서는 안 탈 것이네!

모두　저희가 태워 드리지 않았을 때는 태워 달라고 하시더니,

태워 드리려고 하자 타지 않으려고 하시네요.

가련하다네, 가마 머리의 꽃을 저버리니,

어찌 일이 이렇게도 꼬였던가.

(합) 뼈마디가 부서지고,

아파 죽겠는데 어찌 견디겠는가.

토하여 목구멍이 아프니,

이를 어쩌겠는가?

모두 집에 거의 다 왔으니 버리고 도망가세.

유모 가마꾼들이 가 버렸구나. 이런 죽일 놈들 같으니라고! 옛
말에 마음씨 사나운 사람들이 여러 종류가 있는데, 사공, 기생
어미, 중노미, 바리꾼,[338] 거간꾼이라고 했지. 그런데 보아하니
가마꾼의 마음씨가 제일 사납구나!

가마꾼들은 천벌을 받도록 마음씨가 간교하니,

상례전을 바라다가 옷가지를 벗겨 갔다네.

가마 들고 태연히 달아나니,

청천백일에 귀신에게 홀렸구나.

---

338 중노미는 객점의 점원을 뜻하고, 바리꾼은 우마(牛馬)에 짐을 실어 나르는 사람을 말
한다.

목련과 모친의 상봉

(六殿見母)

소 … 귀사
축, 정 … 아귀
부 … 유씨
생 … 목련

귀사

【보현가普賢歌】

야차들이 나를 반두班頭[340]로 받들어 주니,

옥중의 아귀 죄수들을 감시한다네.

돈 있는 자는 대강 놔두고,

돈 없는 놈은 쉬지 않고 두들겨 패지.

뜨거운 쇳물을 아귀들의 목구멍에 부어 버린다네. (첩)

나는 야차 반두로, 아비지옥阿鼻地獄을 관장하고 있다네. 오늘
은 사월 초파일 용화대회龍華大會[341]가 있는 날이라서 우리 변

---

339 여섯 번째 보전의 이야기이다.

340 무리 중의 우두머리를 말한다.

341 사월 초파일에 미륵보살을 공양하는 법회를 말한다. 관불회(灌佛會), 욕불회(浴佛會)라
고도 한다. 미륵보살이 용화수(龍華樹) 아래에서 성불하여 법회를 열었다고 하여 용화회 또는

성대왕變成大王님께서는 벌써 대회에 가셨고 옥관과 옥리들도
모두 따라가서 오직 나 반두만 이곳에서 감옥을 지키고 있지.
여봐라, 옥중의 아귀들은 각기 법도를 잘 지켜야 할 것이다.
(목련이 등장한다.)

목련

【팔성감주가八聲甘州歌】

먹고 자는 일을 잊고,

굳은 마음으로 어머님을 구하고자 하니,

어찌 감히 고생을 꺼리겠는가.

스승님께서 인도하여 주셨으니,

초파일 날에 어머님을 만나게 해 주셨으니,

서둘러 얼른 가야겠네.

깊은 달밤에 두견새 울어 새벽까지 그치지 않는데,

음산陰山의 구름 속을 걸어 지나가네.

(합) 간절하게 묻고,

자세히 찾아보네,

노모를 뵙게 되면 신령님께 감사하리라.

【전강】

저 멀리 송백 숲을 바라보니,

높다란 전각과,

희미한 겹문이 빛나는구나.

알고 보니 아비지옥이었네.

용화대회라고 부른다.

구리 담장이 만 길이나 솟아 있어서,

굶주린 아귀들을 가두어 놓았구나.

(무대 안에서 통곡 소리가 들린다.)

아귀들이 저기에서,

하늘 향해 울부짖고 땅을 향해 외쳐도 벗어나기 어렵고,

괴롭다고 외치고 배고프다고 울부짖는 소리를 차마 못 듣겠네.

(합) 간절하게 묻고,

자세히 찾아보네,

노모를 뵙게 되면 신령님께 감사하리라.

(귀사를 만난다.)

귀사　선사禪師께서는 어디 분이십니까?

목련

【전강】

서방의 목련 승입니다.

귀사　이곳은 어인 일로 오셨습니까?

목련

노모를 뒤따라와서 찾으려고,

감히 금성金城342에 왔습니다.

귀사　영당승堂의 함자가 어떻게 되십니까?

목련

어머님은 유씨이며,

청제가 노모의 이름입니다.

342　쇠로 만든 것 같은 견고한 성이다. 아비지옥을 가리킨다.

귀사 영당께서는 무슨 일로 지옥에 떨어졌습니까?

목련

자식이 불효하여,

어머님이 재난을 당하고 괴로운 형벌을 받으시게 했습니다.

귀사 내가 한번 물어봐 드리겠소.

목련

(합) 간절하게 묻고,

자세히 찾아보네,

노모를 뵙게 되면 신령님께 감사하리라.

(귀사가 큰 소리로 묻는다.)

귀사 아귀들이 있는 옥 안에 성은 유씨, 이름은 청제라는 자가 있느냐?

(무대 안에서 이와 똑같이 묻는다. 유씨가 등장하여 서서 말한다.)

유씨 무슨 일로 물으시는지요?

귀사 그의 아들이 이곳에서 그를 찾는다.

유씨 어미를 찾는 사람의 이름이 무엇입니까?

귀사 서방의 스님으로, 이름은 목련이라고 한다.

유씨

【전강】

마음이 절로 놀라네,

갑자기 아들이 와서,

어미를 찾는다 하니.

그의 어미는 성은 유씨, 이름이 청제라고 하는데, 이 늙은이도 성이 유씨, 이름이 청제입니다.

　　같은 이름 같은 성씨이지만,

　　저의 자식은 스님이 아닙니다.

귀사　자네의 아들은 성이 무엇이고, 이름이 무엇인가?

유씨

　　저의 자식은 성이 부씨요, 이름은 나복이라고 합니다.

사자님께서 그 선사에게 좀 전해 주십시오, 자식이 다르니 어미가 아닐 것이라고!

　　공연히 그의 모친과 이름만 같았다네.

　　(합) 간절하게 묻고,

　　자세히 찾아보네,

　　아들을 만나게 된다면 신령님께 감사하리라.

귀사　영당은 이곳에 안 계시오. 지금 여기 옥중에 유씨 청제라는 여인이 있어서 영당과 같은 이름 같은 성씨이지만, 아들은 성이 부씨, 이름이 나복이고 스님도 아니라 하니 어이하겠습니까. 돌아가서 다른 곳에 물어보시지요.

목련　아, 유씨 청제라는 분이 있는데 아들의 이름은 부나복이지만 스님이 아니라고 했습니까? 정말 그런 분이 여기에 계십니까?

귀사　그렇습니다.

목련

　　【주운비駐雲飛】

갑자기 소식을 들으니,

나도 모르게 줄줄 두 줄기 눈물이 흘러내리는구나.

부나복은 본래 저의 이름이고,

목련은 저의 스승님께서 지어 주신 이름입니다.

귀사 어찌하여 영당은 당신이 출가한 것을 모르십니까?

목련 아!

저의 모친이 유명幽冥으로 가셔서,

고초를 견디기 어려우시니,

이 때문에 수행에 나서서,

모친 유골을 메고 불경을 메고,

세존께 가서 절을 올리고,

심성心性을 수련하고 도를 닦았습니다.

스승님은 저를 인도하셔서,

이곳에 와서 물어보라고 하셨습니다.

사자님,

바라옵건대 자비로운 방편의 마음을 베풀어 주소서. (첩)

귀사 (혼잣말로 말한다.) 알겠다, 저 유씨가 분명히 저이의 모친이로구나. 아, 유씨, 저 목련이 바로 나복이니 분명히 자네 아들이네. 내가 옥문을 열어 자네 모자를 만나게 해 주겠네. 천상이나 인간 세상이나 방편이 제일이지.

(귀사가 조장을 한다.)

유씨 나복아!

목련 어머니!

(통곡한다.)

유씨 칼과 사슬을 벗지 못하겠으니 어쩌면 좋으냐?

목련

【낭도사浪淘沙】

불법은 본래 굳세니,

지극히 커서 끝이 없습니다.

제가 석장을 한 번 휘둘러,

칼과 사슬을 일시에 모두 벗겨 내고,

어머님을 구할 것입니다.

유씨 칼과 사슬이 벗겨졌지만 앞이 보이지 않으니 어쩌면 좋
으냐?

목련

【전강】

불법은 본래 밝으니,

건곤乾坤을 두루 비춥니다.

제가 석장으로 천근天根343을 흔들어,

돌구멍에서 샘이 흘러 눈을 씻을 수 있게 하니,

어머니,

예전처럼 맑게 보이실 것입니다.

유씨 눈이 밝아졌다. 애야, 과연 머리를 깎았구나! 내가 배가
고프니 어쩌면 좋으냐?

---

343 이십팔수(二十八宿) 중 동방의 별자리로 저수(氐宿)라고도 한다. 『국어(國語)』「주어(周
語)」에 "천근이 나타나면 물이 마른다(天根見而水涸)"라는 구절이 있다.

목련

　　【전강】

　　불법은 본래 넉넉하니,

　　음식이 알맞습니다.

　　석장 끝에 바리때가 달려 있어서,

　　밥을 만들어 내어 어머님이 드시게 하니,

　어머니,

　　이제 배가 부르실 것입니다.

　(무대 안에서 말한다.)

무대 안　목련 보살님, 눈먼 사람을 잘 고쳐 주시니 손길을 베풀어 주시고 광명을 전해 주셔서[344] 그 공덕으로 불법을 드러내소서!

목련　아, 옥중에 눈먼 이들이 저더러 손길을 베풀어 광명을 전해 달라고 하는구나! 어머니,

　　가련하다네, 장님들이 모두 불쌍하니,

　　샘물을 뿌려 눈을 씻겨 주고 오겠습니다.

　(목련이 조장을 한다.)

　(아귀 둘이 등장한다.)

아귀들　알고 보니 그 중이 밥을 가져와서 할멈에게 먹이려고 하는군!

　(유씨의 밥을 빼앗아 먹는다. 목이 메어 죽는다.)

344　원문은 전명(傳名, 명성을 전하다)이지만 내용상 전명(傳明, 광명을 전하다)이 더 적합하다.

유씨 애야, 큰일 났구나, 아귀들이 밥을 빼앗아 먹었다!

(목련이 등장한다.)

목련 아귀는 어디 있습니까?

유씨 목이 메어 죽어서 여기 땅바닥에 있다.

목련 천천히 드세요.

유씨 이것은 입으로 먹을 생각만 하다가 몸을 돌보지 않은 것이요, 재물을 탐하면서 목숨을 조심하지 않은 꼴이로구나!

목련 어머니, 마음 놓으세요!

【전강】

불법은 본래 미묘하니,

변화가 끝이 없습니다.

바리때 속의 오반은,

먹구름으로 뭉쳐 만들어서,

어머님께 드시라고 올린 것이니,

아귀들은 먹을 수 없습니다.

유씨 이 밥은 정말 꼴이 형편없구나.

목련 이 밥은 비록 보기에는 안 좋지만 실제로는 드실 만합니다. 어머니, 한번 드셔 보십시오.

(유씨가 밥을 먹는다. 아귀들이 멀리서 바라보며 말한다.)

아귀들 알고 보니 저 중은 쇠 화로 옆에서 쇠똥345을 주워 담아서 먹게 한 것이로구나.

(퇴장한다.)

---

345 쇠를 불에 달구어 불릴 때 달아오른 쇠에서 떨어지는 부스러기이다.

목련

【괄고령刮鼓令】

어머니,

어머니께서 세상을 떠나신 뒤로,

아침저녁으로 몇 번이나 눈물이 흘렀던가.

감사하게도 관음께서 친히 점화해 주시니,

어머니가 음사에서 고초를 당하고 있음을 말씀해 주시고,

저더러 서천으로 가서 세존을 찾아뵈오라 가르쳐 주셨습니다.

세존께서는 제게 석장을 주시고 유명으로 가라고 하셨습니다.

유씨   애야, 유명에 왔었다는 말이냐?

목련

제가 다섯 번째 보전까지 뒤따라 찾아왔지만 그림자도 찾지 못
했습니다.

할 수 없이 다시 세존을 찾아뵈었더니,

오늘 어머니를 뵈올 수 있게 정해 주셨는데,

하지만 옥중의 아귀들이 백반을 빼앗아 먹을 것이라고 하시
더니,

오반을 주시면서 저를 보내셨습니다.

유씨

【전강】

화원에서 하루아침에 헤어지고,

나중에 회살回煞 때 집에 가서 네가 영전에서 자고 있는 모습
을 보았단다.

돌아올 때 마음이 시리고 아팠단다.

성황전 앞에서 압송된 뒤로 얼마나 많은 관문과 나루를 건넜던지!

　　관문마다 고초를 겪은 것은 말로 다 하기 어렵다네.

또한 첫 번째 보전에서 여섯 번째 보전까지 압송되면서,

　　보전마다 당한 형벌의 고통을 어찌 견뎠던가.

　　하늘이 우리 아이를 보내 주셔서,

맑은 샘물에 눈을 씻고, 오반으로 주린 배를 채웠네. 삭발하고 스님이 되어 자신을 버리고 어미를 구하고자 했구나.

　　예로부터 효성스러운 자식이 없어서,

옛말에 이르기를, 황천은 효도의 마음 가진 사람을 저버리지 않는다고도 했는데,

　　생각해 보니, 하늘이 효도를 행하는 사람을 불쌍히 여겨 주셨나 보다.

애야,

　　꼭 나를 초도하여 유명을 나갈 수 있게 해 다오.

(무대 안에서 말한다.)

무대 안　야차는 대왕님을 영접해라!

귀사　선사께서는 나가십시오, 문을 잠가야 합니다.

목련　사자님, 저희 모자가 고생한 이야기를 잠시만이라도 나눌 수 있게 해 주십시오.

귀사　아이고! 오늘이 사월 초파일이라 옥주獄主님께서 대회에 가셨는데 이제 곧 돌아오시니 선사께서는 얼른 나가셔서 괜히

내가 연루되게 하지 마십시오!

유씨   사자님, 불쌍히 여기셔서 제 아들이 며칠만 더 머무를 수 있게 해 주십시오.

귀사   이 여인이 무슨 말을 하는가! 당신의 영랑^{令郞}이 효심이 깊은 것을 보고 당신 모자를 한 차례 만나게 해 준 것이오. 일이 꼬이면 좋은 마음으로 베풀었지만 좋은 보답을 얻지 못하는 꼴이 되오!

목련

【미범서^{尾犯序}】

어머니, 그날 어머니와 이별한 뒤에 음사와 양세로 떨어져 어떻게 되셨는지를 알지 못했습니다. 온 마음을 다 써서 겨우 만날 수 있었는데 어찌하여,

    만나자마자 헤어진단 말입니까.

    이별의 아픔이 많이도 맺혔던 것을,

    한마디 말로 다 마치지 못하고,

    그저 찬찬히,

    어머니 구할 일을 세세히 의논하고자 하였습니다.

    어찌 생각했겠나요,

저 야차가 서둘러서,

    우리 골육을 떼어 놓으려고 핍박하여,

    저의 간장이 부서지도록 아프게 될 것을.

    (합) 두렵고도 두렵네, 옥문에서 한번 나가면,

    지척인데도 하늘 끝에 있는 것처럼 될 터이니.

유씨

　　【전강】

　　슬픔과 기쁨은 정해진 기약이 없는 것이러니,

이 옥중에서 갑자기 아들이 왔다는 소식을 들었을 때는,

　　기쁨이 막 생겨났는데,

또다시 떠나가게 되었으니,

　　슬픔이 또 닥쳐오네.

천지는 넓고도 넓은데,

　　한탄스럽네, 망망한 삼계三界에서,

　　우리 모자가 잠시나마 기쁘게 만나는 것이 허락되지 않는다네.

　　후회하네,

애야,

　　옛날에 기를 쓰고 서로 의지하지 않으려 한 것이 후회되는데,

　　오늘에 와서는 도리어 너무 서로 누가 되는 것이 많구나.

　　(합) 오늘부터는,

아들은 양세에 있고 어미는 음사에 있게 되니,

　　어미와 아들이 양쪽에 떨어져 있게 되네.

유씨

　　하늘이시여, 아들아!

　　하늘을 한 번 부르고 아들을 한 번 부르며 통곡하네. (첩)

목련

　　하늘이시여, 어머니!

　　하늘을 한 번 부르고 어머니를 한 번 부르며 통곡하네. (첩)

유씨　아들아, 아들아.

목련　어머니, 어머니.

(합) 두 눈을 부릅떠 보아도,

두 줄기 눈물이 흘러내리는 것을 멈추지 못하네.

목련

【전강】

가슴을 치며 부질없이 탄식하네,

탄식하노니, 내가 하늘의 뜻을 거슬러,

어머님이 땅속에 묻히게 하였다네.

집을 버리고 일을 버리고,

십 년 동안 헛되이 스스로 달려왔네.

슬프네,

어찌 차마 보겠는가,

어머니의 양쪽 귀밑머리가 쑥대처럼 흩어져 있는 모습을,

어찌 차마 보겠는가,

어머니의 신세가 황망하게 되신 모습을.

가장 괴로운 것은,

꺾이고 불태워지고 찢어지고 갈리는 것이니,

그 고통을 어찌 견디실까?

유씨

【전강】

너의 효심을 하늘과 땅이 알 것이다.

예로부터 부모를 찾았던 이들 중에,

어느 누가 너와 같았더냐.

이제 양세로 가더라도,

이 늙은 어미를 생각해 다오.

목련 잘 알겠습니다.

유씨 애야,

잘 기억해 다오,

너는 꼭 다시 서천으로 가서,

너는 꼭 활불께 간절히 빌어,

활불께서 네가 어미를 구하고,

만고에 효자로 이름 날리도록 해 주시게 하거라.

귀사 옥중의 아귀들은 유씨를 포위하고 목련을 끌어내거라.

(목련이 이전의 일을 상세하게 설명한다.)[346]

목련

【미성尾聲】

어머니,

저는 이제 아무런 계책이 없습니다.

유씨 애야,

네가 다시 올 때 늦지 않기를 걱정하며 바란다.

(목련을 끌어낸다. 문을 닫는다.)

목련

어머니!

---

346 목련이 좀 더 머무를 시간을 달라고 간청하면서 모자간의 일을 자세히 말하는 것을 뜻하는 듯하다.

유씨

아들아!

(합) 간장을 잘라 내듯 아픈 것을 우리만 안다네.

(유씨가 퇴장한다.)

귀사 선사께서는 이치를 모르시는군요! 옥주님이 이미 돌아오셨으니 서로 연루되고 말았습니다. 하물며 영당 유씨는 어제 옥리가 압송 비문批文을 써서 일곱 번째 보전으로 압송하기로 되어 있었지만, 담당 야차가 대회에 구경을 가서 오늘까지 미루어졌던 것입니다. 그런데 이제 돌아왔으니 어제 쓴 문서를 가져와서 바로 뒤쪽의 호두문虎頭門을 통해 압송을 보냈습니다. 영당을 만나려면 서둘러 일곱 번째 보전으로 가서 물어보십시오!

목련 다시 압송당해 가셨다는 것인가요?

귀사 울지 마십시오. 저한테 의형제 하나가 있는데 이름은 과자허戈子虛라 하고 일곱 번째 보전에서 옥관으로 있습니다. 제가 평소 과 형에게 저의 계척戒尺[347]을 주는데, 그 위에 저의 이름을 써 둡니다. 선사께서 계척을 가지고 가시면 그가 선사를 위해 힘쓸 것입니다.

목련 이렇게 해 주시다니, 감사하고 감사합니다!

(귀사가 계척을 가져다가 쓴다.)

귀사 "동생 고좌인故左人이 인사 올립니다." 가져가십시오!

계척을 드려 가시게 하니,

---

347 계율을 설교할 때 쓰는 도구로, 두 조각의 장방형 나무로 되어 있다.

효성 깊은 분을 불쌍히 여겨 주겠지.

목련

당신이 손잡아 일으켜 주시니,

약양 櫟陽의 황금을 얻은 것보다도 좋습니다. [348]

---

[348] 『사기』「진본기(秦本紀)」에 진나라 헌공(獻公) 때 약양(오늘날의 섬서[陝西] 임동[臨 潼] 부근) 지방에 황금이 비처럼 쏟아졌다는 이야기가 있다. 뜻밖의 은사(恩賜)를 비유하는 말 이다.

부상의 상소
(傅相救妻)

외 … 부상
말 … 성황

부상

【희천교^{喜遷喬}】

신선이 사는 곳에 있으면서,

영원히 소요^{逍遙}를 누리며,

오래도록 천성^{天聖349}을 바라보네.

지상에 아름다운 금^琴도 있었고,

홍진^{紅塵}에 보배로운 거울도 있었건만,³⁵⁰

하늘과 연못처럼 이 사이에 떨어져 있네.

하물며 형실^{荊室351}이 구천^{九泉}에 갇혀 있고,

---

349 옥제(玉帝)를 말한다.

350 금슬(琴瑟)은 부부 사이가 다정함을 비유하고 파경(破鏡)은 부부가 갈라섬을 비유하는
말이므로, 모두 부상이 승천하며 아내와 헤어졌음을 말하고 있다.

351 자신의 아내를 남에게 겸손하게 칭하는 말이다. 본래는 싸리나무를 엮어 만든 빈한한 집

또한 계화桂花가 만 리에 흩날림에랴.[352]

몇 번이나 구름 끝을 바라보며,

눈물이 비 오듯 옷깃을 적셨던가.

〔사칠언四七言〕

아득한 구름 길의,

높디높은 천부天府에서,

소요하고 즐기며 고금을 초월하네.

내가 수행을 하여 얻고 보니,

당신에게 얼른 수행의 길에 오르기를 권하네.

연무 낀 세상에서,

옛 조강지처와는,

음사와 양세로 갈라져 만날 수 없네.

옛날 백 날 밤의 은애恩愛를 생각하여,

지금 온갖 고생을 하는 그를 구하고자 하네.

저는 부상입니다.

본래는 양세에 살면서,

재계하고 부처님 모시는 일에 힘썼는데,

지금은 천조天曹에 있으면서,

권선태사勸善太師의 직을 맡고 있습니다.

진세塵世를 굽어보며 생각하니,

을 뜻하고, 이로부터 파생되어 집에 함께 사는 아내를 뜻하게 된 것이다. 삼국시대 위나라 조식(曹植)의 「설역기(說疫氣)」에 나온다.

352 계수(桂樹)를 국내에서는 목서(木犀, 물푸레나무)라고 부른다. 가을에 꽃이 핀다.

슬픔이 생겨납니다.

【안어금雁魚錦】

생각해 보면 옛날에,

홍진에 잠시 몸을 의탁했을 때,

고맙게도 하느님이 내게 사람의 형상과 성정을 주셨지요.

사람은 만물의 영장인데, 불경에 이르기를 "이 몸을 이번 생에
제도하지 못하면, 또 어느 생에 이 몸을 제도하랴"[353]라고 했습
니다. 그래서 나는,

심성을 연마하고 공부하여 늘 삼가며 지냈습니다.

하물며 우리 집안은 대대로 청백의 명성이 있었고,

나와 아내는 한마음 한뜻으로 수양하며,

보리菩提를 섬기고 불경을 읽고,

재물을 뿌려 스님과 도사에게 공양하고,

가난하고 곤궁한 많은 이들을 구제했습니다.

맹세하여 신령님께 들려 드리기를,

함께 재계하며 영원히 개훈하지 않을 것이고,

만약 개훈을 한다면 하늘이 굽어살피실 것이라고 했습니다.

【이범어가오二犯漁家傲】

삼가 받들었지요,

상제께서는 밝으시니,

우리가 온 마음을 다해 신명과 하늘을 섬기는 것을 굽어보셨습

---

353 당나라 동산양개선사(洞山良价禪師)의 「사북당서(辭北堂書)」에 처음 보인 이래로 여러
사람에 의해 널리 전해져 왔다.

니다.

영광스럽게도 고명誥命을 내리셔서,

금동과 옥녀를 보내 이끌어 주셨지요.

그때 천사들이 재촉하여 부르니,

총총히 말에게 재갈을 물려 길을 나서서,

경황없이 난새와 헤어지고 거울 깨어져,

아득하게 학을 타고 구름을 타고 올랐습니다.

아!

늙은 아내가 불쌍도 하구나,

나와 당신 우리 부부는 본래 같은 숲속에 사는 새이지만,

천수가 다하여 각자 헤어졌다네.

【안어서雁魚序】

그 뒤로 어둠과 밝음으로,

하늘과 연못 두 곳으로 갈라졌습니다.

여보, 여보,

내가 이곳 천당에서 내려다보니,

당신은 신명을 공경하지 않고,

맹세를 어겨 벌을 받아,

그곳 지옥에 깊이 빠져 있구려,

내가 아내를 돌보지 않는 무정한 사람이라고 말하면서.

불쌍도 해라.

여보,

당신이 고초를 견디기 힘들지만,

아이도 어미를 위해,

얼마나 많은 노고를 겪었던가.

【어가희안등漁家喜雁燈】

아내는 음사에 있고,

아들은 범진凡塵에 있고,

나는 하늘에 있으니,

어찌 걱정되지 않겠습니까!

아내를 염려한다 한들,

어찌하랴, 옥황이 내리신 칙령임을.

온 하늘 아래의 천조天曹와 지부地府, 수국水國과 양원陽元,[354]

이 네 곳에는 각기 담당하는 직관職官이 있어서 넘나들기 어렵

습니다.

나는 지금 옥황의 문하에서 권선대사勸善大使로 있으니,

천조에서는 음사의 일을 간섭할 수 없습니다.

여보,

내 어찌 부부의 백 날 밤의 은애를 생각하지 않겠는가.

【금전안錦纏雁】

깊이 생각해 보니,

이 사연은 반드시,

직접 옥황의 보전에 상주하여,

우리 옥황께 간청하여,

---

354 양원은 보통 영혼을 말하지만, 여기에서는 수국(水國)과 대비되는 육지, 즉 인간 세상을
뜻하는 듯하다.

들으시고 불쌍히 여겨 주시도록 해야겠습니다.

생각하면 미천한 신하가 범세凡世에 있었을 때,

아내, 자식과 본래 골육의 정을 나누었습니다.

우리 옥황께서 황은을 내려 사면해 주시면,

아내는 빨리 유명을 벗어나고,

아이는 빨리 성불할 것입니다.

이 천조에서 널리 초승을 내려 주면,

옛날 고해의 숲에 있던 나그네가,

모두 영산회靈山會에 온 사람이 될 것입니다.

여봐라, 옥간玉簡[355]을 가져오너라, 바로 옥황께 상주해야겠다.

(옥간을 가져온다.)

천궁天宮에 황도黃道가 열리니,

의관을 정제하고 옥황께 절을 올리네.

어둠과 밝음이 모두 따르고,

하늘과 땅이 모두 봄이로다.

(조의朝儀[356]를 행한다. 무대 안에서 말한다.)

무대 안 일이 있는 자는 상주하고, 일이 없는 자는 퇴궁하거라.

부상

【반천비半天飛】

홀笏을 꽂고 옷을 추어올리고,

---

355 신하가 임금을 만날 때 손에 들던 홀(笏)을 말한다.
356 임금을 알현하는 의례를 말한다.

정성을 다해 두려워하며 옥지玉墀357에서 상주하옵니다.

아직 말을 시작도 하지 않았는데, (우)

두 줄기 눈물이 흐르는 것을 참을 수가 없사옵니다.

아! 다름이 아니오라,

소신의 처 유씨 청제의 일이옵니다.

생각 없이 천위天威를 거슬러,

음사에서 벌을 받고 있으니,

고초를 겪고 윤회하며,

수많은 곤경을 다 당했사옵니다.

우리 황상께서 사면을 내려 주시기를 엎드려 바라옵니다. (우)

【전강】

다시 선독宣讀함을 들어주옵소서,

소신의 못난 아들 하나가,

어미를 구하고자 고생을 많이 하고,

부처를 섬겨 더욱 힘썼습니다.

아!

가련히 여겨 주소서, 양세의 직관들에게는,

예禮마다 상규常規가 있어서,

한 선비가 성은을 입으면,

조상을 빛내고,

자식이 관작을 세습받고 아내가 봉호를 받아,

온 가문이 모두 넘치도록 은영恩榮을 입어 존귀하게 되옵니다.

---

357 궁전 앞의 돌계단이다. 여기에서는 하늘의 조정을 뜻한다.

엎드려 바라옵건대 황상께옵서는 처자식을 뽑아 올려 주옵소
서. (우)

(무대 안에서 말한다.)

무대 안　너 태사의 상주를 보니 죽은 자는 불쌍하고 산 자는 가
상하도다. 즉시 전전비호장군殿前飛虎將軍에게 명하여 속히 양
세로 가서 왕사성 성황신을 불러 이곳에 오게 하여 조사하라.

(말末이 성황으로 분하여 등장한다.)

성황

【분접아인粉蝶兒引】

옥조玉詔[358]가 날아 내려오니,

서둘러 옥황 보전에 왔다네.

하늘의 바람이 부니 어로御爐의 향이 퍼지고,

햇볕이 선포仙袍를 비추어 보랏빛 안개가 반짝이도다.

(조의를 행한다. 무대 안에서 말한다.)

무대 안　성황이 도착했구나. 유씨 청제의 일은 어떻게 된 것
인가?

성황

【마불행馬不行】

소신이 들은 것을 대답하겠나이다.

유씨 청제는 바로 사진四眞이온데,

지아비의 명을 따르지 않아서,

신명을 공경하지 않고,

358　옥황의 조령(詔令)을 말한다.

개를 잡아먹어서,

겹겹의 지옥에서 재난을 받았나이다.

그가 맹세한 말처럼 생전에 벌이 정해졌나이다.

개로 변하게 하여 회생시키면, (우)

그가 맹세한 것과 딱 들어맞겠습니다.

(무대 안에서 말한다.)

무대 안 나복의 일은 어떻게 된 것인가?

성황

【전강】

소신이 들은 것을 상주하겠나이다.

부나복은 사람됨이 효성스럽고 행실이 순수하였사옵니다.

(무대 안에서 말한다.)

무대 안 효행이 순수하였는데 어찌하여 천거되어 승천하지 못
했는가?

성황

세상 사람들이 어리석어,

부모에게 효도하지 않고,

신명을 공경하지 않으니,

따라서 그에게 모친을 찾아 유명에 가서,

겹겹의 지옥을 모두 다니게 하였나이다.

세상 사람들에게 전해야 할지니, (우)

어버이를 구하는 일은 마땅히 그이를 모범으로 삼아야 할 것이
옵니다.

소신이 아뢸 일이 한 가지 더 있나이다.

【전강】

소신이 들은 것을 상주하겠나이다.

조씨 집의 딸 새영이라는 이가 있는데,

그는 일찍이 부랑과 혼약을 맺었사옵니다.

그런데 나복이 모친을 찾으러 가서,

혼사를 치르지 못했습니다.

재가하라는 모친의 말을 따르지 않고,

스스로 삭발하고 청정계를 지켜서,

이제 암자에 들었나이다. (우)

바라옵건대 성은을 널리 내리시어 선경仙境으로 초도해 주시옵소서.

(무대 안에서 말한다.)

무대 안　경이 상주한 바대로 하겠노라. 유씨 청제는 개로 변하게 하여 양세로 돌려보내되, 특별히 지관地官을 보내 그이의 죄를 사면하여 개에서 사람으로 돌아가게 하라. 부나복은 지옥을 다 다니고 나면, 세상 사람들에게 전하여 부모를 추천追薦할 때 그이의 법도를 따르게 하라. 조씨 새영은 혼인을 치르지 않고 수절하였으니 송죽松竹의 절조가 있을 뿐 아니라 보리菩提의 마음 또한 있도다. 칠월 보름날 중원가절中元佳節에 태사 부상을 보내 조서詔書를 지니고 범세에 내려가게 하여 성황으로 하여금 모두 상부에 보고하고 함께 천당에 올라 영원히 즐거움을 누리게 하라. 성은에 감사하라!

부상, 성황　성은이 망극하옵니다!

　(부상이 성황에게 감사의 말을 한다.)

성황　별말씀을 다 하십니다.

부상

　　자식을 생각하고 아내를 생각하여,

　　글을 봉하여 옥제께 바쳤다네.

성황

　　오늘 잘 상주하여 비준을 얻었으니,

　　당신의 운이 트이는 때라네.

일곱 번째 보전

(七殿見佛)

말 … 옥관
정 … 수하/악인
축 … 차사/악인
외 … 귀사/세존
생 … 목련
소 … 귀사/십우

옥관

【서지금西地錦】

음사의 감옥 일을 맡아,

하늘을 받들어 치우침 없이 법을 행하네.

누가 음사로 오는 것을 면제받을 수 있으랴,

이곳에 오는 이들은 현명한지 어리석은지 스스로 알리라.

나라가 올바르면 천심이 순조롭고,

관청이 깨끗하면 백성이 절로 편안하다네.

저는 과자허戈子虛라고 합니다. 살아서는 벼슬을 하면서 사람들에게 방편을 많이 베풀어 주었고, 죽어서는 음사에 와서 일곱 번째 보전 평정대왕平頂大王359 아래 옥관을 하고 있습니다.

---

359 앞에서는 태산왕이라고 하였다.

제가 영리하여 잠시 투문投文[360]을 맡아 압송을 관장하고 있습니다. 어제 사월 초파일 용화대회 때문에 여러 관리들이 모두 투문하여 압송하는 일을 하지 못하여 공무가 늦어질까 두렵습니다. 여봐라, 투문을 가지고 오는 자가 있으면 즉시 알리거라.

수하 알겠습니다.

(차사가 등장한다.)

차사

한마음으로 화살처럼 바삐 다니고,

두 다리로 날듯이 뛰어다니네.

(옥관에게 인사한다.)

옥관 아, 아귀를 이곳으로 압송해 왔구나. 사기꾼 아귀 정程씨 진수辰秀, 살인 아귀 장여호張如虎, 개훈 아귀 유씨 청제 등이군. 이 문서는 어제 도착했어야 하는데 어찌하여 하루가 늦었느냐?

차사 대회에 다녀오느라 늦었습니다. 저희 옥중 반두 고좌인 나리께서 옥관 나리께 인사를 올리며 방편을 베풀어 달라고 부탁하셨습니다.

옥관 고 형이 그곳에서 반두를 하고 있었구나.

차사 맞습니다.

옥관 그렇다면, 여봐라, 저놈에게 문서를 써 주어 이 귀범들을 여덟 번째 보전으로 압송시키고 즉시 여섯 번째 보전의 차사를 돌아가게 해라.

---

360 소장(訴狀)을 제출하는 것을 말한다.

(차사가 무대 안을 향해 말한다.)

차사 너희 아귀는 잠시 서 있거라. 곧바로 문서를 꾸며 여덟 번째 보전으로 압송해 갈 것이다.

(무대 안에서 말한다.)

무대 안 고맙습니다!

(옥관이 차사를 향해 말한다.)

옥관 네게 돌아가라는 비문批文을 써 줄 터이니 고 형에게 안부를 잘 전하거라. (수하를 부른다.) 여봐라, 압송 문서를 가지고 아귀들을 여덟 번째 보전으로 압송해 가거라. 돌아가는 이도 늦지 말고, 떠나가는 자도 서둘러 가거라.

수하, 차사

천상이나 세상이나,

방편이 제일이라네.

(함께 나온다.)

수하 나리, 오늘 나리의 인정 덕분에 아귀들이 모두 벌을 면했습니다요.

차사 모두 반두님의 덕택이지. 옛말에 "인정은 법도보다 크다"고 했지.

수하

형님은 여섯 번째 보전으로 돌아가시고,

나는 여덟 번째 보전 쪽으로 간다네.

차사

상봉하여 말도 내리지 않고,

각자 제 갈 길로 가는구나.

(수하와 차사가 퇴장한다. 옥관이 다시 문서를 보며 말한다.)

옥관　음, 범인 한 명은 소를 훔치고 불을 지르고 재물을 약탈하고 사람을 죽이는 등 저지르지 않은 일이 없으니 우리 대왕님이 심문하여 몸을 톱질하여 자르는 벌을 내리셨다. 범부 한 명은 외간 남자와 놀아나고 내키는 대로 말씨름을 하는 등 저지르지 않은 일이 없으니 우리 대왕님이 심문하여 혀를 자르는 벌을 내리셨다. 여봐라, 모두 법에 따라 시행하고 어기는 일이 없도록 해라!

　　죽은 뒤에 지옥을 걱정할 필요 없네,

　　살아서나 제발 법도를 어기지 말지니.

(옥관이 퇴장한다.)

귀사들　옥주 나리께서 분부하시기를, 몸을 톱질하고 혀를 잘라 낼 사람들을 법에 따라 시행하라 하셨으니 그자들을 데리고 나와서 해치워야겠다!

(악인들이 이끌려 등장한다.)

악인 갑

　　【금전화金錢花】

　　살아서 청천青天을 속였더니,

　　청천을.

　　죽어서 황천에 압송되었네,

　　황천에.

　　톱질을 당하니 죄가 크고 고통은 말로 하기 어려운데,

이제 이곳에 와서 원망해도 헛일이네. (우)

(귀사들이 악인 갑의 몸을 톱질하는데, 판자 세 조각을 이용하
여 악인 갑이 오른손으로 한 조각을 앞으로 안고 왼손으로 두
조각을 뒤로 안고 톱이 두 조각 사이로 내려온다.)

귀사들

【전강】

톱의 등은 반듯하여 치우침이 없네,

치우침이.

톱니는 하나하나 단단하다네,

단단해.

두 사람이 서둘러 톱을 붙잡고 끌어당겨,

너를 톱질하여 두 조각으로 만들어 버린다네. (우)

(악인 갑이 퇴장한다.)

악인 을

【전강】

살아서는 마음대로 떠들어 댔지,

마음대로,

입을 놀리고 말씨름하며 많이도 떠들었지,

많이도 떠들었네.

이제 혀가 잘리니 고통스럽고 속이 타서,

부질없이 눈물만 흐르네. (우)

귀사들

【전강】

하늘의 사자가 칼과 겸자鉗子를 가져오네,

칼과 겸자를.

하늘을 받들어 치우침 없이 법을 시행하네,

치우침 없이.

악인을 징계하여 재난을 받게 하니,

너의 혀끝을 잘라 내네. (우)

(악인 을이 퇴장한다. 목련이 등장한다.)

목련

【서지금】

다행히 어머님을 만날 수 있었지만,

어찌 알았으랴, 금세 다시 헤어지게 될 줄을.

계척을 표시로 주신 것을 받아 왔는데,

이곳에 와서 어찌 될지 모르겠네.

어부가 인도하여 주지 않는다면,

어찌 파도를 볼 수 있겠는가.

저는 아비지옥에 도착해서 다행히 반두 고좌인의 도움을 받아 모자가 상봉할 수 있었습니다. 하지만 삽시간에 다시 흩어지고 말았습니다. 반두는 또 고맙게도 제게 계척을 주시고 일곱 번째 보전의 옥관이 있는 곳까지 올 수 있게 해 주었습니다. 생각해 보면 그분은 친구의 마음으로 필시 소승을 위해 힘써 줄 것입니다. 이곳이 바로 옥관이 있는 곳이니 들어가 보아야겠습니다.

(귀사들을 만난다.)

목련 소승은 목련이라고 합니다.

(귀사들에게 사연을 말하고 귀사들은 옥관에게 보고한다. 옥
관이 등장한다.)

옥관

직분이 비록 지부地府를 전담하고 있으나,

법은 오로지 하늘을 받들어 시행하네.

(목련이 옥관에게 인사한다.)

목련 빈승貧僧은 모친이 지옥에 떨어져서 모친을 찾기 위해 아
비지옥에 이르러 다행히 반두의 도움을 받아 모자가 상봉할
수 있었습니다. 그런데 반두는 공무가 지연될까 두려워 노모
를 이곳 보전으로 압송하였습니다. 제가 간곡히 말씀드리니
반두는 보리심을 내어 노대인老大人께서 옛날에 그분께 주셨던
계척을 제게 주셨고, 소승이 그것을 가지고 와서 찾아뵙게 되
었습니다. 바라옵건대 대인께서는 촉물생정觸物生情하고 애옥
급오愛屋及烏해 주소서.361 삼가 주제넘게 아뢰오니 살펴서 받
아들여 주시기를 엎드려 바라옵니다.

옥관 아, 그런 일이 있었구나! 계척을 보니 고 형을 만난 듯합
니다. 고 형을 경애하니 자연히 각하를 경애합니다. 그런데 영
당께서는 성함이 어떻게 되십니까?

목련 노모는 성이 유, 이름은 청제입니다.

---

361 촉물생정은 사물이나 사태를 보고 마음이 생겨나는 것을 뜻하고, 애옥급오는 사람을 사
랑하면 그 집 지붕에 앉은 까마귀까지도 사랑한다는 것을 뜻한다. 한나라 유향의 『설원』「귀덕
(貴德)」에 나온다.

옥관   아, 저는 그가 지체되어 고 형이 보내온 한 무리의 아귀들을 바로 여덟 번째 보전으로 압송하려 하고 있었습니다! 여봐라, 아귀 압송 인원들이 혹시 벌써 떠났느냐?

(무대 안에서 말한다.)

무대 안   사시巳時[362]에 떠났습니다.

(목련이 울면서 말한다.)

목련   빈승은 뒤쫓아 가겠습니다!

옥관   사시에 떠났으니 이미 여덟 번째 보전에 이르렀을 것입니다. 따라잡기 어려우실 것입니다.

목련   따라잡을 수가 없다고 하시니 대인께서는 벗의 벗에게도 은혜를 베푸셔서[363] 다음 보전의 모습을 조금 알려 주십시오.

옥관   다음 보전의 모습에 대해 말을 꺼내지 않으면 그만이지만, 말을 하자면 정말 무섭습니다!

목련   대략이라도 듣고자 합니다.

옥관

　　【홍납오紅衲襖】

　　그곳의 야마성夜魔城은 깜깜하여 유월에도 춥고,

　　또한 불수레 형벌로 활활 타오르는 모습이 정말 처참합니다.

　　겹겹의 빽빽한 것들은 모두 비휴貔貅[364]들이 지키는 대문이요,

　　길마다 다닥다닥 붙어 있는 것들은 모두 범과 표범이 지키는

---

362   오전 9~11시이다.
363   원문은 우이급우(友以及友)이다. 『맹자』「양혜왕 상(梁惠王上)」의 "우리 집의 어른을 공경하여 다른 집의 어른을 공경하는 데까지 미치다(老吾老, 以及人之老)"를 응용한 표현이다.
364   비와 휴는 곰과 비슷한 맹수를 말한다.

제92척　403

관문입니다.

음사 안에서는 공문이 있어도 믿지 않고 캐묻습니다.

선사께서는,

세상 사람이라 공문이 없을 것이니,

가셔도 다시 돌아오시게 될까 걱정입니다.

그곳은 바로 풍도酆都 제일의 관문이니,

존당을 만나는 일은 어렵고도 어려울 것입니다.

목련

【전강】

한탄스럽습니다, 모자의 인연이 어긋나니,

천지를 채우도록 근심과 한이 가득합니다.

대인께서 위에 계시고 반두께서 계척을 주셔서 가져왔으니,

삼생三生의 소원을 이룰 수 있기를 가득 기대했습니다.

누가 알았겠습니까, 제가 이곳에 와 보니 노모는 또다시 이미 떠나가셨을 줄을!

어찌 알았으랴, 지척 간에서 서로 어긋날 줄을.

청천을 우러러보니 죽도록 아프게 폐와 간이 찢어지고,

황천을 바라보니 한이 끝이 없어 눈물마저 메마르는구나.

어머니,

저는 지금 진퇴양난입니다,

마치 숫양의 뿔이 울타리에 걸린 것과 같습니다.[365]

---

[365] 원문은 '저양촉번(羝羊觸藩)'이다. 나아갈 수도 없고 물러설 수도 없는 난처한 처지에 놓여 있음을 비유하는 말이다. 『주역』「대장」에 나온다.

옥관 여쭙건대 선사께서는 어디에서 출가하시고, 어느 스승께 배우셨습니까?

목련 소승은 서천에서 출가하였고, 세존의 문하에서 배웠습니다.

옥관 아, 그렇군요! 저도 이백 년 전에 세존의 문하에서 배웠으니 먼저 배우고 나중에 배운 차이는 있지만 스승님이 같은 분이시니 도道 또한 같습니다. 사형은 다시 세존을 뵈어야 비로소 야마성에 가실 수 있을 것입니다.

목련 사형의 가르침을 받들겠습니다. 앞으로의 일도 계속 도와주십시오.

옥관 잘 알겠습니다.

(목련이 옥관에게 감사의 예를 올린다.)

목련

어머님을 만나지 못하여 한스럽습니다,

옥관

마땅히 세존을 뵈어야 합니다.

목련

돌을 두들겨야 불이 생기고,

옥관

모래를 걸러 내어야 금이 보인다네.

(옥관이 퇴장한다.)

목련 아, 과 대인께서는 내가 다시 세존을 찾아뵙고 가르침을 구해야 비로소 야마성으로 갈 수 있을 것이라고 권했는데, 지금 생각해 보면 스승님의 도는 천상과 세상을 관통하고 밝음이 해와 달과 같아서, 유명幽冥의 일을 모두 아시고 어머님을 구할 방도를 모두 말씀해 주셨네. 하나는 세존의 지극한 도는 듣기 어려우니 등급을 뛰어넘어 들을 수 없고, 둘은 모친을 구하는 대사大事는 반드시 마음이 정성되어야 하네. 그런 까닭에 이교圯橋에 세 번 간 뒤에 유자孺子를 가르칠 만함을 알게 되었고, 초려草廬에 세 번 간 뒤에 제업帝業을 이룰 수 있음을 알았었지.366 다시 세존을 찾아뵈어 나의 세 번 찾아뵙는 성심을 다하여 하나로 꿰뚫는 지극한 가르침을 듣고자 하네.

(걸어간다.)

【촌촌호寸寸好】

어머님을 위해 일곱 번째 보전까지 달려왔는데,

또다시 어머님을 만나지 못했네.

다행히 좋은 친구가 좋은 말로 가르쳐 주어,

반드시 세존을 다시 찾아뵙고,

달리 가르침을 구하라고 하였네.

이 때문에 서천으로 돌아와,

---

366 이교는 진(秦)나라 말엽에 장량(張良)이 황석공(黃石公)으로부터 『태공병법(太公兵法)』을 받았다는 곳으로, 강소(江蘇) 비현(邳縣) 남쪽에 있었다고 한다. 장량이 이교에서 한 노인을 만났는데 노인은 자기 신발을 다리 아래로 내던지고 장량에게 주워 달라고 말하니 장량은 황당하였지만 참고 주워 와서 노인에게 신겨 주었다. 노인은 장량에게 가르칠 만한 유자(孺子, 젊은이)라고 말하면서 닷새 뒤에 이교로 찾아오라고 하였는데, 장량이 도착할 때마다 노인이 먼저 와 있어서 세 번 만에 노인보다 먼저 도착하여 비로소 『태공병법』을 받았다. 그 후 장량은 유방(劉邦)을 도와 큰일을 하게 되었다. 『사기』「유후세가(留侯世家)」에 나온다. 그리고 초려는 제갈량(諸葛亮)이 있던 곳으로, 유비(劉備)는 이곳을 세 번 찾아간 끝에 제갈량이 자신을 도와 천하삼분(天下三分)의 계책을 이루게 하였다.

스승님의 존안을 다시 뵙는다네.

스승님과 사형들이 오시는구나.

(세존, 십우들이 등장한다.)

세존

【야행선夜行船】

평상에 앉아 서쪽 땅에 임하여,

풍운이 변화하고 일월이 운행하는 대로 맡겨 두노라.[367]

섬돌 옆의 대나무는 바람에 흔들리고,

뜨락에 핀 꽃에는 이슬이 맺혔으며,

팔창八窓[368]마다 통달하고 청허하도다.

(목련이 세존에게 예를 올린다.)

세존

들어온 이에게 영고성쇠를 묻지 말지니,

얼굴을 보면 바로 알 수 있음이라.

목련은 이번에 모친을 만났는데, 어찌하여 또 이렇게 근심하느냐? 하나하나 말해 보거라.

목련

【칠현과관七賢過關】

가르쳐 주신 은혜를 삼가 받들어,

---

367 원문 중의 '풍운변태(風雲變態)'는 당나라 사공도(司空圖)의 『이십사시품(二十四詩品)』 「형용(形容)」에 나오고, '일월거제(日月居諸)'는 『시경』 「일월(日月)」의 "해와 달이 하토(下土)를 비춘다(日居月諸, 照臨下土)"라는 구절에서 나온 말이다.
368 명당(明堂)의 구실(九室)마다 있는 여덟 개의 창문이다. 『대대례기』 「명당」에 나온다. 여기에서는 창문이 있는 방을 뜻한다.

마침내 유명의 땅에 갔습니다.

사월 초파일 날에,

아비라는 지옥에 당도했습니다.

보이는 것은 오로지 철성鐵城이 단단하게 덮여 있고,

철문이 굳게 잠겨 있는 것이었습니다.

지옥 안에 묶인 혼백과 굶주린 귀신들은 소리 내어 울부짖고
있었습니다.

저는 석장으로 문을 두들겨 모친을 만났습니다.

세존　영당은 어떠하였느냐?

목련

입안에는 음식이 없고,

몸 위에도 옷이 없었습니다.

오반을 먼저 드려 모친이 굶주림은 면하였으나,

귀사들이 서로 재촉하고 핍박하여 어찌할 바를 몰랐습니다.

겨우 상봉했는데 또다시 이별하여,

저는 바로 발자국을 따라가다가,

중도에서,

다행히 좋은 친구 과자허를 만났습니다.

그는 옛날 나의 스승님 아래에서 배웠다고 하면서 동문 동도
를 말하며,

저 야마성 검은 지옥은 들어가기가 어려우니,

저더러 궁문宮門 안369으로 돌아가서,

369　여기에서는 세존이 있는 곳을 말한다.

다시 스승님의 가르침을 따르라고 하였습니다.

세존

【전강】

사람이 세상을 사는 동안,

임금과 아버지의 은혜는 끝이 없도다.

신하와 자식은 임금과 어버이에 보답하여,

마땅히 마음과 힘을 다해야 하느니라.

목련은 모친을 위하여,

마음이 이미 지극하고,

힘도 이미 지극하고,

세 번 나를 찾아오니 마음이 정성되도다.

나의 도는 지금 마땅히 일이관지一以貫之할 것이니,

마음을 풀고 견디거라.

나는 끝까지 도와주고자,

자리에서 너에게 신등神燈을 나누어 주노라.

이 마흔아홉 개의 신등을 가지고 열여덟 겹의 지옥을 밝혀 깨뜨리거라.

검은 지옥도 낱낱이 모두 밝혀지리라.

두타頭陀야, 바리때 하나와 가사 한 벌을 가져오너라.

내가 너에게 바리때를 내리고,

너에게 가사를 주노라.

이 가사를 입으면 삼광이 내리비추고, 이 바리때를 두드리면 모든 부처들이 고개를 돌릴 것이니라.

천지신명이 함께 보호해 주리라.

너는 이번에 가면,

(합) 반드시 모자가 상봉할 것이니라.

집에 돌아가서 우란회盂蘭會370를 크게 세우면,

원추리꽃이 다시 무성해지리라.

(십우들이 신등을 집어 든다.)

십우들

【전강】

우리 스승님의 이 불등佛燈 빛이,

천지 안에 가득 흩어지네.

목련　어디에 이런 것이 있습니까?

십우 갑

우리 중원 땅을 하나씩 헤아려 보면,

도처에 훌륭한 자취가 뚜렷합니다.

목련　자세히 듣고자 합니다.

십우 갑

명주明州의 복된 땅과,

간주簡州의 복된 땅과,

그리고 저 성도成都에도,

370　음력 7월 15일 우란분절(盂蘭盆節)에 거행하는 법회이다. 우란분의 의미에 대해서는 여러 해석이 있지만 대체로 거꾸로 매달린 것을 구제한다는 뜻의 범어 울람바나(ullambana)를 음역한 것으로 알려져 왔다. 이날은 조상의 고통을 구제하기 위해 많은 음식을 차려 놓고 법회를 열어 공양한다. 우란분에 대해서는 목련이 지옥에 빠진 모친을 구하는 설화가 처음으로 기록된 『불설우란분경(佛說盂蘭盆經)』에 이미 보인다.

각기 이 신등이 밝혀져 있습니다.[371]

명주의 천동산天童山, 간주의 천광관天光觀, 성도의 성등산聖燈山
에 모두 이 불등이 있습니다.

목련 가르침을 받듭니다.

십우 갑

또한 형악衡嶽과,

아미산峨眉山의 불등은 더욱 기이합니다.

형산은 형주荊州에 있고, 아미산은 아미현에 있는데, 모두 이
불등이 있습니다.

목련 가르침을 받듭니다.

십우 갑

또한 광려匡廬[372] 빼어난 곳의,

죽영사竹影寺도 이름이 높습니다.

목련 아, 여산廬山의 죽영사에도 이 불등이 있다는 것이군요.

십우 갑

이는 중국의 신등으로 천하가 다 알지만,

또한 저 성등聖燈은 태백太白[373]에도 있습니다,

고려라는 나라의.

목련 아, 고려의 태백산에 이 성등이 있다는 말은 일찍이 들어

---

371 명주(明州)는 절강성(浙江省) 은현(鄞縣) 동쪽에 있었고, 간주(簡州)는 사천성(四川省)
간양현(簡陽縣) 북쪽에 있었으며, 성도(成都)는 지금의 사천성 성도시(成都市)이다.
372 강서성(江西省)에 있는 여산(廬山)을 말한다. 은나라 말엽에 광속(匡俗) 형제가 은거한
곳으로 전해져 광려(匡廬)라는 별명이 생겼다.
373 백두산을 말한다.

본 것 같습니다.

십우 갑

또한 저 차가운 불은,

소산蕭山에서 외이外夷들을 드러나게 합니다.[374]

목련 소산의 언덕에 차가운 불이 있다는 말도 들어 보았습니다.

십우 갑

바람이 불어도 꺼뜨리기 어렵고,

빗줄기가 때려도 꺼뜨릴 수 없습니다.

이것이 바로 천지의 광채가 태허에 흩어지는 것입니다.

사형, 지금 이 등을 걸고 가서,

(합) 반드시 모자가 상봉하십시오.

그때가 되면 우리도 모두 가겠습니다.

모두 함께 우란회를 세우면,

바로 원추리꽃이 다시 무성하게 필 것입니다.

세존 본래 너는 영당의 초생을 위했지만, 하늘이 장차 대임大任을 내리고자 먼저 그 마음을 괴롭히고 또 그 몸을 수고롭게 하여[375] 네가 지옥을 두루 다니게 한 뒤에 비로소 대업을 이루고 천당에 초생하도록 한 것이로다. 하나는 불가에서 존중하는

---

374 소산은 남해에 있는 전설상의 섬으로 소구(蕭丘)라고도 한다. 위에 차가운 불이 있어서 봄에 생겼다가 가을에 꺼진다고 한다. 진(晉)나라 갈홍의 『포박자(抱朴子)』「논선(論仙)」에 나온다.

375 『맹자』「고자 하(告子下)」에 "하늘이 장차 큰 임무를 사람에게 맡기려 하면 반드시 먼저 그 마음과 뜻을 괴롭히고 그 힘줄과 뼈를 수고롭게 하고 그 몸을 굶주리게 한다(天將降大任於斯人也, 必先苦其心志, 勞其筋骨, 餓其體膚)"라는 구절이 있다.

것이요, 둘은 자식 된 도리인 것이다.

목련 다만 범태凡胎를 끝내 벗어나지 못할까 두렵습니다.

세존 무슨 말을 하느냐! 푸른빛은 쪽에서 나왔지만 쪽보다 더 푸르고, 거울은 구리에서 나왔지만 구리보다 더 밝도다. 나는 비록 박덕하나 너는 마땅히 끝내 대업을 이룰 것이니, 의심하지 말지어다.

목련

【사해아耍孩兒】

스승님의 가사와 바리때와 신등을 받들고 가겠습니다.

저는 이 가사를 걸치고 만 리 길을 날아가고,

바리때 소리가 한 번 울릴 때 부처들이 고개를 돌릴 것이며,

신등이 도처에서 모두 밝게 빛날 것입니다.

침침한 검은 지옥은 가리기 어려울 것이니,

번쩍이는 붉은빛이 남김없이 비출 것입니다.

귀마鬼魔들은 숨거나 피하기 어렵고,

어머님은 아들을 만나 영화롭게 세상으로 돌아가실 것입니다.

세존

【전강】

정법안正法眼을 너는 갖출 수 있고,

최상승最上乘을 너는 이미 아느니라.[376]

효심이 하늘과 땅을 감동시키니,

---

376 정법안은 사물의 묘법(妙法)이나 정밀한 이치를 이르는 말인 정법안장(正法眼藏)의 준말이고, 최상승은 가장 훌륭하고 원만한 교법(敎法)을 말한다.

겹겹의 지옥들도 모두 우러르고,

곳곳의 신령들이 모두 보호해 줄 것이니라.

이번에 가면서는 걱정하지 말고,

그 백 년의 공덕을 성취하여,

너의 이름을 만고에 남기거라.

목련

【미성】

은사님을 차마 떠나지 못한다면,

모친의 괴로움을 구제할 수 없을 것이니,

이에 슬픔의 뜻을 말로 다 할 수 없습니다.

하늘이시여!

언제쯤 고생하시는 어머님을 초도하고 은사님께 감사드리게
되어,

이 마음이 비로소 기쁘게 될까요?

기쁘게!

목련

스승님께 감사하여 눈물이 떨어져 물을 따라 흘러가고,

어머님 생각에 걱정이 생겨 들판의 구름을 따라가네.

세존

자식의 백 년 소원을 이루려거든,

오로지 부처 앞의 등불 하나에 의지해야 하리라.

제93척

예물 거절
(曹氏却餽)

단 … 새영
정 … 젊은 비구니
말 … 익리
축 … 유모
소 … 매향
첩 … 노비구니

새영

【칠낭자인七娘子引】

타고나기를 박복하여 외로우니,

한창 청춘에 삭발하고 비구니가 되었네.

청규를 잘 지키고,

스승님의 가르침을 삼가 받들어,

불경을 읽고 염불하는 일을 거스르지 않네.

추운 밤 평상에 켜진 등불에 잠들지 못하니,

누가 지금 내 마음을 알까.

가슴 위로 흐르는 눈물과 처마 앞에 떨어지는 빗물이,

창을 사이에 두고 아침까지 떨어지는구나.

저는 암자에 들어온 뒤로 스승님의 가르침을 삼가 따라서 날마다 불경을 읽고 글씨를 쓰고, 조금 한가할 때는 버선이나 옷을 기웁니다. 오늘은 일이 없으니 불당 안의 향등香燈이나 살펴보아야겠습니다.

불당은 텅 비고 인기척 없으니 대낮에도 고요하고,

주렴이 낮게 드리웠는데 바람 절로 맑구나.

향로에 향기 흩날리니 구름 밖의 전향篆香이고,[377]

유리琉璃의 빛이 흩어지니 부처 앞의 등불이라네.[378]

【이범조천자二犯朝天子】

유리에 부처님 앞의 등불 빛이 흩어지는데,

눈을 들어 보니 온 하늘의 별이 아래로 떨어지는 듯하네.

밤낮없이 늘 밝다네,

늘 밝으니,

귀매鬼魅와 사마邪魔들이 감히 머무르지 못하네.

등불아,

어찌하면 모친 구하는 분을 만나,

이 밝은 빛을 그분의 몸에 걸어서,

곧장 유명幽冥의 땅으로 달려가시게 할까. (첩)

귀신들이 모두 귀순하여,

마침내 야마성夜魔城에 들어가리라.

야마성은,

---

377 전향은 소용돌이 모양으로 된 선향(線香)이다. 향로 안의 전향이 하늘로 올라가 퍼진다는 의미이다.

378 유리는 여기에서는 유약을 뜻하고 나아가 유약을 입힌 불상을 가리킨다. 전체 구절은 부처 앞의 등불이 불상에 비쳐 산란된다는 의미이다.

밝디밝아서 덮어 감출 수 없을 것이라네.

당신의 모친을 만나셔서,

당신의 모친을 만나셔서,

그분을 만 리 하늘로 하루아침에 오르시게 하소서.

만 리 하늘로 하루아침에 오르시도록,

그분이 불과佛果를 이루시게 돕는 길은 불경을 읽는 것이라네.

불경을 읽으며 소리가 서로 호응하고자 하여,

천천히 텅 빈 불당에서 경磬을 몇 번 치네.

【전강】

천천히 텅 빈 불당에서 경을 몇 번 치면서,

『아미타경』,『법화경』 몇 구절을 염송하네.

다만 걱정은 삼태기 진 이가 산문山門을 지나가는 것인데,

산문을 지나다가,

경을 두드리는 내가 아직도 마음이 있다고 비꼬지 않을까 하는 것이네.[379]

내가 여기에서 쓸데없는 얘기를 하면,

곳곳에 그 뜻을 아는 이가 있지나 않을까 두렵다네.

듣지 못했는가, 흐르는 물과 높은 산의 흥취라는 말을, (첩)

소리 잘 듣는 사람은 절로 있게 마련인데,[380]

---

[379] 『논어』「헌문(憲問)」에, 공자가 위(衛)나라에 있을 때 경쇠를 쳤는데 삼태기를 메고 공자의 집 문 앞을 지나가던 사람이 공자의 모습을 보고 그 뜻을 짐작하여 말했다고 한다.
[380] 흐르는 물과 높은 산은 유수고산(流水高山) 또는 고산유수(高山流水)에서 온 말이다. 춘추 시대에 금(琴) 연주를 잘한 백아(伯牙)가 산을 생각하며 연주를 하면 친구 종자기(鍾子期)가 그 뜻이 산에 있는 것을 알아차리고, 백아가 물을 생각하며 연주를 하면 친구 종자기가 그 뜻이 물에 있는 것을 알아차리며 감탄하였다고 하는 지음(知音)의 고사에서 나온 말이다.

하물며 내가 두드리는 경이 슬피 울리는 소리임에랴.

경이 슬피 울리니,

늘 마음이 괴로워 견디기 어렵구나.

괴로워 견디기 어려우니,

언제쯤 모친을 초생하여 이 뜻을 이룰까.

(젊은 비구니가 등장한다.)

젊은 비구니

온 뜨락이 조용하고,

종과 경 울리는 소리만 들리네.

속기俗氣를 모두 잘라 내니,

참선하는 마음을 무너뜨릴까 걱정해서라네.

사저師姐께서 여기 혼자 계셨군요.

(자리에 앉는다. 익리가 짐을 메고 등장한다.)

익리

【보보교步步嬌**】**

어지러이 떠도는 구름과 거친 잡초들이 산길을 가렸는데,

길에 들어서니 청송을 알아보겠네.

발걸음 오고 가며,

이끼 밟아 누른 자국만 보이네.

문득 목탁과 방울 소리 들리니,

기쁘구나, 암자 문이 가까이에 보이네.

소나무 아래의 청허한 곳이요,

구름 가에 푸른 대로 만든 문이로구나.

하늘 끝에서 시냇물이 흘러내려,

속세와 갈라놓고 있다네.

정말이지 훌륭한 곳이로구나!

(새영을 만난다. 사연을 이야기한다.)

익리 아씨께 아뢰오. 소인은 부상 원외 댁의 노복으로 이름은 익리라고 하옵니다. 아씨께서 혼인하지 않고 수절하시니 진실로 고금에 드문 일이고, 삭발하고 비구니가 되시니 또한 마음먹기 가장 어려운 일입니다. 아씨께서 비록 천성을 좇아 행하신 일이지만 노복은 마땅히 작은 성의를 다해야 할 것입니다. 삼가 백금 열 냥과 백미 한 섬을 바쳐 노복의 마음을 표하여 아씨의 절개를 밝히고자 하오니, 엎드려 바라건대 꾸짖어 받아 주소서. 영광을 이기지 못하옵니다!

새영 사매師妹는 이 사람을 아는가?

젊은 비구니 잘 압니다. 부씨 댁에서 스님들을 공양하는 일은 모두 이 사람이 했습니다.

새영

【계지향桂枝香】

당신이 먼 길을 와서 물어 주시고,

당신이 힘들게 오시게 누를 끼쳤습니다.

하물며 백미와 청부靑蚨381를 가져오시니,

더욱 당신 평생의 진심과 정성이 보입니다.

---

381 본래는 벌레의 이름인데 돈을 뜻하는 말로 쓰였다. 어미와 새끼의 피를 뽑아서 각각 돈에 발라 어느 한쪽을 사용하면 다시 돌아온다는 고사에서 유래되었다.

익리 이것은 모두 부씨 댁의 물건이니 바라옵건대 받아 주십시오.

새영 나는 아직 부씨 댁에서,

　　받아 주지 않았으니,

　　어찌 주시는 것을 받겠습니까!

　　(합) 당신께 부탁합니다,

　　예물을 가지고 집으로 돌아가 주세요.

익리 아씨, 혹시 예물이 가벼워서 싫으십니까?

새영

　　예물이 가벼워 싫은 것이 아닙니다.

익리

　　【홍납오紅衲襖】

　　생각해 보면 저희 주인님께서 서천으로 가신 것은,

　　오로지 그분의 모친을 위해서였고,

　　아씨께서 산문에 들어오시게 된 것은,

　　오로지 저희 주인님을 위해서였습니다.

　　두 분의 절개와 효성을 어느 누가 견주리요,

　　빛나는 이름이 만고에 빛날 것입니다.

　　부 관인官人 댁의 사람은 곧 아씨 댁의 사람입니다.

　　저 물에 빠진 개도 주인의 은혜에 보답할 줄 알고,[382]

382　삼국 시대 오나라에 이신순(李信純)이라는 사람이 술에 취해 풀밭에 누워 잠들었을 때 주위에 불이 나서 목숨이 위태로워지자 그가 데리고 다니던 흑룡(黑龍)이라는 개가 몸에 물을 묻혀 와서 주인 주변으로 불이 옮겨붙지 못하게 한 뒤에 탈진해서 죽었다고 한다. 진나라 간보의 『수신기』 권 20에 나온다.

저 고삐 늘어뜨린 말도 주인의 목숨을 구할 줄 압니다.[383]

저의 지금 이 작은 뜻은,

저의 구구한 견마犬馬의 충심을 약간이나마 표하는 것이오니,

엎드려 바라건대 거두어 주셔서 성의를 살펴 주소서.

새영 예물은 결코 받지 않겠습니다. 다만 여기까지 오느라 노고가 많으셨으니 후당으로 가서 한 끼 드시지요.

익리 고맙습니다. 고맙습니다.

(익리가 조장을 한다.)

(매향과 유모가 등장한다.)

유모

[보보교]

한 해에 두 번이나 선경仙境에 왔구나.

매향 유모, 길을 잘못 든 것이 아니지요?

유모

길이 낯익은데 무엇하러 묻느냐?

보거라, 저기 늘어진 등나무 넝쿨 아래 원숭이들이 물을 마시고,

취죽翠竹과 청송靑松이,

암자의 문을 가리고 있다.

비가 안 와도 땅은 늘 그늘져 있고,

이슬이 내리지 않았는데도 산은 여전히 젖어 있구나.

---

383 위진 남북조 전진(前秦)의 부견(苻堅)이 모용충(慕容沖)에게 패하여 달아나다 계곡에 떨어지자 타고 가던 말이 앞 무릎을 꿇고 고삐를 내려뜨려 부견이 붙잡고 계곡을 벗어나게 했다고 한다. 남조(南朝) 송나라 유경숙의 『이원』에 나온다.

매향

향의 기운이 온 하늘 아래 가득하고,

종소리가 온 골짜기에 이어지네.[384]

구름은 풀 자란 길을 가리고,

새는 옅은 푸른 안개를 깨뜨리네.

정말이지 훌륭한 장소네요!

(새영을 만난다. 사연을 이야기한다.)

새영 유모, 지금 아버님과 어머님은 화목하게 지내고 계십니까?

유모 애야, 나리께서 집에 도착하셔서 부인과 한바탕 다투셨는데, 나중에 부인께서 잘못을 후회하시고 지금은 소식하면서 불경을 읽고 염불을 하며 지내신단다!

새영 그렇게 되셨다니 자식의 마음이 이제야 편안합니다. 매향아, 메고 온 것은 무슨 물건이냐?

유모 이것은 영당께서 보내신 비단옷이고, 이것은 영존께서 보내신 백금 쉰 냥이니 모두 받아 두거라. 애야, 나는 가진 것이 없다. 변방에 다녀온 도고道姑가 내게 그림을 한 폭 주었는데, 무엇을 그린 것인지 몰라서 이번에 가져와 너에게 주어 이 어미의 작은 뜻을 전한다.

(새영이 그림을 받아서 본다.)

새영 원숭이 한 마리와 말 한 필이 쇠사슬로 쇠기둥 위에 거꾸로 매여 있는 그림이로군요.

원숭이와 말이 날뛰듯 마음이 어지러워 괴로워하며 치달리는데,

---

384 당나라 이백의 시 「춘일귀산기맹호연(春日歸山寄孟浩然)」 중의 일부이다.

쇠사슬로 단단히 비끄러매어 두었네.[385]

유모 이런 뜻을 어떻게 알겠느냐!

새영

　다만 스스로의 마음으로 깨달을 뿐,

　다른 사람에게 말하여 알려 주기는 어렵습니다.

유모 그렇구나! 너는 열심히 수행하거라.

새영 이 그림은 제가 잘 받겠습니다.

　【계지향】

　어머니의 경계警戒를 받들어,

　스스로 여러모로 반성하겠습니다.

　이 은자와 옷은 받지 않겠어요.

　저도 소박한 밥과 거친 옷이 있으니,

　이 백금과 비단을 어디에 쓰겠습니까?

　출가한 뒤의 도리를 따지자면, (첩)

　집에서 아침저녁으로 살펴 드리지 못하는데,

　산문에 있으면서 어찌 위문을 받을 수 있겠습니까?

　(합) 당신께 부탁합니다,

　예물을 가지고 집으로 돌아가 주세요.

유모

　【홍납오】

385　원문에 심원의마(心猿意馬)라는 표현이 있는데, 심원은 마음이 외부의 동요를 받아 안정되지 못하고 원숭이처럼 들뜸을 비유하는 말이고, 의마는 달리는 말처럼 제어하기 어려운 마음을 비유하는 말이다.

아씨,

　집에서는 영화榮華를 누려 마치 손바닥 위의 구슬 같았는데,

　암자에 와서는 청한淸寒을 지켜 마치 병 속의 얼음 같구나.

나리께서는 댁에 계시면서,

　네가 공문空門에 들어가 마음이 평안하지 못할까 걱정하시고,

　네가 선원에 들어가 발걸음이 편치 않을까 걱정하신단다.

오늘 이곳에 온 것은,

　네가 평안하다는 소식을 구하고,

　부모님의 자식 사랑하는 마음을 보여 주려는 것이었지.

　이 물건과 돈은 어르신들께서 내리신 것이니,

　거절하면 공경하는 것이 아님을 알아야 한다네,

　받아 주어야 비로소 양쪽이 마음을 다한 것이라네.

(익리가 등장한다.)

유모　아, 익리 아저씨도 여기에 있었구려!

(서로 사정을 설명한다.)

매향　저희 것을 받아 주세요!

익리　아씨는 아직 혼인하지도 않았는데 수절하셨으니, 저희 부 관인을 위해 애쓰신 것입니다. 소인의 것을 받아 주셔야 합니다!

유모　너는 아직 혼인하지도 않았는데 수절했으니, 부모님을 위해 힘을 다한 것이다. 내 것을 받아야 한다!

새영　저는 모두 받지 않겠습니다. (매향을 향해 말한다.) 너는 나리와 부인께 잘 말씀드려라. 나는 이미 조씨 가문을 떠난 몸

이다. 부모님을 모실 수 없어 딸이 있어도 없는 것과 같으니 어찌 또한 그분들의 은혜를 받겠는가! (익리를 향해 말한다.) 멀리 오시느라 누를 많이 끼쳤습니다. 저는 아직 부씨 댁에 가지 못한 몸입니다. 시부모님을 모실 수 없어 며느리가 있어도 며느리가 없는 것과 같으니 어찌 또한 그분들이 보내신 물건을 받겠습니까! 모두 받지 않겠습니다, 받지 않겠어요.

유모 안 되겠다. 진인을 나오시라 해야겠다.

(노비구니를 부른다. 노비구니가 등장한다.)

노비구니

　담장 너머로도 귀가 있는데,

　창밖에 어찌 사람이 없으랴.

여러분들은 이곳에서 무엇 때문에 다투는가?

(유모와 익리가 노비구니에게 인사한다.)

유모 저번에 소란을 많이 끼쳤습니다.

(각자 상황을 설명한다.)

노비구니 유모가 가져온 물건은 부모가 자식을 아끼는 마음이니, 이는 인仁이로다. 익리가 가져온 물건은 충신이 주군에 보답하는 뜻이니, 이는 의義로다. 제자가 받지 않는 것은 선가禪家의 청정한 절조이니, 이는 지智로다. 한 가지 일로 세 가지 선업이 갖추어졌으니 기쁘고도 기쁘도다. 다만, 이 예물은 각자 가지고 돌아가시게.

(익리와 유모가 앞과 같이 말을 하며 받아 주기를 부탁한다.)

노비구니 양가에서 가지고 돌아가려 하지 않으니 제자는 받아 두거라. 두 분은 며칠 더 머물러 주시게. 내가 도량을 지으려 하는데, 조씨 댁에는 조 나리와 부인 두 분이 복을 받고 장수 하시기를 돕고, 부씨 댁에는 부 관인의 모자가 하루빨리 만나 게 되기를 돕고자 하네.

익리, 매향　그렇게 해 주시면 정말 좋겠습니다, 정말 좋겠습 니다!

노비구니

돌아보고 매이는 사람으로는 골육보다 더한 것이 없고,

재물 가벼이 여기고 의를 지키는 이는 세상에 드물다네.

익리, 유모

내일 도량에서 설법 여는 때에,

상서로운 기운이 천지에 가득하겠네.

(퇴장한다.)

제94척

괘등 의례
(目連掛燈)

생 … 목련
외 … 노승
축, 정 … 도제

(목련이 등장한다.)

목련

조용한 절에 묵고 있으니,

텅 빈 섬돌 위에 밤새도록 가을 귀뚜라미가 우네.

그 소리가 마음을 어지럽혀 부모님 그리는 눈물이 한없이 흐르는데,

눈물은 끝이 있건만 한은 끝이 없네.

제가 세존을 세 번째 찾아뵈니, 세존께서는 괘등掛燈의 방책으로 지옥을 밝혀 깨뜨리라는 가르침을 주셨습니다. 그런데 일이 중대하니 먼저 천지신명께 고해야 합니다. 밤새 이곳에 묵으면서 여러 스님들께서 환대해 주셨는데, 이제 번거롭겠지만 도량을 세워 여러 신령들께 고하는 것이 소원입니다. 여러 사

부님들께서는 올라와 주십시오.

(노승이 등장한다.)

노승

　　손으로 푸른 산속의 승방을 열어젖히면,

　　노승이 반 칸이요, 구름이 반 칸이라.

　　삼경에 구름이 떠나 비가 되고 나서야,

　　고개 돌려 보고 노승이 한적함을 비로소 믿는다네.[386]

선사께 머리를 조아립니다. 산문山門이 적막하여 밤새 예를 드리지 못했는데 지금 불러 주시니 무슨 말씀이 계시온지요?

목련　소승은 고생하시는 모친을 구하기 위해 활불께 애원하였습니다. 세존께서는 패등으로 지옥을 밝혀 깨뜨리라는 가르침을 내려 주셨습니다. 지금 생각에 천지신명께 고하여 보호를 구하고자 합니다. 이 때문에 감히 사부님께 바라오니 저 대신 법단을 주재하여 도량을 하나 세워 주십시오. 사부님께서 굽어살펴 주실 수 있을지 모르겠습니다.

노승　선종禪宗[387]의 일은 한집안의 일인 데다가 모친을 구하는 일은 천하의 좋은 일입니다. 기꺼이 받드옵니다. 도제는 있느냐?

(무대 안에서 대답한다.)

노승　지차紙箚[388]를 만들고 채번彩幡을 잘라 만들고 대련對聯을

386　당나라 육구몽(陸龜蒙)의 시 「산중승(山中僧)」과 비슷하다.
387　여기에서는 불가(佛家)라는 뜻으로 쓰고 있다.
388　종이로 만든 명기(冥器)이다.

쓰고 성상聖像을 걸고 종고鐘鼓를 치고 법기法器를 불어라. 목련 선사를 위해 구모발망광등파옥초생도량救母拔亡光燈破獄超生道場[389]을 크게 세우거라. 반드시 마음을 다해야 하고 가벼이 해서는 안 될 것이니라!

(무대 안에서 대답한다.)

노승 본관本貫과 사연을 적어야 합니다.

목련 마음이 복잡하니 소승이 직접 쓰도록 해 주십시오.

노승 직접 쓰신다면 후당後堂의 경방經房으로 가시지요. 문방사우가 갖추어져 있습니다.

(목련이 퇴장하여 불등으로 몸을 장식한다.)

노승 도제 있느냐?

(도제들이 등장한다.)

도제들

청정하게 진세塵世를 초월하니,

공허空虛가 곧 불심佛心이라네.

등불을 전파함이 밤낮 없으니,

땅에는 황금이 깔려 있듯 하네.[390]

사부님께 아뢰옵니다. 채번과 대련을 모두 준비하였사오니 바로 펼쳐 걸겠습니다.

(여러 가지를 펼치고 법기를 취타한다. 청정淸淨 의례를 행

---

389 모친을 죽음에서 구하기 위해 등불로 지옥을 깨뜨려 초생하는 도량이라는 뜻으로 풀이된다.
390 아래 두 구절은 당나라 두보의 시「망우두사(望牛頭寺)」의 일부와 거의 같다. 항상 어두운 밤에 등불을 퍼뜨리듯 불법(佛法)이 퍼져 땅에 황금이 깔린 것만큼 귀중하다는 의미이다.

한다. 모두 주문을 읊는데, 앞의 재에서 외운 주문처럼 읊는
다.)[391]

목련

　【생사자生查子】

　몸에 등불을 걸치고,

　먼저 여러 신성神聖께 고합니다.

　이 대광명에 의지하여,

　널리 비추어 가려지는 땅이 없게 해 주소서.

노승　등불을 붙여 오셨구나, 과연 대단히도 밝도다!

　만 길의 불빛이 마음으로부터 나오고,

　천 줄기의 꽃이 불로부터 생겨나도다.

　온 천지를 하나로 비추어,

　사람들이 어둠 속에 가지 않게 하도다.

이 등불은 시방을 널리 비추니 보광등普光燈이라고 부를 수 있
겠도다.

(염불을 하려고 하며 말한다.)

올라와서 절을 올리거라. 천조天曹, 지부地府, 수국水國, 양원陽元
사부四部의 신성들께서 모두 도착하셨도다. 지금 서방 승려 대
목건련을 위해 광등파옥도망도량光燈破獄度亡道場을 세우나니,
모든 과문科文[392]을 내가 선독宣讀하겠느니라.

391　제13척에서 부나복이 부친의 천도재를 지낼 때 스님들이 외운 주문처럼 주문을 왼다는
의미이다. 제13척에서 외운 스님의 주문은 "암 단다난다 사바하, 암 수리실리 사바하, 암 서미
제서미제 사바하, 암 타나야타나야 사바하, 암 단다난다 수리실리 서미제 타나야 사바하"이다.
392　의례에 쓰이는 글이다.

모두

【불잠佛賺】

보광불께서 보광등을 내리시니,

보광등이 온 천하를 밝게 비추소서.

위쪽과 아래쪽을 모두 하나로 비추어,

사람들은 재난을 벗어나고 재난이 내 몸을 떠나가게 하소서.

(합) 나무아미타불 사바하.

【전강】

보광불께서 보광등을 내리시니,

만세토록 임금님을 널리 비추소서.

비바람 순조롭고 백성과 만물이 태평하고,

강물 맑고 바다 편안하여 영원히 강녕하게 하소서.

(합) 나무아미타불 사바하.

【전강】

보광불께서 보광등을 내리시니,

인간 세상의 백발이 된 부모를 널리 비추소서.

부유하고 장수하고 아들 많이 낳아서,

백 년 동안 복과 평안을 영원히 누리게 하소서.

(합) 나무아미타불 사바하.

【전강】

보광불께서 보광등을 내리시니,

천하의 독서인들을 널리 비추소서.

마음이 막힘없이 통하고 문리文理가 순조롭고,

반드시 한 번에 급제하여 이름을 이루게 하소서.

(합) 나무아미타불 사바하.

【전강】

보광불께서 보광등을 내리시니,

천하의 여러 공경公卿들을 널리 비추소서.

어진 마음으로 광명의 촛불을 만들어,

마을의 백성들을 두루 비추게 하소서.

(합) 나무아미타불 사바하.

【전강】

보광불께서 보광등을 내리시니,

천하의 돈을 버는 사람들을 널리 비추소서.

일 전의 본전으로 만 전의 이익을 얻어,

밭을 널리 사서 자손에게 주게 하소서.

(합) 나무아미타불 사바하.

【전강】

보광불께서 보광등을 내리시니,

천하의 자식 바라는 사람들을 널리 비추소서.

정수리의 등잔 하나를 들고 가서,

열 달 동안 밝게 비추어 기린아를 낳게 하소서.

(합) 나무아미타불 사바하.

【전강】

보광불께서 보광등을 내리시니,

천하의 재식齋食하는 사람들을 널리 비추소서.

불과佛果가 원만히 이루어지고 하늘이 절로 도우셔서,

만 리 높은 천당에 초생하게 하소서.

(합) 나무아미타불 사바하.

【전강】

보광불께서 보광등을 내리시니,

선행을 좋아하는 사람들을 널리 비추소서.

한 푼을 내면 만 금을 벌어,

온 집안이 한없는 복과 장수를 누리도록 하소서.

(합) 나무아미타불 사바하.

(다시 함께 '나무아미타불 사바하'를 세 차례 읊는다.)

【살미煞尾】

나무,

보광불께서 보광등을 내려 주셨네.

나무,

보광불께서 『보광경普光經』을 말씀해 주셨네.

불경을 읽고 등불을 켜니,

등불이란 등불이,

일체 중생을 비추네.

등불을 켜고 불경을 읽으니,

불경이란 불경이,

일체 중생을 제도하네.

부처님의 말씀은 오로지 불경에만 있고,

부처님의 빛은 오로지 등불에만 있고,

등불과 불경은 모두 마음속에만 있다네.

마음이 곧 부처요,

부처가 곧 마음이니,

마음의 땅이 밝으면 부처는 절로 이루어진다네.

(합) 나무아미타불 사바하.

【전강】

지금 서방 목련 승이,

몸에 불등을 걸치고,

입으로 불경을 읊으며,

부처님에 의지하여 좋은 인연을 맺어,

바로 야마성으로 가서,

유음幽陰을 밝혀 깨뜨리고,

그의 모친을 구하려고 합니다.

엎드려 바라옵건대 여래께서 불법을 전하셔서,

하루빨리 그를 초생하게 해 주옵소서!

(합) 나무아미타불 사바하.

노승　경하드립니다. 영당께서는 반드시 초생을 얻으실 것입니다.

목련

　【주운비駐雲飛】

　고승께 감사드리오니,

　빈승을 위해 널리 선인善因을 맺어 주셨습니다.

　등불이 빛나니 천광天光이 비치고,

　말씀이 내려오니 천화天花가 펼쳐지네.

아!

저는 이제 야마성으로 가서,

이 신등에 의지하여,

유명을 밝혀 깨뜨리겠습니다.

침침한 검은 지옥이,

모두 광명의 땅이 될 것입니다.

가는 길 내내 복을 펼치는 별과 같으리라. (첩)

(목련이 퇴장한다.)

노승 잘 가십시오, 잘 가시오! 목련의 불과는 이제 절로 이루어

지리라!

사람이 살면서 백 가지 행실 중에 효도가 으뜸이거늘,

어느 누가 목건련처럼 모친을 구했던가.

도제 갑[393]

하루아침에 초생하여 천부天府로 가서,

도제 을

천 년 동안 효자의 이름을 얻어 전하리라.

---

393 원문에는 소(小)로 되어 있으나 도제 중의 한 사람 역할을 하는 정(淨)으로 보는 것이 좋다.

여덟 번째 보전

(八殿尋母)

말 ⋯ 귀사	생 ⋯ 목련/수하
부 ⋯ 유씨	소 ⋯ 옥관
축 ⋯ 범인 갑/범인 정/아귀	정 ⋯ 종규(鐘馗)
단 ⋯ 범인 을	첩 ⋯ 범인 병
외 ⋯ 차사/아귀	

유씨, 범인 갑

【편지유偏地遊】

겹겹의 지옥에,

곳곳마다 형벌이 많다네.

하늘에 묻건대,

하늘은 어떻게 처리해 주실까?

귀사

하늘은 오직 사람의 마음에 달려 있는 것이니,

마음이 일그러진 자는 하늘이 더욱 좌절하게 할 것이다.

도리어 하늘에 물으며,

하늘이 어찌 스스로 마음을 헤아려 주지 않는다고 하느냐?

유씨

세상 사람들은 푸른 하늘을 두려워하지 않음이 없지만,

사욕에 미혹될 때 마음이 옮겨 간다네.

음사에 와서 좌절을 겪으며,

후회해도 부질없어 스스로 원망하네.

이곳 여덟 번째 보전 야마성은 하늘의 해도 보이지 않으니 어쩌면 좋을까?

(차사가 등장한다.)

차사

사람과 귀신은 비록 있는 땅이 다르지만,

어두운 곳이나 밝은 곳 모두 같은 하늘 아래라네.

아들이 능히 불과佛果를 닦을 수 있으니,

이전의 허물도 덮을 수 있다네.

나는 옥주의 엄명을 받고 유씨 청제를 앞의 아홉 번째 보전으로 압송하여 그를 초생시키고자 한다네. 공문을 이미 받았으니 옥중으로 가서 그를 데리고 가야겠다.

(유씨를 불러 설명한다.)

유씨 고맙습니다, 고맙습니다!

어미가 기쁘게도 아들 덕분에 초도되겠네,

지옥은 오직 하늘이 주재하는 대로 따른다네.

(차사와 유씨가 퇴장한다.)

범인 갑 할멈은 가 버렸구나! 우리는 이곳에서 언제쯤 하늘의 해를 볼 수 있을까?

귀사 하늘의 해를 보려면 불광佛光이 널리 비추어야만 할 것이다.

(목련이 불등을 걸치고 등장한다. 왼손으로 석장을 들고 오른
손으로 요령을 흔든다.)

목련

　【누루금縷縷金】

　고생하시는 어머님을 위해,

　좋은 인연을 맺어,

　이 몸에 불등을 두루 걸쳤다네.

　이제 야마성에 날아 들어와서,

　광명을 널리 비춘다네.

(무대 안에서 불을 피운다. 축丑과 외外가 각기 아귀로 분하여
달아난다.)

　(합) 아귀들이 끊임없이 어지럽게 달아나서,

　각자 도망하여 목숨을 구하려 하는구나.

　【전강】

어머니, 어머니!

　소리 높여 외쳐,

　어머님을 부르네,

　유씨 청제 사진을.

어머니,

　지금 어디로 달려가십니까?

　얼른 아들에게 나타나 주세요.

　(합) 아귀들이 끊임없이 어지럽게 달아나서,

각자 도망하여 목숨을 구하려 하는구나.

(귀사가 통곡하며 말한다.)

귀사 큰일 났다! 지금 우리 야마성에서 이 중이 석장으로 옥문을 내리쳐 열고 등불이 지옥을 밝혀 깨뜨리니 얼마나 많은 아귀들이 달아났는지 모르겠구나! 나리, 얼른 올라오십시오!

(옥관이 등장한다.)

옥관

　【강아수江兒水】

　울부짖는 소리가 땅을 울리고,

　불빛이 성안에 가득하구나.

　갑자기 이 같은 변고가 일어나니,

　무슨 까닭인지 모르겠도다.

범인 갑 나리께 아뢰오.

　어디에선가 웬 괴승怪僧이 왔습니다.

　(합) 입으로는 불경을 읊고,

　몸에는 불등을 걸쳤는데,

　그가 야마성을 밝혀 깨뜨리니,

　옥중의 아귀들이 모두 도망가 숨어 버렸습니다.

(귀사가 목련을 끌고 와서 말한다.)

귀사 바로 이 중입니다.

목련 아미타불.

옥관 선사는 어디에서 오셨습니까? 몸에 불등을 걸치고 이곳에 무슨 일로 오셨습니까?

목련

【전강】

대목건련은,

서방의 소승小僧으로,

저의 모친 유사진을 찾기 위해,

감히 보정寶庭에 오게 되었습니다.

어머니를 뵙지 못하여 시름이 깊습니다.

(합) 입으로는 불경을 읊고,

몸에는 불등을 걸쳤는데,

제가 야마성을 밝혀 깨뜨리니,

옥중의 아귀들이 모두 도망가 숨어 버렸습니다.

옥관 알고 보니 유씨 사진이 바로 영당이셨군요. 소관의 표형表兄[394] 과자허가 본래 선사와 동문수학한 사이인데, 얼마 전에 영당이 이곳에 오신다는 문서가 도착하여 소관이 일일이 조사해 보니 영당은 혼백이 사라지고 시신이 불태워져 잠시 초생하기가 어렵습니다. 반드시 혈류血類[395]의 몸을 빌려야 비로소 탈화脫化할 수 있습니다. 그래서 오늘 새벽에 차사를 시켜 아홉 번째 보전으로 모시고 가게 했습니다. 앞 보전의 옥주도 선사께서 도가 높고 덕이 두터우심을 다 알고 잘 맞이하실 터이니 불등을 걸치고 가지 않으셔도 될 것입니다.

목련 감히 여쭙건대 대인의 성함은 어떻게 되십니까?

---

394 본래는 내외종의 사촌 형을 말한다. 여기에서는 보통의 존칭으로 쓰였다.

395 사람이나 짐승을 가리킨다.

옥관 소관의 성은 유劉, 이름은 전방傳芳이고, 본관은 남야南耶 왕사성 사람입니다.

목련 소승도 남야성 사람이고, 노모 유씨는 바로 패방牌坊 아래의 유씨 댁 사람입니다.

옥관 그렇다면 소관과 한집안 분이시군요. 영당께서는 이번에 가셔서 반드시 초생을 얻으실 것입니다. 선사께서는 걱정하실 필요가 없습니다.

목련

은관恩官께서 사정을 말씀해 주시니 고맙습니다,

옥관

존당께서는 이번에 가셔서 반드시 초생하실 것입니다.

목련

모자가 상봉하게 되면,

결초結草하고 함환銜環하여 은혜에 보답하겠습니다.

(목련이 퇴장한다.)

옥관 선사가 갔구나. 그런데 옥에서 허다한 아귀들이 도망 나갔는데, 대왕님이 아시면 정말 곤란해지겠다. 여봐라, 얼른 종규鐘馗396 나리를 모셔 와서 아귀들을 좀 거두어 달라고 부탁하거라. 나는 지금 전하께 가서 내 죄를 스스로 아뢰려고 한다.

눈으로 승리의 깃발을 바라보며,

귀로 좋은 소식을 들으리라.

---

396 당나라의 전설 속 인물로 역귀를 쫓아내는 능력을 가졌다고 한다. 송대 이후의 민속에서 축역(逐疫)의 신으로 자주 등장한다.

(퇴장한다. 종규가 등장하여 춤을 춘다.)

종규

소맷자락으로 봄바람을 일으키니 메마른 풀도 소생하고,

검으로 가을 강물을 갈라내니 요마들을 멸망시키지.[397]

나는 성은 종鍾, 이름은 규馗이고, 별호는 남산南山이라네. 어려서 문장을 익혀 일찍이 과거에 뜻을 두어, 급제할 것이라고 크게 기대하며 가의賈誼[398] 같은 공명을 이루고자 하였으나, 어찌 알았으랴, 명단을 발표하니 유분劉蕡[399]처럼 낙방하여 심히 부끄러웠다네. 이 때문에 분노가 충천하여 금계金階[400]에서 머리를 찧고 죽었으나, 또한 영혼이 사라지지 않아 황궁을 떠돌았다네. 소리가 없지만 간혹 그 소리를 드러내어 사람들의 귀를 놀라게 하였고, 형상이 없지만 문득 그 형상을 드러내어 사람들의 눈을 두렵게 하였네. 당왕唐王께서는 마음속에 깨달은 바가 계셔서 내게 벼슬을 더해 주시고, 내게 청동 보검을 내리셔서 사마邪魔를 거두어들이게 하시고 나의 절의와 충성을 드러내셔서 정도에 귀의하게 하셨네. 정말이지,

살아서는 부귀의 운이 없었지만,

---

397 원나라 우집(虞集)의 시 「여소년과계문주루부차제왈련십팔서군인의기위여동빈작야만기어차(予少年過薊門酒樓賦此題日連十八書郡人疑其爲呂洞賓作也護記於此)」에 "검으로 백설을 불어 날리니 요마가 사라지고, 소맷자락으로 봄바람을 일으키니 메말랐던 풀이 소생하네(劍吹白雪妖邪滅, 袖拂春風橋朽蘇)"라는 구절이 있다. 가을 강물은 검광(劍光)이 냉준(冷俊)하고 명철(明澈)하다는 뜻이다.

398 한나라 때 인물로 글재주가 뛰어나 약관의 나이에 박사가 되고 많은 벼슬을 하며 활약하였다. 「조굴원부(弔屈原賦)」, 「과진론(過秦論)」을 비롯한 명문을 많이 남겼다.

399 당나라 때 인물로 문장이 뛰어나 과거 답안에 환관(宦官)의 전횡을 비난하는 내용을 썼는데, 시험관들은 높이 평가했지만 환관의 권세를 두려워하여 합격시키지 못했다고 한다.

400 궁정의 계단을 가리키고 조정을 뜻하기도 한다.

죽은 뒤에 문장文章이 오히려 유명해졌다네.

(멈추어 서서 박쥐 소리를 듣는다.)

아, 이 박쥐가 보고하기를, 여덟 번째 보전 야마성에서 아귀들이 도주하여 옥관 유전방은 이미 평등왕 전하께 청죄請罪하러 갔고, 이제 나더러 가서 대신 거두어 달라고 부탁하는구나. 반드시 가야 하리라!

【일지화一枝花】

문장은 팔대八代의 쇠미함을 일으키고,

용기는 삼군三軍의 장수를 차지했도다.[401]

부끄럽게도 공상公相의 운은 없었고,

부질없도다, 장원狀元 될 재능만 있었구나.

금계에서 머리 찧고 죽어서,

나는 "길이 있으니 결국에는 청운青雲에 당도할 것"은 얻지 못했지만,

"방문榜文에 이름이 없으면 맹세코 돌아가지 않겠다"는 뜻을 가졌다네.[402]

나는 "단번에 용호방龍虎榜에 으뜸으로 오르는 것"은 얻지 못했지만,

---

401 송나라 소식의 「조주한문공묘비(潮州韓文公廟碑)」에 당의 문장가 한유를 가리켜 "문장은 여덟 왕조 동안 쇠미해진 바를 다시 일으켰다(文起八代之衰)", "용기는 삼군의 장수를 차지했다(勇奪三軍之帥)"라는 구절이 있다.

402 원나라 왕실보의 잡극 「서상기」 제4본 제3절에 "푸른 하늘에 길이 있으면 결국 도달하리니, 방문에 이름이 없으면 결코 돌아오지 않으리라(青霄有路終須到, 金榜無名誓不歸)"라는 구절이 있다.

"십 년 만에 봉황대鳳凰臺에 당도하는 것"을 이루었다네.403

【소량주小梁州】

나의 문장은 살아서는 호방하였고,

나의 부귀는 죽은 뒤에 돌아왔다네.

감사하게도 당왕께서 크나큰 황은을 내리시니,

나는 오사모烏紗帽를 쓰고 기개가 충천하였네.

나는 초록 비단 관포官袍를 걸치고 만물을 덮어 가릴 풍채로,

내 발에는 조무래기 귀신들을 밟아 줄 검은 조화朝靴404를 신었고,

내 허리에는 큰 배를 두른 황금 허리띠를 매었고,

나는 흰 상아 홀笏이 있어 위로 천궐天闕405에 조배朝拜하고,

나는 자주색 융조絨縧406가 있어 아패牙牌407를 매달았고,

나는 청동 검이 있어 요괴들을 주살할 수 있고,

나의 명령은 질풍과 우레처럼 빨라서,

요마들이 만 리 밖에서도 모두 놀란다네.

(생生이 귀사로 분하여 말한다.)

귀사　종 나리께 아뢰오. 저희 옥주 나리께서는 전하께 청죄하러 가셨습니다. 옥에 있던 귀범들이 달아났는데, 여기에 정자呈子408가 있사오니 엎드려 바라옵건대 모두 거두어 주십시오.

403　명나라 계몽서『증광현문』에 "일거에 처음 과거 급제하여, 십 년 만에 봉황 연못에 도착했다(一擧首登龍虎榜, 十年身到鳳凰池)"라는 구절이 있다. 과거에 급제하여 출세하는 것을 말한다.
404　조정에 나갈 때 신는 가죽신이다.
405　하늘을 말한다.
406　여러 가닥으로 꼰 실을 말한다.
407　관원이 허리에 차는 신분증인, 상아로 만든 패찰이다.
408　하급 관청에서 상급 관청으로 올리는 공문이다. 정문(呈文), 정지(呈紙)라고도 한다.

종규 일어나거라, 잘 알겠다.

나는 삽시간에 그놈들을 무릎 꿇리고 절하게 만들어서,

하나하나 모두 땅바닥에 엎드리게 만들 것이니,

비로소 나의 훌륭한 능력이 드러나리라.

(검무를 추며 걸으면서 보결步訣409을 한다)

천령령天靈靈 지령령地靈靈, 태상노군太上老君의 장수가 병부兵符

에 따라 행하노니, 몰래 도망간 귀범들은 모두 이곳으로 오라.

(범인 갑이 등장하여 무릎을 꿇는다.)

범인 갑 나리, 한 번만 봐주십시오.

종규 이것은 무슨 귀신인가?

귀사 종과 북을 훔친 귀신입니다.

종규 야마성으로 데리고 가라.

범인 갑

살아서 법을 어겼더니,

죽어서는 숨을 방법이 없구나.

(퇴장한다. 범인 을이 자란 머리를 두건으로 싸매고 등장하여
무릎을 꿇는다.)

범인 을 나리, 한 번만 봐주십시오.

귀사 이자는 스승을 배신하고 도망가고, 청규를 지키지 않은
비구니입니다.

종규 야마성으로 데리고 가라.

범인 을

---

409 특수한 걸음법으로 비결(秘訣)을 행하는 것을 말한다.

성황전城隍殿에서 죄가 정해졌으니,[410]

나는 내생에서 암퇘지가 되겠구나.

(퇴장한다. 범인 병이 등장하여 무릎을 꿇는다.)

귀사 이것은 시부모를 욕하고 때린 여자입니다.

종규 매우 쳐라!

(수하가 범인 병을 매질한다.)

범인 병

벗어날 방도가 없고,

날개가 있어도 날기가 어렵다네.

(퇴장한다. 범인 정이 등장하여 무릎을 꿇는다.)

귀사 이자는 청규를 지키지 않고 산 아래로 도망간 중입니다.

종규 매우 쳐라!

범인 정

성황 전하께서 죄를 정하시니,

나는 내생에서 대머리 나귀[411]가 되겠구나.

(무대 안에서 말한다.)

무대 안 아귀들이 줄지어 모두 야마성 앞에 와서 스스로 옥으로 들어가기를 원하오니, 바라옵건대 종 나리께서는 그놈들을 때리는 일을 용서해 주소서.

(귀사가 종규에게 설명한다.)

---

410 제48척에 "이 화상과 비구니는 변성대왕 전하께 보내어 화상은 대머리 나귀로 만들고 비구니는 암퇘지로 만들어라"라는 구절이 있다.
411 중을 욕하는 말이기도 하다.

종규   그렇다면 모두 야마성으로 거두어들여라!

귀사   유 나리가 돌아오면 곧 감사의 인사를 하실 것입니다.

종규

【미성尾聲】

나는 평생 정직하여 사악한 모습은 없었으니,

빛나는 명성이 구주九州에 퍼졌도다.

이 귀범들은 모두 다 돌아왔도다.

귀범들아,

너의 팔자가 고약한 때문이 아니라,

너의 마음이 나쁘기 때문이니라.

살아서 남들을 억울하게 한 빚을 많이 졌도다,

남들을 억울하게 한 빚을.

열 번째 보전

(十殿尋母)

외 … 대왕
말 … 수하
부 … 유씨
정 … 범인/수재
축 … 범인/압송인
생 … 목련

대왕

【국화신菊花新】

열 번째 보전을 맡아 다스리며,

마귀들의 목숨을 해탈시켜 주네.

이곳에 오면 모두 초생하는데,

다만 어떤 나충裸蟲은 다르다네.412

온 세상이 모두 수많은 나충들인데,

생명이 있는 온갖 종류들이 그 안에 있다네.

비록 사람과 동물로 귀천이 나누어지지만,

---

412 나충은 털이나 날개 따위가 없는 벌레나 동물을 말한다. 여기에서는 사람을 뜻한다. 이곳
에서 대부분 초생하지만 그렇지 못한 사람도 있다는 것을 말한다.

모두 우리의 관할 아래 있다네.[413]

나는 열 번째 보전의 전륜대왕轉輪大王이로다. 앞의 아홉 번째 보전에서 귀범을 압송해 오면 절차에 따라 시행하지.[414] 사람이 될 자는 사람이 되게 해 주고 짐승이 될 자는 짐승이 되게 해 준다네. 전생轉生을 결정하는 권한은 비록 내게 있으나 전생하는 등급은 사실 사람들에게 달려 있지. 정말이지,

천지는 마음이 없지만 교화를 이루고,

귀신은 마음이 있지만 행함이 없도다.[415]

여봐라, 압송해 오는 귀범이 있으면 하나씩 보고하거라.

(정씨程氏, 유가劉賈, 유씨가 등장한다.)

정씨, 유가, 유씨

【완선등玩仙燈】

오는 길 내내 고통을 당했는데,

또다시 열 번째 보전 아래 도착했네.

(들어간다. 대왕이 문서를 본다.)

대왕 정씨는 남편을 위해 소를 저당잡히고 은자銀子를 가져와 썼는데, 채주債主가 독촉하니 너는 목매달아 죽으면서 채주에게 덮어씌웠다. 빚도 갚지 않고 게다가 채주에게서 장례비까지 뜯어냈다. 사정이 실로 괘씸하니 너를 소로 변하게 하여 그

---

413 사람들이 초생할 때 사람이나 동물의 여러 종류로 초생하게 되는데, 어떻게 초생하게 할지를 자신이 관장한다는 뜻이다.

414 원본에 아홉 번째 보전 대목은 생략되어 있다.

415 송나라 여정덕(黎靖德)이 편찬한 『주자어류(朱子語類)』 권 1에 정이(程頤)가 "천지는 마음이 없으나 교화를 이룩하고, 성인은 마음이 있으나 행함이 없다네(天地無心而成化, 聖人有心而無爲)"라고 말했다는 구절이 있다.

의 빚을 갚게 하리라! 유가는 누이에게 개훈을 권하고 살생을 저지르고 게다가 남의 나귀를 속여 빼앗고 값도 치르지 않았으니 너를 나귀로 변하게 하여 그의 빚을 갚게 하리라. 유씨는 아들 몰래 개훈을 하고 하늘을 속여 거짓 맹세를 하고, 게다가 개를 잡아 스님들에게 공양하고 이씨李氏를 개라고 욕했으니 너를 개로 변하게 하여 다시 초생해야 하게 만들리라.

정씨, 유가, 유씨　나리, 불쌍히 여기셔서 인간 세상에 초생하게 해 주시옵소서.

【사해아要孩兒】

바라옵건대 인자하신 법주法主님께서 사면을 내려 주소서,

사면을 내려 주소서.

뭇 귀범들이 모두 스스로 후회하고 있나이다.

생전의 잘못을 죽어서 고치기 어려우니,

오늘에 와서 스스로 되새겨 보아도 부질없다네.

사생四生416이 모두 심판대에서 나가고,

육도六道417가 오로지 붓놀림에 따라 정해지네.

바라옵건대 인간 세상에 초생하게 해 주셔서,

은혜에 감격함이 연유가 있고,

은덕에 보답함이 끝이 없게 해 주소서.

대왕　정씨는 나의 분부를 듣거라.

416　생물이 생겨나는 네 가지 형식을 말한다. 곧 사람과 같은 태생(胎生), 새와 같은 난생(卵生), 개구리와 같은 습생(濕生), 나비와 같은 화생(化生)이다.

417　천도(天道), 인도(人道), 아수라도(阿修羅道), 축생도(畜生道), 아귀도(餓鬼道), 지옥도(地獄道) 등 중생이 윤회하여 이르는 여섯 곳을 말한다.

【전강】

너는 사람 된 마음이 너무 일그러져 있으니,

소로 변하는 것이 마땅하겠도다.

뿔이 있는 것은 이빨을 없애리니,[418]

깔개 같은 풀밭에서 아지랑이 속에 누웠다가,

복사꽃 가득할 때 비 맞으며 돌아가리라.

쇠뿔 두들기며 노래한 것을 기억해야 하리니,[419]

남쪽 이랑에서 실컷 밭을 갈고,[420]

높은 수레를 흔들림 없이 끌고 가리라.

정씨

남을 속여 먹을 때는 기뻤지만,

소로 변하게 된 지금은 부끄럽다네.

(퇴장한다.)

대왕　유가는 나의 분부를 듣거라.

【전강】

생전에 마음이 너무도 거짓되었으니,

죽은 뒤에는 마땅히 나귀로 변해야 하리라.

귀는 길고 몸은 처지고 서원西園에서 고삐 잡혀 돌아다니고,[421]

418　여치거각(予齒去角)이라는 말을 응용한 것이다. 『한서』「동중서전(董仲舒傳)」에 하늘이 동물을 만들 때 이빨을 주면 뿔은 주지 않는다는 구절이 있는데, 완전무결한 것은 존재할 수 없음을 비유하는 말이다.

419　춘추 시대 제나라의 영척(甯戚)이 쇠뿔을 두드리며 노래를 불러 환공(桓公)에게 등용되었다고 한다. 이후 벼슬자리를 구하는 것을 뜻하게 되었다.

420　당나라 두보의 시「진정(進艇)」중에 "성도에 오래 머물며 밭을 일구며, 북쪽 바라보다 상심하여 북쪽 창가에 앉아 있네(成京久客耕南畝, 北望傷神坐北窗)"라는 구절이 있다.

421　『후한서』「오행지(五行志)」에 한나라 영제(靈帝)가 궁중의 서원에서 흰 나귀 네 마리를

또한 범이 다른 재주 없다고 비웃는 것을 방어하고,[422]

또한 '승고僧敲'라는 좋은 시를 듣게 되리라.[423]

주인에게 보답할 때는 모름지기 고삐 늘어뜨린 뜻을 기억해야 하리니,

장과로張果老는 제맘대로 뒤로 타고 갈 것이고,[424]

화이현華易縣에서 내키는 대로 옆으로 타고 가리라.[425]

유가

남을 해칠 때는 범처럼 강했지만,

목숨 살아나는 오늘은 나귀로 변하는구나.

(퇴장한다.)

대왕 유씨는 나의 분부를 듣거라.

유씨 나리, 불쌍히 보아주소서. 인간 세상에 초생하도록 해 주소서.

대왕 너는 현명한 아들이 있어 효행이 널리 드러나니 본래는

몰고 직접 고삐를 잡고 돌아다니면서 크게 즐거워했다는 기록이 있다.

422 당나라 유종원(柳宗元)의 산문 「검지려(黔之驢)」에 나귀를 처음 본 범이 나귀를 두려워하다 나귀가 뒷발질하는 것 말고 다른 재주가 없음을 알고는 나귀를 잡아먹었다는 내용이 있다.

423 송나라 완열(阮閱)이 편찬한 『시화총귀(詩話總龜)』에 다음 이야기가 전한다. 당나라의 시인 가도(賈島)가 장안에서 나귀를 타고 가다가 "스님이 달 아래 문을 두드린다(僧敲月下門)"라는 구절을 생각해 내고 구절 중의 '고(敲)' 자를 '퇴(推)' 자로 바꿀지를 고민하며 집중하다가 자신도 모르게 당시 경조윤(京兆尹)이던 한유(韓愈)의 행차 속으로 들어가게 되었는데, 이를 본 한유가 '고(敲)' 자가 좋겠다고 말해 주었다고 한다. 여기에서 원고를 고칠 때 쓰는 퇴고라는 말이 유래되었다.

424 장과로는 당나라의 방사(方士) 장과(張果)의 별명이다. 항주(恒州) 중조산(中條山)에 은거하였고, 뒤에 신격화되었는데 흔히 흰 나귀를 뒤돌아 타고 다니는 모습으로 그려졌다.

425 원나라 신문방(辛文房)이 편찬한 『당재자전(唐才子傳)』 「이백전(李白傳)」에 이백이 술에 취해 나귀를 타고 화음현(華陰縣) 관아 앞을 지나가다가 그를 몰라본 현령이 사과하는 소동이 일어났다는 이야기가 전한다. 본문의 화이현(華易縣)은 화음현이 와전된 것이다.

452 하권

너를 인도人道로 돌아가게 해 주고자 하였다.

【전강】

너의 시신이 이미 재로 변하여,

너의 혼령이 의탁할 바가 없으니,

우선 개로 변하여 양세로 돌아가거라.

개가 천하니 사람이 아니라고 말하지 말라,

절로 아들이 와서 너를 속바쳐서 돌아가게 하리라.

우란회를 크게 열어,

그의 혈기血氣를 빌려,

하늘 사다리를 타고 오르거라.

유씨

일찍이 다른 사람을 개라고 욕했는데,

오늘 개로 변하니 후회해도 늦었다네.

(퇴장한다. 수재와 압송인이 등장한다.)

압송인   미친 수재를 압송해 왔습니다.

(수재가 들어가서 길게 읍을 한다.)

대왕   너는 그 미친 성질을 죽어서도 고치지 못했느냐! 아, 우습구나, 우스워!

수재   대왕님!

【전강】

저의 바탕은 모두가 떠받들고,

재주와 명성은 비할 사람이 드뭅니다.

천 명의 군사를 일소하는 것은 진실로 쉬운 일이지만,

일곱 번 응시하여 급제하지 못했음을 하늘이 알고 있고,

마흔이 되어서도 명성이 들리지 않았음을 저 스스로 알고 있습니다. [426]

대왕님,

어찌 서로 재촉하고 핍박하실 필요가 있겠습니까,

저에게 난새를 타고 돌아가게 하시겠다면, [427]

제가 범을 묶고 돌아오는지 한번 보십시오. [428]

대왕 이 수재는 정말이지 광자狂者로다!

수재 제가 미쳤다는 것을 어찌 아십니까?

대왕 네가 그날 백마묘白馬廟를 지나면서 수많은 신상神像들을 보고 읍도 하지 않았을뿐더러 이들 신상이 모두 토목 의관土木衣冠[429]이라고 말하지 않았더냐!

수재 제가 생전에는 귀신이 없다고 여겼기에 그런 말을 한 적이 있습니다.

대왕 너는 들어 보지도 못했느냐? 한유韓愈가 부처를 믿지 않아서 「불골표佛骨表」를 지었다가 뒤에 한상자韓湘子가 남관藍關의 재난에서 구해 준 일과, [430] 완첨阮瞻이 귀신을 믿지 않아서 「무

---

426 『논어』「자한(子罕)」에 "마흔 살이나 쉰 살이 되도록 세상에 알려지지 않는 사람이라면, 또한 두려워할 것이 없다(四十五十而無聞焉, 斯亦不足畏也)"라는 구절이 있다.

427 난새를 타고 돌아간다는 것은 신선이 되어 하늘로 올라감을 비유하고, 죽음을 높여 부르는 말이다.

428 범을 묶는다는 것은 매우 다루기 어려운 상대를 굴복시킨 것을 비유한다.

429 흙과 나무로 만든 의관이라는 뜻으로, 신상을 낮추어 말하는 표현이다.

430 당나라 헌종(憲宗)은 독실한 불자였는데, 819년에 봉상(鳳翔) 법문사(法門寺)의 불골(佛骨, 부처의 사리)을 장안의 궁중으로 들여 공양하고자 하였다. 이에 유학자였던 한유는 「간영불골표(諫迎佛骨表)」를 올려 부처는 믿을 것이 못 된다고 하였고, 이를 안 헌종은 크게 진노하여 한유를 조주자사(潮州刺史)로 좌천시켰다. 한유는 조주로 부임하는 길에 상산(商山)을

귀론無鬼論」을 지었다가 바로 진짜 귀신이 나타나 그와 쟁론을 그치지 않았던 일을 말이다.[431] 하물며 어진 사람은 상제께 제사를 올리고 효자는 부모에게 제사를 올려 지금은 그 풍조가 거세니,[432] 어찌 거짓이라 할 수 있겠느냐! 우리 신령들은 비록 토목 의관이라고 하지만, 너희 세상의 독서인들 중에도 의관 토목이 있다는 것을 전혀 생각하지 않는구나!

수재　의관 토목은 무엇입니까?

대왕　원재元宰[433]의 의관을 갖추고도 음양을 다스리지 못하고, 원수元帥의 의관을 갖추고도 이적夷狄을 막지 못하고, 간신諫臣의 의관을 갖추고도 과실을 바로잡지 못하고, 헌대憲臺[434]의 의관을 갖추고도 기풍을 진작하지 못하고, 유사有司의 의관을 갖추고도 절약하고 백성을 아끼지 못하고, 사신使臣의 의관을 갖추고도 의를 지키고자 죽음을 택하지 못하는 것이니라. 이러한 벼슬아치들은 모두 의관의 토목인데, 어찌하여 신령들을 토목의 의관이라고 비웃는 것이냐?

수재　대왕님의 몇 마디 말씀을 들으니 모골이 송연해집니다. 소생이 원컨대 가르침을 받들고자 하옵니다.

지날 때 큰 눈보라를 만나 위험에 빠졌는데 이때 자신의 종손 한상자가 나타나 한유를 구조하여 함께 남관까지 가서 역참에 투숙하였다고 한다. 또 한상자가 신선술을 배워 신선이 되었다는 전설도 유명하다.

431　진(晉)나라의 완첨은 완함(阮咸)의 아들로 청담을 잘했다고 한다. 진나라 간보의 『수신기』권 16에 그가 귀신을 믿지 않다가 귀신과 논쟁했다는 이야기가 실려 있다.

432　『예기』「제의」에 "오직 성인만이 상제께 제사를 올릴 수 있고, 효자만이 부모에게 제사를 올릴 수 있다(唯聖人爲能饗帝, 孝子爲能饗親)"라는 구절이 있다. 또 『맹자』「만장 하」에 "지금 풍조가 거세다(於今爲烈)"라는 구절이 있다.

433　재상을 말한다.

434　어사(御史)를 말한다.

대왕

【전강】

너의 문장은 비록 훌륭하나,

아직도 광포함을 없애지 못했다.

말할 때마다 귀신은 없다고 하는데,

저 의관 토목들은 모두 하는 일이 없으니,

나 토목 의관이 바로 거리낌 없이 비웃노라,

어느 누가 기식器識을 앞세우고 문예文藝를 뒤에 놓더냐.[435]

때문에 너를 준마의 발굽 아래 짓밟히게 하였으니,

네가 붕새의 날개로 높이 날도록 만들어 주노라.

수재는 인간 세상에 초생하여 예전처럼 수재가 되어 광포함을 없애고 덕기德器[436]를 확충하여 일찍 삼원三元에 급제하고[437] 일품一品 벼슬에 오를 것이다. 여봐라, 속히 이 수재를 양세로 돌려보내거라!

수재

광포하면 진실로 문장을 쓰는 데 누累가 되고,

도량이 넓으면 절로 귀신들이 도와준다네.

(퇴장한다. 목련이 등장한다.)

목련

【전강】

---

435 기식은 도량과 식견을 뜻하고, 문예는 문장 짓는 솜씨를 말한다.
436 도덕 수양과 지식 도량을 뜻한다.
437 향시(鄕試)의 수석인 해원(解元), 회시(會試)의 수석인 회원(會元), 전시(殿試)의 수석인 장원(狀元)을 모두 차지한다는 뜻이다.

내 근심 가득한 창자는 하루에도 아홉 번이나 돌고,[438]

내 어머니의 혼백은 한스럽게도 오랫동안 떠돌아다니니,

열 번째 보전에 찾아와 소식을 묻고자 하네.

하늘이시여!

숫양도 어미의 은덕에 보답할 줄 알고,

까마귀도 어미의 자애에 보답할 줄 아는데,

사람이 어찌 은의恩義를 잊을 수 있으리요?

어머니가 보이지 않으니,

아들은 어디로 돌아갈까요!

(들어가서 대왕을 만난다.)

대왕 선사는 어디에서 오셨는가? 이곳에는 무슨 일로 오셨는가?

목련 소생은 서방의 대목건련이라고 합니다. 노모 유씨 청제를 찾고자 이곳에 와서 계시는 곳에 소란을 일으켰사오니, 엎드려 바라옵건대 죄를 사해 주시옵소서.

대왕 아, 유씨 청제가 바로 영당이셨군. 앞의 보전에서 문서를 보내와 선사의 효성이 신명을 감동시키고 법력이 천지에 통하신다고 말했소. 본래는 바로 영당을 초생하게 하고자 하였으나, 안타깝게도 그의 시신이 불타 버리고 혼백이 흩어져 버렸으니, 반드시 혈류를 빌려야 비로소 회생할 수 있기에, 영당이 이곳에 왔을 때 개로 변하게 하여 보냈소.

---

438 명나라 소찬(邵璨)의 희곡 「향낭기(香囊記)」 '득서(得書)'에 "나는 종일 근심 가득한 창자가 아홉 번 돌았네(我終日裏愁腸九轉)"라는 구절이 있다.

목련 노모께서 개로 변하여 가셨구나. 다 끝나 버렸구나, 어머니!

【전강】

아들이 왔는데 어머니는 또다시 떠나시니,

아들은 부질없이 어머니를 쫓아왔다네.

하늘이시여!

모자가 무슨 일로 서로 어긋났을까요,

게다가 개로 변하여 양세로 돌아가셨다는 말에,

아들의 마음을 더욱 쓰라리고 아프게 만드니,

애간장이 부서집니다.

어머니!

헛되이 땅속을 다니고,

부질없이 하늘 끝까지 갔습니다.

【미성】

살을 에는 바람이 땅을 휩쓸며 불어오고,

궂은비가 하늘 가득 내리네.

온 강과 호수에 슬픔의 눈물이 끝없이 흐르는데,

하늘에 물어보네,

하늘이시여,

저의 노모를 어디에 가서 찾아야 하겠습니까?

대왕 영당은 개로 변하여 양세로 돌아갔고 오래지 않아 인간 세상으로 돌아갈 것이니, 선사는 염려하지 않아도 되오.

목련

애통하네, 어머니께서 개로 변하여 괴로움을 금할 길 없으니,

어디에 이 생명을 의탁할지 알지 못하겠네.

대왕

모친과 만날 장소를 알고자 한다면,

흑송림의 관음에게 물어보시게.

나귀로 변한 유가
(益利見驢)

정 … 점주
축 … 유용보(劉龍保)
말 … 익리
소 … 나귀

(점주가 등장한다.)

점주

【자자쌍字字雙】

나귀가 있는 집은 많고도 많아서,

늘 볼 수 있는데,

우리 집 나귀는 정말 이상하니,

사람이 변한 것이라네.

유가劉賈가 가게 돈을 떼먹어,

하늘이 꾸짖은 것이지.

당신들께 권하노니 번지르르한 말은 절대 믿지 마시게,

빚을 갚지 않고 질질 끌 것이네.

저는 성은 앙仰, 이름은 헌獻이라고 합니다. 청계하淸溪河 옆에서 가게를 열어 놓고 있습죠. 장사가 어려워져 나귀를 한 마리 사다가 밀을 빻고 있었는데, 뜻밖에 이놈의 나귀가 궁둥이가 가려웠는지 수나귀[439]의 화살에 찔리더니 뒤에 새끼를 낳았습니다. 사람들은 나귀 거시기가 영험도 하다고 했지요. 새끼 등에는 크게 '유가소변劉賈所變'[440]이라는 네 글자가 쓰여 있었는데, 생전에 저를 속여 먹었다가 이제 옛날 빚을 갚으러 온 것입니다요. 여러 군자님들께 권하오니 각자 회심하여 선행을 베푸소서. 유가가 나귀로 변하여 이 지경이 되어 원망해도 소용없게 된 것을 따라가지 마시고요. 오늘은 나귀가 일찍부터 밀을 빻고 있으니 풀밭으로 내보내 배불리 먹게 풀어놓아야겠습니다. 정말이지,

　힘들게 노력하지 않으면,

　세상의 재물을 얻기 어렵다네.[441]

(나귀를 풀어 준다. 용보가 등장한다.)

용보

　【전강】

　우리 집 조상님은 이름난 부자여서,

　선행을 쌓으셨다네.

　아버지는 근래에 가산을 탕진했고,

　사기를 쳤다네.

439　원문은 곡려(牿驢, 마구간의 나귀)인데, 맥락상 수나귀를 뜻하는 부려(牰驢)로 보았다.
440　'유가가 변한 것'이라는 뜻이다. 뒤에는 '유가변려(劉賈變驢)'로 나온다.
441　명나라 풍몽룡(馮夢龍)의 소설집『성세항언(醒世恒言)』권 14 등에 나온다.

아버지가 돌아가신 지 두세 해 만에,

나는 더욱 어려워졌네.

그래서 지금은 걸식하며 괴롭게 지내니,

꼴이 말이 아니라네.

세상사 정해진 것 없어 쑥 구르듯 하니,

몇 명이나 부귀하고 몇 명이나 가난하던가.

나는 지금 걸식하나 당신은 비웃지 말게,

삼십 년 전에는 강물이 동쪽으로 흘렀다네.[442]

저는 유가의 아들 유용보劉龍保라고 합니다. 조상님 때는 집안이 넉넉했는데 아버지 때 점차 예전만 못하게 되었습니다. 고모는 부상에게 시집갔는데 저의 아버지는 신명을 공경하지 않고 사기만을 일삼았습니다. 그래서 아버지가 돌아가신 지 얼마 되지 않아 저는 거지가 되고 말았습니다. 사촌 형 나복은 출가하여 수행하고 있고, 집의 재산은 모두 익리가 관장하고 있습니다. 이 사람은 충직하고 인정이 두터워서 그의 도움을 이미 많이 받았습니다. 더는 찾아가기 어려워 차라리 바깥에서 걸식하며 지내고 있습니다. 앞에 가게가 하나 있으니 찾아가서 빌어 보아야겠습니다. 정말이지,

하루 부끄러움을 모르면,

세끼 밥을 배불리 먹는다네.

(들어가서 점주를 만난다.)

---

[442] 속담에 "삼십 년은 강물이 동쪽으로 흐르고, 삼십 년은 강물이 서쪽으로 흐른다(三十年河東, 三十年河西)"라는 말이 있다. 성쇠(盛衰)가 무상하다는 뜻이다.

나리, 밥 좀 주십시오. 노래를 불러 드리리다.

점주 부르지 말아라.

용보 부르겠습니다.

【칠언사七言詞】443

사람들에게 권하노니 부모님께 효도하시게,

부모님 말씀을 따르는 것은 먼저 스스로 수신修身함에 있다네.

수신은 또 사계四戒444를 지킴에 있으니,

주색재기酒色財氣를 일삼는 원인을 따져 보겠네.

아,

도련님들은,

부디 유념하시게,

한 글자가 천금이라네,

아이고,

한 글자가 천금이라네,

【전강】

사람들에게 권하노니 술을 좋아하지 마시게,

술은 본시 창자를 썩게 만드는 물이라네.

창자가 썩어 버리면 돌이킬 수 없고,

돈을 다 써 버리면 전답을 팔아야 한다네.

아,

---

443 원문에는 곡패 표시가 없으나 걸식하는 사람이 부르는 7언체 타령으로, 앞의 사례를 참고하여 '칠언사' 곡패명으로 표시하였다.
444 여기에서는 아래의 '주색재기(酒色財氣)', 즉 술, 여색, 재물, 힘을 삼간다는 뜻이다.

한창인 사내들은,

일찌감치 잘 생각하여,

남들이 두둔하는 말을 듣지 마시게,

아이고,

남들이 두둔하는 말을 듣지 마시게.

【전강】

사람들에게 권하노니 꽃을 탐하지 마시게,

꽃을 탐하다가 덕을 잃고 패가망신한다네.

서방질하는 여자는 모두 거짓이어서,

사람들 앞에서 북을 치고 비파를 타게 될 것이라네.[445]

아,

수다스럽다네,

음란한 두꺼비들의,

그 말을 절대로 듣지 마시게,

아이고,

그 말을 절대로 듣지 마시게.

【전강】

사람들에게 권하노니 재물을 탐하지 마시게,

돈은 본시 얼마를 벌지 정해져 있다네.

만약에 그래도 염치없이 탐낸다면,

---

[445] 속담에 "북 치고 비파 타며, 만나면 한 가족이다(打鼓弄琵琶, 相逢是一家)"라는 말이 있다. 북 치는 사람과 비파 타는 사람이 함께 다니다가 곧 흩어진다는 뜻으로, 잠시 만나 놀면서 깊은 정의(情義)가 없는 것을 비유한다.

재물이 모일 때 재앙이 일어날 것이라네.

아,

지금을 기억하시게,

그래서는 안 되니,

절대로 마음이 비뚤어지지 마시게,

아이고,

절대로 마음이 비뚤어지지 마시게.

【전강】

사람들에게 권하노니 힘자랑하지 마시게,

힘자랑하고 기운 쓰다가는 절로 미쳐 버리게 된다네.

힘센 사람 위에 더 힘센 사람이 있으니,

힘센 사람을 만나면 어찌 당하겠는가.

아,

초패왕楚霸王446은,

힘이 세고도 세었지만,

오강烏江에서 자결했다네,

아이고,

오강에서 자결했다네.

【전강】

주색재기라는 사방으로 둘러쳐진 담장에,

세상 사람들이 가운데 갇혀 있다네.

만약에 뛰어넘어 나올 수 있다면,

---

446 항우(項羽)를 가리킨다.

바로 신선이 되어 늙지 않는 길이리라.

아,

현명한 분들께 권하노니,

잘 생각하여,

별것 아니라고 여기지 마시게.

아이고,

별것 아니라고 여기지 마시게.

점주 정말 잘 부르는군.

용보 길거리에 떠도는 말입죠.[447]

점주 글도 좀 아는가?

용보 나리, 소인은 본래 뼈대 있는 집안 출신으로, 어려서 총명하여 대구對句를 잘 지었습니다요. 아버지가 선생님에게 세 글자 구절을 짓게 하고 소인에게 대구를 지으라고 하셨는데, 선생님이 "신은배新銀杯(새 은잔)"라고 말씀하시길래 소인이 "파칠완破漆碗(헌 칠그릇)"이라고 말했더니 아버지는 화를 내시면서 선생님을 바꾸었습니다. 어느 날 다시 다섯 글자 구절을 짓게 하고 소인에게 대구를 지으라고 하셨는데, 선생님이 "정정죽절고亭亭竹節高(곧은 대나무 절개가 높도다)"라고 말씀하시길래 소인이 "리리연화락哩哩蓮花落(닐리리 연꽃이 떨어지네)"[448]이라고 말했더니 아버지는 다시 화를 내시면서 또 선생님을 바꾸었습니다. 어느 날 다시 일곱 글자 구절을 짓게 하고

---

447 『논어』「양화」에 "길에서 듣고 길에서 말한다(道聽而途說)"라는 구절이 있다.
448 연화락은 불교에서 기원한 통속적인 민가(民歌)의 종류이기도 하다.

소인에게 대구를 지으라고 하셨는데, 선생님이 "계화삽빈희승룡桂花揷鬢喜乘龍(계화를 귀밑머리에 꽂고 기쁘게 용을 타네)"[449] 이라고 말씀하시길래 소인이 "죽장수신장타구竹杖隨身長打狗(죽장을 몸에 지니고 늘 개를 때려 주네)"라고 말했더니 아버지는 역시 화를 내시면서 다시 선생님을 바꾸었습니다. 어느 날 다시 격구대隔句對를 짓게 하고 소인에게 대구를 지으라고 하셨는데, 선생님이 "구중전상, 열양반문무관료九重殿上, 列兩班文武官僚(구중궁궐에 양반 문무 관료들이 늘어서 있네)"라고 말씀하시길래 소인이 "십자가두, 규기성의식부모十字街頭, 叫幾聲衣食父母(네거리에서 옷과 음식을 주시는 부모님을 몇 번 불러 보네)"라고 말했더니 아버지는 크게 화를 내면서 선생님을 나무라셨습니다. 그 선생님은 "당신 아드님은 분명히 거지가 될 것이니, 공자님이라도 가르치지 못할 겁니다!"라고 말씀했습죠. (점주가 상으로 술을 내려 주고 용보가 받아서 마신다. 익리가 등장한다.)

익리

술을 마시고 함부로 말하지 않으면 진정한 군자요,

재산을 이치에 맞게 처분하면 대장부라네.[450]

우리 집에서 스님을 공양하고 부처님을 모시는 물건들은 모두 앙씨네 가게에 일을 맡겨 왔습니다. 오늘 이곳에 온 것은 앙씨와 셈을 치르기 위해서입니다. 들어가 보아야겠습니다.

---

449 승룡은 하늘에 오르다, 좋은 사위를 맞다, 좋은 시기를 타서 움직이다 등의 의미가 있다.
450 『명심보감』「정기(正己)」에 나온다.

(익리가 용보를 만난다.)

당신은 용보 형이 아니시오?

용보 나는 그런 사람이 아니오.

익리 어째서 아니라는 말이오?

용보 아버지가 계실 때는 용보라고 부르며 손바닥 위의 구슬처럼 아껴 주셨지만, 아버지가 돌아가신 뒤로는 농포膿包[451]라고 불리며 똥 속의 풀처럼 경시당하고 있으니, 부끄럽습니다, 부끄러워요!

익리 외숙께서 돌아가신 뒤로 용보 형이 굶주리고 추위에 떨며 이 지경이 되었구려! 어찌 우리 집으로 오시지 않았소?

용보 익리 형, 속담에 "배고프다고 시루를 쳐다보지 말고, 궁벽하다고 친척에 기대지 말라"는 말이 있는데, 당신의 보살핌을 많이도 받았으니 차마 가지 못하겠더라고요.

(익리가 울며 말한다.)

익리 유가 아저씨!

용보 아버지!

(나귀가 걸어서 등장한다. 익리가 나귀를 보고 말한다.)

익리 여기 등 위에 글자가 쓰여 있네. '유가변려劉賈變驢'로구나. 외숙께서 나귀로 변한 것인가 보다!

용보 천하에 같은 이름을 가진 사람이 많은데 어찌 우리 아버지가 나귀로 변한 것이라는 것을 압니까? 나귀야, 네가 과연 용보의 아버지라면 크게 세 번 울고 내 품에 들어오너라.

---

451 고름이라는 뜻이다. 용보와 농포가 발음이 비슷하다.

(나귀가 세 번 운다.)

정말 맞구나!

　【반천비半天飛】

　　놀라 탄식하며 머뭇거리네.

　　무슨 일로 아버지가 나귀로 변하셨는가?

그것이 아니라면,

　　네 글자가 증거일 것이요,

그것이 맞다면,

　　한번 변해 버린 것을 어찌해야 할까?

아!

　　나는 답답하여 눈물이 구슬처럼 흐르네.

아버지가 나귀로 변하였으니 이제 사람들이 나 용보를 보면

모두 저 나귀 거시기가 들어가서 나온 것이라고 말하겠지.

　　시골의 사내들이,

　　미친 말을 경박하게 내뱉을 텐데,

　　나도 사람이니,

　　어찌 두려움이 생기지 않으리요!

익리 형, 할 수 없군요, 오늘 여기서 이렇게 만났으니,

　　우리 아버지가 이 모습을 벗어나게 하고 싶습니다. (첩)

익리

　【전강】

　　탄식할 것 없어요,

선업을 쌓은 집안에는 경사가 자손까지 이어집니다.[452]

외숙께서는,

단지 마음에 주견主見이 없어서,

누이를 꼬드기며 나쁜 말을 많이 했습니다.

아!

그리하여 풍도에 가서 나귀로 변해 버렸습니다.

선업을 행하지 않은 집안에는,

반드시 후손에게까지 재앙이 뒤따르니,

이같이 많은 고통을 받게 되었습니다.

아미타불을 읊어 그분을 구제해야 합니다. (첩)

용보 가르침을 받듭니다. 그런데 천하 만물은 모두 주인이 있어서 나귀를 사들이자니 돈이 없는 것이 부끄럽습니다. 학문을 하려 해도 먼저 생계를 마련해 두어야 하고, 수행을 하려 해도 음식이 부족할까 걱정한다고 했는데, 어찌하면 좋을까요?

익리 제가 알아서 하겠습니다. 앙 형에게 여쭈오니 외숙께서 나귀로 변하여 제가 지금 사들이고자 합니다. 얼마를 쳐서 드리면 되겠습니까?

점주 재공齋公이 나누어 주신 것을 일일이 받들었으니 재공의 얼굴을 보아 일일이 뜻을 받들 뿐 감히 값을 매기지는 못하겠습니다.

---

452 『주역』「문언(文言)」에 "선을 쌓은 집은 반드시 경사가 따르고 선하지 않은 일을 쌓은 집은 반드시 재앙이 따른다(積善之家, 必有餘慶, 積不善之家, 必有餘殃)"라는 구절이 있다.

익리, 용보　고맙습니다, 고맙습니다!

익리　용보 형, 이 나귀를 데리고 원외 댁으로 가서 책방에 묵으세요. 낮에는 나귀를 돌보고 밤에는 책을 읽고, 옷이며 음식은 제가 마련해 드리겠습니다.

용보

　【원림호園林好】

　장자長者께서 소생에게 나귀를 주시니 고맙습니다,

　익리 형이 선친의 옛정을 생각해 주시니 고맙습니다.

　이 몸이 이번에 진실로 커다란 행운을 만나게 되니,

　두 분의 은혜에 보답하기 어렵습니다. (첩)

익리

　【전강】

　옛날의 허물을 덮으려면 힘써 노력하시기를,

　신명을 섬기려면 지극정성을 다하시기를.

　예로부터 천도天道는 거울처럼 밝아서,

　발원發願하자마자 곧바로 알아들으신다네. (첩)

점주

　【전강】

　이 일을 당하고 정말 놀랐지만,

　다행히 친구와 이웃 덕에 해결되었습니다.

　익리 형,

　불경 두세 권을 구해다 주십시오.

익리　앙 형이 그것을 무엇에 쓰시게요?

점주

　앞으로 수행하고자 합니다. (첩)

　좋구나, 좋아! 오늘 익리 형이 외숙을 구하고 용보 형은 부친을 구하고 저는 감동하여 수행하기를 발원하니, 한 번에 세 가지 선업이 갖추어졌다네. 기쁘구나!

용보

　길 위에서 다행히 은인을 만나,

　외롭고 춥고 가난하고 곤궁한 몸을 구원받았네.

함께

　권하노니 만사를 허둥지둥 애쓰지 마시게,

　고개 들면 석 자 앞에 신명이 계시다네.

관음의 가르침
(目連尋犬)

생 … 목련
점 … 관음

목련

【산파양^{山坡羊}】

어머니 때문에 고향을 떠나,

서천에 가서 선^禪을 배워 입정^{入定}했다네.

지옥으로 가서 열여덟 군데를 모두 다니며,

어머니가 천만 가지 괴로움을 모두 당하심을 알고 탄식하였네.

마음이 괴로우니,

죽도록 괴로워 구슬 같은 눈물이 떨어졌네.

어머니가 개로 변했다고 말하지만,

어느 주군^{州郡}에 떨어져, 떨어져 계신지를 모르겠네.

어머니,

아득하고 망망하니 어디에서 찾을까요?

이 고을 저 마을,

남김없이 다니며 소식을 물어보네.

〔소충장訴衷腸〕

하늘은 드넓고,

길은 아득한데,

한 겹 산 바깥에,

또다시 마을 하나라네.

집집마다 문 앞에서 개가 멍멍 짖는데,

어느 집에,

우리 어머니가 계실까?

저는 어머니를 구하기 위해 세존께 찾아가 절을 올리니 감사하게도 신인神人의 지극한 가르침을 보여 주셨습니다. 유명幽明의 두 곳을 드나들며 음사를 두루 다닌 뒤에 저의 어머니가 개로 변했다는 것을 알게 되었습니다. 또 "어머니와 만날 장소를 알려거든 흑송림의 관음에게 물어보라"고도 하였습니다.

(걸어간다.)

아, 이곳에 오니 다시 흑송림이군요. 본래 관음 낭낭께서 이곳에서 점화해 주셨으니 흙을 뭉쳐 향을 만들어 낭낭께 절을 올려 아뢰어야겠습니다!

【불잠佛賺】

관음보살 대자비께서,

끝없이 중생을 구제하시네.

옛날에 친히 점화해 주셨는데,

이제 와서 이곳을 지나니 그리움을 이기지 못하겠네.

엎드려 바라옵건대 낭낭께서 친히 현현하셔서,

노모를 만나 하루빨리 함께 돌아갈 수 있게 해 주소서.

저는 지금 송림 아래 엎드려,

남해南海에 유신遊神453하며 애사哀辭로써 아뢰고자 합니다.

(엎드린다.)

관음

【산파양】

상서로운 구름을 타고 범경凡境에 내려와서,

맑은 바람을 내보내 먼지를 날려 없애네.

생각해 보면 옛날 부나복이 나의 가르침을 받았는데,

기쁘게도 이제 목건련이 벌써 성불하였구나.

유명幽冥에 가서,

모친이 개의 몸으로 변한 것을 알고서,

양세에서 두루 다녀 봐도, 두루 다녀 봐도 종적을 찾지 못하여,

송림에 와서 땅 먼지 위에 엎드려 있구나.

내가 그에게 자세히 말해, 말해 주어야겠다.

목련아, 목련아,

불쌍하구나,

너는 모친을 구하려고 서천에 간 효자로다.

일어나거라,

---

453 정신이 육신을 떠나 돌아다니는 것을 뜻한다. 목련의 정신이 관음이 있는 남해로 찾아간 것을 말한다.

나는 괴로움에서 구해 주는 남해의 관세음이다.

목련

〔서강월西江月〕

옛날 점화를 깊이 입어,

지금까지도 감사의 마음을 잊기 어렵사옵니다.

머리 조아려 흙을 세 번 뭉쳐 향을 만들었는데,

낭낭께서 친히 강림해 주시니 또다시 감사하옵니다.

관음

탄식하노니, 세상의 자식들 중에,

몇 명이나 부모에게 보은할 수 있겠는가?

훌륭하구나, 그대가 모친을 구하여 효성의 이름 날려서,

후세 사람들이 말하게 될 것이니.

목련 서천에서 부처님을 뵙고 모친을 구하고자 하는 마음을 품었지만, 북해北海에서 망연하게 있다가[454] 출가의 소원을 이루지 못했습니다. 지나치게 칭찬해 주시오나, 어찌 감히 허명을 무릅쓰겠나이까?

관음 모친을 구하는 것은 효자의 초심이겠으나, 죽은 이를 되살리는 것은 역시 세상에서 어려운 일이로다. 머지않아 모든 일이 잘 풀릴 것이니 공연히 탄식하지 말거라.

목련

---

454 『장자』「추수(秋水)」에 자신만을 최고로 알던 하백(河伯)이 북해에 가서 동쪽으로 바다가 끝이 없는 모습을 보고 망연하게 북해약(北海若, 북해의 신)을 바라보며 자신의 모습을 돌아보았다는 내용이 있다. 뒤에 남의 위대함을 보고 자기의 초라함을 탄식하는 것을 비유하는 말이 되었다. 망양흥탄(望洋興歎) 또는 망양이탄(望洋而歎)이라고도 한다.

【조라포皂羅袍】

옛날 밝으신 가르침을 삼가 받들어,

세존을 뵙고 어머니를 구하고자 하였습니다.

감사하옵게도 세존께서 처음에는 짚신과 석장을 내려 주시고

다시 오반과 신등을 내려 주셨습니다.

열 군데의 보전에 빠짐없이 가고,

열여덟 겹의 지옥을 모두 다녔습니다.

어머니는 개로 변하여,

계신 곳을 알지 못합니다.

아들은 어머니를 찾지만,

만날 날을 기약할 수 없습니다.

바라옵건대 가르쳐 주소서,

어느 때 어느 곳에서,

저의 모친을 만날 수 있을지를.

관음

【전강】

효자는 걱정하지 말거라.

너의 존당尊堂은 정鄭 공자公子의 집에 태어났도다.

내일 서쪽 교외로 아침 사냥을 나갈 터인데,

수많은 군영軍營 중에 가장 먼저 도착할 것이니라.

네가 청계淸溪 나루에 가면,

높은 바위 아래에서,

개가 와서 서로 만나게 될 것이니,

너는 의심하지 말거라.

비로소 드러나리라, 너의,

효심이 하늘과 땅을 감동시키리라.

목련   감사하옵니다, 감사하옵니다!

【미尾】

저는 청계로 가서,

나루의 높은 바위 아래 있겠습니다.

관음

반드시 모친을 만나 함께 돌아가게 되리라.

함께

지옥과 서천을 다닌 일이 헛되지 않으리라.

목련

어리석은 사람에게 가르쳐 주시니 감사하옵니다,

관음

내일 아침에 모친을 만나리라.

하늘은 효자를 불쌍히 여기고,

목련

부처님은 인연 있는 사람을 감화해 주신다네.

제99척

모친과의 재회
(打獵見犬)

정, 축 … 수하
소 … 공자
개
생 … 목련

수하들

【복산자卜算子】

삼군三軍에서 무위武威를 떨치니,

사해에서 호귀豪貴라 부른다네.

매를 팔뚝에 올려놓고 말을 치달려 서쪽 교외로 나가니,

기세가 불타오르듯 하여 정말이지 적수가 없다네.

　우리는 정鄭 공자公子의 수하입니다. 오늘 공자님이 산으로 사냥을 나가실 것이라 기다리고 있습니다.

공자

【전강】

호방한 기상은 무지개를 토해 내고,

대대로 족보에는 공신들이 넘치네.

삼천 명 주리객珠履客[455]이 날마다 따르며,

풍류 넘치는 모임을 맺는다네.

매를 어깨에 얹고 안개 타고 길게 뻗은 길을 달려가서,

개 풀어놓고 구름 쫓아 옛 산에 들어가네.

굳센 기상으로 늘 오래된 장검을 품고,

취한 가슴에 드넓은 태항산太行山을 뜻밖에 얻었노라.[456]

나는 병부兵部 정 상서尙書의 아들이오. 아버지는 재상의 지위에 계시고 병권을 맡아 임금님을 섬김에 충성을 다하고 자식을 가르침에 법도를 자세히 밝히십니다. 예로부터 군대를 농사에 힘쓰게 하고 군진을 사냥에 나서게 하였으니, 사냥으로 군대를 훈련시켜 무武를 보여 천하를 떨게 하고, 곡식을 거두어 종묘에 제사 올려 효孝를 보여 천하가 따르게 하였습니다. 군대와 농사를 모두 갖추어 사냥에 바탕이 됨이 가볍지 아니하고, 싸움과 제사를 함께 닦아 사냥에 의지함이 가장 무겁습니다. 지금 마땅히 대열병大閱兵을 할 때이니, 아, 너희 모든 군사들은 나의 명령을 듣거라!

(수하들이 대답한다.)

들쑥날쑥 대오를 어지럽히지 말라!

(대답한다.)

---

455 구슬로 장식한 신을 신은 문객으로, 지모가 있는 문객을 뜻한다.
456 송나라 나대경의 『학림옥로』 권 10에 나오는 송나라의 풍경(馮京)이 지은 시구로 "먼지 속에 팔을 휘휘 저으며 길게 뻗은 길을 떠나, 금과 술 지니고 구름 쫓아 옛 산에 들어가네(塵埃掉臂離長陌, 琴酒和雲入舊山)", "읊조리며 늘 오래된 장검을 품고, 취한 가슴에 드넓은 태항산을 뜻밖에 얻었노라(吟氣老懷長劍古, 醉胸橫得太行寬)" 등이 수록되어 있다.

태만하여 편안하려고 하지 말라!

(대답한다.)

시끄럽게 무리를 미혹시키지 말라!

(대답한다.)

법도를 어겨 가며 날짐승을 붙잡지 말라!

(대답한다.)

방자하게 행동하여 백성들을 어지럽히지 말라!

(대답한다.)

숲을 불태워 만물을 해치지 말라!

(대답한다.)

내 명령을 위반하는 자는 군법으로 다스리겠다!

(대답한다.)

각기 매와 개를 데리고 바로 길을 떠나거라!

(대답한다.)

수하 갑　공자님께 아뢰옵니다! 며칠 전에 어미 개가 새끼를 낳았는데 아흐레 만에 어미만큼 크게 자랐습니다. 지금 개들이 출발하는 모습을 보니 새끼가 앞으로 떠났습니다.

공자　마음대로 하게 내버려두어라!

　【점강순點絳唇】

내 아버님의,

　　현귀顯貴함은 당대에 빛나고,

　　식견은 세상에서 우뚝하시다네.

　　아이들 가르치실 때는 노력을 잊지 말라 하시고,

문무를 반드시 겸하도록 하셨네.

【혼강룡混江龍】

이번 사냥 대회는,

매와 개를 빌려 용표龍豹의 도략韜略457을 연습하는 것이라네.

여봐라,

푸른 매와 흰 매를 어깨에 얹고,

누렁개와 푸른 개를 끌고 가자.

씩씩한 모습으로 전마戰馬를 타고,

번쩍이는 갑옷을 모두 입어라.

반드시 챙겨라, 좋은 활과 억센 쇠뇌와,

날카로운 검劍과 뾰족한 도刀와,

우레처럼 울리는 쇠북과,

번개처럼 펄럭이는 깃발을.

군사들이 지나가는 곳은 마치,

허공에 우박이 날고,

바다에 파도가 용솟음치듯 하지.

수하 갑 삼가 공자님께 아뢰옵니다! 사냥터에 거의 다 왔습니다.

공자

군사들은 활에 시위를 걸고 칼을 칼집에서 꺼내고,

사냥개의 쇠사슬을 풀어 주고,

---

457 원문은 '표략용도(豹略龍韜)'이다. 태공망(太公望)이 지었다는 병법서 『육도(六韜)』와 『삼략(三略)』을 활용한 표현으로 여러 가지 병법을 뜻한다.

해청海青458의 줄을 풀어 주어라.

【유호로油葫蘆】

저 해청이 푸른 하늘 높이 솟구쳐 날고,

저 사냥개가 황야의 끝까지 달리는구나.

산속의 날짐승들 하나도 보이지 않고,

들판의 들짐승들도 모두 달아나 버리네.

다시 저 해청이 숲속 나뭇가지를 날아 지나가서,

고니 떼를 놀래 하늘 끝에서 빙빙 돌며 날게 하네.

고니 떼는 흰 구름이 모인 듯 진을 이루고,

해청은 빠르기가 유성이 지나가듯 하네.

고니, 고니들은 끼룩끼룩,

끼룩끼룩,

전전긍긍하여 날개가 있어도 날기 어렵고,

당황하여 숨을 수 있는 방도도 없고,

다급하여 해청을 어쩌지 못하네.

【천하락天下樂】

해청이 고니를 붙잡아,

고니의 대가리를 모두 부수어 버리니,

선혈이 철철 뿌려지고,

한순간에 모래밭의 잡초 위로 굴러떨어지네.

선봉대가 재빨리 가서 붙잡으니,

후방 군사들이 하하하 웃으며,

---

458 해동청(海東青)이라고도 한다. 한반도와 만주 일대에 서식하는 송골매를 가리킨다.

일제히 갈채를 보내고 함성이 드높구나.

【촌리아고村裏迓鼓】

이어서 개가 비탈을 달려 내려가,

맹렬하게 산기슭을 지나가네.

풀숲을 세 번 돌면서,

들짐승 떼를 찾아내니 놀라서 어지럽게 움직이네.

큰 키에 빠른 발로,

각기 강하고 날랜 모습을 보여 주네.

말은 마치 용처럼 날고,

화살은 마치 고슴도치처럼 떨어지네.

순식간에 사람들도 함성을 지르고,

개들도 짖어 대고,

들짐승들도 달아나네.

이 짐승 떼는,

붙잡혀 쓰러지거나,

화살에 맞아 쓰러지네.

【원화령元和令】

군졸들은 개선가를 부르며,

쇠등자 밟고 옥 채찍 치며,

희희낙락 기뻐하며 서로 이야기하네.

모르는 자는 내가 산이나 다니면서 사냥하며 호걸 됨을 뽐낸다고 말하지만,

아는 이는 내가 제사와 손님 접대를 위해 음식을 마련하는 것

이라고 말하지.

또 누가 알랴, 내가 오직 백성들과 더불어 즐거움을 함께하며,

사냥 중에 비휴들을 몰래 조련하고 있음을.

비휴들을 조련하는 것은 나라의 신기神氣를 키우는 것이요, 백성들과 더불어 즐거움을 함께하는 것은 나라의 원기를 북돋는 것이라네. 안으로 순리대로 다스리고, 밖으로 위엄을 드러내는 것이라네.

머지않아 황조皇朝를 위해,

만 리의 봉화와 먼지를 모두 쓸어버리리라. (첩)

【미尾】

여봐라,

매와 개를 모두 거두어들이거라.

수하 갑　매와 개를 거두었는데, 다만 저 작은 개가 다시 앞으로 달려갔습니다.

공자　그렇다면 할 수 없으니,

너희는 활과 화살과 칼과 창을 각자 허리에 매고,

안장에 올라타고 얼른 돌아가자.

(조장을 한다.)

(목련이 등장한다.)

목련

【쇄남지鎖南枝】

어머니를 구하기 위해,

온갖 고생을 겪었으니,

고향을 떠난 지 열여섯 해라네.

열 번째 보전에 가서 내력을 물어보고,

어머니가 이미 개로 변한 것을 알게 되었네.

어제 관음 낭낭께서 청계 나루의 높은 바위 아래에서[459] 어머니를 만날 것이라고 알려 주셨는데, 이곳에 오니 과연 높은 바위가 하나 있구나. 바위에는 사윤師尹[460]의 기상이 있고 은은하게 관음의 모습이 있구나. 낭낭,

엎드려 바라오니 끝까지 보살펴 주셔서,

하루빨리 어머니와 만나게 해 주소서.

(개가 올라온다.)

목련

【전강】

갑자기 개를 만났는데,

소리 높여 짖어 대고,

고개 흔들고 꼬리 흔드는 것이 잘 보아 달라는 듯하네.

개야,

혹시 어머니가 와서 아들 얼굴을 보고자 하는 것인가?

네가 만약 나의 어머니라면,

나의 말을 듣고,

---

459 작가 정지진의 고향이 안휘(安徽) 기문현(祁門縣) 청계촌(淸溪村)이고, 그의 호가 고석(高石)인데, 이를 본문에서 활용하였다.

460 주나라 태사(太師) 윤씨(尹氏)를 말한다. 뒤에는 삼공(三公)의 칭호로 쓰였고 각 관아의 우두머리를 뜻하는 말로도 쓰였다. 『시경』「절남산(節南山)」에 "혁혁한 태사 윤의 세도를, 백성들이 다 보았도다(赫赫師尹, 民具爾瞻)"라는 구절이 있다.

나를 잡아끌고 세 번 짓고,

나를 향해 머리를 세 번 끄덕여 보거라.

아! 이 개가 내 옷을 잡아끌고 연신 고개를 끄덕이니, 분명 어머니가 맞구나!

【전강】

괴로워서,

구슬 같은 눈물이 흐르네.

개야,

분명히 나의 어머니가 변한 것이구나.

다행히도 우연히 만나게 되었으니,

감사하게도 하늘이 불쌍히 여겨 주셨네.

어머니,

저와 함께 고향으로 돌아가서,

아들이 추천追薦하게 해 주소서.

앞에서 인마가 닥쳐오니 가사로 이 개를 덮어 숨기고 사람들이 지나갈 때까지 있어야겠네.

(사람들이 등장한다.)

무리

【전강】

사냥을 마치고,

개선가를 부르는데,

갑자기 작은 개가 앞으로 달려 나갔네.

채찍을 더 휘둘러 쫓아가야겠네,

개가 멀리 가지 않게.

(수하 갑이 목련과 마주치고 말한다.)

수하 갑　알고 보니 개가 여기 있었구나!

목련　이것은 저의 노모입니다.

수하 갑　분명히 우리 개인데 어찌하여 당신의 노모라고 말하는
가? 공자님께 아뢰오. 중이 높은 바위 아래에서 가사로 개를
덮고 있습니다.

공자

알고 보니 땡중이 억지를 부리며,

감히 대담하게도 개를 숨기고 있구나!

중이 우리 개를 숨기는 것은 우리 개를 훔친 죄와 같다. 묶어
데려가서 군법으로 처리해라!

(수하 갑이 목련을 묶으려고 한다. 목련이 법술을 행한다.)

수하 갑　공자님께 아뢰오. 중이 법法을 써서 붙잡을 수가 없습
니다.

수하 을　이놈은 맞아야 합니다! 중은 대머리인데 발髮이 있다
고 말하다니. 발이 있다면 어찌 머리채를 잡아서 끌고 오지 않
는가?461

공자　이놈은 쓸모가 없으니 네가 묶어서 데려와라.

(수하 을이 목련을 묶으려 한다.)

수하 을　공자님께 아뢰오. 중이 머리에는 발이 없고, 배 속에 법
이 있습니다.

461　법(法, 법술)과 발(髮, 모발)은 발음이 비슷하여 이를 이용한 말장난 연기를 하고 있다.

공자 이놈들은 모두 일을 못하는구나. 내가 말에서 내려 직접 붙잡아야겠다.

(공자가 목련을 묶으려 하니 목련이 법술을 행한다.)

공자 아, 알고 보니 중이 과연 법이 뛰어나구나. 여봐라, 군사들은 먼저 돌아가고 가까운 몇 명만 나와 함께 이 바위 앞에서 선사께 절을 올리자.

(목련에게 절을 올린다.)

선사께 여쭈오니 훌륭한 법술을 어디에서 배우셨습니까? 우리 개는 무슨 까닭으로 원하십니까? 하나씩 말씀해 주십시오.

목련

【풍입송風入松】

바라오니 장군님께서는 제 사연을 들어주십시오,

이 개는 저의 모친입니다.

공자 어찌하여 우리 개가 당신의 모친이라고 말씀하십니까?

목련

말씀드리려는데 어쩔 수 없이 목이 메니,

이 사연은 산만큼 높고 바다만큼 깊습니다.

저의 아버님은 선행을 쌓는 것을 근본으로 여기시고,

아침에 염불하고 저녁에 불경을 읽으셨습니다.

공자 부친께서 선행을 좋아하셨으니 모친도 선행을 좋아하셨겠습니다.

목련

【전강】

부모님 내외분은 천지신명께 맹세하며 고하였습니다,

함께 재식하며 영원히 개훈하지 않겠다고 하셨습니다.

공자　그렇다면 두 분 모두 잘되셨겠습니다.

목련

어찌 알았겠습니까, 아버지께서 돌아가시자마자,

어머니는 참언을 듣고,

아들을 멀리 장사하러 내보낸 다음에,

개훈하고 짐승을 살해하였습니다.

공자　모친이 개훈하고 맹세를 어겼군요!

목련

어머니는 맹세를 어기며 반성하지 않았습니다.

공자　모친이 반성하지 않았다면 뒤에 어찌 되었습니까?

목련

【전강】

그분은 하루아침에 돌아가시니 놀라울 뿐이었고,

일곱 구멍에서 선혈이 낭자하게 흘러,

불쌍하게도 고아가 영원히 한이 맺혔지만 소용이 없었습니다.

저는 그저 어머니의 시신을 화장하고,

불경을 메고 어머니를 메고 서천으로 달려가,

활불을 뵙고 어머니를 구하고자 하였습니다.

공자　서천에는 잘 당도했습니까?

목련

【전강】

저는 서천에 당도하여 세존을 직접 뵈었습니다,

감사하게도 세존께서는 제게 성정을 닦고 진리를 수행하는 법을 가르쳐 주시고,

제가 어머니를 찾으려거든 직접 음사로 가서 물어보라고 알려 주셨습니다.

공자 음사에는 잘 당도했습니까?

목련

저는 지옥으로 찾아다녔습니다.

제가 한 군데 보전으로 쫓아가면 어머니는 그곳을 떠나셔서,

지옥을 모두 돌아다녔습니다.

열 번째 보전에 도착하여,

어머니가 개로 변하여 세상에 돌아온 것을 알게 되었습니다.

공자 어찌 우리 개가 당신의 어머니임을 알아보았습니까?

목련

【전강】

바쁘게 여러 마을을 돌아다녔지만,

고요하여 전혀 종적이 없었습니다.

갑자기 이 개가 와서 서로 알아보게 되었으니,

저의 옷깃을 잡아끌고 쉬지 않고 짖었습니다.

어머니, 장군님께 무릎을 꿇고 이 사정을 같이 전해 주십시오.

(개가 무릎을 꿇는다.)

공자 이 개가 선사의 말씀을 듣는 것을 보니 분명 진짜로구나.

(목련이 울며 노래한다.)

목련

　저는 속이거나 숨기려는 것이 아니었습니다,

　바라오니 용서하시고 자비심을 내려 주십시오.

수하 갑　이 일은 믿을 수 없습니다. 어찌 사람이 개로 변할 수

　있겠습니까!

공자　너는 아느냐! 제나라 여인이 매미로 변하고,[462] 송나라 여

　인이 제비로 변했다는 이야기를 들은 적이 있고,[463] 고신씨高辛

　氏 때 궁중의 한 여인은 개로 변하여 오吳 장군의 머리를 취하

　여 오랑캐를 멸망시킨 일도 있었다.[464] 사람이 짐승으로 변하

　는 일은 예로부터 있었느니라.

수하 갑　아! 그런 일이 있었다면, 개야, 너는 일어나서 공자님

　을 향해 크게 세 번 짖어 보거라!

　(개가 일어나서 짖는다.)

수하 갑　분명히 맞구나!

공자

　【전강】

462　진(晉)나라 최표(崔豹)의 『고금주(古今注)』「문답석의(問答釋義)」에 따르면, 제나라 왕
후가 왕에 대한 원망을 품고 죽어서 매미가 되었다고 한다.

463　정확한 유래는 불분명하다. 송나라 황도풍월주인(皇都風月主人)의 『녹창신화(綠窓新
話)』권하(卷下)의 「요옥경지지할이(姚玉京持志割耳)」에는 남조(南朝) 송나라 말엽의 기녀 요
옥경(姚玉京)이 남편 위경유(衛敬瑜)의 사후에 수절하며 짝 잃은 제비와 서로 의지하며 지내
다 병사하였고 제비도 따라 죽어 요옥경의 곁에 묻혔는데, 그 뒤에 요옥경이 제비와 함께 한수
(漢水) 가에서 노니는 모습이 보였다는 전설이 전해진다.

464　『후한서』「남만서남이열전(南蠻西南夷列傳)」에는 남만의 유래에 대해, 고신씨 때 서방의
오랑캐 견융(犬戎)이 침입하자 그 세력이 강성하여 버티기 어려웠는데, 고신씨가 견융의 오 장
군(吳將軍)의 수급(首級)을 가져오는 자에게 딸을 주겠다고 하니 궁중에서 키우던 개 반호(槃
瓠)가 오 장군의 수급을 가져와 딸이 반호에게 시집갔고 자손이 번성하여 남만이라 불리게 되
었다는 내용이 있다.

내가 당신의 말씀과 개의 소리를 듣자니,

나도 모르게 구슬 같은 눈물이 옷깃을 적십니다.

사람은 태어나서 모두 부모의 은혜를 입지요.

슬프고 슬프다네, 부모님이시여!

나를 낳아 고생하셨다네.

깊은 은혜 갚고자 해도,

하늘처럼 넓어서 끝이 없다네.[465]

누가 끝없는 은혜를 갚을 수 있을까.

이 선사는 모친을 구하고자 자신이 힘든 것을 꺼리지 않았구나.

『시경』에 이르기를, "오래도록 효도 다하시니, 그 효도는 선왕들 본받으신 것이라네"[466]라고 하였으니,

마땅히 천하의 모범이요,

천년만년 따라야 할 바라네.

목련

【전강】

저는 머리 조아려 장군님께 아뢰오니,

바라옵건대 장군님께서 너그러움을 베푸셔서,

제가 개를 사서 고향으로 돌아갈 수 있게 해 주소서.

만약 저의 모친이 탈화脫化하여 하늘과 성인을 우러러볼 수 있

---

465 이상 네 구절은 『명심보감』 「효행(孝行)」에 나오는 표현이다. 앞의 두 구절은 본래 『시경』 「요아」에 나온다.

466 『시경』 「하무(下武)」에 나오는 구절이다. 주나라의 태왕(太王), 문왕(文王), 무왕(武王) 세 임금이 선왕들을 본받아 효도를 다하였다는 의미이다.

게 된다면,

이는 모두 장군님의 성대한 은정 때문일 것입니다.

저는 압니다, 은혜가 있으면 보답은 끝이 없다는 것을.

공자　선사께서는 저의 절을 받으십시오.

【전강】

저의 모친이 돌아가신 일이 생각납니다.

저는 세 살 때 어머니를 여의었는데 올해 열여섯이 됩니다.

어머니의 영혼을 아직 초도하지 못한 것이 부끄럽습니다.

선사님,

당신은 모친을 구하여 선경仙境에 오르게 하여,

영원토록 당신에게 복을 내리실 것이니,[467]

저의 어머니가 천당에 함께 오르도록 초도해 주셔서,

이번에 만나 맑은 가르침을 들은 것이 헛되지 않게 해 주십시오.

당신께서 당신의 영당을 초도하고 저의 노모도 초도하니, 각각 자신의 모친을 친하게 모시고 나서 자신의 모친만을 친하게 모시지 않게 되는 것입니다.[468]

당신의 자비로운 마음은,

천지에 가득할 것입니다.

목련　장군님께서 이러한 효심이 있으니 삼가 마땅히 받들겠습니다.

467　『시경』「기취(旣醉)」에 "효자의 효도가 다함 없으니, 영원토록 당신에게 복을 내리시겠네(孝子不匱, 永錫爾類)"라는 구절이 있다. 유(類)는 선(善)을 뜻한다.
468　『예기』「예운(禮運)」에 "자신의 부모만을 친하게 여기지 않고, 자신의 자식만을 친하게 여기지 않는다(不獨親其親, 不獨子其子)"라는 구절이 있다.

공자 이 개는 선사께서 데려가십시오. 감히 여쭙건대 댁은 어
느 마을에 계십니까?

목련 저의 고향은 남야의 왕사성입니다.

공자 절을 받아 주십시오.

목련

오늘 다행히도 기쁘게 어머니를 만났다네,

공자

당신이 양친을 친히 여기니 그 은덕이 우리 양친께도 미치네.

목련

오직 은혜에 감사함과 쌓이는 한만이,

함께

천년만년 먼지가 쌓이지 않으리라.

제100척

새영과의 상봉
(犬入庵門)

단 … 새영
첩 … 노비구니
생 … 목련
　　개

새영

【촌촌호寸寸好】

바람이 오동 잎 날려 섬돌 앞에 떨어지니,

가을을 데려와서,

추위가 나그네 옷에 스며드네.

누가 모친 구하는 고아를 가련히 여길까,

관산關山은 멀기만 한데,

경치 대하니 하릴없이 처량하고,

먼 길 떠나는 기러기는 또 어디에서 목청 높여 울어 댈까.

〔여몽령如夢令〕

홀로 암자에서 청규清規를 지키니,

전생에 외로움이라는 빚을 얻었기 때문이라네.

종일토록 여래를 염송하지만,

진여眞如가 어디에 있는지 아직 모르겠네.

이제야 알겠네,

이제야 알겠네,

결국은 마음 바깥에 있는 것이 아니라네.

소승은 조씨 새영입니다. 어려서 부랑傅郞과 일찍이 백년가약을 맺었으나, 그분이 모친을 구하고자 하여 두 집안이 합치는 기쁨을 누리지 못했고, 재가하라는 계모의 핍박을 피해 이곳에 와서 비구니가 된 지 오래되었습니다. 열여섯 해 동안 빗소리 바람 소리는 모두 한이 되었고, 대천세계大千世界 안에서 새벽 종과 저녁 북소리도 모두 슬픔이 되었다네. 한과 슬픔은 미간을 떠나자마자 또다시 마음속에 자리 잡았네. 정말이지,

이 마음을 하소연할 사람 없으니,

남모를 근심은 오직 하늘만 아신다네.

【방장대傍妝臺】

하늘은 아실 것이라네,

평생 청빈하고 어렵게 눈 속의 매화처럼 지냈음을.

얼음 서리 속에 온갖 어려움을 다 겪어도,

맑은 향기는 조금이라도 옮겨 가기 어렵다네.[469]

한가함을 틈타 실과 바늘이나 집어 들고,

---

469 당나라 승려 황벽희운(黃檗希運)의 시「상당개시송(上堂開示頌)」에 "뼛속까지 사무치는 추위를 겪지 않고, 어찌 매화의 진한 향기를 얻을 수 있으랴?(不經一番寒徹骨, 怎得梅花撲鼻香?)"라는 구절이 있다. 조새영이 온갖 어려움 속에서도 매화처럼 고결하게 살았음을 스스로 비유한 것이다.

추위를 대비하려면 먼저 납의衲衣470부터 기워야겠네.

한 땀 한 땀 바느질하며,

탄식하고 한탄하네.

(귀뚜라미 소리를 듣는다.)

귀뚜라미가 이렇게 울고 있었구나!

귀뚜라미가 귀뚤귀뚤 마당 섬돌에 가득한가 보네.

귀뚜라미가 귀뚤귀뚤 마당 섬돌에 가득하니,

근심이 없다 해도 그 울음소리 듣기 두려울 터.

하물며 나는 근심이 많으니 어찌 차마 듣겠는가,

바느질 멈추고 말없이 홀로 서성이네.

【전강】

홀로 서성이네,

저는 벼슬아치 집안의 딸이었는데, 암자에 들어온 뒤로 비단 옷은 몸에 걸치지 않았습니다.

한탄스럽네, 옛날의 비단옷은 모두 헛된 것이 되었다네.

(가위를 집어 든다.)

이 가위는 벌리면 봉새 두 마리가 나란히 나는 것 같고, 닫으면 봉새 두 마리가 함께 잠자는 것 같구나. 두 마리가 서로 의지하며 함께 늙어 가겠지. 나는 오늘 한쪽은 있지만 다른 한쪽이 없구나.

가위의 봉새 두 마리를 벌리기가 싫으니,

이내 몸 외로운 것이 부끄러울까 두려워서라네.

---

470 본래 해지고 낡은 옷을 뜻하는데, 스님이나 도사가 입는 옷을 가리키게 되었다.

아, 여기에 실이 엉켰으니 바늘로 풀 수 있겠다. 다만 한 가지,

바늘이 있어도 근심이 얽혀 찡그러진 나의 눈썹을 펴 주기는 어렵고,

이 구슬 같은 눈물을 꿰어 낼 실이 없다네.

멀리 생각하고 가까이 그리워하다가,

해가 가고 달이 흘렀네.[471]

저는 지금 부모님을 원망하지도 못하고, 시부모님을 원망하지도 못합니다. 정말이지,

부용꽃이 가을 강가에 자라는데,[472]

봄바람을 원망 말고 스스로를 탓해야 하네.[473]

가을 강가에 있는 부용꽃이 원망한들 무슨 소용이랴.

(걸어간다. 목련과 개가 등장한다.)

목련

【전강】

어머니 때문에,

음사와 양세 두 곳을 힘들게 달려 다녔네.

어머니가 변하여 영견靈犬이 되었는데,

다행히 서로 만나 함께 고향에 돌아가네.

---

471 『시경』 「일월」에 "해와 달이 가면서 하토를 비춘다(日居月諸, 照臨下土)"라는 구절이 있다.

472 당나라 고섬(高蟾)의 시 「하제후상영고시랑(下第後上永崇高侍郞)」에 "부용꽃이 가을 강가에 자라는데, 동풍을 향하지 않으니 원망이 펼쳐지지 않는다(芙蓉生在秋江上, 不向東風怨未開)"라는 구절이 있다.

473 송나라 구양수의 시 「명비곡(明妃曲)」에 "홍안은 어여쁘나 박명한 사람이 많으니, 봄바람을 원망 말고 스스로를 탓해야 하리(紅顔勝人多薄命, 莫怨春風當自嗟)"라는 구절이 있다.

어머니!

　　사람을 만나면 멍멍 짖지 마세요,

　　길을 걸어갈 때 바짝 붙어 오세요.

　　아들과 함께 고향으로 돌아가서,

　　아들이 하늘나라로 추천하는 것을 받아 주세요.

（개가 달려가서 퇴장한다.）

목련

　　어머니 구하는 일을 다행히 이루었으니,

　　개와 함께 얼른 길을 가야겠네.

（퇴장한다. 개가 등장하여 부처에게 절을 올린다. 개가 새영의
옷을 잡아끈다. 새영이 놀라 소리친다. 노비구니가 등장한다.）

노비구니

　　갑자기 고함 소리를 들으니,

　　내 마음이 놀라고 두렵네.

무슨 까닭에 그렇게 놀라고 그러느냐?

새영

　　【옥포두玉包肚】

　　갑자기 개가 나타나,

　　암자로 들어와 부처님 앞에 머리를 조아리고는,

　　고개를 돌려 저의 옷깃을 물고 당겼습니다.

（노비구니가 개를 떼어 낸다. 개가 짖는다.）

새영

　　짖을 때 마치 사람이 소리치듯 하였습니다.

(합) 이 이상한 일은,

개가 무슨 원한이 있어 그런 것 같습니다,

원수가 아니고서는 만나지 않으니까요.[474]

노비구니

【전강】

걱정이 생기는구나,

이런 일은 한 번도 없었거늘.

개야,

네가 과연 저이의 빚쟁이요 원수라면,

세 번 짖고 저이의 옷을 잡아끌어 보거라.

(개가 짖고 옷을 잡아끈다.)

(합) 이 이상한 일은,

개가 무슨 원한이 있어 그런 것 같구나,

원수가 아니고서는 만나지 않으니까.

노비구니　이 개를 경방經房에 가두어 놓고 문 앞에서 지켜야

겠다.

(경방으로 간다. 목련이 등장한다.)

목련

【전강】

갑자기 개가 달려가더니,

앞으로 달려가서 나는 뒤에 처졌네.

---

[474]　원명(元明) 희곡·소설에서 많이 쓰인 말로, 원수나 만나고 싶지 않은 사람은 꼭 만나게
된다는 뜻이다.

분명히 이 암자 안으로 들어왔으니,

할 수 없이 그리 가서 알아보아야겠네.

저는 이 개를 산 뒤로 여기까지 오는 길 내내 인가에 들어간
적이 없었는데, 지금은 이 암자 안으로 들어갔습니다.

(합) 이 이상한 일은,

개에게 무슨 원한이 있어 그런 것 같네,

원수가 아니고서는 만나지 않으니까.

(목련이 들어가 새영을 만난다.)

새영

【불시로不是路】

당신은 어디에서 온 사리闍黎이신데,

무슨 일로 급하게 오십니까?

목련

우니優尼께 아룁니다,

개가 암자 안으로 들어왔기에 들어왔습니다.

새영

아미타불을 염송하시면서,

무슨 까닭으로 개를 데리고 다니십니까?

필시 말 못 할 사연이 많겠군요.

(목련이 뒤돌아서서 노래한다.)

목련

눈물이 남몰래 흐르네,

말을 하려고 해도 더욱 두렵고 부끄럽네.

새영　이 개를 찾아가려면 사연을 말씀해 주십시오.

목련

　　이 사연은 말씀드릴 만하지 못합니다. (첩)

새영　말씀을 못 한다면서 이렇게 우시다니, 이유를 알겠습니다.

　　【고량주古梁州】

　　스님,

　　이 개는 절의 사폐司吠475가 아닙니까?

목련　사폐라면 집 지키는 개인데, 이 개는 아닙니다.

새영

　　집을 잃고 의탁할 데가 없어진 것입니까?476

목련　집을 잃었다면 집을 나온 개인데, 그것도 아닙니다.

새영

　　토끼 잡는 한로韓盧477가 아닙니까?

목련　한로는 사냥개인데, 그렇지 않습니다.

새영

　　여오旅獒478에 비견할 만합니까?

목련　여오는 기이한 개인데, 그것도 아닙니다.

노비구니　이 늙은이가 알겠습니다.

　　서신을 전할 줄 아는 개가 아닙니까?479

475　집을 지키며 낯선 사람이 오면 짖는 일을 맡은 개를 말한다.
476　『사기』「공자세가(孔子世家)」에 공자가 정(鄭)나라에 갔을 때 그곳 사람이 공자를 집 잃은 개와 같은 몰골이라고 말했다는 내용이 있다.
477　전국 시대 한(韓)나라에서 나던 털빛이 검은 명견을 말한다.
478　서융(西戎)의 여국(旅國)에서 나는 개를 말한다.
479　『진서(晉書)』「육기전(陸機傳)」에 육기가 기르던 개 황이(黃耳)가 먼 고향 길을 왕래하

목련 서신을 전한다면 믿음직한 개인데, 아닙니다.

노비구니

　은혜를 갚기 위해 물에 적신 개가 아닙니까?

목련 물에 적신 개는 의로운 개인데, 그것도 아닙니다.

노비구니

　집이 가난해도 싫어하지 않는 개가 아닙니까?[480]

목련 집이 가난해도 싫어하지 않는 것은 어진 개인데, 그것도
　아닙니다.

노비구니

　구름 속의 이류異類가 아닙니까?

목련 구름 속의 이류라 함은 선견仙犬인데, 불경에 이르기를,
　"옥견玉犬이 구름 속에서 짖고, 진흙 소가 바다 밑에서 밭을 간
　다"[481]라고 했습니다. 비슷하게 맞혔지만, 역시 아닙니다![482]

새영 아, 이것도 아니고 저것도 아니라니, 당신은 스님이고 저
　는 비구니인데,

　스님과 비구니의 일은 똑같은데,

　어찌하여 명명백백히 자세하게 말씀하지 않으십니까?

며 서신을 전했다는 내용이 있다.

480 명청 시기에 "자식은 어머니가 추한 모습이어도 싫어하지 않고, 개는 주인의 집이 가난해
도 싫어하지 않는다(子不嫌母醜, 狗不厭家貧)"라는 속담이 널리 쓰였다.

481 금나라 이순보(李純甫)의 시 「잡시(雜詩)」 제4수에 "진흙 소가 바다 밑에서 밭을 갈고,
옥견이 구름 가에서 짖는다(泥牛耕海底, 玉犬吠雲邊)"라는 구절이 있다.

482 송나라 이방(李昉) 등이 편찬한 『태평어람』 「수부십칠(獸部十七)」에 『술이기(述異記)』
의 기록을 인용하여 제양산(濟陽山)에 마고(麻姑) 신선이 있는 산에서는 천 년 만에 금계(金
鷄)가 울고 옥구(玉狗)가 짖는다고 했는데, 한나라 말엽에 회남왕(淮南王)이 그곳에서 신선이
되었을 때 하늘 위에서 닭이 울고 구름 속에서 개가 짖었다고 한다.

(목련이 혼잣말로 말한다.)

목련　비구니의 말도 일리가 있네. 출가한 사람이면 일이 똑같으니 어찌 기피할 것이 있겠는가? 우니시여, 제가 솔직하게 말씀드리겠으니 비웃지 말아 주십시오.

새영　말씀하십시오.

목련

【전강】

맑은 가르침을 넘치게 받들며,

감히 생각을 말씀드립니다.

저는 가당家堂께서 신명을 믿지 않아,

돌아가신 뒤에 음사의 감옥에 떨어지실까 두려웠습니다.

그 때문에 가당의 시신을 화장하고,

서천으로 가서 석가모니를 알현하고,

모자가 함께 불력佛力의 덕을 입고자 하였습니다.

서천의 활불께서는 본래 저의 노모를 초생시켜 주고자 하셨으나,

어찌하랴, 시신이 이미 사라지고,

혼백이 모두 흩어져,

개로 변하게 할 수밖에 없었습니다.

개의 본성은 사람의 본성과 비슷하니,

그 혈기를 빌려,

이 정령精靈에 붙어서,

비로소 초생할 수 있게 되었습니다.

새영   아, 그랬군요! 출가하여 온 마음을 다해 모친을 구하고, 살아서 음사에 들어갈 수 있는 일은 모두 사람으로는 능히 하기 어려우니 진실로 천하에 보기 드문 분입니다. 감히 여쭙건대 어디에 원적을 두신 분이신지요?

목련

　　원적은 남야의 성안에 있습니다.

새영   남야는 멀지 않은데, 어느 댁이신지요?

목련

　　가군家君은 부상이시고,

　　가당은 유씨 청제입니다.

　　(노비구니가 새영에게 말한다.)

노비구니   부친이 부상이고 모친이 유씨라면, 저분은 바로 나복 관인이 아니겠느냐?

　　(새영이 몸을 뒤로 숨기며 말한다.)

새영   천하에 이름과 성이 같은 사람이 많습니다. 선사께 출가 전의 이름이 무엇이었는지 여쭤어 보시지요.

　　(노비구니가 목련에게 물어본다.)

목련

　　저는 부씨 집안의 나복이라고 했습니다.

노비구니   나복 관인이 바로 당신이셨군요! 정혼定婚하신 적이 있으신지요?

목련

　　조씨와 정혼한 적이 있습니다.

노비구니   그렇다면 장인의 존함과 처의 이름은 어떻게 되는지
요? 혼인을 이루셨는지요?

목련   장인은 헌충 대인이시고, 처는 새영 소저라고 했습니다.

서천으로 가서 어머니를 구하느라,

그와 부부가 되지는 못했습니다.

(새영이 혼잣말로 노래한다.)

새영

【옥교지玉交枝】

저분의 말씀을 들으니,

내 마음속에 갑자기 슬픔이 생겨나네.

(방으로 들어가 개를 끌어안는다.)

개가 사람을 놀라게 했다고 탓하였네.

하늘이시여!

또 누가 알았겠습니까, 시어머니가 며느리를 찾아왔으리라고.

어머니, 어머니 생전에는,

제가 뵈올 인연이 없어 만나지 못했습니다.

저는 지금 여기에 있으니,

어머니께서 인연이 있어 천 리를 달려오셔 만나게 되었습니다.

사물을 보면 마음이 아프다고 하였으니,483

가슴이 아프고 슬픕니다.

이 개를 효자께 돌려 드리고자 합니다.

(개가 나와서 목련에게 안긴다. 목련이 울며 말한다.)

---

483   원문은 '도물상정(睹物傷情)'이다. 원나라 남희(南戱) 『형차기』 제35출 등에 나온다.

어머니! 순식간에 앞으로 달려가셔서 제가 걱정을 이기지 못

했습니다.

노비구니　개를 이미 찾았으니 어찌 슬퍼하실 일이 있습니까?

목련　이 개는 노모가 변한 것이니, 개를 만난 것이 모친을 만난

것과 같아서입니다!

　【전강】

　우러나오는 마음을 그칠 수가 없으니,

　나도 모르게 슬피 웁니다.

　이상합니다, 스님이 이야기 나누신 젊은 비구니가,

　어찌하여 저렇게 슬퍼하는지요?

　당신이 우는 것은 근심이 깊어서인 듯합니다.[484]

　마음속으로 조용히 미루어 봅니다,

　바라건대 당신께서 제게 잘 말씀해 주십시오,

　어찌하여 슬퍼하는지,

　무슨 내력이 있는지를.

노비구니

　【전강】

　저이는 조씨입니다.

목련　이름은 무엇입니까?

노비구니　당신의 처와 같은 새영 소저라고 합니다.

목련　그렇군요.

484　『예기』「단궁 하(檀弓下)」에 공자가 묘 옆에서 슬퍼하는 여인을 보고 자로(子路)를 시켜
연유를 묻는 대목에 나오는 구절을 인용한 것이다.

노비구니

새영이 바로 저이의 이름입니다.

목련 소저가 어찌하여 이곳에 왔습니까?

노비구니

재가하라는 계모의 명을 따르지 않고,

바로 머리를 깎고 비구니가 되었습니다.

나복 관인, 당신이 소저를 버려두었으니,

유수流水가 낙화落花를 그리워하는 마음이 없었던 것입니다.

소저는 비구니가 되어 가련하게도,

낙화가 유수를 따르고자 하는 뜻이 있었습니다.

이 일편단심을,

오로지 하늘만이 굽어살펴 주셨습니다.

목련 그런 일이 있었다니요!

【전강】

당신의 후의에 감사드리오니,

평생 서로 알지 못했던 것이 한탄스럽습니다.

이와 같은 미혼수절未婚守節은 세상에 드문 일이니,

고금의 열녀들도 견주기 어렵습니다.

비록 소저의 후의를 입었으나, 안타깝게도 이번 생에서는 보
답할 수가 없게 되었습니다.

노비구니 어찌 이렇게 말씀하십니까?

목련

그는 남해의 맑고 맑은 관세음이고,

저도 서방의 깨끗한 아미타불입니다.

이 은정恩情을 어찌 갚으리요.

노비구니   애야, 나와서 선사님께 절을 올리거라.

새영   방금 뜻밖에 만났는데 이제 무슨 얼굴로 뵈오리까!

노비구니

【천발도川拔棹】

오늘 일은 우연이 아니라네. (첩)

이 개가 암자에 들어온 것은 하늘이 뜻하신 바라네.

하늘의 뜻이 네게 만나라고 명하셨거늘, 네가 이제 따르지 않

는다면 결신潔身의 뜻이 비록 높다 하나 결발結髮의 정은 어디

에 있는 것이냐?485

새영   스승님은 옳지 않으십니다!

결발했다 하나 지금은 머리 깎은 사람이 되었고,

다정했다 하나 이미 무정한 사이가 되었습니다.

(개가 새영을 잡아끈다. 새영이 울며 말한다.)

새영   아! 어머니!

(합) 무쇠로 만든 심장이라도 가슴이 아프니,

나도 모르게 구슬 같은 눈물이 흐르네.

(노비구니가 새영을 끌고 나오며 말한다.)

선사님, 소승이 절을 올리고자 합니다!

목련

【전강】

---

485   결신은 비구니가 되었음을 말하고, 결발은 혼인하는 것을 뜻한다.

제가 의롭지 못해서,

　　당신이 몸을 맡길 곳이 없게 누를 끼쳤습니다.

새영　무슨 말씀이십니까! 오늘,

　　남자도 출가하고 여자도 출가하였으니,

　　각자 수행의 직분을 다해야 할 것입니다.

（개가 두 사람을 잡아끈다.）

목련　아, 어머니!

새영　아, 어머니!

　　(합) 무쇠로 만든 심장이라도 가슴이 아프니,

　　나도 모르게 구슬 같은 눈물이 흐르네.

노비구니

　　【미尾】

　　좋구나!

　　이 스님은 속된 사람이 아니고,

　　이 비구니는 범상한 여자가 아니라네.

당신 두 사람은 한 분은 효를 다하고 한 분은 절개를 지켰으니, 스님을 효자라 부를 수 있고 비구니를 열녀라고 부를 수 있습니다. 누가 말했는가, 삭발하면 모두 인륜을 끊는다고!

　　두 사람의 절개와 효성은 천지에 모범이 된다네.

（새영에게 말한다.）

애야, 하늘은 착한 마음을 지닌 사람을 저버리지 않는다!

（목련에게 말한다.）

선사님, 하늘은 효심을 지닌 마음을 저버리지 않습니다!

하늘, 하늘도 서로 구제하여 주실 것이니,

만고에 전해져서,

사람들의 이야깃거리가 되리라.

영당께서는 어떻게 초생하시게 되는지요?

목련 세존의 가르침을 따라 중원가절中元佳節의 날, 지관地官[486] 들이 죄를 용서해 주시는 날에, 스님과 비구니들을 널리 불러 우란분회를 크게 열면 노모가 초생하실 것입니다.

노비구니 그렇다면 저와 도제 두 사람도 기일에 맞추어 경을 지니고 가서 법사法事를 하겠습니다.

목련 고맙습니다, 고맙습니다!

사람이 살면서 모이고 흩어지는 것은 늘 하늘의 뜻에 따르니,

노비구니

인연이 없다고 말한다 해도 인연이 있는 법이라네.

새영

하늘의 뜻과 사람의 마음은 효자를 가련하게 여기나니,

함께

모친을 구하여 함께 신선이 되는 것을 보게 되리라.

---

486 삼관(三官) 즉 천관(天官), 지관(地官), 수관(水官)의 하나로, 음력 7월 15일에 사람의 선악을 맡아 기록한다는 신이다.

제101척

목련의 귀가
(目連到家)

말 … 익리
생 … 목련
개

(익리가 등장한다.)

익리

　【**천하락**天下樂】

　　도련님이 떠나신 뒤로 소식이 없으니,

　　마음이 종일토록 매여 있네.

　　스님 공양, 부처님 공양과 불경 독송을,

　　오랫동안 힘쓰며 마음이 경건하네.

　　촛불 켜진 불당에 향 연기 자욱한데,

　　시절을 느끼니 주인님 생각에 그리움이 끝이 없네.

　　눈물 흔적이 많아 마치 석 달 봄비 지나간 듯하니,

　　천 줄기를 닦아 내도 만 줄기가 또 흐르네.

　익리는 도련님이 떠나신 뒤로 집안일을 관리하며 옛날 법도와 똑같이 하였습니다. 훌륭하시게도 주모主母 조씨는 미혼수절하고 계시는데, 며칠 전에 돈과 쌀 조금을 그분의 암자에 보냈으나 모두 받지 않으려고 하셨습니다만 뒤에 노비구니께서 그 돈으로 도량을 세워 도련님을 보우해 준다고 하셨습니다. 도련님, 도련님, 당신이 모친을 구하러 떠나신 지 열여섯 해가 되었습니다. 소저, 소저, 당신은 비구니가 되어 온갖 힘든 일을 겪으셨습니다. 한 분은 효도를 다하시고 한 분은 절의를 다하시니, 묵명유행墨名儒行[487]이라 세상에 드문 일입니다. 다만 도련님이 떠나신 뒤로 오랫동안 소식이 없으니, 종일토록 걱정하는 날이 언제쯤 끝나려나요?

【취부귀醉扶歸】

도련님이 홀로 서천으로 떠나시니,

나그네 되어 기러기도 없는 곳에 계시니,

이 고향에서 부질없이 소식 돌아오기를 바라고 있다네.[488]

당신은 풍찬노숙하며 어려움을 겪으시고,

저는 해와 구름 바라보며 구슬 같은 눈물을 뿌리니,

이 마음 어찌 차마 재가 되지 않겠습니까.[489]

---

487 묵가(墨家)의 말을 하면서 유가(儒家)의 행동을 한다는 뜻으로 말과 행동이 부합하지 않음을 말한다. 목련과 새영이 각각 출가했으므로 효도와 절개를 지킬 필요가 없으나 여전히 이 덕목을 추구한다는 점에서 신분과 행동이 부합되지 않음을 뜻한다.

488 당나라 조송(曹松)의 시 「남해여차(南海旅次)」에 "나그네 되어 기러기도 없는 곳에 있으니, 그 누가 고향에서 소식이 온다고 말하랴(爲客正當無雁處, 故園誰道有書來)"라는 구절이 있다.

489 당나라 호승(胡僧)의 시 「독불견(獨不見)·옥관일자유분애(玉關一自有氛埃)」에 "만 리 밖에서 적막하여 소식이 끊겼으니, 이 마음 어찌 재가 되지 않으랴(萬里寂寥音信絶, 寸心爭忍不成灰)"라는 구절이 있다.

하늘이시여!

언제쯤 다시 만날 수 있을지 아시는지요?

요새 며칠 집안일에 매여 노원외님의 산소에 가 보지 못했으니, 한번 가서 살펴보면 좋을 것 같습니다.

노복이 삼부三父[490]의 은의恩義를 잊지 못하니,

누가 말하는가, 산소를 백 년 지키기 어렵다고.

(조장을 한다.)

(목련이 등장한다.)

목련

【매화인梅花引】

서쪽으로 떠났다가 오늘에야 동쪽으로 돌아와서,

고향 땅에 들어오니,

더욱 슬퍼지네.

가친의 무덤은 쓸쓸하여,

내가 오랫동안 제사를 모시지 못했으니,

거센 바람에 나무 흔들리고 밤 까마귀가 우는구나.[491]

이런 모습을 알고 있던 황천 분이 있는지 묻고 싶네.

고향을 떠난 지 열여섯 해,

부모님 그립고 고향 땅 그리워 한도 많다네.

---

490 여러 가지 설이 있는데 『주자가례(朱子家禮)』에 따르면 동거계부(同居繼父), 선동이거계부(先同異居繼父), 부동거계부(不同居繼父) 등 세 종류의 계부를 말한다. 여기에서는 익리의 입장에서 양아버지와도 같은 사람이었던 부상을 가리킨다.

491 부모님이 돌아가신 뒤에 생전에 효도를 다하지 못한 것을 후회함을 뜻하는 풍수지탄(風樹之嘆)의 비유를 쓰고 있다.

지금 눈물이 고향 땅에 떨어지지만,

부모님 뵙지 못하고 부질없이 눈물만 흐르네.

이곳에 도착했으니, 바로 아버님 산소입니다. 개도 아는 것이 있는지 먼저 무덤 앞으로 가서 머리를 조아립니다.

(익리가 등장하여 목련을 바라본다.)

목련

　【옥안아玉雁兒】

　아들이 어머니를 구하기 위해,

　무덤을 홀로 버려두고 돌볼 수가 없었네.

　어찌 알았으랴, 어머니가 개로 변하여,

　이 무덤 앞에서 머리를 조아리게 될 줄을.

아버님! 어머님!

　울고 울어 은해銀海에서 눈물이 흘러 말라 버렸으니,

　금산金山을 다 팔아도 속죄하기 어렵습니다.

　마음속의 고초를 다 말하지 못하겠네.

　(합) 어머님을 한 번 불러 보네,

어머님! 어머님은,

　어디에 계십니까?

　아버님을 한 번 불러 보네,

아버님! 아버님은,

　어디에 계십니까?

익리　당신은 어디에서 온 스님인데, 개를 데리고 우리 노원외님 무덤 앞에서 이렇게 통곡하고 계시오?

목련　당신은 익리가 아닌가?

익리　나는 익리가 맞소만, 당신은 누구시오?

목련

　　나는 나복일세.

익리　도련님이셨군요! 알아보지 못했습니다.

　(목련을 껴안고 운다.)

목련　괜찮다네!

　　떠난 지 열여섯 해나 되었으니.

　옛날 헤어질 때,

　　나는 젊었고,

　　자네는 장년이었는데,

　오늘 만나고 보니,

　　나는 장년이 되었고,

　　자네는 백발이 되었구려.

　　마음 아프구나, 그 많던 옛사람들 거의 다 사라졌고,

　　산과 물만 푸르러 옛날과 똑같구나.

　　한탄하노니, 인생은 마치 아침이슬과도 같다네.

익리

　　마님께서 어디에 계시는지 크게 한 번 불러 보고,

　　도련님께서 어디에 계셨는지 크게 한 번 불러 보네.

　헤어진 뒤로 어떻게 지내셨습니까?

목련

　　【전강】

그날 불경을 메고 어머님을 메고 떠나서,

서천에 당도하여 활불을 뵙고 절을 올렸네.

활불께서는 내가 어머님을 구하려면 음부^{陰府}에 가야 한다고

하셨네.

익리 도련님은 음부에 가셨습니까?

목련

나는 저 아비지옥까지 찾아갔었네.

익리 마님을 만날 수 있었습니까?

목련

어머님께서 그토록 고초를 겪는 모습을 보았는데,

잠깐 사이에 모자가 다시 헤어지게 되었다네.

열 번째 보전에서 어머님이 개로 변하신 것을 알게 되었네.

(합) 어머님을 한 번 불러 보았네,

어머님! 어머님은,

어디에 계십니까?

아버님을 한 번 불러 보았네,

아버님! 아버님은,

어디에 계십니까?

익리

(합) 어머님을 한 번 불러 보셨네,

어머님! 어머님은,

어디에 계십니까?

아버님을 한 번 불러 보셨네,

아버님! 아버님은,

　　어디에 계십니까?

음사에서도 도리가 없었는데, 어찌 마님이 개로 변하시게 되었는지요?

목련　열 번째 보전의 대왕님이 내가 어머님을 구하고자 천신을 감동시켰음을 보시고 노모를 초생시키고자 하였으나 그분의 시신이 불에 타 없어지고 혼백이 다 사라졌으니 이 개로 변하여 그의 혈기를 빌려 탈화^{脫化}할 수 있게 된 것이라네.

익리　그렇게 된 것이로군요! 도련님, 축하 또 축하드립니다!

　　【옥산공玉山供**】**

　　고금을 잘 생각해 보면,

　　자식이 되어 어느 누가 부모가 없으랴?

　　어느 누가 우리 도련님처럼,

　　십만 리 길을 다 돌아다니고,

　　열여덟 겹의 음부를 다 돌아다닐 수 있을까?

　　천상이나 지상이나 지금까지 없었다네.

알고 보니 이 개가 우리 마님이 변한 것이었구나!

(개가 익리의 옷을 잡아끈다.)

익리　아이고, 마님.

　　(합) 자식은 어머니가 추해도 싫어하지 않으니,

　　신명께서 우리 가여운 부모님을 초도해 주시리라.

도련님, 산소에 하직 인사를 올리고 함께 집으로 돌아가시지요.

(걸어간다.)

목련

　【전강】

　시내와 산은 여전한데,

　슬프게도 부모님과 이웃은 이미 예전의 모습이 아니라네.

익리　도련님, 가당의 영전에 절을 올리시지요.

목련

　음양으로 보호해 주심에 천지신명께 감사드리옵니다.

　익리는,

　기쁘게도 여전히 온 집안에 향촉을 피워 놓고,

　옛날 떠날 때의 부탁을 저버리지 않았다네.

　(합) 자식은 어머니가 추해도 싫어하지 않으니,

　신명께서 우리 가여운 부모님을 초도해 주시리라.

칠월 보름날은 지관이 죄를 사해 주시는 날이요 제불諸佛이 근심을 풀어내는 날이니 크게 우란분회를 열어 우리 어머님이 초생하시게 할 수 있네. 또 서천의 십우들도 기일에 맞추어 와서 도와주기로 했네.

익리

　다행히 오늘 돌아오신 도련님을 만나,

　기쁨이 하늘에서 내려와 얼굴에 웃음이 퍼지네.

목련

　내일 아침 크게 우란회를 열어,

　어머님이 초생하시는 것을 보면 마음이 흡족하겠네.

우란대회에 가는 새영

(曹氏赴會)

첩 … 노비구니
단 … 새영

노비구니

【국화신인菊花新引】

인생의 백 가지 행실 중에 효가 으뜸이니,

힘써 효도하면 하늘을 감동시킴을 알아야 하네.

약속한 대로 경연經筵에도 가서,

우리 선문禪門의 훌륭한 뜻을 드러내리라.

효도는 본성에 뿌리를 둔 것이지만,

욕망 때문에 본성이 바뀌는 사람이 많다네.

훌륭한 아들은 마음을 변치 않고,

모친을 구하여 신선이 되게 한다네.

이 늙은 중은 장張 연사煉師입니다. 며칠 전에 목련 선사가 이
곳에 와서 개를 찾다가 중원가절에 모친을 천도하여 승천하

게 하겠다고 기약했습니다. 제가 보니 이 사람의 용모가 비범하여 우리 두 사람이 기일에 맞추어 법사를 하러 가겠다고 약속했습니다. 하나는 자비의 마음이니 진실로 사람을 초도하는 것이 근본이기 때문이요, 둘은 우란대회에서 성대하게 법사를 올리기 위해서입니다. 도제를 불러 함께 가야겠습니다.

(새영을 부른다.)

새영

【전강】

문을 닫고 종일토록 정심^{定心} 수양하니,

밝은 보름달이 하늘 높이 떠 있구나.

바람이 불어와 향로의 연기를 날려,

구중^{九重} 불전^{佛殿} 밖으로 날아가네.

(노비구니를 만난다. 무슨 일인지 묻는다.)

노비구니   기억하느냐? 며칠 전 목련 선사께 중원가절에 그분 모친을 추천할 때 내가 너와 함께 기일에 맞추어 가서 법사를 행하겠다고 한 일을 말이다.

새영   저는 기억하오나 제가 목련과 백년지약^{百年之約}을 맺었는데 선학^{禪學}을 따르느라 부부의 연을 이루지 못했습니다. 색즉시공이라 했으니 속세의 인연을 이미 끊었음을 아오나, 공즉시색이니 다시 꺼리는 마음이 생겨날까 두렵습니다. 그러니 가고자 해도 가지 못할 것이고, 행하여야 마땅하나 감히 행할 수 없습니다. 바라옵건대 스승님께서 가셔서 이 같은 마음을 전해 주시면 저도 다행이고 그분도 다행일 것입니다.

노비구니　무슨 말을 하느냐! 견고하면 갈아도 닳지 않는다고 하지 않았더냐? 희면 검은 물을 들여도 검어지지 않는다고 하지 않았더냐?[492] 이번 우란대회는 천신天神, 지지地祇, 인귀人鬼가 모두 오고, 사리闍黎, 지관知觀, 여관女冠도 모두 온다.[493] 만법이 귀의할 보참寶懺을 염송하고 사철 떨어지지 않는 기화奇花를 뿌릴 것이다. 버들가지로 구룡九龍의 법수法水를 뿌리고, 보리수 자리에서 구품九品의 홍련紅蓮을 펼칠 것이다. 연월燕越[494]에 사는 이들도 와서 보고자 하거늘, 주진朱陳[495]에 속하는 이가 어찌 꺼리는 마음이 생긴다는 것이냐! 불경을 받들고 바로 출발해야겠다!

새영

　【청강인清江引】

　비구니는 본래 선가仙家의 여인으로,

　청정하여 범속한 짝이 아닙니다.

노비구니

　너는 그때 난새와 봉새처럼 맹약盟約했지만,

　지금은 스님과 비구니로 다르니라.

　두 사람의 마음은 똑같이 물처럼 맑구나.

　(퇴장한다.)

492　『논어』「양화」에 나오는 구절이다.
493　사리, 지관, 여관은 각각 불승, 도사, 여도사이다.
494　연(燕)은 지금의 북경(北京) 일대를 가리키고, 월(越)은 지금의 절강(浙江) 북부 일대를 가리킨다. 여기에서는 거리가 먼 북쪽이나 남쪽을 비유한다.
495　강소(江蘇) 풍현(豊縣) 남동쪽에 있는 마을로, 대대로 주씨(朱氏)와 진씨(陳氏)가 혼인을 했다고 한다. 여기에서는 새영과 목련이 혼인을 약속한 사이였음을 비유한다.

우란대회에 가는 십우

(十友赴會)

소, 축 … 십우

십우들

【국화신인菊花新引】

사형師兄이 동쪽으로 먼 길을 떠나니,

달 보고 구름 보며 그리움이 가시지 않네.

경단經壇에 가겠다고 약속하여,

오늘 서둘러 길을 가야겠네.

금강산에서 금란지교를 맺고,

기사굴산에 가서 세월을 함께했네.

약속하기를 중원가절의 날에,

함께 선과善果를 이루어 경단에 가자고 했다네.

우리는 장우대, 이순원입니다. 형제 열 사람이 본래 금강산에 있다가 대형 부나복과 결의형제하고 이어 서천으로 가서 불도를 강론한 지 여러 해가 되었습니다. 얼마 전에 사형이 모친을 구하러 갈 때, 우리 세존께서 중원일에 목련 사형에게는 우란분회를 크게 열고 저희 열 명에게는 기일에 맞추어 법사에 참여하여 함께 대업을 이루라고 하셨습니다. 지금 길을 떠나는데 산신들을 불러 학가鶴駕⁴⁹⁶를 준비하게 하여 먼 길을 재촉하면 금방 당도할 것입니다.

【보보교步步嬌】

열 명이 멀리 우란대회에 가니,

학을 타고 구름을 타고 가네.

난사지爛沙池를 지나고,

또 화염산과 한빙지를 지나,

어느새 중원의 복된 땅에 이르렀네.

이 금강산 아래에는 전답이 많은데 누가 경작하는가?

(무대 안에서 대답한다.)

무대 안　옛날에는 장우대, 이순원 등의 강도들이 차지했었는데, 그들이 떠난 뒤에는 양민들이 경작하고 있습니다.

십우들

대부분 주인이 옛 주인이 아니고,⁴⁹⁷

성곽은 달라진 것이 없구나.⁴⁹⁸

【청강인淸江引】

496　여기에서는 십우들이 타고 갈 수레를 말한다.
497　당나라 백거이(白居易)의 시 「상산로유감(商山路有感)」의 한 구절이다.
498　송나라 문천상의 시 「금릉역(金陵驛)」에 "강산의 풍경은 다르지 않지만, 성곽의 사람들은 절반도 넘게 달라졌네(山河風景元無異, 城郭人民半已非)"라는 구절이 있다.

사형의 효성은 남들이 견주기 어려우니,

음사와 양세를 왕래했다네.

열여섯 해를 달리면서,

하루같이 참고 견뎠다네.

이번에 가서 사형을 도와 모친을 초생하겠네.

세상 사람들이 대대로 모범으로 삼게 하리라.

(퇴장한다.)

우란대회

(盂蘭大會)

생 … 목련   말 … 익리

정 … 노승   외 … 부상

단 … 새영   부 … 유씨

첩 … 노비구니   소, 축 … 십우

목련

【생사자生查子】

가절이라 중원이니,

추수追修499의 의전을 크게 세우네.

십우들이 아직 오지 않아서,

내 마음이 걱정되네.

옛날 서천에서 활불께 하직 인사를 올릴 때 중원절에 십우가

모두 와서 대공大功을 도와 이루게 할 것이라고 말씀해 주셨는

데, 아직 도착하지 않으니 걱정이 되는구나.

십우들

---

499 추천(追薦), 추선(追善)과 같은 말로, 죽은 이의 명복을 빌기 위하여 행하는 불사(佛事)
를 이른다.

십우가 서천을 떠나와서,

서로 도와 함께 추천을 하네.

모친을 구하여 하루빨리 신선이 되어야만,

비로소 신통神通이 드러나리라.

(목련을 만난다. 사연을 이야기한다.)

장우대 개는 곧 순양純陽의 짐승이니 역시 능히 초생할 수 있을 것입니다.

목련 서방의 십우들께서 오셨으니 모두 올라오십시오.

노승

【전강】

멀고 가까운 곳의 여러 스님들이,

오늘 모두 와 주셨다네.

새영, 노비구니

대회에 성대한 자리를 만드셨으니,

추수의 소원을 이루기를 기원합니다.

노승 오늘 스님들의 대회는 누가 주관합니까?

장우대 십우는 결의형제를 맺은 까닭에 자신의 재회齋會를 스스로 할 수는 없으니 번거로우시겠지만 노승께서 맡아 주관해 주십시오.

노승 이 늙은이는 부처님 앞에서 정신 차리기가 힘들고, 불경을 읽으려면 글자를 알아보는 것이 느립니다. 제가 맡기에는 적당하지 않습니다.

목련 "사람을 쓸 때는 원로에게서 찾는다"[500]고 하였으니 그래
도 스님께서 맡아 주십시오.

노승 그렇다면 더는 사양할 수가 없겠습니다.

(포설鋪設한다. 청신請神하며 불경을 외고 앞과 같이 재를 한다.)

노승 법단에 올라 삼가 향을 사르며 일심으로 천조天曹, 지부地
府, 수국水國, 양원陽元의 사부四部 신령들이 법단으로 강림해 주
시기를 청하나이다. 법수를 뿌려 더러움을 가리고, 청정한 선
악仙樂이 연주되니 천지가 맑고 편안해집니다. 오늘은 효자 부
나복이 일심으로 모친을 구하고자 삭발하고 비구가 되어 개
를 구속救贖하여 귀가하였나이다. 이번 중원가절에 지관이 죄
를 사해 주시는 날을 맞아 크게 도량을 열고 널리 불력에 의지
하여 유명幽明의 부府에서 망자들을 구제하고 쾌락의 궁宮에서
초생케 하고자 하나이다. 또한 먼 조상님들의 깊은 은혜를 미
처 갚지 못했사온데, 널리 추천하여 모두 선교仙橋로 초도하고
모두 도안道岸으로 오르시게 하고자 하나이다. 아래로 고혼야
귀孤魂野鬼에 이르기까지도 모두 탈화초생脫化超生하게 해 주소
서. 수많은 신령님들의 강림을 감히 맞이하오니, 천화天花가 어
지러이 떨어지는 모습을 보아 주소서.

(꽃을 흩날리고 앞과 같이 재를 한다. 노승이 법척法尺을 치며
말한다.)

노승 정숙하시오.

　　　【살미煞尾】

---

500 『서경』「반경(盤庚)」에 나오는 말이다.

구름 속에서 홀연 선견仙犬을 부르는 소리를 듣네.

목련

마치 어머니가 눈앞에 계시는 듯하네.

유씨

이 좋은 인연에 의지하여 하늘에 응답하네.

목련

모자의 외롭고 처량함을 말로 다 못 하리라.

부상

단봉丹鳳의 조서 한 통을 들고,

아홉 겹 하늘을 날아 내려왔네.

옥지가 도착했으니 무릎 꿇고 선독을 들으라. 옥제의 조서에
이르시기를,

"오직 덕만이 하늘을 움직이고 오직 하늘만이 덕을 돌아보나
니, 이제 효자 부나복이 마음을 다해 모친을 구하였으니 구천
십지총관제부인효대보살九天十地總管諸部仁孝大菩薩로 봉하고, 조
씨는 미혼수절하였으니 예궁정렬선희蕊宮貞烈仙姬로 봉하노라.
그 아비 부상은 권선대사를 더해 봉하고, 어미 유씨는 권선부
인으로 봉하고, 익리는 선궁장문대사仙宮掌門大使로 봉하고, 장
우대 등 친우들도 공이 있으니 천조제부대원수天曹諸部大元帥로
봉하노라. 오호라! 소요逍遙와 쾌락은 하늘이 사람에게 보답하
는 것이니 두텁지 않을 수가 없고, 우근憂勤과 두려움은 사람이
하늘에 감응하는 것이니 엄숙하지 않을 수가 없도다. 이 경사
를 힘써 실행하여, 영원히 밝혀 장려하라. 성은에 감사하라!"

모두　성은이 망극하옵니다!

유씨　원외님!

목련　아버님, 뜻밖에 오늘 선관仙官의 위엄 있는 모습을 다시 뵙게 되었습니다.

부상　부인의 고초와 아이의 효성을 오늘 말로 다 할 수가 없구나. 그리고 조씨를 고생시켰는데, 현숙하고도 현숙하도다!

(새영이 부상에게 절을 올린다.)

새영　저는 인세人世에 살면서 아버님 어머님을 모시지 못했습니다. 오늘 천서天書로 감히 선권仙眷의 대열에 올랐으니 부끄럽고 부끄럽습니다!

부상　비록 며느리가 되지는 못했으나 이제 함께 신선의 반열에 올랐으니 기쁘고도 기쁘도다!

모두　이제 천지신명께 감사의 절을 올려야겠네!

【영단원永團圓】

일가가 오늘 모두 신선이 되었고,

기쁘게도 골육이 한자리에 모였다네.

고맙게도 하늘이 가엾게 여겨 주시어,

소원을 이미 이루었으니,

인연이 얕지 않다네.

이 크신 은혜와 성대한 의전에,

감사의 마음이 어찌 유한하리요.

우리는 이제 세상에 권면, 권면하오니,

모름지기 모두 선행을 하시게,

모두 대목련처럼 선행을 하시게.

부모의 노고가 크시니,

마땅히 추천, 추천하여 함께 신선이 되어,

평생의 소원을 헛되이 하지 마시게.

삼교三教는 본래 근본이 치우치지 않았으니,

만고에 영원히 전해지리라.

목련 희원戱願501을 세 밤 만에 마쳤으니,

시주님들의 음덕이 만세에 창성하리라.

---

501 연극과 기원(祈願)을 함께 뜻하는 말이다.

해설

목련의 모친 구조 이야기와 정지진의 『목련구모권선희문』[1]

이정재(서강대 중국문화학과 교수)

1. 우란분절, 중원절과 목련구모 설화

우리나라를 비롯하여 중국과 일본 등의 동아시아 여러 나라에서는 해마다 음력 7월 보름날을 전후하여 종교적 성격이 있는 민속 활동이 열린다. 처음에는 『예기禮記』 등의 책에 보이듯이 중국의 주나라 때부터 임금이 그해 수확한 햇곡식을 종묘에 바치며 감사의 뜻을 올리는 '상신嘗新', '추상秋嘗'의 의례가 있었으나, 위진 남북조 무렵부터 불교의 우란분회盂蘭盆會와 도교의 중원절中元節 행사가 성행하면서 점차 고혼야귀孤魂野鬼를 초도하고 음식을 베푸는 민속 행사로 변하면서 이를 '귀절鬼節'(서양에서는 Ghost Festival로 알려짐) 등으로도 부르기 시작한 것이 지금까

---

1 이 해설은 역자의 「명대 목련구모 설화의 전승과 변화: 정지진의 『신편목련구모권선희문』을 중심으로」, 『중국문학』(한국중국어문학회) 제111집(2022)을 바탕으로 하여 본 역서의 성격에 맞게 풀어 쓴 것이다.

지 이어지고 있다.

불교에서 우란분회라고 부르는 행사는 『불설우란분경佛說盂蘭盆經』이라는 짧은 불교 경전이 전해진 이후 중국에서 널리 전승되었는데, 이 경전의 원전과 한역漢譯 시기는 불분명하지만 역시 위진 남북조 시대 무렵부터 전해진 것으로 생각되고, 여기에는 석가모니의 수제자 중 한 사람인 목건련目犍連(목련目連) 존자가 아귀도餓鬼道에 떨어진 모친을 구하기 위해 석가모니의 가르침을 받아 결국 모친을 구해 내는데, 석가모니는 다른 사람들도 현재와 과거의 부모의 은혜를 갚기 위해 목건련처럼 석 달 동안의 하안거夏安居가 끝나는 날인 7월 보름날에 온갖 맛있는 음식을 '우란분盂蘭盆'이라는 그릇에 담아 참회하는 스님들에게 공양하게 했다는 이야기가 들어 있다. 이 이야기는 효도라는 유가적 윤리를 벗어나지 않으면서 불교를 수행할 수 있다는 메시지를 드러낸 것으로 여겨져 이와 유사한 경전들과 함께 중국의 민간에서 불교가 적극 수용되는 데 큰 기여를 한 것으로 평가된다. 한편 도교에서는 7월 보름날을 중원절이라 부르고 지관대제地官大帝가 사람과 귀신의 죄를 사면해 주는 날로 여기는데, 대체로 위진 남북조 말엽부터 시작된 것으로, 이날 도사가 갖가지 음식을 준비하고 법단을 열어 지관대제에게 조상과 망혼의 죄를 사면해 줄 것을 청하면 사방에서 모여든 아귀들이 음식을 배불리 먹고 초도된다고 믿는다. 도교의 중원절은 불교 우란분회의 영향을 받아 형성된 기념 활동이라고 할 수 있겠다.

한반도에서는 음력 7월 보름날을 갖가지 음식을 준비한다고 하여 '백종百種'이라 불렸고, 모든 절기의 한가운데라는 뜻으로 '백중百中', 많은 승려들이 불전佛前에 모인다는 뜻으로 '백중百衆', 혼백이 풀려난다고 하여 '백종魄縱', 망혼을 위로한다고 하여 '망혼일亡魂日'이라고도 불렸다. 이날은 여름까지의 바쁜 농사일을 마치고 집안의 일꾼들을 위로하는 '호미씻이' 등의 민속 활동이 있는 날이기도 하다. 일본에서도 음력 7월 보름날에 가까운 양력 8월 15일에 조상의 영혼을 맞이하여 과일과 음식을 바치는 오본お盆이 설날 다음으로 중요한 민속 명절로 이어져 오고 있다. 이처럼 동아시아의 종교나 민속에서 음력 7월 보름날은 의미가 매우 큰 날이다.

『불설우란분경』에서 짧게 묘사된, 목련이 지옥에 빠진 모친을 구해 내는 이야기는 당송唐宋 시대에 크게 보강되어 「대목건련명간구모변문大目犍連冥間救母變文」, 『불설대목련경佛說大目連經』, 「목련구모잡극目連救母雜劇」 등을 비롯한 여러 텍스트가 지어졌고, 원명 시대에는 여러 편의 보권寶卷 작품들이 쏟아져 나와 더욱 다양하게 확장되고 변이되면서 중요한 문화 현상을 이루었다. 이런 가운데 명대 중엽에 나온 『목련구모권선희문』(이하 『희문』)은 그때까지 전승된 목련구모 설화의 주요 내용을 집대성하고 당시의 새로운 사상적 조류였던 유·불·도 삼교 합일三教合一의 논리를 강조하여 새로운 차원을 개척한 중요 작품이라고 할 만하다. 여기에서는 정지진鄭之珍이 편찬한 『희문』의 내용과 특징에 대해 간략히 소개하여 작품에 대한 이해를 돕고자 한다.

2. 정지진의 생애와 『목련구모권선희문』의 편찬

『희문』을 편찬한 정지진鄭之珍(1518~1595)은 자가 여석汝席, 호는 고석高石이고 기문祁門 청계淸溪2 사람이다. 약관弱冠의 나이에 현학縣學 입학생인 읍상생邑庠生이 되었으나 눈병 때문에 과거 시험의 답안 작성에 어려움이 있어 향시에는 급제하지 못하고 평생 고향에서 살았다. 그러나 불편한 가운데에도 『춘추春秋』와 『예기』 등을 비롯한 유가 경전을 공부하며 학문을 닦았고, 노년에는 향리에서 존경을 받아 현령으로부터 '성세기유盛世耆儒(성세의 유학 원로)'라는 편액을 하사받기도 하였다. 대표작인 『희문』 이외에도 희곡 『오복기五福記』 등을 남겼고 정씨 족보 편수에도 참여했다. 그의 일생은 입신양명의 관점에서는 그리 성공적이지 못했지만, 고향에서 친구들과 널리 사귀며 "효도와 공경에 덕을 세웠고 가문에 공을 세웠으며 문장에 말씀을 세우며"3 나름의 충실한 삶을 가꾸어 간 존경받은 향신鄕紳이었다고 하겠다.4

『희문』은 명 만력 7년(1579)에 쓴 섭종춘葉宗春의 '서敍'가 있고, 만력 10년(1582)에 정지진 자신이 쓴 '서序'가 있으며, 같은 해에 흡현歙縣의 황정黃鋌이 처음 간행했으니, 정지진이 『희문』을

2　지금의 안휘성 황산시(黃山市) 기문현(祁門縣) 저구향(渚口鄕) 청계촌(淸溪村)이다.

3　섭종태(葉宗泰), 「고석정선생전(高石鄭先生傳)」, 정지진(鄭之珍) 찬(撰), 주만서(朱萬曙) 교점(校點), 『환인희곡선간·정지진권 신편목련구모권선희문(皖人戲曲選刊·鄭之珍卷 新編目連救母勸善戲文)』, p. 509.

4　정지진의 생애에 대해서는 호천록(胡天祿), 「권선기발(勸善記跋)」, 『기문청계정씨가승(祁門淸溪鄭氏家乘)』, 『(민국)청계정씨족보([民國]淸溪鄭氏族譜)』의 기록을 종합하였다. 이들 자료는 정지진 찬, 주만서 교점, 『환인희곡선간·정지진권 신편목련구모권선희문』, pp. 503~509에 수록되어 있다.

완성한 것은 60세가 한참 넘은 노년이었음을 알 수 있다. 그는 '서序'에서 『희문』의 편찬 목적을 다음과 같이 밝혔다.

　　나는 영민하지 못하여 처음 공자를 배울 때 『춘추』에 뜻을 두었지만 애석하게도 글월은 때를 따르지 못하고 뜻은 목표를 이루지 못하여 문학에 생각을 두고 방외方外에서 마음을 노닐고 있었다. 그때 나는 추포秋浦의 섬계剡溪[5]에 살고 있었는데, 목련目蓮이 모친을 구한 이야기를 가져다가 『권선기勸善記』 세 책을 엮어, 노래로 펼쳐 귀 있는 사람들이 함께 듣게 하고, 모습으로 드러내어 눈 있는 사람들이 함께 보게 하였다. 헤어지고 만나며 슬퍼하고 기뻐하는 일이나 권선징악과 같은 이치는 비단 중인들만 알 수 있는 것이 아니라 어리석은 사람들도 모두 두려워하고 슬퍼하고 눈물 콧물 흘리며 감동하고 깨달으며 두루 알 수 있는 것이니, 내가 책을 엮은 것이 권선을 위해 일조하는 것이 아니겠는가!

　　이상의 내용을 보면 다음 두 가지가 주목된다. 첫째는 유학을 익힌 작가가 '이합비환[6]이나 권선징악'의 이치를 통해 '중인과 어리석은 사람들의 권선에 일조'하고자 하는 목적을 갖고 작품을 만들었다는 것으로, 삼교 합일적 주제를 취하여 작품을 구성

5　지금의 안휘성(安徽省) 지주시(池州市) 석태현(石台縣) 대연향(大演鄕)의 섬계촌(剡溪村)이다.
6　헤어지고 만나며 슬퍼하고 기뻐하는 일

하면서도 권선을 강조하는 유가적 계몽관을 보다 분명하게 드러내었다고 할 수 있다. 둘째, 그가 『희문』을 '엮었다'고 말한 부분으로, 『희문』의 하권 개장開場에서도 옛 책에 의거하여 곡조를 엮었다'고 했고, 특히 제목에도 '신편新編'이라고 밝힌 것을 보아, 이는 그가 독창적으로 『희문』을 창작한 것이 아니라 전작을 토대로 개편했을 가능성이 큼을 말해 준다. 실제로 『희문』 이전에 목련구모 설화를 소재로 한 희곡이 있었다는 증거는 북송 말엽에 「목련구모잡극」의 공연이 성행했다는 기록을 통해서도 확인되고, 남송 이후 『희문』 이전에 목련구모 희곡이 전승되었을 가능성도 적지 않다.[7] 정지진이 어떤 '작품'을 바탕으로 했는지는 확인하기 어렵지만, 분명한 것은 당시에 전승되어 오던 목련구모 희곡 작품(들)을 바탕으로 자신의 가치관을 더하여 극본을 완성함으로써 목련구모 희곡의 새로운 장을 열었다고 할 수 있다는 점이다.

---

[7] 북송(北宋) 시대의 목련구모 잡극(目連救母雜劇)에 대한 기록은 맹원로(孟元老)의 『동경몽화록(東京夢華錄)』에 보인다. 이정재, 『근세 중국 공연 문화의 현장을 찾아서』, 서강대학교 출판부, 2020, pp. 209~213. 『희문』 이전에 목련구모 희곡이 전승되었다고 보는 견해는 많은 학자들이 표명하고 있다. 유정(劉禎), 『중국 민간 목련문화(中國民間目連文化)』, 파촉서사(巴蜀書社), 1997, p. 49, 주항부(朱恒夫), 『목련희 연구(目連戲研究)』, 남경대학 출판사(南京大學出版社), 1993, p. 50. 특히 주항부는 현전하는 천주(泉州) 목우희(木偶戲) 「목련구모(目連救母)」와 보선희(莆仙戲) 「부천두(傅天斗)」, 「목련(目連)」 등이 『희문』보다 앞선 송원(宋元) 시기부터 전해진 것이라고 보고 있다. 주항부, 같은 책, pp. 52~66.

3.『목련구모권선희문』의 내용 구성

『희문』은 모두 상중하 3권 104척^齣으로 구성되어 있는데, 이는 현존하는 명대 희곡 중에 가장 장편의 작품이다.『희문』의 기본 내용은 다음과 같다. 부상^{傳相}이 선행을 하며 살다가 승천한 뒤 부인 유씨^{劉氏}의 명으로 아들 부나복^{傳羅卜}이 외지(소주^{蘇州})에 나가 3년 동안 장사를 하고 귀가하는데, 그동안 유씨는 동생과 하인의 꾐에 넘어가 개훈^{開葷}을 하고 악업을 쌓는다(상권, 1~34척). 유씨는 악업으로 인해 이승을 떠나 저승으로 끌려가서 귀문관^{鬼門關}에 이르고, 나복은 모친을 초도^{超度}하기 위해 서천^{西天}으로 떠나 활불^{活佛}을 뵙고 귀의하여 대목건련^{大目犍連}이라는 법명을 받는다(중권, 35~70척). 유씨는 18개의 지옥을 차례로 지나가며 고난을 겪고 목련이 모친을 뒤쫓아 가고, 목련의 약혼자 조새영^{曹賽英}이 개가^{改嫁}의 핍박을 피해 출가하여 16년이 지난 뒤, 결국 모두 귀향하여 우란분재^{盂蘭盆齋}를 올리고 옥황의 명을 받아 보살과 신선이 된다(하권, 71~104척).

『희문』은 「대목건련명간구모변문」(이하 「변문」)과『불설대목련경』(이하『목련경』)의 뒤에 나온 만큼 내용 구성에서 이들의 핵심 내용을 이어받았지만 전작들에 비해 규모나 구성 면에서 큰 변화가 이루어지기도 하였다. 연구에 따르면, 전체적인 규모는 「변문」을 1로 할 때『목련경』이 약 0.4배,『희문』은 약 14.7배로『희문』이 이전 텍스트들에 비해 크게 확대되었다. 또한『희문』 상중하 3권의 내용 구성도 크게 변화하여, 「변문」을 1로 할

'그림 1' 「변문」, 『목련경』, 『희문』의 길이 (단위: 자[字], 『희문』 상중하권 기준)

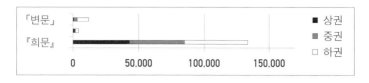

'그림 2' 「변문」, 『목련경』, 『희문』 내용 구성 비중 (단위: 퍼센트, 『희문』 상중하권 기준)

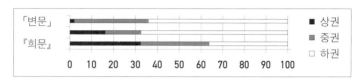

때 상권에 해당하는 내용은 『목련경』이 약 3.7배, 『희문』은 무려 244배로 증가하였고, 중권에 해당하는 내용은 『목련경』은 약 0.2배로 줄고 『희문』은 13.6배로 늘었으며, 하권에 해당하는 내용은 『목련경』이 약 0.5배로 줄고 『희문』은 8.3배로 증가하였다. 상대적인 비중을 살펴보면, 『희문』의 상권에 해당하는 부분은 「변문」의 2.0퍼센트에서 『목련경』의 16.3퍼센트로 확대되었고, 『희문』에서는 다시 32.3퍼센트로 확대되었다. 『희문』의 중권에 해당하는 부분은 「변문」의 34.1퍼센트에서 『목련경』의 16.3퍼센트로 줄었다가 『희문』에서는 다시 31.6퍼센트로 확대되었다. 이러한 변화는 나복이 외지로 나가 사업을 하고 귀향한 다음에, 모친이 세상을 떠나고 나복이 모친 구제를 위해 서천으로 가서 활불을 만나 법명을 받는 이승에서의 이야기가 크게 늘어났음을 의미한다. 물론 목련이 지옥에서 모친을 뒤쫓아 가서 구원하고 신선이

되기까지의 하권 부분도 실제 편폭篇幅이 4만 8천여 자로, 5,773
자인 「변문」의 약 8.3배, 2천7백여 자인 『목련경』의 약 17.7배로
확대되었지만, 상대적인 비중은 「변문」의 해당 부분이 63.9퍼센
트, 『목련경』의 해당 부분이 67.4퍼센트인 데 비해 『희문』은 36.1
퍼센트로 축소되었기 때문에, 전체적으로는 상권 부분의 편폭과
비중이 지속적으로 확대되어왔음을 확인할 수 있다(‘그림 1’과
‘그림 2’ 참고).

　또한 중권 해당 부분의 변화와 관련하여 『희문』에는 「변문」에
있었다가 『목련경』에서는 생략된 내하奈河와 귀문관鬼門關 이야
기가 되살아나 있는데, 여기에서는 유씨가 저승에 들어서서 지
옥으로 들어가기 전의 과도적 공간이 상당한 분량으로 추가되어
있다. 그러나 전체적으로는 역시 부상의 승천, 나복의 외지 사업,
유씨의 개훈 등으로 구성된 상권의 이승 세계 이야기가 크게 강
화되어 있는데, 여기에도 「변문」이나 『목련경』과 구분되는 『희
문』의 새로운 성격이 존재하는 것으로 볼 수 있다.

4. 『목련구모권선희문』의 등장인물군

　남송 시대의 『목련경』에는 부상, 부나복(목련), 유씨(유청제劉
青提), 익리益利, 금노金奴(하인) 등 목련의 집안을 중심으로 한 부
류와 세존, 옥주獄主, 중생(죄인), 아귀, 옥졸, 보살 등 서천과 저
승의 신귀神鬼들을 중심으로 한 부류로 이루어져 있어서, 단역을

포함해도 10여 명에 그치고 있다. 이에 비해『희문』의 등장인물
은 전체 숫자가 크게 증가했을 뿐 아니라 여러 공간에서 다양한
역할을 하고 있어 그 구성이 매우 많고 복잡하다. 여기에서는 이
들을 크게 나복의 고향 왕사성^{王舍城}을 중심으로 한 이승 세계 속
의 인물군과 서천 및 천상과 저승 세계 속의 인물군 등으로 구분
하여 설명하기로 한다.

먼저 이승 세계의 주요 인물들을 좀 더 세분해 보면 다음과 같
다. ① 부나복 집안의 사람과 이웃들로, 여기에는 나복과 부모,
충직한 하인 익리 등의 주요 인물들을 비롯하여, 유씨에게 개훈
을 권하는 하녀 금노와 누나에게 개훈을 권하는 유씨의 남동생
유가^{劉賈}, 유가의 아들 유용보^{劉龍保}, 하인 안동^{安童}, 동네 노인 이
후덕^{李厚德} 등이 새로 추가되어 있다. 나복은 이 작품의 주인공으
로, 효심이 높았던 젊은이가 악업을 쌓은 모친이 지옥으로 끌려
간 사실을 알고 나서 석가모니의 보우를 받으며 여러 지옥들을
거치며 모친을 찾아 헤매다가 마침내 야마성^{夜魔城}을 깨뜨리고
모친을 구해 내는 불굴의 모습을 보여 준다. 나복, 즉 목련(마우
드갈라야나[Maudgalyāyana])은 본래 인도 마가다(Magadha)국
출신으로 사리불^{舍利弗}(사리푸트라[Śāriputra])과 함께 석가모니
의 제자가 되어 불교 전파에 많은 역할을 한 사람으로 전해졌지
만, 중국에서『불설우란분경』이 전승되면서 불심이 깊으면서도
모친을 구해 내는 효자로 탈바꿈하여 동아시아에 그 형상이 확
고하게 자리 잡았다. 이와 함께 불심이 높고 선행을 힘써 베푼 부
친 부상과, 남편의 유언을 어기고 살생과 육식을 멈추지 않고 거

짓말까지 일삼은 모친 유청제, 그리고 나복이 모친을 찾아 떠나 간 동안 집안 살림을 충실하게 꾸려 간 하인 익리 등이 주요 인물군을 형성하고, 유청제의 악행을 유도한 금노, 유가, 안동과 유청제를 말려 보려는 이후덕 등이 조연으로 등장하여 나복 집안을 둘러싼 이야기를 풍성하게 이끌어 간다.

② 나복의 약혼자 조새영과 그 주변 인물들로, 새영의 부친, 계모, 오빠, 유모, 노비구니, 매파, 단段 공자公子 등이 있다. 이 중 조새영은 약혼을 지키고자 계모, 매파, 단 공자 등 주변의 핍박을 피해 출가하여 암자에서 수행한다. 이는 유가적 가족 윤리를 지키기 위해 불교 귀의라는 방법을 취하고 있다는 점이 약혼자 나복의 이중적 가치 지향과도 절묘하게 조응된다. ③ 왕사성과 서천 사이의 공간에 등장하는 인물들로, 모친 사후 모친을 구하기 위해 서천으로 여행하는 나복을 비롯하여, 처음에는 강도 집단이었으나 관음의 감화를 받아 나복을 돕는 열 명의 개심자改心者 (십우十友)가 있고, 홀로 길을 가는 나복을 관음의 명을 받들어 보우하는 철선공주鐵扇公主, 운교도인雲橋道人, 백원白猿, 저백개猪百介, 사화상沙和尚, 오룡烏龍 등의 신괴神怪들이 있다. 이 중 특히 백원, 저백개, 사화상, 오룡 등은 송대 전후의 『대당삼장취경시화大唐三藏取經詩話』의 후행자猴行者와 심사신深沙神, 원元나라 말엽 작가 양경현楊景賢의 잡극雜劇 「서유기西遊記」에 등장하는 손행자孫行者, 저팔계猪八戒, 사화상沙和尚, 용마龍馬 등을 이어받은 형상이고, 이들이 『희문』과 비슷한 시기에 세상에 나온 『서유기』에 함께 수용되었다는 것은 당시 이 설화에 대한 관심과 애호가 그만큼 컸음

을 말해 준다. 이들이 『희문』을 통해 처음으로 목련구모 설화에 수용된 것은 무엇보다도 목련구모 설화와 서천취경西天取經 설화가 모두 서천으로 세존을 찾아가는 여행 서사라는 구조적 유사성과 불법佛法에의 귀의라는 주제적 유사성을 갖기 때문이라고 할 수 있다. ②와 ③의 인물들은 『희문』에 새롭게 등장한 인물들 가운데에서도 가장 주목되고 『희문』이 전작들과 크게 다른 성격을 만들어 주고 있다.

이 외에도 ④ 부상 부자가 도와주는 많은 약자들과 마을 안팎의 여러 조연들이 있는데, 이들은 자칫 딱딱한 교훈담에 그칠 수도 있는 주제에 활기를 불어넣고 우스개를 펼쳐 내는 역할을 적절히 수행하고, ⑤ 성황城隍, 초재醮齋(감재監齋), 지역(토지土地, 사공社公), 부엌(조사竈司), 대문(문신門神) 등과 같은 왕사성의 각 구역을 수호하고 관장하는 마을신들이 있는데, 이들은 도교의 옥황과 불교의 염라가 다스리는 신령 세계 속에서 저마다의 역할을 맡아 불도 합일佛道合一의 세계상을 보여 주고 있다. 그리고 ⑥ 목련구모 설화와 직접적인 연관성은 약하지만 오락성을 강화하기 위해 삽입된 우스개 소희小戱들에 등장하는 인물들과 나복이 외지에서 장사할 때 도움을 받는 상인들이 있다. 이 중 전자는 절에서 내려와 조우하여 서로 희롱하는 화상和尙과 비구니, 역시 각자 길을 가다가 조우하여 속이고 속는 여장女裝 노인과 화상이 해당하는데, 이들 우스개 대목은 각각 부상의 승천 다음 척과 관음의 교화 다음 척에 배치되어 숭고하고 진지한 종교적 장면 뒤에서 탈도덕적인 욕망을 과감하게 표현하는 동시에 종교에 대한 풍자적 태도를 드러내면서 분위기를 전환하는 역할을 하고 있다. 후자는 관음의 명으로 상인으로 변신한 도인인 한산寒山과 습득拾得이 있는데, 이들은 모두 당나라 때 실존했던 선승禪僧이자 시인들이지만 은일한 행적 때문에 『희문』에서 도인으로 수용되어 나복을 돕는 역할을 하고 있다.

이어 서천과 천상에도 『목련경』에 비해 훨씬 다양한 신령과 신귀들이 등장한다. 먼저 ⑦ 불교 세계인 서천에는 활불(세존), 관음과 제자들이 있는데, 관음은 이승에서 서천으로 여행하는 나복과 십우를 돕고, 활불은 목련을 제자로 받아들인 후 그가 모친을 구하는 과정에서 어려움을 겪을 때마다 도와 유씨를 지옥에서 벗어나게 해 주고, 마침내 우란대회를 통해 주요 인물들을 모두 신선이 되도록 하는 극 전체의 최고 존엄자이다. 또한 ⑧ 도교 세계의 천상에는 옥황, 천관天官, 진무眞武, 성모聖母, 장천사張天師 등의 여러 신령들이 있는데, 이들은 지상 세계의 위계질서와 유사한 체제를 이루어 인간들의 살아생전 행적에 따라 선인들을 천상으로 맞이하고 악인들을 지옥으로 보내는 일을 한다. 천상의 옥황과 서천의 활불은 각각 도교와 불교 세계의 최고 권능자이고 이들이 함께 등장하는 『희문』에서는 상하 관계가 명시적으로 나타나지 않는다. 이들은 서천과 천상이라는 각자의 공간을 중심으로 존재하는데, 필요에 따라 활불처럼 이승과 서천과 저승을 넘나들며 나복을 돕거나 옥황처럼 천상에서 명령을 내려 이승과 저승의 선인과 악인들에게 합당한 상벌을 내리는 모습으로 그려지면서 불도 합일의 세계를 구축하고 있다.

다음으로 저승 세계에도 ⑨ 각 보전寶殿의 대왕과 옥관, 옥리, 옥졸, 소귀小鬼들이 있다. 특히 각 보전의 대왕은 각각 관장하는 지옥과 형벌이 정해져 있는데, 제일전 진광왕秦廣王은 도산刀山과 검수劍樹 지옥, 제이전의 초강왕楚江王은 마마磨磨와 대용碓舂 지옥, 제삼전의 송제왕宋帝王은 철상鐵床과 혈호血湖 지옥, 제사전의 오관왕午官王은 유과油鍋와 동주銅柱 지옥, 제오전의 염라천자閻羅天子는 철위성鐵圍城, 제육전의 변성대왕變成大王은 아비阿鼻, 거신鋸身, 괄설刮舌 지옥, 제칠전의 태산왕太山王은 탕확湯鑊, 화거火車 지옥, 제팔전의 평등왕平等王은 야마성夜魔城, 제구전의 도시왕都市王은 한빙寒冰과 흑풍黑風 지옥, 제십전의 전륜왕轉輪王은 정신定身과 축산畜産 지옥을 관장한다. 중국에서 지옥 관념은 후한後漢의 강거康巨가 한역漢譯했다는『문지옥사경問地獄事經』이후 여러 경전을 통해 전파되었고, 당대에『시왕경十王經』과 많은 문헌을 통해 전승되고 송원 대의 희곡에서도 다양한 양태로 형상화되어 이를 바탕으로『희문』의 지옥 세계가 구성되어 대중들에게 큰 영향을 주었다.

마지막으로 ⑩ 이승을 떠나 천상과 지옥으로 갈라지기 전에 존재하는 금전산金錢山/은전산銀錢山/파전산破錢山, 망향대望鄕臺, 금교金橋/은교銀橋/내하교奈河橋, 귀문관鬼門關 등의 과도적 공간에 등장하는 인물들과, ⑪ 사람이 변한 개(유씨), 나귀(유가)와 전생의 빚을 갚기 위해 환생한 말, 그리고 관음이 변한 학, 범 등의 동물들도 등장하는데 이들은 각각 윤회의 관념과 관음의 전능함을 나타내기 위해 동원되고 있다.

『희문』에는 이처럼 많은 인물들이 등장하지만 극의 전개 과정에서 각자에게 부여된 역할을 적절히 수행하면서 유기적이고 완성도 높은 작품 세계를 형성하고 있다. 특히 이승 세계와 천상의 인물들이 대거 추가되어 명대 사회의 생활상과 전통적 통치 집단의 위계질서가 직간접적으로 반영되어 있고, 유·불·도 삼교 합일의 가치 체계가 비교적 선명하게 드러나고 있다는 점도 주목할 만하다.

5. 『목련구모권선희문』의 내용과 주제 사상

『희문』의 전체적인 극적 구조는 『목련경』의 서사 구조를 이어받아 목련이 모친을 찾아 구원하는 여행 문학적 성격을 띠면서 『목련경』에 나타난 여행보다 월등히 풍성하고 다양한 모습을 보여 준다. 『희문』을 구성하는 주요 여행은 순서대로 ⓐ 부상의 천상행, ⓑ 나복의 원행遠行과 귀향, ⓒ 유씨의 저승행, ⓓ 나복과 십우의 서천행, ⓔ 유씨와 목련의 지옥행 등으로 구분할 수 있는데, 이는 ⓑ와 ⓔ 위주로 구성된 『목련경』의 여행 서사에 비해 여러 개의 여정이 추가되어 있는 것이다. 이와 함께 ⓕ 새영의 출가와 수행도 이동 거리가 상대적으로 짧기는 하나 『목련경』에 없는 새로운 여정을 바탕으로 한 이야기이다. 이들 중 ⓑ, ⓓ, ⓕ는 이승 세계를 배경으로 한 사건들이고, ⓐ, ⓒ, ⓔ는 저승 세계에서 펼쳐지는 사건들이다. 다음에서 이들 여정을 중심으로 하여 이승과 저승에서 벌어지는 여러 사건들의 내용과 이를 통해 포착되는 세계관, 가치관과 사상적 지향의 변화를 살펴보기로 한다.

1) 이승의 사건들

먼저 ⓑ는 부상이 승천한 뒤 아들 나복이 모친 유씨의 명에 따라 외지인 소주蘇州에 나가 3년 동안 장사를 하여 돈을 벌고 귀향하는 이승 세계의 여정이다. 나복은 사기꾼(장언유張焉有, 가이인假以人)들을 만나 수중의 은銀을 사기당하기도 하지만(상권 19, 20척), 관음의 명을 받은 도인(한산과 습득)들이 상인으로 변신하여 물건을 사 주어 귀향을 돕고(상권 28척), 나복은 귀향 도중 강도들을 만나 위험에 빠지지만 역시 관음의 도움으로 강도들이 회심하고 나복도 안전하게 귀향한다(상권 34척). 이 여행은 부상의 승천, 유씨의 개훈과 함께 상권의 주요 내용을 구성한다. 특히 나복이 타지에서 고생하는 3년 동안 고향에서는 유씨가 개훈을 하고 스님들을 내쫓고 재방을 불태워 버리는 악행을 이어 가는데, 유씨의 현세적이고 향락적인 성격으로 인해 남편의 말을 어기고 '하늘에 죄를 지어' 앞으로 고난을 당하게 될 일이 예고되고 있다. 유씨의 이러한 행태는 물론 선행을 베풀면서 성실하게 살아가는 나복의 모습과 선명하게 대비되는데, 한편으로는 『희문』이 편찬된 시대의 욕망 긍정의 가치관이 반영된 것이라고도 할 수 있다. 이러한 성격은 도인(상인)들이 나복이 머무는 소주의 객점을 찾아가 나복의 물건을 모두 사들이는 대목에서 표현되는 당시의 은자(돈) 추구 풍조에 대한 묘사에서도 잘 드러난다. 하지만 이들은 은에 대한 열망을 비난하지만 다른 장면에서는 선인善人들이 저승에서 금전산이나 은전산을 만나는 것으로 묘사하고 있는데, 은자에 대한 이러한 '모순적 의식(contradictory consciousness)'은 당시 사회에서 부와 상업 윤리가 갖는 의미가 커졌음을 말해 주는 것이라고 하겠다. 이처럼 이승 세계의 이야기에서 유씨와 도인들을 통해 표명되는 현세적이고 욕망 추구적인 세태는 부상과 나복의 경건하고 성실한 생활과 대비되면서 『희문』에 나타난 세속世俗의 양면적 모습을 구성하고 있다.

이어 ⓓ는 나복과 십우가 각각 서천으로 향하는 여행이다. 나복은 모친을 초도하기 위해 세존을 만날 목적으로 서천으로 향하고, 본래 강도들이었던 십우는 관음의 점화點化로 회심한 후 나복의 수행을 돕기 위해 먼저 서천으로 길을 떠난다. 십우가 길을 떠나기 전에 관음은 철선공주, 운교도인, 저백개를 불러 십우가 각각 화염산火焰山, 한빙지寒冰池, 난사하爛沙河를 무사히 지나가도록 도울 것을 명하고(중권 38척), 나복도 같은 길을 거쳐 가며 여러 사건을 겪는다. 나복은 먼저 흑송림黑松林에서 관음이 변한 여인에게 유혹당하지만 흔들리지 않고 범이 위협하는 호표관虎豹關도 무사히 지나가고(중권 63척), 한빙지와 화염산에서는 오룡烏龍과 적사정赤蛇精을 만나 위험에 빠지지만 백원白猿이 변한 도사에게 구조되고(중권 66, 67척), 난사하에서는 사화상沙和尙이 가로막자 관음이 금라왕金羅王으로 변신하여 사화상을 제압

한 뒤 나복을 따라가게 하고(중권 69척), 마침내 서천에 도착하여 활불을 뵙고 대목건련大目犍連이라는 법명을 하사받는다(중권 70척). 이 여행은 나복이 역경을 극복하며 서천을 향해 나아가는 모습을 그리고 있는데, 이 과정에서 나복의 여정을 돕는 조력자들, 그중에서도 특히 관음의 활약이 두드러진다. 관음은 백원白猿을 사로잡은 후에 백원에게 나복을 도우라는 명을 내리고 백원은 나복을 서천까지 안전하게 호위하며 여행한다. 관음은 이 밖에도 여러 장면에서 위기에 빠진 나복을 도와주는데, 특히 난사하에서 백원이 사화상의 위력을 이기지 못하자 관음은 직접 금라왕으로 변신하여 사화상을 굴복시키고 나복 일행이 난사하를 통과하게 도와준다(중권 69척). 나복은 이렇게 관음과 백원 등의 도움을 받으며 모친의 초상과 불경을 가로로 메고 여러 이향異鄉들을 통과하면서 마주치는 유혹과 고난들을 극복하고 마침내 서천에 도착하는데, 이처럼 서천행 서사에서는 불법佛法 귀의를 통한 모친 구제라는 목련구모 설화 본연의 이념을 유지하면서도 서천취경西天取經 설화 인물들과의 결합을 통해 통속적 환상 문학의 성격이 보다 강화되었다고 할 수 있다.

다음으로 ⓕ는 조새영이 계모의 재가再嫁 핍박을 피해 출가하여 암자에서 16년 동안 수행한 이야기이다. 새영의 부친 조헌충曹獻忠은 나복의 부친 부상과 자녀를 정혼定婚시킨 사이인데, 나복은 모친이 세상을 떠난 뒤 상중喪中을 이유로 혼인을 거절하고 서천으로 떠나간다(중권 57, 58척). 조헌충이 어명을 받들어 변경 진무를 위해 떠나자 새영의 계모는 새영에게 단段 공자公子와 혼인하라고 핍박하는데(하권 82척), 새영은 '일부종사一夫從事'의 뜻을 지키기 위해 집을 떠나 암자로 간다(하권 83, 85, 88척). 이후 조헌충은 귀향 도중에 우연히 암자에 들렀다가 새영과 상봉하고 새영에게 귀가를 종용하지만 새영은 이를 거부하고 수행을 계속한다(하권 89, 93척). 새영이 수행한 지 16년 되던 해에 목련이 모친(개)을 지옥에서 구해 내어 귀향하는 길에 암자를 지나다가 새영과 상봉하고(하권 100척), 세 사람은 각각 우란대회盂蘭大會에 참석하여 상봉하고 옥황의 명으로 부상과 함께 승천하여 신선이 된다(하권 102, 104척). 이 이야기에서 새영의 부친이 충성을 다하고 새영이 오랜 세월 정절을 지킨 것은 기본적으로 유가 윤리에 부합하는 행동이었지만, 새영이 수행을 포기하지 않은 것은 불법佛法에의 귀의를 견지하는 것이었고, 세 사람이 세속의 삶으로 복귀하지 않고 영생하는 신선이 된 것은 도교적 결말이라고 할 수 있다. 따라서 새영의 이야기는 유·불·도 삼교의 가르침이 하나로 통합된 삼교 합일의 이념을 드러내고 있다. 이러한 사상적 지향은 천자를 중심으로 한 세속, 옥황을 정점으로 한 천상, 활불이 있는 서천 등이 병립되어 있는 구조와 상권 제3척에서 부상이 자신의 집에 찾아온 스님, 도사와 함께 담론하면서 삼교 합일의 뜻을 밝힌 장면에서 이미 잘 드러나 있고, 이는 도교의 영향이 뚜렷이 드러나지 않은『목련경』과 크게 달라진 것이다. 삼교 합일이라는 융합적 사상은 위진 남북조 시대부터 발전해 왔으나, 명대 중엽 나청羅淸(1442~1526)이 불교 선종의 돈오설, 도교의 창세설, 유가의 심성론과 강상綱常 윤리를 융합하여 나교羅教(무위교無爲敎)를 창시하면서 민간에 더욱 광범위하고 강력하게 전파되었고, 특히『서유기』와『봉신연의封神演義』등의 소설과 많은 보권 텍스트들에도 깊이 영향을 미쳤으며 같은 시대의『희문』역시 이러한 영향을 적지 않게 받았던 것이다.

이승에서의 사건들을 종합해 보면 나복의 외지 사업 부분에서는 나복의 경건하고 성실한 모습과 대비되는 사람들의 현세적이고 욕망 추구적인 풍조가 나타나 있고, 서천 여행 부분에서는 불법 귀의를 통한 모친 구제의 전통적 모티프가 서천취경 설화 인물들의 도움을 받아 보다 통속적인 환상 문학적 색채가 강화되어 있으며, 조새영의 출가 수행 이야기에서는 정절을 지키기 위한 수단으로 장기간의 불법 수행을 포기하지 않았다는 점에서 나복의 불교 귀의를 통한 모친 구제의 추구와 정확히 쌍을 이루고 있음을 확인할 수 있다. 특히 이승 세계의 여러 이야기에서 삼교 합일의 사상적 경향이 수시로 드러나는 것은 명대 중엽 민간의 종교적 특징과 밀접하게 연관된 것이라고 말할 수 있다.

2) 저승의 사건들

『희문』에서 저승의 여정은 사후부터 천상과 지옥으로 들어가기 전까지의 1차 여정(ⓐ, ⓒ)과 지옥에 들어선 이후의 2차 여정(ⓔ)의 두 단계로 나누어지는데, 먼저 1차 여정인 부상의 여행(ⓐ)과 유씨의 여행(ⓒ)을 함께 살펴본다. 보시와 선행에 힘쓴 부상이 먼저 세상을 떠나 승천하고 아들 나복이 외지에 나가 돈을 버는 3년 동안 유씨는 남편의 유언을 어겨 개훈을 하고 승려와 도사들을 내쫓고 재방을 불태우는 악행을 거듭하고, 나복이 귀가한 뒤에는 보시와 선행을 열심히 했다고 거짓말까지 하여 옥황의 분노를 사서 갑자기 세상을 떠난다. 두 사람은 이승을 떠난 뒤에 각각의 생전 선행과 악행으로 인해 비슷하면서도 전혀 다른 경로를 지나간다. 생전에 많은 선업을 쌓은 부상은 금전과 은전이 쌓인 산을 구경하며 지나가고, 선인善人만이 마지막으로 고향을 바라볼 수 있는 망향대望鄉臺에서 고향을 바라보고, 부처를 진실하게 섬기지 않은 사람이 기름에 미끄러져 고초를 당한다는 활유산滑油山을 피해 옆으로 지나가고, 금하金河와 은하銀河를 가로지르는 금교金橋와 은교銀橋를 건너 귀문관 옆의 승천문을 통해 천상으로 승천한다(상권 14척). 이에 반해 악업을 쌓은 유씨는 파전산破錢山의 험준한 굽잇길과 활유산의 미끄러운 길을 지나면서 고초를 당하고(중권 50, 53척), 망향대에서는 고향을 보지 못하고(중권 56척), 내하교奈河橋를 지나다 강물에 빠져 잡아먹혔다가 다시 활귀活鬼가 되고(중권 62척), 귀문관으로 끌려 들어간 뒤(중권 64척) 3백 리나 되는 험준한 고서경孤悽埂과 매서운 바람이 부는 오풍동烏風洞을 거쳐(하권 74척) 지옥에 들어간다. 부상의 여행은 한 척에서 간단하게 처리된 데 비해 유씨의 여행은 다섯 척에 걸쳐 자세히 펼쳐지며 유씨의 후회와 공포가 강조된다. 부상이 승천할 때 지나가는 경로와 유씨가 후회와 공포 속에 지나가는 경로는 금전산/은전산과 파전산, 금교/은교와 내하교, 승천문과 귀문관 등처럼 서로 바라보이는 가까운 곳에 있으면서도 생전의 선행과 악행에 따라 엄격하게 분리되는, 공통의 경로이면서 다른 경로라는 이중성을 지닌다. 선인과 악인은 이들 경로를 지나면서 각각 축복을 받고, 고난을 당한다. 활유산과 망향대에서도 선인은 미끄러지는 재난을 피하고 고향을 바라볼 수 있지만 악인은 재난을 겪고 고향을 바라볼 수 없어서 같은 곳을 지나되 다른 경험을 겪는다는 점에서 역시 이중성을 지닌다. 이들 경로는 각각 천상과 지옥으로 들어가기 전의 선행 경로이고, 따라서 이 과도 공간은 저승이되 천상/지옥은 아니고, 아직 천상/지옥은 아니지만 이미 천상과 지옥으로 가도록 운명 지어진 길이다. 이 과도 공간은 유씨가 자신의 생전 행적을 후회하고 앞으로 다가올 공포스럽고 긴 지옥 여정을 예비적으로 보여주기 위해 「변문」의 내용을 크게 발전시킨 것으로서, 유씨가 지난 경로와 선인들이 지난 경로의 극명한 대비를 통해 극적 효과를 높이고 있다.

마지막으로 ⓒ는 「변문」 이후 목련구모 설화의 근간을 이루어 온 여정으로, 공포스러운 지옥들을 거치면서 유씨가 겪는 고초와 목련이 모친을 구하기 위한 불굴의 의지와 노력이 강조된 기존의 의의가 기본적으로 계승되어 있으면서도 세부 내용은 「변문」이나 『목련경』보다 훨씬 풍부하고 많은 내용들이 추가 또는 변형되어 있어서 여러 새로운 특징을 찾아볼 수 있다. 지옥은 본래 불교의 전래와 함께 중국에 들어온 산스크리트어 나라카(naraka)의 의역 어휘(음역은 나락가那落迦, 나락奈落 등)로, 여러 불경에서 8대 지옥, 16대 지옥 등의 지옥 세계가 상상되었고, 토착의 명계설冥界說 및 도교의 풍도酆都 지옥 등과 섞이면서 24

대 지옥, 구유九幽 지옥 등의 관념이 생겨나기도 하였다. 『희문』의 18개 지옥 역시 이러한 과정에서 「변문」과 『목련경』 등을 비롯한 목련구모 설화의 발전과 함께 체계화되어 온 관념이다. 이와 별도로 저승 세계에 10개의 보전이 있다는 상상은 당나라 성도부成都府 대자은사大慈恩寺의 승려 장천藏川이 찬술했다는 『시왕경十王經』에서 1차로 완성되었다. 『시왕경』은 망자가 중음中陰 상태에서 각기 지옥 세계를 다스리는 열 명의 대왕에게 심판을 받는다는 내용을 담은 경전으로, 이에 따르면 망자는 사후 7일마다 7차례, 그리고 사후 100일째, 1년째, 3년째 되는 날 각각 심판을 받고 다음 생으로 윤회한다. 열 명의 대왕이 한 차례씩 모두 열 번의 심판을 내리는 것이다. 따라서 『희문』의 각 보전에서 망자가 열 명의 대왕을 차례로 만나 심판을 받는다는 설정과 그 안에 18개의 지옥이 있다는 구성은 『시왕경』의 10개 보전과 여러 불경들의 다양한 지옥설을 이어받아 융합하여 이루어진 것이라고 할 수 있다.

각 보전과 지옥의 모습을 좀 더 가까이 들여다보면, 『희문』에서 지옥에 끌려온 죄인들은 대부분 불교 계율을 어긴 죄보다는 사회적 범죄를 범한 것으로 묘사되는데, 이는 사회 질서 유지를 위한 도덕 위반 행위를 경계하는 유가 윤리의 강조라는 의미로 읽을 수 있다. 예를 들어 제이전에 압송되어 온 손병孫丙의 사례를 보면, 물욕으로 살인을 저지른 손병에게 대왕이 마마磨磨 지옥에서 맷돌로 갈고 대용碓舂 지옥에서 방아로 찧는 벌을 내린 이유는 '함부로 행동하여 천심을 속인' 것이다. 이는 『논어』 「위령

공「衛靈公」에 나오는 "소인은 곤궁하면 함부로 행동한다"라는 구절을 차용한 것이다. 다른 보전에서 죄인들에게 형벌을 내리는 근거도 이처럼 유가 윤리를 바탕으로 한 사례들이어서, 불교적 중죄를 범한 사람들을 처벌하는 사례들이 대부분인 『목련경』에 비해 유가 윤리를 바탕으로 한 사회적 규범의 준수가 더욱 강조되어 있어서 작가의 유가적 계몽 의식의 영향을 볼 수 있다.

유씨와 목련의 지옥 여정은 다음과 같은 패턴을 보인다. 유씨가 각 보전에 압송되어 지옥에서 당하게 될 형벌을 생각하며 후회와 두려움을 표출하고 지옥의 옥관이나 옥리의 명에 따라 다음 지옥으로 압송된 직후에 목련이 나타나 모친을 만나지 못한 것을 슬퍼하며 다음 보전으로 찾아간다. 이처럼 유씨의 압송과 목련의 추격이 반복되는 가운데 다섯 개의 보전에서는 특별한 사건들이 펼쳐지는데 목련구모 설화 중에서는 『희문』에 처음 나타나는 이야기인 제삼전, 제오전, 제팔전에서 펼쳐지는 사건이 주목된다. 먼저 제삼전에 도착한 유씨는 피로 가득한 혈호血湖 지옥의 참상을 보고 괴로워하는데, 그곳을 지키는 옥관의 수하는 유씨에게 여자의 피가 천지를 더럽히고 한데 모여 호수를 이루었고 여자들이 혈호지血湖池를 지나면서 재앙을 당한다고 말한다. 이에 대해 유씨는 여자들이 자식을 낳고 기르는 일에 힘쓰지만 죽어서는 혈호에 빠져 고생하여 슬픔이 끝이 없다고 호소하는 긴 노래를 세 곡 부른다. 혈호 지옥은 혈분血盆 지옥이라고도 하는데, 이곳은 여성이 피를 흘리며 자녀를 낳는 땅과 물을 더럽혀 신령의 화를 불러일으키고 이로 인해 죄를 얻어 떨어지는 지옥이라 생각되었고, 자녀들은 모친의 은혜를 생각해 모친을 이 지옥에서 구출하고자 하였다. 혈호 또는 혈분의 관념은 오대五代에서 송대宋代에 이르는 시기에 형성되어 특히 명대에 목련구모 설화와 결합하여 널리 전파되었고, 명말 청초 이후 민국 시기에 이르기까지 성행하여 각 지방의 목련회目連戲와 「혈호보권血湖寶卷」, 「지옥보권地獄寶卷」 같은 민간 텍스트에 잘 드러나 있다. 송요 후는 여성의 피가 불결하다는 관념과 여성의 고난과 구제에 대한 소망이 착종되어 있는 것은 명청 대 가부장적 종족宗族 사회의 반영이라고 해석하였는데,[8] 『희문』의 위 인용 대목에서도 여성을 '불결한' 존재로 차별하는 시각과 여성의 고난에 대한 동정을 함께 드러내면서 유씨에 대해 비난 일색이 아닌 동정의 여지를 처음으로 보여 주고 있다. 이는 유가 윤리의 차원에서 유씨의 구원 가능성이 생겨나는 지점이라고 해석될 수 있다.

이어 제오전의 철위성鐵圍城에서는 염라천자가 사자들을 재심리하여 업경業鏡을 통해 생전 행적을 확인하고 지옥에 억울하게 끌려온 선인들을 초승超升시키고 악인으로 드러난 자들을 처벌하는데, 유씨도 억울함을 호소하지만 생전의 악행이 재확인되어 다음 지옥으로 압송되어 갈 것을 선고받는다. 염라가 판결을 내리는 장면을 보면 자기 앞에서도 여전히 거짓으로 변호하며 반성하지 않는 유씨의 생전 행적을 업경으로 밝히고 엄정하게 심판하고 있다. 염라는 제오전의 대왕이지만 저승 전체를 관장하는 신령이기도 하므로 염라의 심판은 유씨의 죄업에 대한 가장

8 송요후, 『혈분경의 기원과 사회·종교적 의미』, 종이비행기, 2014, pp. 203~210.

권위 있는 심판이다. 다만 이후 목련이 다시 활불을 찾아가 활불에게서 아귀가 빼앗아 먹지 않을 오반烏飯을 받아 와서 유씨에게 주어 유씨가 굶주림의 고통을 벗어나게 되면서 불교적 차원에서 유씨에 대한 형벌이 유예 및 사면될 것임이 예고되고 있다. 이후 천상에서는 부상이 유씨의 사면을 옥황에게 상주하고 옥황은 남편의 유언을 어기고 신명을 섬기지 않고 개를 잡아먹은 유씨를 개로 환생시키되 효성이 지극한 아들과 절의를 지킨 새영을 참작하여 유씨를 개에서 다시 사람으로 돌아가게 하라는 사면령을 내림으로써 도교적 차원의 사면을 시행한다. 이로써 유씨는 유·불·도 삼교의 차원에서 각각 사면을 받고 초생超生의 길이 열리게 된 것이다.

염라와 옥황의 처분에 따라 제팔전에서 목련이 다시 활불을 뵙고 하사받은 불등佛燈으로 야마성을 깨뜨려 수많은 아귀들이 탈출하니, 유씨도 야마성을 벗어나 제구전과 제십전으로 이동하여 왕사성의 개로 환생한다. 이러한 전개는 기본적으로는『목련경』과 동일하지만, 주목되는 것은 야마성에서 탈출한 아귀들을 다시 잡아들이는 일을 종규鍾馗가 맡고 있다는 점인데, 종규는 송원 대 이후 민간에서 축역逐疫의 신으로 널리 신앙되어 왔고 스스로를 '태상노군太上老君의 장수'라고 소개하면서 도교식 주문을 외워 아귀들을 잡아들이고 있다. 목련구모 설화에서 지옥이 깨져 아귀들이 탈출하고 이들을 다시 잡아들이는 이야기는『목련경』에는 없고『희문』에 처음 보이는데, 이를 통해 불력佛力으로 깨뜨린 지옥에서 탈출한 아귀들을 도교 신장神將이 붙잡아 들인다는 불도 합일佛道合一의 장면을 만들어 내고 있다. 이 역시 삼교 합일 이념 구축을 위한 중요한 일부가 되고 있다.

저승에서의 사건들을 살펴면서 드러난 양상들을 정리해 보자. 먼저 「변문」에 있었으나 『목련경』에서 사라졌던 과도 공간이 『희문』에서는 보다 상세하게 되살아나며 저승 세계가 지옥 이전과 지옥이 결합된 모습으로 재구조화되었고, 지옥은 『시왕경』의 영향을 받아 10개 보전, 18개 지옥으로 확대 재편되면서 주로 사회적 규범을 위반한 죄인들을 심판하는 곳으로 나타났다. 주목되는 개별 보전에서의 사건으로는, 혈호 지옥에서는 여성에 대한 차별과 동정이라는 이중적 시선 속에서도 유씨 구원의 가능성이 열리기 시작함을 보았고, 철위성의 염라가 유씨에 대해 최종 심판을 내린 뒤에 활불이 유씨에 대한 구제를 허락하면서 유씨의 운명의 전환점이 마련되었음을 알 수 있었으며, 야마성이 깨어진 뒤 탈출한 아귀들을 '태상노군의 장수' 종규가 잡아들이는 장면을 통해서는 불도 합일의 지향을 읽을 수 있었다. 이상을 종합하면, 『희문』의 저승은 불교적 상상 세계에서의 유가 윤리의 강조와 도교 신격의 활약 등이 혼융되어 있다는 면에서 삼교 합일의 지향성이 뚜렷함을 확인할 수 있고, 이는 『목련경』을 통해 볼 수 있는 송대 목련구모 설화의 통속-불교적 지향과는 크게 달라진 명나라 후기 삼교 합일의 지향과 방향을 함께하는 것임을 확인할 수 있다.

6. 맺음말

그동안 이 작품은 목련구모 설화의 전승 과정에서 중대한 전환점이 된다고 생각되었으면서도 편폭의 방대함과 인식의 부족 때문에 실질적인 연구가 충분히 이루어지지 못한 형편이었다. 『희문』 이전의 목련구모 설화 텍스트는 불경이나 강창講唱 등의 형태로 구성된 것에 비해 『희문』은 현존하는 작품으로는 최초의 희곡 양식 텍스트이고 더구나 1백 척이 넘는 장편이어서 이전 텍스트에 비해 많은 변화가 있을 것으로 예상했고, 실제 완역과 분석을 통해 다음과 같이 적지 않은 변화가 있었음을 알게 되었다.

첫째, 정지진은 유가적 계몽 의식을 바탕으로 민간에 성행한 목련구모 연극을 104척 길이의 장편 희곡 『희문』으로 개편하여 절대적인 편폭과 내용을 크게 확충하였고, 특히 나복의 외지 사업과 귀향, 유씨의 저승행과 나복의 서천행 등 이승 세계에서의 사건들이 상권과 중권을 이루어 그 상대적인 비중이 이전 목련구모 설화 텍스트에 비해 크게 증강되었다. 둘째, 『희문』은 『목련경』의 이승 세계와 저승 세계의 체계 및 주요 등장인물들을 계승하면서도 이승과 저승의 다양한 장소들과 다수의 인물들을 추가함으로써 구체성과 체계성이 크게 강화되었다. 특히 새영 가족, 백원 등 서천취경 설화 유래 신괴와 여러 마을신, 천상과 지옥의 신령·신귀들과 이들이 구성한 세계상은 『희문』에서 표방하는 삼교 합일 사상을 형성하는 중요한 토대가 되었다. 셋째, 이승에서는 나복의 효심과 불법에의 귀의와 유씨의 악행과 주변 인물들의 여러 행동을 통해 유불儒佛 윤리의 동시 실천과 현세적이고 욕망 추구적인 풍조를 함께 확인하였다. 그리고 서천 여행에서 서천취경 인물들이 결합하여 환상 문학적 색채를 강화하고, 조새영의 수절 의지와 불법 수행이 나복의 유불 윤리의 실천과 쌍을 이루는 모습을 알 수 있었다. 한편 저승에서는 유가적 사회 질서를 위반한 죄인들에 대한 처벌, 자녀 양육에 자기 삶을 희생한 여성들에 대한 이중적 시선 속에서 보여 준 유씨 구원 가능성의 시작, 활불의 구제와 종규의 활약 등을 읽을 수 있었다.

이와 더불어 재차 지적할 것이 『희문』은 작가가 유가적 계몽 의식을 바탕으로 당시 민간 사회의 사상적 지향을 반영하여 완성한 것이라는 점이고, 이는 문인 지향과 민간 지향이 융합된 『희문』의 특성을 인식하게 하는 가장 기본적인 요인이 된다는 것이다. 이러한 점에서 『희문』은 목련구모 설화의 핵심 서사를 계승하면서도 세속, 서천, 천상, 지옥이라는 다층적인 세계를 새로 구성하고 그 안에서 추가된 다양한 인물들이 펼쳐 가는 많은 세부 서사들이 모여 희곡 양식으로 완성된 획기적인 작품이었다고 평가할 수 있고, 이와 함께 유가 윤리에 입각한 작가의 편찬 의도와 민간 종교의 영향이 뚜렷한 삼교 합일 사상이 융합되어 문인 지향과 민간 지향의 두 성격이 조화를 이루고 있음도 목련구모 설화의 변천 과정에서 『희문』이 갖는 새로운 성격이다. 그리고 이러한 성취가 바탕이 되어 이후 각 지방의 민간 목련구모 연극의 전범이 된 것은 필연적인 귀결이라고 할 수 있다.

해설을 마치면서 아쉬운 점은 『희문』 편폭의 방대함 때문에 충분히 설명되지 못한 문제들이 많이 남아 있다는 것인데, 예를 들어 여러 차례 등장하는 우스개 삽화들의 실상과 그 기능이나 연화락蓮花落, 불잠佛赚, 칠언사七言詞 등과 같은 통속적 곡조와 그 가사들의 의미와 성격 등이 그러하다. 이들은『희문』에 보이는 민간 지향의 성격을 규명하기 위해 상세히 밝혀낼 필요가 있다. 목련을 비롯한『희문』의 주요 등장인물들의 형상과 성격이 이전 텍스트에서와 어떻게 달라졌는지도 좀 더 심화하여 탐구될 필요가 있다. 또한『희문』을 포함하여 각종 보권 텍스트들을 함께 논의하면서 명대 목련구모 설화의 변화상을 보다 거시적으로 조망하는 후속 작업도 이어져야 할 것이고, 송원宋元 남희南戲의 모습을 간직하고 있는 것으로 평가되는 현존 천주泉州와 보선莆仙 등 남방 목련희의 대본들이나, 명청 대 보권과 지방희地方戲, 궁정대희宮廷大戲 등에 전승된 목련구모 설화의 실상에 대해서도 보다 많은 관심과 연구가 필요하다. 이번『희문』의 완역 소개를 계기로 향후 이들에 대해서도 지속적인 논의가 이루어지기를 희망한다.

판본 소개

『목련구모권선희문』의 주요 판본은 명대의 것으로는 만력^萬
^曆 10년(1582)에 간행된 고석산방본^{高石山房本}과 만력 연간에 간
행된 금릉^{金陵} 부춘당본^{富春堂本}이 있고, 부춘당본의 번각본으로
보이는 종부당본^{種富堂本}도 전해진다. 청대 이후에는 회문당본^會
^{文堂本}, 광서본^{光緒本}, 유신서국본^{維新書局本}, 민국 8년(1919) 상해^上
^海 계신서국본^{啓新書局本} 등이 있다. 이 중 고석산방본이 가장 이르
고 정교하며 잘못이 적어 선본이라 할 수 있다. 본 역서는 고석산
방본을 저본으로 하고 부춘당본 등을 참고하여 교감한 주만서^朱
^{萬曙} 교점^{校點}, 『환인희곡선간·정지진권 신편목련구모권선희문^皖
^{人戲曲選刊·鄭之珍卷 新編目連救母勸善戲文}』(황산서사^{黃山書社}, 2005)를 기
본으로 하여 번역을 진행하면서 의문이 있을 때는 대만국가도서
관 소장 고석산방본을 수시로 확인하였다.

1518 (정덕 13년) 0세. 9월 24일 태어남.

1534 (가정 13년) 16세. 현학縣學에 입학하여 『춘추』와 『예기』를 배움. 이후 10대 후반에서 20대 초반 사이에 왕구진汪九眞과 혼인함.

1540 (가정 19년) 22세. 맏아들 위원爲元 태어남.

1543 (가정 22년) 25세. 맏딸 봉선蓬仙 태어남.

1549 (가정 28년) 31세. 둘째 딸 내선萊仙 태어남.

1557 (가정 36년) 43세. 둘째 아들 조원調元 태어남.

1579 (만력 7년) 65세. 섭종춘葉宗春이 『목련구모권선희문』의 서문을 씀.

1582 (만력 10년) 68세. 정지진이 『희문』의 서문을 씀. 이해에 『희문』을 처음 간행함.

1595 (만력 23년) 81세. 3월 4일 세상을 떠남.

새롭게 을유세계문학전집을 펴내며

을유문화사는 이미 지난 1959년부터 국내 최초로 세계문학전집을 출간한 바 있습니다. 이번에 을유세계문학전집을 완전히 새롭게 마련하게 된 것은 우리가 직면한 문화적 상황에 적극적으로 대응하기 위해서입니다. 새로운 을유세계문학전집은 세계문학의 역할이 그 어느 때보다 중요해졌다는 인식에서 출발했습니다. 오늘날 세계에서 타자에 대한 이해는 우리의 안전과 행복에 직결되고 있습니다. 세계문학은 지구상의 다양한 문화들이 평등하게 소통하고, 이질적인 구성원들이 평화롭게 공존할 수 있는 문화적인 힘을 길러 줍니다.

을유세계문학전집은 세계문학을 통해 우리가 이런 힘을 길러 나가야 한다는 믿음으로 만들어졌습니다. 지난 5년간 이를 준비하기 위해 많은 노력을 기울였습니다. 세계 각국의 다양한 삶의 방식과 문화적 성취가 살아 있는 작품들, 새로운 번역이 필요한 고전들과 새롭게 소개해야 할 우리 시대의 작품들을 선정했습니다. 우리나라 최고의 역자들이 이들 작품 속 한 문장 한 문장의 숨결을 생생히 전하기 위해 심혈을 기울였습니다. 또한 역자들은 단순히 번역만 한 것이 아니라 다른 작품의 번역을 꼼꼼히 검토해 주었습니다. 을유세계문학전집은 번역된 작품 하나하나가 정본(定本)으로 인정받고 대우받을 수 있도록 최선을 다했습니다. 세계문학이 여러 경계를 넘어 우리 사회 안에서 주어진 소임을 하게 되기를 바라며 을유세계문학전집을 내놓습니다.

을유세계문학전집 편집위원단(가나다 순)
김월회(서울대 중문과 교수)
김헌(서울대 인문학연구원 교수)
박종소(서울대 노문과 교수)
손영주(서울대 영문과 교수)
신정환(한국외대 스페인어통번역학과 교수)
정지용(성균관대 프랑스어문학과 교수)
최윤영(서울대 독문과 교수)

을유세계문학전집

을유세계문학전집은 계속 출간됩니다.

을유세계문학전집 연표